i grandi libri Garzanti

Il Giorno
Le Odi

Giuseppe Parini

Il Giorno
Le Odi

Introduzione e note di
Andrea Calzolari

Garzanti

I edizione: luglio 1975
IV edizione: settembre 1989

ISBN 88-11-58129-X

Giuseppe Parini

la vita

profilo storico-critico
dell'autore e dell'opera

guida bibliografica

Giuseppe Parini in un disegno di Andrea Appiani. Roma, Galleria d'Arte Moderna.

La vita

La giovinezza

Giuseppe Parino (più tardi preferì chiamarsi Parini) nacque a Bosisio, in Brianza, da un modesto commerciante di seta il 23 maggio 1729, alla vigilia di quegli anni trenta che «segnarono nell'Italia del Settecento, il punto più basso dello sgretolamento politico, della depressione economica, della delusione intellettuale» (Venturi). Le speranze di rinnovamento civile e culturale, sorte alla caduta del predominio spagnolo in Italia (1713), si erano rapidamente dileguate e la penisola doveva ancora essere il teatro di due lunghe guerre devastatrici (quella di successione polacca dal 1733 al 1738 e quella di successione austriaca dal 1740 al 1748), sempre meno sentite dagli italiani perché sempre più lontane dai loro reali interessi, prima di trovare un assetto politico che, mettendola fuori dai conflitti delle grandi potenze europee, le garantirà cinquant'anni di pace. La Lombardia, roccaforte della potenza austriaca in Italia, fu regolarmente coinvolta in queste guerre che la prostrarono economicamente e dalle quali uscì territorialmente mutilata: fu dunque in un clima storico poco felice che trascorse la sua poco felice giovinezza il futuro poeta del *Giorno*. Dopo la prima educazione ricevuta nel paese natale, a nove anni si trasferì a Milano per iscriversi alle Scuole Arcimbolde, ma, perseguitato dallo spettro della miseria (per aiutare la famiglia dovette lavorare come copista) e da una salute cagionevole (zoppicherà per tutta la vita per una violenta forma di affezione artritica alle gambe), del resto completamente a disagio nelle strutture scolastiche antiquate e pedanti, condusse studi assai poco brillanti che si conclusero tardi, nel 1752, quattro anni dopo la pace di Aquisgrana, in un'atmosfera di rinnovate speranze che vedeva la lenta ripresa della politica riformatrice degli Asburgo.

L'esordio poetico e l'Accademia dei Trasformati

Gli anni immediatamente successivi alla conclusione degli studi sono anni in cui cadono alcuni eventi decisivi per la vita di Parini. Nel 1752 egli pubblica infatti il suo primo lavoro, *Alcune poesie di Ripano Eupilino*, grazie al quale, l'anno seguente, viene accolto nell'Accademia dei Trasformati. Fondata nel 1546 e decaduta alla fine del secolo XVI, l'Accademia era risorta nel 1743, dieci anni dopo la chiusura della colonia arcadica milanese, per opera del conte Giuseppe Maria Imbonati e fu il centro dell'Attività letteraria di Milano fino alla sua scomparsa, avvenuta in seguito alla morte del munifico protettore (1768). Fondata da un aristocratico e frequentata da aristocratici, era tuttavia aperta ai letterati di valore anche se di estrazione popolare e ne furono membri tutti i più bei nomi della cultura milanese: da Tanzi a Passeroni, da Durini a Balestrieri e perfino al giovane Pietro Verri. Erano inoltre in contatto con gli accademici i maggiori letterati italiani, tra i quali il Baretti. Il programma dei Trasformati si proponeva di difendere la tradizione letteraria lombarda e quella classica, in polemica con le estreme degenerazioni dell'Arcadia. Nell'ambiente dell'Accademia Parini non tardò a farsi luce non solo con la sua costante attività poetica, ma anche con due polemiche, contro padre Bandiera (1756) e soprattutto contro padre Branda (1760), nelle quali fu praticamente il portavoce delle posizioni dei Trasformati.

L'ordinazione sacerdotale e la permanenza in casa Serbelloni

Nel 1754 Parini fu ordinato sacerdote. Come è noto benché fosse profondamente credente, non si può parlare di una sua autentica vocazione al sacerdozio in quanto questa sua decisione fu determinata soprattutto dalla necessità di fruire di un modesto vitalizio che gli aveva lasciato, morendo, una prozia, nel 1740, a patto che si facesse prete. Il poeta fu, insomma, uno dei tanti abati settecenteschi: intellettuali di origine plebea o piccolo borghese che cercavano nella condizione ecclesiastica soprattutto uno statuto sociale conciliabile con l'attività letteraria, altrimenti permessa solo a chi non aveva preoccupazioni economiche. Non appena ordinato sacerdote, Parini fu assunto come istitutore in casa Serbelloni. In quella casa, che costituì un ottimo punto d'osservazione e di inserimento nel bel mondo milanese, Parini restò otto anni acquistando quella familiarità coi costumi aristocratici che dimostra di possedere nel *Giorno*, e stabilendo buoni rapporti di amicizia soprattutto con la padrona di casa, l'intelligente e colta duchessa Maria Vittoria nata Ottoboni Boncompagni. Fu proprio in seguito ad un famoso litigio con lei che Parini lasciò l'impiego: nel 1762, ospite della villa Serbelloni a Gorgonzola, prese le difese della figlia del musicista Sammartini, schiaffeggiata dalla duchessa in un momento d'ira, e se ne tornò a Milano con la giovinetta senza mai più rientrare in casa Serbelloni, anche se i rapporti con la duchessa, dopo qualche tempo, ritornarono buoni.

L'Accademia dei Pugni e l'illuminismo lombardo

Intanto la penetrazione delle idee illuministe in Lombardia si manifestava con un evento importante: a cominciare dal 1761 s'era formato intorno a Pietro e Alessandro Verri un gruppo di intellettuali completamente acquisiti alla cultura enciclopedistica che, dimostrando aperto disprezzo per le vecchie istituzioni culturali, aveva accettato di fregiarsi con il nome di Accademia dei Pugni, ironicamente attribuito loro dai milanesi per la loro giovanile intemperanza. A quel gruppo di giovani (quasi tutti poco più che ventenni) si deve, come è noto, la promozione di una battaglia politica e culturale che investì l'intera società lombarda e che suscitò echi europei: di essa basti qui ricordare i documenti più famosi: l'opuscolo *Dei delitti e delle pene* di Cesare Beccaria (1764), uno dei più diffusi manifesti dell'illuminismo europeo, e la rivista «Il Caffè» (1764-1766) che resta tra i più bei giornali della storia italiana. La stessa corte imperiale che, dopo l'intervallo dovuto alla guerra dei sette anni, aveva ricominciato la sua politica di riforme, trovò in questi giovani i suoi migliori alleati e non esitò a coinvolgerli in responsabilità di governo.

In questa atmosfera nella quale le dottrine illuministiche *Parini a Brera* si andavano progressivamente affermando nella cultura lombarda, Parini pubblicava nel 1763 il *Mattino* e nel 1765 il *Mezzogiorno*, che sembrarono e furono la maggiore espressione poetica di questo movimento di grande impegno civile. Parini, che era rimasto senza lavoro, era stato assunto nel 1764 come precettore per il figlio Carlo dal conte Imbonati, ma la fama procuratagli dal *Mattino* e dal *Mezzogiorno* gli valse finalmente un impiego più decoroso e più redditizio. Rifiutata nel 1766 l'offerta del Du Tillot di una cattedra di eloquenza all'Università di Parma con la speranza di ottenere un insegnamento a Milano, il poeta diresse su incarico del governo, per tutto il 1769, la «Gazzetta di Milano» e alla fine di quell'anno fu nominato professore di eloquenza e belle lettere alle Scuole Palatine. La benevolenza del governo di Maria Teresa e del conte di Firmian, suo plenipotenziario in Lombardia, s'era del resto già manifestata con la nomina di Parini a poeta del Regio Ducale Teatro a partire dal 1768: per questo incarico egli scrisse alcuni componimenti teatrali, tra i quali l'*Ascanio in Alba*, musicato da Mozart.

Nel 1773, in seguito alla soppressione dell'ordine dei Gesuiti, le Scuole Palatine vennero trasferite a Brera, dove l'insegnamento di Parini, a partire dal 1776 fu esteso anche agli studenti dell'Accademia delle Belle Arti. Questo provvedimento finì per rafforzare i legami umani e intellettuali che il poeta già aveva con i maggiori artisti milanesi (Knoller, Appiani, Piermarini) e che ebbero un'influenza determinante sullo sviluppo della sua poetica in direzione neoclassica. In questo periodo, peraltro, Parini ridusse la sua attività creativa per dedicarsi soprattutto all'insegnamento e alla stesura di scritti pedagogici o con finalità didattiche (dal 1773 al 1776 scrisse i *Principi fondamentali e generali delle belle lettere applicati alle belle arti*).

La «tempesta» La morte di Maria Teresa d'Austria, avvenuta nel 1780, e l'avvento al trono di Giuseppe II, provocarono nella vita di Parini un momento di crisi che coincise con una crisi più generale della società milanese. Il nuovo imperatore, spinto da un radicalismo astrattamente illuminista, poneva mano a decise riforme burocratiche intese a riorganizzare in modo unitario i territori italiani, con le quali, sopprimendo nel 1786 ogni autonomia amministrativa in Lombardia, rompeva l'alleanza che si era precedentemente instaurata tra gli intellettuali milanesi e la corte di Vienna. Parini, anche in seguito alla morte, avvenuta nel 1782, del Firmian, suo amico e protettore, temette di perdere la cattedra e vide minacciata la sua posizione, faticosamente costruita negli anni precedenti, di pubblico vate, espressione dell'élite intellettuale milanese e come tale riconosciuto e onorato dalla corte imperiale. La «tempesta» (così è intitolata l'ode allegorica dedicata da Parini agli avvenimenti di quegli anni) travolse lo stesso Pietro Verri, ma lasciò incolume il poeta che poté in questo modo affrontare una vecchiaia relativamente serena. Dopo la morte di Giuseppe II, otteneva nel 1791 la carica di sovraintendente alle Scuole di Brera e in quello stesso anno l'allievo Agostino Gambarelli curava la pubblicazione delle *Odi già divolgate*.

La rivoluzione Nel frattempo era scoppiata la Rivoluzione francese: il e i Francesi a poeta, che da principio aveva guardato con simpatia agli Milano avvenimenti parigini, si dimostrò sempre più preoccupato per quella che gli sembrò la sanguinosa deviazione del Terrore e, mentre Pietro Verri seppe valutare gli eccessi rivoluzionari con singolare acume e chiaroveggenza, egli li condannò con una delle sue più belle poesie milanesi, il sonetto *Madam, g'hala quaj noeuva de Lion*. Noto tuttavia all'opinione pubblica per i suoi orientamenti politici liberali, quando Milano nel 1796 fu occupata dai francesi venne chiamato insieme allo stesso Verri a far parte della municipalità. La sua partecipazione alla vita politica fu peraltro assai limitata sia a causa delle pessime condizioni di salute, sia a causa del suo sempre più prudente moderatismo.

Nel 1799, tornati gli austriaci in Milano, il poeta, forse per la sua vecchiaia, fu risparmiato dalla repressione. Il giorno stesso della sua morte, avvenuta il 15 agosto di quell'anno, dettò un sonetto, l'ultima terzina del quale, dopo un'apparente difesa della restaurazione svolta in linguaggio biblico, contiene un ammonimento inequivocabile:

«Or Dio lodiamo. Il tabernacol santo
e l'arca è salva; e si dispone il tempio
che di Gerusalem fia gloria e vanto.
Ma splendan la giustizia e il retto esempio;
tal che Israel non torni a novo pianto,
a novella rapina, a novo scempio».

Le opere

Gli scritti di Parini sono assai più numerosi di quelli che
conosce oggi anche il lettore colto e se sarebbe senz'altro
ingiusto riesumare analiticamente le decine e decine di
componimenti occasionali e spesso mediocri ch'egli, come del resto quasi tutti ai tempi suoi, senza pensarci
troppo e senza troppo preoccuparsi di quel che ne avrebbe pensato la posterità, sarebbe però anche storicamente
scorretto ritagliare da quella vasta produzione solo il
Giorno e le odi maggiori dimenticando completamente
gli oltre cento sonetti, le canzonette, i capitoli, ecc. È insomma necessario qui ricordare, accanto al Parini maggiore, quel Parini minore cui già Carducci rivolgeva la
sua attenzione ottant'anni fa e non solo per quel che in
queste opere minori può aiutarci a illustrare e a comprendere meglio la genesi dei capolavori, ma anche per
ricostruire nel modo storicamente più completo una produzione complessa che è senz'altro irriducibile, per
esempio, all'immagine del Parini poeta civile che ci ha
consegnato la tradizione risorgimentale e foscoliana.

Alcune poesie di Ripano Eupilino, sono l'opera di un esor-   *Le poesie*
diente capace ma di formazione provinciale che nella
goffa e un po' convenzionale introduzione ostenta modestia, ma si dimostra poi ansioso di mettere in luce le
proprie doti e la propria versatilità. Non a caso i 94
componimenti del libro, 54 seri e 40 piacevoli, apparten-
gono ai generi più disparati e impiegano numerose forme metriche: si tratta di una sorta di repertorio dei più
diffusi modi arcadici, ma, come notò Carducci, è l'opera
di un arcade arretrato al Cinquecento, di qualcuno cioè
che riprendeva l'appello al decoro cinquecentesco (in
polemica con il secentismo) caratteristico della prima arcadia proprio mentre il movimento arcadico andava de-
generando, ma che appunto per questo si manteneva in-
denne da quella degenerazione. Le poesie piacevoli sono
composte alla maniera bernesca, becera e toscaneggian-
te, ch'era venuta di moda anche in seguito alla riedizione
delle opere del Berni, curata dal Rolli nel 1721-1724.

È necessario poi ricordare tutti gli scritti, legati all'attività dei Trasformati, che riprendono la vena piacevole e
costituiscono i precedenti di quell'ispirazione satirica de-
stinata a sfociare nel *Giorno*. Sono cicalate (*In morte dello Sfregia barbiere*, 1757, ma si badi che la data di quasi

tutti questi componimenti è congetturale; *I ciarlatani*, 1762-1763), capitoli in terza rima (*Lo studio*, 1753; *Il trionfo della spilorceria*, 1754; *Il teatro*, 1755; *La maschera*, 1757) componimenti in versi sciolti (*Sopra la guerra*, 1758; *L'auto da fè*, 1761), nei quali il poeta vien progressivamente abbandonando la satira ed il realismo di maniera non solo sul piano stilistico, ma anche sul piano dei contenuti: oggetto della satira diventano ben precisi fenomeni sociali o ideologici (la guerra, l'intolleranza religiosa) che indicano l'adesione di Parini a un'ideologia moderatamente illuministica. C'è infine una vastissima produzione di odi, canzoni, sonetti, gran parte della quale non si eleva a dignità di poesia e resta di carattere occasionale ed encomiastico. Fanno però eccezione molti dei componimenti d'ispirazione erotica. Musa costante della poesia pariniana, che emerge solo in alcune delle odi maggiori, ma che ha determinato anche una produzione minore piuttosto interessante e vasta: dagli *scherzi*, in cui prevale un malizioso gusto rococò, ai sonetti e ad alcune odi minori. Alcuni di questi componimenti, ispirati da un'autentica e calda passione, sono caratterizzati da uno slancio lirico e da una drammaticità di toni che li rende assai diversi dall'armonioso equilibrio delle grandi odi amorose (si leggano, per esempio, i due sonetti scritti per il matrimonio della donna amata); altri, invece, appaiono notevoli per l'edonistico vagheggiamento della bellezza femminile, la cui sensualità si traduce nelle nitide e aggraziate immagini, di gusto schiettamente neoclassico, dei sonetti *O tardi alzata dal tuo novo letto* e *O bella Venere per cui s'accende*, o ancora del bel frammento dell'ode *A Delia*.

I componimenti erotici

Prose Le prose d'invenzione sono poche e quasi tutte d'ispirazione satirica. Val la pena di ricordare le *Lettere del conte N.N. ad una falsa divota* (ispirato dalla vasta letteratura polemica francese che aveva per oggetto l'ipocrisia religiosa e la morale gesuitica) e il *Discorso sopra le caricature*, ispirato da Swift. Ma lo scritto più importante è il *Dialogo sopra la nobiltà* (1757): vi si immagina che il cadavere di un Nobile e quello di un Poeta, finiti per caso nella stessa sepoltura, intreccino un dialogo provocato dalla ripugnanza manifestata dall'aristocratico a convivere, per così dire, nella stessa tomba insieme a un plebeo. Lo scontro tra i due è aspro (soprattutto nella prima parte perché nella seconda il Nobile si dimostra convinto dalle argomentazioni del poeta) e svolto su toni crudamente realistici, talvolta macabri, sui quali peraltro influisce il peso della tradizione letteraria che fa capo a Luciano. Si tratta comunque, dal punto di vista ideologico, del più immediato antecedente del *Giorno*: il poeta

Il «Dialogo sopra la nobiltà»

plebeo attacca duramente i pregiudizi dell'aristocratico e finisce per convincere l'interlocutore che la nobiltà non serve a nulla se non è accompagnata dalla salute, dall'onestà, dall'ingegno e dalla ricchezza: «Se io avessi a risuscitare, io per me, prima d'ogni altra cosa, desidererei d'essere uomo dabbene, in secondo luogo d'esser uomo sano, di poi d'esser uomo d'indegno, quindi d'esser uomo ricco, e finalmente, quando non mi restasse più nulla a desiderare, e mi fosse pur forza di desiderare alcuna cosa, potrebbe darsi che per istanchezza io mi gettassi a desiderar d'esser uomo nobile, in quel senso che questa voce è accettata presso la moltitudine». Per intendere nel suo giusto significato quest'opera e non sopravvalutarne la portata ideologica, è necessario però ricordare che precedentemente il poeta aveva analizzato le origini storiche dell'aristocrazia individuandole non solo nella sopraffazione e nella violenza, ma anche nella nobiltà d'animo autentica di almeno una parte degli antenati dei nobili, nobiltà d'animo dimenticata dagli stessi indegni discendenti che preferirono sempre rifarsi, per giustificare i loro privilegi, a un passato di potere e di violenza. Anche in quest'opera dunque, che è probabilmente quella politicamente più radicale scritta da Parini, non si può in nessun modo sostenere che il poeta assuma una posizione classista: i nobili sono colpevoli perché gestiscono male il potere che hanno, o, peggio ancora, sono ridicoli, perché non possiedono più nemmeno il potere o la ricchezza e possono ostentare solo dei nomi vuoti. La condanna è, insomma, condanna morale e non politica o sociale.

Tra gli scritti critici occorre innanzi tutto menzionare le due note polemiche linguistiche con Bandiera (1756) e con Branda (1760). Contro il primo, Parini sostiene la necessità di un rapporto con i modelli toscani trecenteschi che non fosse di passiva ripetizione; contro il secondo, che aveva affermato la sua superiorità del toscano sul milanese, nel corso di un dibattito celebre che appassionò tutta la città e che degenerò anche sul piano degli insulti personali (tanto da provocare un intervento governativo per sedare la disputa), difese in sede teorica il diritto di ogni dialetto di costituirsi come lingua letteraria valida al pari di tutte le altre, mentre, da un punto di vista storico, ribadì il valore della tradizione letteraria milanese che faceva capo al Maggi e che era proseguita con Tanzi, Balestrieri e altri.

Le polemiche linguistiche

Ma lo scritto critico probabilmente più interessante è il *Discorso sopra la poesia*, del 1761, al quale Parini ha affidato la più limpida formulazione della propria poetica. Il discorso non presenta posizioni teoriche particolarmente originali e innovatrici, ma costituisce una coscien-

La poetica pariniana

te e coerente assunzione della propria situazione poetica. Riprendendo il principio classico dell'imitazione e innestandolo su un'estetica d'impianto sensistico (che ha i suoi modelli in Du Bos, Batteux e Condillac), Parini difende l'utilità della poesia in polemica sia con coloro che, dediti alle scienze e alle arti necessarie, disprezzano le belle arti, sia con la ridicola gravità di quei «verseggiatori» che si baloccano oziosamente con i loro trastulli pseudo poetici. L'utilità della poesia, sostiene il poeta, risiede *prima di tutto* nel piacere che procura e che deriva da «fisiche sorgenti»: «perciocché l'uomo non solo ama di vivere, ma eziandio di vivere lietamente, così non è stato pago di aver ciò solamente che il mantiene, ma ha procurato ancora ciò che il diletta». L'imitazione delle passioni umane procura una commozione dell'anima che è piacevole in sé in quanto «l'anima nostra, che ama di esser sempre in azione e in movimento, niente più abborre che la noia» e quindi «essendo certo che utile è ciò che contribuisce a render l'uomo felice, utili a ragione si posson chiamare quell'arti che contribuiscono a renderne felici col dilettarci in alcuni momenti della nostra vita». Premesso questo, premesso cioè che l'arte è utile in quanto è piacevole (anche se naturalmente non è «necessaria come il pane né utile come l'asino o come il bue»), in secondo luogo la poesia può essere anche utile quando si serva del piacere che procura per «farci prendere abborrimento al vizio dipingendocene la turpezza» e per «farci amar la virtù, imitandone la beltà». Come si vede, si tratta di una ripresa del classico *utile dulci*: ma occorre sottolineare la concretezza con cui l'argomentazione è presentata e fatta sua dal poeta e occorre soprattutto sottolineare il doppio registro sul quale è svolta la difesa della poesia, doppio registro che corrisponde esattamente al doppio registro su cui opera Parini: quello che esalta il fondamento edonistico della poesia e che corrisponde alla produzione erotico-galante e quello dell'impegno morale e civile sostenuto anche nella prolusione *Sopra la carità* del 1762, nella quale appunto si raccomanda la carità come «soave auriga» che guida il poeta a utilizzare le proprie doti «in vantaggio della società».

Questi principi sono ribaditi nel più vasto trattato lasciato incompiuto, *Dei princìpi fondamentali e generali delle belle lettere applicati alle belle arti* (1773-1776), scritti per l'insegnamento a Brera, che quindi non presenta sostanziali novità rispetto allo scritto precedente ed è privo dell'energia e dell'entusiasmo che caratterizza il giovanile discorso. Nella prima parte di esso si cerca di dare una sistemazione teorica più articolata ai concetti già espressi nel discorso, attingendo però molto più materiale alle consuete fonti francesi (importante soprattutto l'influenza di Condillac per quel che riguarda l'origine delle arti e dei linguaggi) e alla retorica classica (Cicerone, Orazio, Quintiliano). Più interessante appare la seconda parte, nella quale abbandona la trattazione dei principî fondamentali dell'estetica per dedicarsi in particolare alle belle lettere e, in questo contesto, abbozza una sorta di rapida storia della letteratura italiana dalla quale è possibile trarre un'ampia informazione sul gusto e sulla cultura pariniana.

Appena una menzione meritano le opere teatrali, nessuna delle quali rivela particolari qualità poetiche.

Parini e l'esperienza estetica settecentesca

Questo rapido esame delle più rilevanti tra le opere minori è forse servito a far intuire la vastità di una produzione che pone problemi d'interpretazione riguardanti non solo il poeta ma l'intera cultura italiana ed europea del XVIII secolo, la cui esperienza estetica è stata a lungo studiata in una prospettiva storiografica alquanto riduttiva che ne faceva sostanzialmente una fase di transizione tra un termine *a quo* (il barocco e il classicismo) e uno *ad quem* (il romanticismo). In quest'ottica anche le ricerche ben intenzionate, quelle volte cioè a recuperare la modernità della cultura settecentesca, erano comunque inevitabilmente condotte a darne un quadro parziale e privo d'autonomia. Si pensi, per esempio, a quella generazione di studiosi che una cinquantina d'anni addietro (a partire da un celebre libro di Mornet) s'era sforzata di ritrovare le origini del Romanticismo nel secolo dei lumi: proprio Mornet, a furia d'arretrare, aveva trovato nella moda del giardino all'inglese che si diffonde a partire dai primi anni del secolo, i prodromi di una spiritualità romantica. Ma in questo modo l'intero travaglio intellettuale del secolo appariva soltanto come uno sforzo di progressiva affermazione del romanticismo e di progressiva liberazione dalle pastoie della tradizione classicistica che ancora tenevano incatenato lo spirito moderno. Ora, se è vero che per certi rispetti il romanticismo fu un punto di arrivo e la piena maturazione di alcune componenti della cultura settecentesca, è poi vero anche che altri aspetti, in aperta opposizione con il romanticismo e che il romanticismo stesso rifiutò, venivano così del tutto trascurati. D'altra parte altrettanto parziali sono apparsi quegli studi, soprattutto in area tedesca, che hanno cercato di estendere a categoria storiografica in grado di abbracciare tutto il secolo il concetto di Rococò. Tutte queste ricerche del resto, pur nella loro parzialità, non sono state inutili perché, proprio nel loro sforzo di trovare una chiave per tutto il secolo, hanno finito per mettere in luce la ricchezza e la complessità di una cultura che si ribella a ogni definizione unilaterale e rifiuta ogni affrettata o rigida determinazione.

In questo quadro il caso Parini, per quel che riguarda la letteratura italiana è paradigmatico, proprio perché si tratta di una produzione che, estendendosi per tutto l'arco della seconda metà del secolo, è stata il terreno d'elezione per dimostrare la validità di una tesi storiografica o l'esempio più probante sulla base del quale cercar di formulare un tentativo di generalizzazione e di sintesi. Basta scorrere la bibliografia pariniana per rendersene conto. Dal punto di vista storiografico, per esempio, c'è la linea Croce-Fubini che, sviluppando alcune intuizioni carducciane ha visto in Parini il frutto più maturo della tradizione arcadica; altri invece, come Spongano per quel che riguarda la poetica e Petronio per l'ideologia, lo hanno riconosciuto come l'espressione poeticamente più viva della cultura sensistica e illuministica; altri ancora, come di recente Isella, ne hanno fatto uno dei primi e più grandi punti di approdo del neoclassicismo europeo. Del resto questi problemi storiografici sono strettamente connessi a scelte valutative con le quali s'è inteso privilegiare questo o quello aspetto della produzione pariniana: da una parte c'è chi ha visto in Parini soprattutto il poeta civile, sia che lo celebrasse (come Petronio) sia che, pur sottolineando l'eminenza della figura morale, gli negasse la qualità di poeta vero e grande (basti qui fare i nomi di Leopardi e di De Sanctis). Dall'altra c'è chi invece, di nuovo con diversità di valutazioni, ha posto in rilievo la vena erotica e galante che si manifesta in alcune odi e nella produzione cosiddetta minore: Carducci ironizza su questo austero abate che fa il moralista ma poi si abbandona a una sensualità alquanto volgarotta e spesso vuota e superficiale, mentre Petrini ha trovato nell'ispirazione erotica il nucleo più vitale della poesia pariniana.

È difficile, nello spazio d'una introduzione a una edizione che si vuole divulgativa (sia pure nel senso nobile del termine addentrarsi e prendere posizione all'interno di questi problemi: sembra però necessario fissare alcuni punti di riferimento alle pagine che seguiranno. A tal fine appare opportuno richiamarsi alle posizioni storiografiche di Walter Binni che, seppur non ci sentiamo di condividere fino in fondo, sembrano, per quel che riguarda la letteratura italiana le più avanzate e le più fertili, quelle cioè che si sono sforzate di rapportare l'analisi della situazione italiana al quadro europeo e quelle più sensibili alla complessità dei fenomeni culturali settecenteschi e più decise a rifiutare ogni posizione riduttiva. Lo studioso ha individuato le tre principali fasi di sviluppo della cultura italiana del XVIII secolo in un primo momento arcadico-razionalista, in un periodo centrale di classicismo illuministico-sensista e infine in una età finale che si sdoppia in due correnti parallele (pur con influssi e interferenze reciproche): il neoclassicismo e il preromanticismo. «Componente di gusto» costante per quasi tutto l'arco del secolo, ma che resta in Italia sostanzialmente laterale rispetto alle grandi correnti su accennale, emergendo soltanto in alcune personalità come il Rolli e il Savioli, sarebbe poi il Rococò, concetto stilistico che Binni, riprendendo alcuni spunti critici di Momigliano, Spitzer e Auerbach, ha cercato d'introdurre, con le necessarie cautele, nell'indagine letteraria. In questo più generale orizzonte Parini appare il protagonista italiano dell'evoluzione culturale e poetica che abbraccia nel suo primo periodo l'esperienza illuministico-sensista, per approdare poi a una piena maturazione neoclassica: sintesi dei principali fermenti del secolo, il poeta ha saputo comporre in mirabile equilibrio esigenze talora contrastanti lasciandoci l'immagine più viva della cultura italiana settecentesca.

«Il Giorno»

La storia de *Il Giorno* è la storia di una straordinaria avventura letteraria, per certi rispetti singolarmente moderna, che non ha mai conosciuto un esito felice e che proprio per questo, tra l'altro, ha posto gravi problemi agli editori. Nel 1763 Parini pubblica il *Mattino*, nella cui protasi è annunciato il progetto di continuare il poema con altre due parti, il *Mezzogiorno* e la *Sera*, la prima delle quali viene pubblicata due anni dopo, nel 1765: il successo di critica e di pubblico accoglie tanto il *Mattino* quanto il *Mezzogiorno*. Nel 1766 il poeta scrive al libraio Colombani che spera d'aver pronto per la primavera successiva il terzo ed ultimo poemetto; nella stessa lettera però preannuncia anche una versione corretta e migliorata delle parti già pubblicate e Isella ha dimostrato che fin nella prima ristampa del *Mattino*, avvenuta nello stesso 1763 a pochi mesi di distanza dalla precedente, si possono trovare varianti minime ma che già attestano la volontà di Parini di rimaneggiare la primitiva versione. La *Sera* non verrà mai pubblicata, come non verrà mai pubblicato il poema completo: il poeta promette e si ripromette di por termine all'opera e in realtà non cessa di lavorarvi accanto per oltre trent'anni, ma non approderà mai a un risultato definitivo. Instancabilmente, non solo lavora alle parti mancanti, ma ritorna sulle parti già scritte rielaborandone e ridistribuendone la materia e modificando lo stesso piano originario così che quando (presumibilmente intorno al 1796) abbandona l'impresa, il poema è diviso non più in tre ma in quattro parti, in quanto la *Sera* è sdoppiata nel *Vespro* e nella *Notte*. Di quel lavoro immenso, minuzioso e logorante, ci è ri-

Storia del «Giorno» e criteri di edizione

masta testimonianza in un vasto *corpus* di manoscritti: orientandosi con impareggiabile intelligenza critica nella difficile mappa di questo interminato viaggio tra le parole, Dante Isella ne ha di recente ricostruito il senso, approntando un'edizione critica che appare il definitivo punto d'approdo d'una ricerca che ha occupato generazioni di studiosi (fra i contemporanei è giusto ricordare i contributi, precedenti al lavoro di Isella, di Caretti, Citati e Amaturo).

Stabilito il carattere di *opus in fieri* del *Giorno*, Isella ha dimostrato la necessità di abbandonare una volta per tutte le edizioni che tentavano di far coesistere il *Mattino* del 1763 e il *Mezzogiorno* del 1765 con quel che possediamo del *Vespro* e della *Notte*, non solo perché così facendo si accostano innaturalmente due diversi stadi di elaborazione del poema e quindi due diversi momenti di una complessa evoluzione poetica, ma anche perché un'edizione corretta deve permettere al lettore di cogliere l'insieme dell'immenso lavoro pariniano. In coerenza con questi presupposti metodologici lo studioso, nella sua edizione critica, ha organizzato tutto il vasto apparato delle varianti intorno a due testi che costituiscono i due diversi stati in cui s'è fissata, seppur provvisoriamente, la macchina mobile del poema e cioè: in primo luogo, il *Mattino* e il *Mezzogiorno* nelle versioni pubblicate (che a rigore, ha notato Caretti, non si possono nemmeno chiamare il «primo *Giorno*» perché il titolo compare esplicitamente solo molto tempo dopo la loro pubblicazione); in secondo luogo, la ricostruzione della fase di elaborazione più avanzata del poema nella sua interezza, comprendente il rifacimento (forse definitivo) delle prime due parti, alla seconda delle quali il titolo è stato cambiato con il *Meriggio*, le parti stese del *Vespro* e della *Notte* e i frammenti che il poeta si riprometteva forse di utilizzare per quella stesura definitiva che non vide mai la luce. Si riproduce qui il testo di Isella, naturalmente senza l'apparato delle varianti, anche se, per motivi editoriali e dato che l'ultima versione è meno conosciuta, s'è invertito l'ordine cronologico, presentando per prima la stesura più tarda e dando in appendice le versioni pubblicate del *Mattino* e del *Mezzogiorno*.

Le strutture formali: l'ironia Il lettore si trova così di fronte i punti estremi, non in assoluto, ma quelli che è stato possibile fissare, di un prolungato ed esasperato processo di produzione. Occorre a questo punto interrogarne il senso: quali ne sono state le spinte propulsive? Perché il peoma è rimasto incompiuto? e, infine, è migliore la prima versione o l'ultima? In queste domande si riassume la sostanza del dibattito critico intorno al *Giorno* che cercheremo di riassumere nei punti essenziali. La struttura narrativa del poema è assai semplice in quanto vi si intende raccontare (come indica il titolo) come trascorre la sua giornata un giovane e ozioso aristocratico: il filo conduttore della narrazione è dunque costituito dal succedersi cronologico dei diversi momenti di un giorno qualsiasi, a ciascuno dei quali corrisponde una particolare occupazione. Questo schema però si complica per il sovrapporsi e l'incrociarsi di due modelli letterari, il didascalico e il satirico: poiché, nella finzione, il narratore si presenta come il precettore che illustra al giovin signore le occupazioni della giornata, il modo narrativo è *didascalico*, ma, poiché è evidente l'ironia del poeta, l'effetto conseguito è *satirico*. L'ironia è quella nota figura retorica, largamente impiegata nel linguaggio comune, per la quale si dice il contrario di ciò che si vuol far intendere: figura problematica e complessa tanto sul piano strettamente linguistico per la sua ambiguità semantica (come si fa a capire in un testo scritto, senza l'ausilio dell'intonazione, quel che è detto ironicamente?), quanto sul piano della poetica per la sua estrema varietà e latitudine, indagata soprattutto dalla critica anglosassone (basti qui fare il nome di Frye). Nel caso del *Giorno* occorre ricordare che l'ironia, in cui già Baretti vedeva la chiave dell'intero poema, investe non solo i contenuti ma la stessa forma. Leggiamo per esempio la protasi del poema, i primi versi del *Mattino* nell'edizione del 1763: «Giovin Signore, o a te scenda per lungo / Di magnanimi lompi ordine di sangue / Purissimo celeste, o in te del sangue / Emendino il difetto i compri onori / E le adunate in terra o in mar ricchezze / Dal genitor frugale in pochi lustri, / Me Precettor d'amabil Rito ascolta». (vv. 1-7)

Dunque, il soggetto dell'enunciazione si presenta direttamente, e si rivolge direttamente al suo interlocutore. L'intero poema, in altri termini, è scritto tutto in prima e seconda persona: *io*, precettor d'amabil rito, insegno a *te*, giovin signore, come ingannare i tuoi ozi. Senonché l'enunciazione stessa è una finzione letteraria (è cioè un enunciato) i cui due termini (l'*io* e *il tu*, il locutore e l'ascoltatore), personaggi letterari, si sdoppiano perché a ciascuno di essi corrisponde, per ironia, una realtà opposta: al personaggio del precettor d'amabil rito corrisponde il reale soggetto dell'enunciazione, l'autore dell'opera, Parini poeta civile e maestro di virtù, così come al personaggio del giovin signore sorrisponde il reale interlocutore del poeta, il più vasto pubblico costituito dall'élite d'intellettuali riformatori che condivide l'ideologia pariniana e intende i presupposti impliciti dell'ironia, diretta a colpire non solo gli esponenti imbelli e corrotti dell'aristocrazia ma anche l'impiego adulatorio e la prostituzione di molta poesia contemporanea.

Ora, come intendere la presenza di questo soggetto e di questo interlocutore, linguisticamente latenti, dato che nel testo non si fa mai parola di loro? Innanzi tutto ci sono degli indici stilistici, quelli cui si riferiva De Sanctis quando parlava dell'ironia pariniana come dell'ironia di una forma priva di contenuto. Rifacendoci alle categorie del *Peri Bathous*, testo chiave della cultura settecentesca (recentemente studiato, qui da noi, da A. Brilli), scritto collettivamente da Swift, Poe e dagli altri membri dello Scriblerus Club nel 1727 con l'intento di satireggiare la retorica ma anche contemporaneamente di dare le linee di una retorica della satira, potremmo individuare la chiave stilistica del *Giorno* nella figura del «*magnifying*», cioè della magnificazione ironica, per mezzo di vari espedienti (si pensi all'iperbole), del vacuo, del vano, del piccolo. Non si dimentichi che alle spalle di Parini c'è la grande tradizione dell'eroicomico che aveva fatto le sue prove migliori con *La secchia rapita* di Tassoni, con *Le Lutrin* di Boileau, e soprattutto con *The Rape of the Lock* di Pope (quest'ultimo assai noto in Italia per essere stato tradotto prima da Bonducci e poi da A. Conti). Accennando a questa tradizione non s'intende naturalmente togliere nulla all'originalità di Parini, ma si vuol semplicemente sottolineare i precedenti più importanti dei modi stilistici del *Giorno*, consistenti nell'impiego di un linguaggio magniloquente ed eroico per descrivere le futili occupazioni del giovin signore: frequentissime sono, per esempio, le similitudini guerresche con le quali si paragona il comportamento dell'ozioso e imbelle aristocratico a quello degli eroi dei poemi cavallereschi o, in generale, del soldato. Se è vero che l'universo satirico è segnato dall'eclissi dell'eroe e dal tramonto della dimensione eroica dell'esistenza, è vero anche che tale scomparsa non è mai direttamente esibita nel *Giorno*, ma solo e continuamente denunciata per antifrasi.

Neoclassicismo e Rocaille Abbiamo ricordato come la magnificazione sia uno dei modi satirici raccomandati dal *Peri Bathous*: per comprendere meglio la collocazione di Parini rispetto a Swift, Pope e in generale alla produzione satirica settecentesca, val la pena di ricordare che nello stesso trattato la magnificazione era messa in stretto rapporto con la figura opposta, la degradazione. Ora, il processo di deliberata magnificazione del futile e di deliberata degradazione del grande, non solo è uno dei modi preferiti dalla satira in generale, ma è anche una costante, pur con diverse valenze ideologiche, dello stile Rocaille. Sedlmayr e Bauer, per esempio, hanno insistito sulla struttura «micromegalica» del Rococò, che consisterebbe essenzialmente in un gioco scalare di artificiale riduzione o ingrandimento della realtà, gioco che assume spesso il significato evasivo di compiaciuta celebrazione del grazioso o del minuto, ma che ha implicite anche delle profonde possibilità di sovversione: basti pensare che la stessa definizione di struttura micromegalica è ripresa dal titolo di un noto racconto di Voltaire, *Micromégas*, nel quale il rovesciamento delle dimensioni, sull'esempio del grande Swift, è tutt'altro che gratuito ed ha invece una precisa funzione ideologica critica.

È significativo (e significativo anche di un certo modo di rivalutare il contenuto politico e ideologico del *Giorno*) che in Parini ci sia solo una di queste due dimensioni satiriche, quella appunto della magnificazione ironica del futile e del minuscolo e che manchi invece del tutto la demistificazione del grande e dell'eroico. Questa scelta stilistica è infatti l'espressione di una posizione ideologica che non intende affatto rifiutare l'eroe e ne prova anzi una profonda nostalgia: in realtà, agli occhi di Parini, il torto maggiore del giovin signore non è di essere un aristocratico, ma di non essere un aristocratico vero e un eroe autentico, magari un eroe borghese e filantropo come quelli celebrati da alcune sue odi. Allo stesso modo il torto delle dame corteggiate dal giovin signore non è quello d'essere delle aristocratiche, ma di non essere delle aristocratiche belle, colte e raffinate come Paola Castiglioni o Cecilia Tron, le nobildonne dalle quali volentieri si lasciava affascinare il poeta. Da questo punto di vista è esplicito e chiarissimo, fin dal *Mattino* e dal *Mezzogiorno* il significato ideologico del suo rifiuto del Rocaille e dell'evoluzione in senso neoclassico. Si leggano per esempio i versi 635-659 del *Mezzogiorno*. Vi si parla di una tabacchiera che suscita l'invidia di tutti i presenti e che detta a un commensale questa celebrazione dell'arte francese: «Di là dell'Alpi è forza / Ricercar l'eleganza: e chi giammai / Fuor che il Genio di Francia osato avrebbe / Su i menomi lavori i Grechi ornati / Recar felicemente? Andò romito / Il Bongusto finora spaziando / Su le auguste cornici, e su gli eccelsi / Timpani de le moli al Nume sacre, / E agli uomini scettrati; oggi ne scende / Vago al fin di condurre i gravi fregi / Infra le man di cavalieri e dame: / Tosto forse il vedrem trascinar anco / Su molli veli, e nuziali doni / Le Greche travi; e docile trastullo/ Fien de la Moda le colonne, e gli archi / Ove sedeano i secoli canuti».

Il riferimento al Rocaille è esplicito: tutti conoscono, per esempio, quelle splendide tabacchiere di Meissonnier che riproducono, nelle dimensioni di un oggetto capace di star nel palmo di una mano, le modanature e gli sgusci, l'ornato e le trabeazioni dell'architettura. Ma è evidente il disprezzo del poeta per quella piccolezza, è palese lo sdegno e il rimpianto per la dimensione magniloquente, anche fisicamente grande, dell'architettura classica, dei «gravi fregi» e delle «auguste cornici», degli «eccelsi timpani» e delle «colonne» che adornavano i grandi e nobili edifici di una grande e nobile stirpe. In quel rimpianto è evidente l'idoleggiamento di un ideale eroico che prenderà corpo nel neoclassicismo.

Tempo e descrizione Ma occorre aggiungere qualcosa sulla struttura narrativa del poema. Si è già detto del debolissimo filo conduttore del *Giorno*, che appare tanto più tenue in quanto non esistono nodi cruciali nelle vicende narrate: l'esistenza del giovin signore si svolge sotto il segno della noia e dell'ozio, e la funzione del precettore è di rendere appetibili e interessanti i divertimenti, di cercar di riempire le ore vuote con la molteplicità e la varietà di futili occupazioni. Ora, ciascuna di queste occupazioni non è un'alternativa decisiva nei confronti delle altre perché una vale l'altra e sono tutte ugualmente indifferenti e ugualmente incapaci di colmare il vuoto del tedio, anche se tutte ugualmente utili per occupare il tempo. Ma in questo modo i possibili narrativi restano delle pure possibilità, perché la realtà non muta qualora sia l'una piuttosto che l'altra a tradursi in evento reale. Ciò ha per conseguenza un fatto che domina l'intero poema: l'assenza di eventi determinanti produce l'assenza del tempo. Come un autentico Dio in terra, il giovin signore cerca di esorcizzare il tempo come qualcosa che turba la sua immota perfezione. Chiuso nei ritmi di una temporalità meccanica e ripetitiva, le sue azioni sempre uguali a se stesse nella loro indifferente vacuità, si ripetono indefinitivamente a dispetto degli unici eventi ineluttabili del poema, gli eventi cosmici e quelli biologici: il sorgere del sole, il mezzogiorno, il calar della notte da una parte e, dall'altra, la vecchiaia. E se nel *Mezzogiorno* il poeta rifiuta al sole e alla luce il diritto di regolare le occupazioni del giovin signore così come regolano il lavoro dei comuni mortali («a te null'altro / Dominator fuor che te stesso è dato» vv. 27-28), in uno dei più begli episodi della *Notte* la voluta indifferenza nei confronti del tempo diventa la tragica commedia di due anziani amanti che ormai non posson far altro che trasferire il rituale stereotipato delle schermaglie amorose al gioco delle carte. Tutto il poema d'altra parte, anche sul piano delle strutture letterarie, può essere letto in questa chiave, come una sorta di gigantesca lotta tra l'universo immobile e statico della descrizione e quello dinamico della narrazione. Infatti, proprio per la loro indifferenza, le azioni del giovin signore non sono funzioni narrative ma (nel senso di Barthes) *indizi*: in altri termini non costituiscono tanto una storia, ma servono per connotare la figura del protagonista. Da ciò il ritmo lentissimo del poema in cui prevalgono quelle descrizioni che han fatto definire Parini «il più grande poeta descrittore che abbia avuto l'Italia» (Momigliano). M.me de Staël, come si sa, vide in esse esclusivamente dei *tours de force*, delle esibizioni di raffinata maestria, ma quell'attenzione minuziosa alle cose, quell'aggettivazione perspicua e analitica che risente, come ha notato Spongano, della cultura sensistica, quel fermo e oggettivo nitore delle immagini, nel quale Binni ha individuato uno dei primi grandi segni della letteratura neoclassica, hanno una precisa funzionalità poetica: in realtà nel poema non c'è quasi narrazione, perché nel mondo del giovin signore non c'è posto per il tempo e per la storia se non nella loro dimensione mitologica. Gli unici interventi narrativi di una certa entità sono, infatti, le favole, racconti delle origini mitiche degli usi e dei costumi satireggiati. Si tratta della ripresa della tradizione favolistica e moraleggiante per mezzo della quale il poeta rende più esplicita la propria ironia, perché l'apparente celebrazione degli usi aristocratici di solito ne mette allo scoperto le motivazioni banali: così la favola della cipria ci insegna, per esempio, che l'uso del cosmetico sorse dal desiderio di nascondere la propria vecchiaia. Poiché anche tali favole sono spesso sviluppate in forma ironica, una di esse, la favola del piacere, ha fatto discutere gli interpreti a causa della sua ambiguità ideologica.

Ma al di fuori di questi intermezzi mitologici, frammenti di realtà compaiono solo all'estrema periferia di quest'immobile mondo, come rari icebergs fluttuanti di storia sommersa che turbano la piatta superficie di questo mare di noia: sono i momenti del poema in cui un evento banale permette di rievocare un dramma storico reale, come quando, parlando del caffè e della cioccolata, serviti al giovin signore, il poeta ricostruisce con pochi tratti essenziali la sanguinosa conquista delle Americhe. Oppure sono i momenti in cui l'ironia sfocia in esiti tragici, come quando, nel giustamente celebre episodio della vergine cuccia, la vicenda della cagnetta offesa lascia leggere in trasparenza una sofferenza autentica, lascia indovinare gli eventi di una tragedia non detta.

Su questo impianto Parini lavorò, come si è detto, per trent'anni, cercando di por termine a un'opera che probabilmente non poteva aver termine se non rinunciando alla struttura che s'era data: un poema sostanzialmente descrittivo, infatti, è in grado di dilatarsi attraverso un numero indeterminato di aggiunte. L'economia del *Giorno* doveva rispondere a troppe esigenze tra loro contrastanti, quella satirica e quella didascalica, quella descrittiva e quella narrativa, perché potesse trovare un equilibrio stabile: perciò ha finito per prevalere la tendenza più sentita, quella più originale e che ha descritto ottimamente Isella quando ha pargonato il modo di lavorare dell'ultimo Parini a quello di certi artisti moderni che preparano singole parti della propria opera senza seguire un piano prestabilito e senza preoccuparsi dell'insieme, riservandosi di trovare la composizione finale per tentativi, sondando tutte le possibili combinazioni delle parti in sé compiute. Forse è stato sempre così, fin dal *Mattino* del 1763, forse il modo più corretto di leggere il *Giorno* è proprio quello di non cercarne l'unità intorno a un piano precostituito, ma di coglierne il fluttuare di episodi, di tipi, di immagini intorno a un filo conduttore deliberatamente mobile che lascia un largo margine di libertà al gioco degli elementi. Importa poco, per comprendere e per gustare il poema, che si sia rotto il momentaneo equilibrio del *Mattino* e del *Mezzogiorno* e il frantumarsi del poema nelle caleidoscopiche immagini della *Notte*, nei gesti grotteschi di personaggi-fantocci che lo sguardo del poeta ferma e congela in sequenze quasi meccaniche, non è poeticamente meno felice della prima stesura.

Letteratura e Ma poiché è parso che a determinare le più rilevanti dif
ideologia ferenze tra le due redazioni del *Giorno* sia stato il fattore ideologico, occorre dire qualcosa sull'ideologia del poema. L'interpretazione che insiste sul carattere prevalentemente politico dell'ispirazione pariniana nel *Giorno* fu sostenuta nel secolo scorso da Ugoni, Borgognoni e Guerzoni (che vide nell'opera addirittura un episodio della lotta di classe tra popolo e aristocrazia), fu accreditata dallo stesso Carducci ed è stata recentemente riproposta da Petronio, che ha creduto di individuare nell'affievolirsi delle motivazioni politiche e sociali che animavano la prima stesura la causa della progressiva involuzione del poema in senso accademico e letterario e poi del suo definitivo abbandono. Del resto, secondo la testimonianza di un contemporaneo, lo stesso Parini nel 1798 avrebbe detto di non voler più pubblicare l'opera perché riteneva un gesto ormai vile attaccare la nobiltà dopo i fieri colpi che questa aveva subito dalla Rivoluzione.

In merito al problema bisogna innanzi tutto dire che sarebbe naturalmente assai grave sottovalutare la componente etico-politica del *Giorno* e in generale l'influenza esercitata dalla cultura illuminista sull'opera pariniana: la satira dell'aristocrazia oziosa e corrotta è e resta fino alla fine uno dei vettori di sviluppo del poema. Ma, chiarito questo, occorre anche guardarsi dal sopravvalutare tanto il contenuto politico quanto il senso politico della forma nel *Giorno*. In primo luogo non bisogna mai dimenticare che l'adesione del Parini agli ideali illuministi fu sempre assai moderata e prudente: gli aspetti che lo attiravano in quella straordinaria avventura intellettuale che va sotto il nome di Illuminismo sono almeno uguali a quelli che suscitavano la sua diffidenza e il suo rifiuto (basti in proposito ricordare il celebre passo del poema relativo ai «novi Sofi»).

Ma non è tanto questo l'importante, quanto il fatto che l'ispirazione sostanziale di Parini è sempre stata, anche nella prima versione, letteraria e non politica: gli scritti di Parini non escono mai e non tentano mai di uscire dall'ambito letterario. In questo senso credo che abbiano ragione coloro che, come Fubini, hanno insistito sul peso determinante avuto dalla formazione umanistica e letteraria. Ciò non significa, ripeto, negare l'impegno etico-politico di Parini, ma significa piuttosto affermare che tale impegno è sempre stato riassorbito e, per così dire, incorporato dall'impegno letterario e che il poeta ha accolto dell'ideologia illuminista solo quegli elementi che erano conciliabili con la sua cultura umanistica, con l'immagine ideale di poeta che egli ha sempre perseguito e che Fubini ha felicemente sintetizzato definendola come l'immagine di un Pindaro e di un Anacreonte conciliati sotto il segno di Orazio. D'altra parte è significativo che l'unica eccezione al coro delle lodi che accolse la pubblicazione delle prime due parti del poema, sia stata la dura recensione del *Mezzogiorno* scritta per «Il Caffè» da Pietro Verri, nella quale si accusava precisamente l'opera di mancare agli scopi etici che si prefiggeva, di essere politicamente inefficace perché incapace di suscitare nel lettore un reale sentimento di sdegno e di disprezzo nei confronti del giovin signore. Ora, è noto che Verri e Parini non si amavano, ma non si può liquidare la stroncatura come se fosse stata dettata da una semplice antipatia personale. C'è qualcosa di più profondo che separava gli uomini e che si capisce perfettamente se si tiene presente quello che scrive Venturi quando, ricordando come Verri abbandonasse le giovanili ambizioni letterarie, parla di un suo passaggio dalla «poesia» dei Trasformati alla «prosa» del «Caffè». Parafrasando questa acuta annotazione, potremmo legittimamente contrapporre la «letteratura» di Parini alla «politica» di Verri e riconoscere che chi ancor oggi leggesse il *Giorno*, anche nella sua prima stesura, come poesia politica non potrebbe non concordare con il duro giudizio dell'illuminista. E poco importa qui ricordare quello che hanno notato tutti gli studiosi, che cioè la stroncatura era sul piano letterario inintelligente dimostrandosi del tutto insensibile alle ragioni poetiche del poema, perché per l'appunto, così dicendo, si dimentica che il giudizio di Verri esprimeva una valutazione politica, non letteraria, e in politica occorre essere radicali e tendenziosi, proprio come non era Parini. Si badi che non si fa questione di contenuti ma di forma; non si vuol dire insomma che il *Giorno* non è letteratura politica perché il poeta era un moderato. Si può far della satira tendenziosa anche da posizioni moderate o reazionarie: ma il fatto è che non è politico, nel *Giorno*, il rapporto tra letteratura e ideologia perché l'elemento trainante non è mai l'ideologia, ma sempre e solo la letteratura. Basti pensare, per rendersene conto, non dico ad Aristofane o a Majakowskij ma semplicemente a Voltaire, che non era certo un incendiario, ma che ha saputo dare splendidi esempi di letteratura politica.

In realtà, dunque, i pregi del *Giorno* vanno cercati altrove, e non certo nell'impegno politico, che non c'è mai stato in senso proprio. C'è stata invece una forte e nobile ispirazione morale che ha materiato di contenuti politico-sociali un'ideologia estetica e questa ispirazione morale non è mai venuta meno, nemmeno nell'ultima stesura del poema. Sono venute meno certe punte polemiche e certe asprezze verbali, come, per esempio il famosissimo «stallone ignobil della razza umana» che è diventato «ignobil fabbro della razza umana». Ma nel frattempo le convinzioni morali non si sono affievolite, si sono anzi fatte più forti, e più forti soprattutto si sono fatte le capacità poetiche. Da questo punto di vista valutano giustamente non solo Isella, quando con una sottile e sensibilissima analisi rileva nella struttura del verso dell'ultimo Parini lo stilema caratterizzante di un gusto neoclassico che arriva fino ai nostri giorni, ma anche G. Savoca, quando sostiene che forse mai come nella *Notte* il poeta ha saputo dare la piena immagine di una società in disfacimento.

«Il libro delle Odi»

Criteri di edizione Parini scrisse numerose odi nelle più diverse occasioni, ma solo nel 1791, dietro le insistenze dell'allievo e dell'amico Agostino Gambarelli, accettò che fossero da lui raccolte e pubblicate in un volume una scelta di ventidue poesie. Nel 1795, morto Agostino Gambarelli, a cura di un altro discepolo, Giuseppe Bernardoni, ne veniva pubblicata un'edizione corretta ed accresciuta delle ultime tre odi, scritte dopo il 1791. I curatori delle edizioni successive alla morte del poeta, a cominciare dal Reina, primo editore della raccolta di tutti gli scritti, si attennero a diversi criteri di scelta espungendo alcuni componimenti considerati minori, modificarono il testo di alcune odi basandosi sui manoscritti ed infine diedero alla raccolta un ordinamento cronologico. Nel 1943 Chiari ne dava un'edizione critica rigorosissima per quel che riguarda il testo, con la quale dimostrava che la versione pubblicata nel 1791 era posteriore a quella dei manoscritti quindi da considerarsi come definitiva. Finalmente Isella, alcuni anni fa, ha dimostrato come, anche per quel che riguarda i criteri di scelta e l'ordinamento, le prime due edizioni fossero fatte con la tacita approvazione di Parini e sotto la sua indiretta ma costante sorveglianza, così che devono essere considerate come l'unica e reale espressione della sua volontà.

Seguendo le indicazioni di Isella, diamo dunque qui, per la prima volta dopo la morte di Parini, *Il libro delle Odi*, cioè i venticinque componimenti che Parini scelse per la pubblicazione secondo l'ordinamento originale, ordinamento che non è cronologico e che sarebbe scorretto modificare, come sarebbe scorretto modificare in senso cronologico qualunque raccolta di qualunque poeta. Naturalmente non si può parlare di una rigida architettura interna al libro ma è possibile, in prima ipotesi, individuare all'interno della disposizione alcune sezioni o, se si preferisce, nuclei tematici che non sembrano affatto nati per caso. Il libro si apre con un gruppo di quattro odi: *L'innesto del vaiuolo* (1765), *La salubrità dell'aria* (1759), *La vita rustica* (1758) e *Il bisogno* (1765-1766).

Sono le odi più strettamente politico-civili della raccolta e non a caso in una di esse (*La salubrità dell'aria*) è contenuta la notissima dichiarazione di poetica: «Va per negletta via / Ognor l'util cercando / La calda fantasia, / Che sol felice è quando / L'utile unir può al vanto / Di lusinghevol canto». Sono tutte dedicate a temi naturali: vi si tratta, in altri termini, della fisicità dell'uomo e delle conseguenze che la condizione fisica può avere sulle sue condizioni morali. In questo quadro diventa importante un giusto rapporto uomo-natura, tema trattato nelle più antiche delle odi, *La vita rustica* e *La salubrità dell'aria*, la prima delle quali risente ancora di certi modi arcadici nella celebrazione un po' convenzionale della sanità fisica e morale dell'esistenza contadina. Più decisso appare l'impegno illuministico nelle altre due odi che, del resto risalgono all'anno di pubblicazione del *Mezzogiorno*. *L'innesto*, messa al primo posto probabilmente per motivi stilistici (è quella di struttura metrica più ampia, con andamento che si vuole pindarico), è tutta volta a denunciare l'ottusa superstizione che si oppone alle innovazioni mediche e ad esaltare il valore liberatorio della scienza e della ragione. *Il bisogno* è probabilmente la punta ideologicamente più avanzata dell'intera opera poetica pariniana. In un clima culturale che aveva visto la pubblicazione del trattato di Beccari *Dei delitti e delle pene*, Parini fa sua la battaglia contro l'inunamità di una giustizia cieca di fronte alla condizione sociale dei rei, di fronte al bisogno, appunto, che spinge i miserabili al de-

Le odi politico-civili

litto. Il poeta sa trovare alcune felici immagini vibranti di passione morale e materiale di un realismo che irrompe nei versi quasi a dispetto della dignità letteraria del linguaggio: «Ahi l'infelice allora / I comun patti rompe; / Ogni confine ignora; / Ne' beni altrui prorompe; / Mangia i rapiti pani / Con sanguinose mani».

Intermezzo satirico-giocoso
Segue una sezione di quattro componimenti giocosi: *Il brindisi* (1778), *La impostura* (1761), *Il piacere e la virtù* (1774) e *La primavera* (1765). Gli editori di solito le espungono tutte a eccezione de *La impostura* perché l'impostazione satirica di quest'ode è più consona all'immagine che si ha del poeta del *Giorno*. Ma, come si è detto, non bisogna dimenticare che Parini non è stato e non è mai voluto essere esclusivamente un poeta civile, come è provato, tra l'altro, dal fatto che accettò di pubblicare queste poesie insieme alle altre. *Il brindisi* è un componimento di gusto anacreontico che possiede una sua felice grazia nelle immagini e nel tono. Meno riuscite appaiono *Il piacere e la virtù* (celebrazione delle nozze dell'arciduca Ferdinando che però permette al poeta di formulare il suo ideale etico di un felice connubio tra un moderato edonismo e un equilibrato senso morale), *La primavera* (convenzionale quadro, di tono lirico, della natura che rifiorisce facendo rifiorire l'amore) e anche *La impostura*, che però è interessante perché segna il passaggio dalle composizioni satiriche scritte per i Trasformati al *Giorno*: in essa, infatti, viene impiegata sistematicamente e coerentemente l'ironia, figura retorica che domina tutto il poema.

Cultura e società
Il nucleo tematico successivo sembra incentrato sull'idea di cultura. *L'educazione* (1764), *La laurea* (1777), *La musica* (1762-1763), *La recita de' versi* (1783-1784) sono infatti odi civili, simmetriche alle prime quattro ma dedicate alla funzione della cultura ed al rapporto cultura-società. *La educazione* risale agli anni de *Il bisogno* e de *L'innesto* e costituisce l'enunciazione in termini pedagogici delle convinzioni morali che informavano quelle stesse odi. Scritta per celebrare la guarigione di Carlo Imbonati di cui, come si ricorderà, Parini era istitutore, attraverso la rievocazione mitologica di Achille e Chirone formula i principi ispiratori di una educazione illuministico-cristiana che susciterà l'ammirazione di Manzoni, anche se la poesia è sembrata a taluni critici, e non a torto, poeticamente poco entusiasmante. Con *La laurea*m che riaprì l'attività poetica di Parini dopo un lungo intervallo di silenzio, vengono ripresi i modi pindarici e magniloquenti dell'ultima ode della fase precedente, *L'innesto*: è evidente la volontà di dignificare con questa scelta metrica un fatto di cronaca (la laurea in giurisprudenza conseguita da una donna), da cui il poeta prende

spunto per celebrare l'ingresso del gentile sesso in attività intellettuali come il diritto, finora riservate agli uomini. L'ode è comunque poco riuscita ed interessa soprattutto per il sensibile spostamento dello stile in direzione neoclassica. Le ultime due odi del gruppo, pur se scritte a distanza di vent'anni l'una dall'altra, sono entrambe un atto d'accusa contro due diverse forme di corruzione dell'arte ad opera di una società fatua ed immorale. Ne *La musica* si attacca violentemente l'uso di castrare i bambini per ottenere cantanti e se ne identificano le cause nella degenerazione di un gusto che preferisce, alle naturali voci maschile e femminile, il canto mostruoso di un «canoro elefante» che «manda per gran foce / Di bocca un fil di voce» e nell'avidità di denaro che spinge i padri a mutilare i figli per arricchirsi. Ne *La recita dei versi* si protesta con toni più pacati (non si dimentichi che l'ode è rivolta a una donna), ma non meno fermi, contro l'uso di chiedere ai poeti un brindisi da recitare a fine pranzo. Mentre nella prima parte dell'ode si presentano le immagini grottesche di due verseggiatori che accettano di farsi giullari di un'accolta di rumoreggianti convitati, nella seconda parte si celebra la vera poesia che «Orecchio ama placato... e mente arguta, e cor gentile».

A questo punto segue un'ode che appare difficile sistemare in un disegno: non si dimentichi del resto che la disposizione è stata stabilita a posteriori, poiché le Odi furono scritte senza un piano preordinato e quindi nemmeno il poeta era in grado, anche se lo avesse voluto, di dar loro un ordinamento rigoroso. Si può comunque avanzare un'ipotesi. *La tempesta* (1786) che non si riallaccia né all'ode che la precede né a quella che la segue, ma occupa il centro della raccolta, costituisce forse una sorta di cesura. Si tratta infatti, come si sa, di una pesante e macchinosa allegoria, poeticamente assai poco felice, dello scompiglio apportato in Lombardia dalle riforme di Giuseppe II, in cui parve minacciata la stessa posizione del poeta. Ora, è rilevante che l'ode termini con un'esortazione a ritirarsi a vita privata per dedicarsi alla poesia, perché tutte le poesie d'intonazione personale della raccolta sono contenute nella seconda parte. Se la nostra ipotesi è giusta, insomma, *La tempesta* segnerebbe lo stacco tra le odi pubbliche della prima parte e quelle non necessariamente meno «civili», ma più personali ed individuali della seconda parte. Nella prima parte prevalgono i temi d'interesse pubblico, nelle odi sono incentrate sulla personalità del poeta o di coloro che sembrano incarnare il suo ideale di vita (il cardinal Durini, per esempio, o il maestro Sacchini). Non a caso, mentre nella prima parte solo *Il brindisi* ha un'intonazio-

«*La tempesta*»

ne autobiografica, nella seconda stanno *La caduta, Il pericolo, Il dono* e *Il messaggio*. E non a caso a *La tempesta* segue immediatamente *Le nozze* (1777) che, celebrando con morbide immagini di grazia neoclassica i casti piaceri nuziali, sembra dar corpo alle ultime strofe de *La tempesta* che esortavano alle gioie raccolte della famiglia, e sembra voler contrapporre alle ambizioni che spingono nel turbine della vita politica, la sensualità appagata e serena di un matrimonio felice.

Gli ideali neoclassici Seguono due odi il cui collegamento è evidente. *La caduta* (1785) e *Il pericolo* (1787) hanno entrambe per tema la vecchiaia del poeta e i rischi alla quale è esposta: la rinuncia al rigore morale per il bisogno che si fa tanto più impellente quanto più si è vecchi, la rinuncia all'equilibrio minacciata da una passione amorosa tanto più pericolosa in quanto frutto di una senile nostalgia d'affetto, di un non contraccambiabile desiderio di bellezza. Entrambe le odi sono giustamente celebri: *La caduta*, in particolare rappresenta uno dei vertici della raccolta. *Piramo e Tisbe* e *Alceste*, le due odicine di incerta datazione che succedono alle precedenti, costituiscono una sorta di intermezzo leggero: scritte, spiega Gambarelli, per un nobile improvvisatore, sono alquanto inconsistenti e fragili. Costituiscono un gruppo abbastanza compatto le quattro odi seguenti, che erano le ultime nell'edizione del 1791: *La magistratura* (1788), *In morte del maestro Sacchini* (1787), *Il dono* (1790), *La gratitudine* (1791). Dedicate tutte e quattro a una persona che il poeta vuol celebrare per le sue eminenti virtù, hanno un diverso valore poetico e umano. Nel caso de *La magistratura* il magistrato veneto celebrato non era nemmeno conosciuto dal Parini e l'ode risulta la più fredda di questa seconda parte del libro. Anche il maestro Sacchini era stato conosciuto da Parini durante la sua permanenza a Milano numerosi anni prima. Tuttavia, nell'ode a lui dedicata, il poeta riesce a rievocare felicemente la figura del vecchio amico: virtuoso e incorrotto dal successo che lo aveva accolto in tutta Europa, amato dalle donne e amico degli uomini, il musicista rappresenta la figura dell'artista come forse avrebbe voluto essere Parini stesso se un più felice destino glielo avesse permesso.

Il dono è dedicata a una donna e forma, insieme a *Il pericolo* e a *Il messaggio*, il trittico delle grandi odi amorose: in questo componimento centrale il pericolo di una travolgente passione senile sembra ormai superato, ma non è superato ed anzi è celebrato il fascino esercitato sul poeta dalla bellezza femminile. Paola Castiglioni ha donato al poeta un'edizione delle tragedie alfieriane ed egli ora la ringrazia con questa ode nella quale afferma che l'immagine della bellissima donna ha reso più piacevole la lettura dell'Alfieri: non è naturalmente soltanto un raffinato omaggio alla bellezza della dama, ma anche una celebrazione del valore rasserenatore della bellezza in implicita contrapposizione con le turbolente passioni alfieriane.

Con *La gratitudine*, interminabile celebrazione (si tratta dell'ode più lunga) delle virtù del cardinal Durini, amico e benefattore del poeta, si chiudeva la raccolta nella sua prima edizione, probabilmente per due motivi: in omaggio all'amicizia che legava i due uomini ed anche perché si tratta di un vero e proprio *exploit* delle capacità tecniche del poeta. A dispetto di ciò l'ode è alquanto monotona e poeticamente spenta.

Quando nel 1795 Parini aggiunse le ultime tre odi non modificò la disposizione delle altre, probabilmente perché non ce n'era bisogno, dato che si inserivano abbastanza bene alla fine della raccolta. La prima delle tre, *Per l'inclita Nice* (o *Il messaggio*, 1793) si raccorda abbastanza bene con le precedenti perché è anch'essa la celebrazione di una donna che si dimostra affettuosa verso il poeta. Parini è malato e Maria di Castelbarco manda a chiedere notizie della sua salute; rimasto solo, egli rievoca con l'immaginazione la figura della donna e confessa apertamente di sentirne il fascino. Il vecchio poeta non teme il ridicolo proprio perché è vecchio e proprio perché è poeta: questa è l'ultima sua stagione, l'ultima occasione che gli è offerta di godere di quella bellezza che ha inseguito per tutta la vita e alla quale lo porta la sua natura di poeta. Foscolo la giudicò la più bella tra le odi pariniane ed è sicuramente la più bella tra le odi dedicate all'amore.

A Silvia (1795), la meno felice delle tre, è una protesta contro la moda che imponendo alle donne di vestire *à la victime*, cioè come ghigliottinate, deturpava la loro bellezza con il ricordo della morte e della violenza. Con una perfetta padronanza dei mezzi tecnici, il Parini prende spunto dal tema del contrasto tra violenza e bellezza, per riprendere un'ultima volta, attraverso una serie di agilissime rievocazioni storiche, il suo impegno civile e per denunciare non solo gli eccessi della rivoluzione francese, ma il pericolo che rappresenta per la divina e rasserenante bellezza femminile il gusto della crudeltà.

Alla Musa (1795) è il testamento poetico di Parini ed uno dei vertici di tutta la sua produzione poetica. Il giovane Febo D'adda, suo discepolo, ha abbandonato la poesia da quando s'è sposato. In occasione della sua prossima paternità il poeta chiede alla Musa di sollecitare la bella moglie del giovane amico affinché questi ritorni all'attività poetica. Ormai lontano dai clamore dell'impegno pubblico, Parini non cessa, in quest'ode perfetta, di rivendicare la dignità del poeta in una dimensione di raccolto equilibrio e di superiore armonia.

ANDREA CALZOLARI

Guida bibliografica

EDIZIONI

Per le opere principali si dispone di edizioni critiche curate da D. Isella: *Il giorno*, Milano - Napoli 1969, 2 voll.,; *Le odi*, ivi 1975. Il testo del *Dialogo sopra la nobiltà* è stato fissato, con divergenze, da C. Colicchi, *Il «Dialogo sopra la nobiltà» e la polemica sociale di Giuseppe Parini*, Firenze 1965, e da L. Poma, *Stile e società nella formazione del Parini*, Pisa 1967. *La Gazzetta di Milano (1769)*, è stata pubblicata a Milano - Napoli 1981, 2 voll., a c. di A. Bruni. Per gli altri scritti, cfr. *Tutte le opere edite e inedite*, Firenze 1925, a c. di G. Mazzoni.

STUDI

Dei problemi filologici posti dal poemetto parinano resta testimonianza in L. Caretti, *Sul testo del «Giorno»* (1951), in Id., *Antichi e moderni*, Torino 1976, pp. 213-222; R. Amaturo, *Congetture sulla «Notte» del Parini*, ivi 1968; D. Isella, *L'officina della «Notte»*, in Id., *L'officina della «Notte» e altri studi pariniani*, Milano - Napoli 1968, pp. 39-74.

Per la storia della critica e l'informazione bibliografica si vedano L. Caretti, *Parini e la critica* (1953), Firenze 1970[2]; F. Fido, *Parini restaurato e rivisitato*, in «Italica», XLIX (1972), pp. 472-489; I. Magnani, *Parini e la critica (1972-1984)*, in «Lettere italiane», XXXVII, (1985), pp. 109-127. Per un primo orientamento generale sull'autore e sulla sua opera si può ricorrere a S. Antonielli, *Giuseppe Parini*, Firenze 1973, e a N. Jonard, *Introduzione a Parini*, Roma - Bari 1988.

La *Vita di Giuseppe Parini* premessa da F. Reina al I vol., Milano 1801, dell'ed. delle *Opere* pariniane da lui curata inaugura il mito diffuso nell'età romantica di Parini «poeta civile» e «maestro di libertà», che ha ancora un peso su F. De Sanctis, *Giuseppe Parini* (1871), in Id., *Saggi critici*, III, Bari 1965, a c. di L. Russo, pp. 128-160. Sullo stile e sulla metrica spostò l'attenzione G. Carducci nei suoi studi pariniani, composti tra il 1881 e il 1905, e raccolti in Id., *Opere*, ed. naz., XVI e XVII, Bologna 1937. B. Croce, *Conversazioni critiche*, serie III, Bari 1932, pp. 324-325, e *L'Arcadia e la poesia del Settecento* (1946), in Id., *La letteratura italiana del Settecento*, ivi 1949, pp. 1-14, rovesciò il giudizio romantico relegando Parini nell'ambito della «letteratura». Pur accettando questa pregiudiziale, alcuni critici attesero alla enucleazione di isolati «momenti poetici» nell'opera pariniana, oltre che allo studio dei suoi caratteri artistici: A. Momigliano, *Parini discusso* (1926), in Id., *Studi di poesia* (1938), Bari 1948[2], pp. 115-121; G. De Robertis, *Il segno del Parini* (1929), in Id., *Saggi*, Firenze 1939, pp. 35-46; D. Petrini, *La poesia e l'arte di Giuseppe Parini* (1930), in Id., *Dal barocco al decadentismo*, I, ivi 1957, a c. di V. Santoli, pp. 58-245. R. Spongano, *La poetica del sensismo e la poesia del Parini* (1933), Bologna 1964[3], ricollocò fermamente Parini nel clima culturale del suo tempo (dello stesso studioso cfr. anche *Il primo Parini*, ivi 1963). Successivamente M. Fubini, *Arcadia e illuminismo* (1949), in Id., *Dal Muratori al Baretti*, II, Roma - Bari 1975[4], pp. 335-425, stabilì una stretta connessione tra Parini «umanista» e Parini «poeta e maestro di vita morale», e contribuì con vari saggi (tra i quali *Elementi scientifici del lessico poetico del Parini*, 1967, in Id., *Saggi e ricordi*, Milano - Napoli 1971, pp. 78-120) a illustrare i caratteri dello stile pariniano. W. Binni (*La sintesi pariniana*, in Id., *Preromanticismo italiano*, 1948, Roma - Bari 1974[3], pp. 17-47; *Parini e l'illuminismo*, 1956, in Id., *Carducci e altri saggi*, Torino 1960, pp. 91-108; *Giuseppe Parini*, in Id., *Il Settecento letterario*, 1968, nella nuova ed. della *Storia della letteratura italiana* [Garzanti], vol. *Il Settecento*, Milano 1988, pp. 811-922) propone una linea evolutiva della personalità pariniana dalla protesta sociale alla purezza neoclassica delle ultime odi. Questa interpretazione è respinta da G. Petronio, *Parini e l'illuminismo lombardo* (1961), Bari 1972[2], che privilegia la fase illuministica di Parini.

Sulla posizione storica dello scrittore e sul suo svolgimento intellettuale e artistico si vedano anche; F. Fido, *Dalle «lumières» ai lumi: note sul caso Parini* (1960), in Id., *Le metamorfosi del centauro*, Roma 1977, pp. 201-228; S. Romagnoli, *Giuseppe Parini primo pittor del signoril costume* (1980), in Id., *La buona compagnia. Studi sulla letteratura italiana del Settecento*, Milano 1983, pp. 178-202. Sul *Giorno* in particolare: E. Bonora, *Il prologo del «Giorno»* (1968) e *Il «Giorno»: vita come spettacolo* (1981), in Id., *Parini e altro Settecento. Fra classicismo e illuminismo*, ivi 1982, pp. 15-28 e 29-65 e H. Grosser, *La cultura degli automi e i suoi riflessi nel «Giorno»*, in «Giornale storico della letteratura italiana», CLX (1983), pp. 1-39 (del medesimo Grosser si veda anche *Luci e tenebre nell'opera del Parini. (Analisi di un sistema di metafore)*, ivi, pp. 344-392).

Nell'ambito degli studi recenti non sono mancati contributi metrici (P.G. Beltrami, *Appunti e ricerche sul metro della «Caduta»*, in «Giornale storico della letteratura italiana», CXLVIII, 1971, pp. 334-357) e comparatistici (L. Sozzi, *Petit maître e «giovin signore»: affinità fra due registri satirici*, in «Saggi e ricerche di letteratura france-se», nuova serie, XIII, 1973, pp. 151-230); ma soprattutto hanno assunto spicco le indagini relative alla cultura e ai modi figurativi del poeta, tra le quali la più vasta e rile-vante è G. Savarese, *Iconologia pariniana*, Firenze 1973.

I · IL GIORNO

Sorge il mattino in compagnia dell'alba
Dinanzi al sol che di poi grande appare
Su l'estremo orizzonte a render lieti
Gli animali e le piante e i campi e l'onde.
5   Allora il buon villan sorge dal caro
Letto cui la fedel moglie e i minori
Suoi figlioletti intiepidìr la notte:
Poi sul dorso portando i sacri arnesi
Che prima ritrovò Cerere o Pale
10   Move seguendo i lenti bovi, e scote
Lungo il picciol sentier da i curvi rami
Fresca rugiada che di gemme al paro
La nascente del sol luce rifrange.
Allora sorge il fabbro, e la sonante
15   Officina riapre, e all'opre torna
L'altro dì non perfette; o se di chiave
Ardua e ferrati ingegni all'inquieto
Ricco l'arche assecura; o se d'argento
E d'oro incider vuol gioielli e vasi
20   Per ornamento a nova sposa o a mense.
    Ma che? Tu inorridisci e mostri in capo
Qual istrice pungente irti i capelli
Al suon di mie parole? Ah il tuo mattino
Signor questo non è. Tu col cadente

---

8 *sacri arnesi*: attrezzi per svolgere nobile lavoro agricolo.
9 *Cerere o Pale*: dee rispettivamente dell'agricoltura e della pastorizia.
16 *L'altro dì non perfette*: non terminate il giorno precedente.
17 *Ardua*: di complessa fabbricazione — *ferrati ingegni*: serrature di ferro.

25   Sol non sedesti a parca cena, e al lume
       Dell'incerto crepuscolo non gisti
       Ieri a posar qual nei tugurj suoi
       Entro a rigide coltri il vulgo vile.
       A voi celeste prole a voi concilio
30   Almo di semidei altro concesse
       Giove benigno: e con altr'arti e leggi
       Per novo calle a me guidarvi è d'uopo.
       Tu tra le veglie e le canore scene
       E il patetico gioco oltre più assai
35   Producesti la notte: e stanco alfine
       In aureo cocchio col fragor di calde
       Precipitose rote e il calpestio
       Di volanti corsier lunge agitasti
       Il queto aere notturno; e le tenèbre
40   Con fiaccole superbe intorno apristi
       Siccome allor che il Siculo terreno
       Da l'uno a l'altro mar rimbombar fèo
       Pluto col carro a cui splendeano innanzi
       Le tede de le Furie anguicrinite.
45   Tal ritornasti a i gran palagi: e quivi
       Cari conforti a te porgea la mensa
       Cui ricoprien prurigginosi cibi
       E licor lieti di Francesi colli
       E d'Ispani e di Toschi o l'Ungarese
50   Bottiglia a cui di verdi ellere Bromio

25-26 *al lume Dell'incerto crepuscolo*: alla luce incerta del crepuscolo.
30 *almo*: nobile, virtuoso.
32 *Per novo calle*: per una via non abituale.
33 *canore scene*: teatro dell'opera.
34 *patetico gioco*: gioco che procura emozioni e passioni.
35 *Producesti*: protraesti.
36 *calde*: per il movimento.
43 *Pluto*: Plutone, dio dell'inferno.
44-45 *a cui splendeano innanzi Le tede de le Furie anguicrinite*:
dinnanzi al quale splendevano le fiaccole delle Furie, che avevano
serpi per capelli.
47 *prurigginosi*: che stuzzicano l'appetito.
49-50 *l'Ungarese Bottiglia*: il tokai, celebre vino ungherese.
50 *ellere*: edere. — *Bromio*: Bacco.

Concedette corona, e disse: or siedi
De le mense reina. Alfine il Sonno
Ti sprimacciò di propria man le còltrici
Molle cedenti, ove te accolto il fido
55 Servo calò le ombrifere cortine:
E a te soavemente i lumi chiuse
Il gallo che li suole aprire altrui.
Dritto è però che a te gli stanchi sensi
Da i tenaci papaveri Morfèo
60 Prima non solva che già grande il giorno
Fra gli spiragli penetrar contenda
De le dorate imposte; e la parete
Pingano a stento in alcun lato i rai
Del sol ch'eccelso a te pende sul capo.
65   Or qui principio le leggiadre cure
Denno aver del tuo giorno: e quindi io deggio
Sciorre il mio legno, e co' precetti miei
Te ad alte imprese ammaestrar cantando.
Già i valetti gentili udìr lo squillo
70 De' penduli metalli a cui da lunge
Moto improvviso la tua destra impresse;
E corser pronti a spalancar gli opposti
Schermi a la luce; e rigidi osservàro
Che con tua pena non osasse Febo
75 Entrar diretto a saettarte i lumi.
Ergi dunque il bel fianco, e sì ti appoggia
Alli origlier che lenti degradando
All'omero ti fan molle sostegno;
E coll'indice destro lieve lieve

55 *ombrifere cortine*: le cortine che circondavano il letto procurando ombra a chi dorme.
58 *Dritto è però*: perciò è giusto.
59 *Da i tenaci papaveri*: dal sonno profondo — *Morfèo*: il dio del sonno.
64 *eccelso*: alto nel cielo.
67 *Sciorre il mio legno*: sciogliere la mia nave, cioè iniziare il mio poema.
73 *rigidi*: rigorosamente attenti.
74 *Febo*: il sole.
75 *Entrar diretto a saettarte i lumi*: colpirti gli occhi.
77 *origlier*: cuscini.

80　　　Sovra gli occhi trascorri, e ne dilegua
　　　　Quel che riman de la Cimmeria nebbia;
　　　　Poi de' labbri formando un picciol arco
　　　　Dolce a vedersi tacito sbadiglia.
　　　　Ahi se te in sì vezzoso atto mirasse
85　　　Il duro capitan quando tra l'arme
　　　　Sgangherando la bocca un grido innalza
　　　　Lacerator di ben costrutti orecchi,
　　　　S'ei te mirasse allor, certo vergogna
　　　　Avria di sè più che Minerva il giorno
90　　　Che di flauto sonando al fonte scorse
　　　　Il turpe aspetto de le guance enfiate.

　　　　　Ma il damigel ben pettinato i crini
　　　　Ecco s'innoltra; e con sommessi accenti
　　　　Chiede qual più de le bevande usate
95　　　Sorbir tu goda in preziosa tazza.
　　　　Indiche merci son tazza e bevande:
　　　　Scegli qual più desii. S'oggi a te giova
　　　　Porger dolci a lo stomaco fomenti
　　　　Onde con legge il natural calore
100　　V'arda temprato, e al digerir ti vaglia,
　　　　Tu il cioccolatte eleggi, onde tributo
　　　　Ti diè il Guatimalese e il Caribeo
　　　　Che di barbare penne avvolto ha il crine:
　　　　Ma se noiosa ipocondria ti opprime,

81 *Cimmeria nebbia*: la nebbia del sonno. I Cimmeri erano una
popolazione che, nella mitologia antica, abitavano i paesi nebbiosi
del nord.
89-91 Proverebbe vergogna più di quanto ne provò Minerva quando suonando il flauto e rispecchiandosi in una fonte vide il proprio
aspetto deturpato dalle guance gonfiate.
92 *ben pettinato i crini*: con i capelli ben pettinati.
96 *Indiche merci*: provenienti dalle Indie occidentali o orientali
(le tazze sono presumibilmente di porcellana cinese).
97 *a te giova*: ti piace.
98 *dolci... fomenti*: bevande calde e dolci.
99-100 Così che la temperatura del corpo sia regolata con misura
e giovi alla digestione.
102 *Guatimalese*: abitante del Guatemala — *Caribeo*: abitante delle Antille.
104 *ipocondria*: malessere psicofisico.

105 O troppo intorno a le divine membra
    Adipe cresce, de' tuoi labbri onora
    La nettarea bevanda ove abbronzato
    Arde e fumica il grano a te d'Aleppo
    Giunto e da Moca che di mille navi
110 Popolata mai sempre insuperbisce.
    Certo fu d'uopo che da i prischi seggi
    Uscisse un regno, e con audaci vele
    Fra straniere procelle e novi mostri
    E teme e rischi ed inumane fami
115 Superasse i confin per tanta etade
    Inviolati ancora: e ben fu dritto
    Se Pizzarro e Cortese umano sangue
    Più non stimàr quel ch'oltre l'Oceàno
    Scorrea le umane membra; e se tonando
120 E fulminando alfin spietatamente
    Balzaron giù da i grandi aviti troni
    Re Messicani e generosi Incassi,
    Poi che nuove così venner delizie
    O gemma de gli eroi al tuo palato.
125   Cessi 'l cielo però che in quel momento
    Che le scelte bevande a sorbir prendi,
    Servo indiscreto a te improvviso annunci
    O il villano sartor che non ben pago
    D'aver teco diviso i ricchi drappi
130 Oso sia ancor con polizza infinita

107 *nettarea bevanda*: bevanda paragonabile al nettare, cibo degli dei.
108 *Aleppo*: città della Siria.
109 *Moca*: città dell'Arabia.
111 *prischi seggi*: antiche sedi.
113 *novi mostri*: fenomeni mai visti prima di allora.
114 *teme*: timori.
115 *confin*: le colonne d'Ercole.
117 *Pizzarro*: Francesco Pizzarro (1475-1541) conquistatore del Perù — *Cortese*: Ferdinando Cortez (1485-1547) conquistatore del Messico.
119-120 *tonando E fulminando*: allude all'uso delle armi da fuoco.
122 *Incassi*: gli Incas, abitanti del Perù.
125 *Cessi 'l cielo*: il cielo non voglia.
130 *polizza infinita*: conto interminabile.

Fastidirti la mente; o di lugùbri
Panni ravvolto il garrulo forense
Cui de' paterni tuoi campi e tesori
Il periglio s'affida; o il tuo castaldo
135 Che già con l'alba a la città discese
Bianco di gelo mattutin la chioma.
Così zotica pompa i tuoi maggiori
Al dì nascente si vedean dintorno:
Ma tu gran prole in cui si fèo scendendo
140 E più mobile il senso e più gentile
Ah sul primo tornar de' lievi spirti
All'uficio diurno ah non ferirli
D'imagini sì sconce. Or come i detti
Di costor soffrirai barbari e rudi;
145 Come il penoso articolar di voci
Smarrite titubanti al tuo cospetto;
E tra l'obliquo profondar d'inchini
Del calzar polveroso in su i tapeti
Le impresse orme indecenti? Ahimè che fatto
150 Il salutar licore agro e indigesto
Ne le viscere tue te allor faria
E in casa e fuori e nel teatro e al corso
Ruttar plebeiamente il giorno intero!
    Non fia che attenda già ch'altri lo annunci
155 Gradito ognor benchè improvviso il dolce
Mastro che il tuo bel piè come a lui piace
Guida e corregge. Egli all'entrar s'arresti
Ritto sul limitare, indi elevando
Ambe le spalle qual testudo il collo
160 Contragga alquanto, e ad un medesmo tempo
Il mento inchini, e con l'estrema falda
Del piumato cappello il labbro tocchi.
E non men di costui facile al letto

---

132 *il garrulo forense*: l'avvocato chiacchierone, vestito della toga nera (*lugùbri Panni*).
134 *castaldo*: fattore.
140 *più mobile il senso e più gentile*: la sensibilità più raffinata e più aristocratica.
155-156 *dolce Mastro*: maestro di ballo.
159 *testudo*: testuggine.

8

Del mio signor t'innoltra o tu che addestri
165   A modular con la flessibil voce
Soavi canti; e tu che insegni altrui
Come vibrar con maestrevol arco
Sul cavo legno armoniose fila.
Nè la squisita a terminar corona
170   Che segga intorno a te manchi o signore
Il precettor del tenero idioma
Che da la Senna de le Grazie madre
Pur ora a sparger di celeste ambrosia
Venne all'Italia nauseata i labbri.
175   All'apparir di lui l'Itale voci
Tronche cedano il campo al lor tiranno:
E a la nova inefabil melodia
De' sovrumani accenti odio ti nasca
Più grande in sen contro a le bocche impure
180   Ch'osan macchiarse ancor di quel sermone
Onde in Valchiusa fu lodata e pianta
Già la bella Francese; e i culti campi
All'orecchio de i re cantati furo
Lungo il fonte gentil da le bell'acque.
185   Or te questa o signor leggiadra schiera
Al novo dì trattenga: e di tue voglie
Irresolute ancora or quegli or questi
Con piacevol discorso il vano adempia,
Mentre tu chiedi lor tra i lenti sorsi

164 *o tu*: il maestro di canto.
166 *e tu*: il maestro di violino.
168 *cavo legno*: il violino.
171 *tenero idioma*: il francese.
172 *la Senna de le Grazie madre*: Parigi capitale dell'eleganza.
174 *nauseata*: disgustata, naturalmente della propria lingua.
176 *Tronche*: interrotte.
180-182 Che osano ancora adoperare quella lingua con la quale in Valchiusa fu lodata e compianta da Francesco Petrarca, Laura, la bella francese.
182-184 Si allude a L. Alamanni (1495-1556), che visse a lungo in Francia e dedicò al re Francesco I il suo poema *La coltivazione dei campi*, dal quale è citato letteralmente il verso 184 (*La coltivazione*, V, 19).
186-187 *voglie irresolute*: indecisi propositi.
188 *vano*: vuoto.

190 Dell'ardente bevanda a qual cantore
Nel vicin verno si darà la palma
Sovra le scene; e s'egli è il ver che rieda
L'astuta Frine che ben cento folli
Milordi rimandò nudi al Tamigi;
195 O se il brillante danzator Narcisso
Torni pur anco ad agghiacciare i petti
De' palpitanti Italici mariti.
Così poi che gran pezzo a i novi albori
Del tuo mattin teco scherzato fia
200 Non senza aver da te rimosso in prima
L'ipocrita pudore e quella schifa
Che le accigliate gelide matrone
Chiaman modestia, alfine o a lor talento
O da te congedati escan costoro.
205 Doman quindi potrai o l'altro forse
Giorno a i precetti lor porgere orecchio
Se a' bei momenti tuoi cure minori
Porranno assedio. A voi divina schiatta
Più assai che a noi mortali il ciel concesse
210 Domabile midollo entro al cerèbro,
Sì che breve lavoro unir vi puote
Ampio tesor d'ogni scienza ed arte.
Il vulgo intanto a cui non lice il velo
Aprir de' venerabili misterj
215 Fie pago assai poi che vedrà sovente
Ire o tornar dal tuo palagio i primi
D'arte maestri; e con aperte fauci
Stupefatto berà le tue sentenze.

193 *astuta Frine*: Frine è una celebre cortigiana greca, qui, per
antonomasia, indica qualche astuta avventuriera.
194 *Milordi*: aristocratici inglesi — *nudi*: spogliati di ogni loro
ricchezza.
195 *Narcisso*: nella mitologia bellissimo giovane che si innamorò
della propria immagine quando la vide rispecchiata sull'acqua: qui
indica qualche vano e compiaciuto ballerino.
196 *ad agghiacciare i petti*: per la gelosia.
201 *schifa*: schifiltosa.
210 *domabile midollo entro al cerèbro*: mente duttile dentro al cervello.
218 *berà*: berrà.

Ma già vegg'io che le oziose lane
220 Premer non sai più lungamente: e in vano
Te l'ignavo tepor lusinga e molce,
Però che te più gloriosi affanni
Aspettan l'ore ad illustrar del giorno.
O voi dunque del primo ordine servi
225 Che di nobil signor ministri al fianco
Siete incontaminati, or dunque voi
Al mio divino Achille al mio Rinaldo
L'armi apprestate. Ed ecco in un baleno
I damigelli a' cenni tuoi star pronti.
230 Già ferve il gran lavoro. Altri ti veste
La serica zimarra ove bei fregi
Diramansi Chinesi; altri se il chiede
Più la stagione a te le membra copre
Di stese infino al piè tiepide pelli;
235 Questi al fianco ti cinge il bianco lino
Che sciorinato poi cada e difenda
I calzonetti; e quei d'alto curvando
Il cristallino rostro in su le mani
Ti versa onde odorate, e da le mani
240 In limpido bacin sotto le accoglie;
Quale il sapon del redivivo muschio
Olezzante all'intorno; e qual ti porge
Il macinato di quell'arbor frutto

221 *molce*: accarezza.
222-223 Perché impegni più importanti, per rendere nobili le ore
della tua giornata, ti aspettano.
224 *primo ordine*: prima schiera.
226 *incontaminati*: perfetti, non contaminati da contatti con persone diverse dal giovin signore.
227 *Achille*: eroe dell'*Iliade* — *Rinaldo*: eroe della *Gerusalemme
liberata*.
231 *serica zimarra*: veste da camera di seta.
234 *Di stese infino al piè tiepide pelli*: calda pelliccia che giunge
fino ai piedi.
235 *bianco lino*: salvietta che protegge i calzoni.
238 *cristallino rostro*: il becco di una brocca di cristallo.
241 *redivivo muschio*: il muschio è un animale che secerne un u-
more con il quale si fabbricano i profumi, i quali, impregnando il
sapone, sembrano far rivivere la bestia.
243-246 Per indicare la farina di mandorle, il poeta allude alla

Che a Rodope fu già vaga donzella,
245   E piagne in van sotto mutate spoglie
Demofoonte ancor Demofoonte;
Un di soavi essenze intrisa spugna
Onde tergere i denti; e l'altro appresta
Onde imbiancar le guance util licore.
250   Assai Signore a te pensasti: or volgi
L'alta mente per poco ad altri obbietti
Non men degni di te. Sai che compagna
Con cui partir de la giornata illustre
I travagli e le glorie il ciel destina
255   Al giovane signore. Impallidisci?
Ahi non parlo di nozze. Antiquo e vieto
Dottor sarei se così folle io dessi
A te consiglio. Di tant'alte doti
Già non orni così lo spirto e i membri
260   Perché in mezzo a la fulgida carriera
Tu il tuo corso interrompa, e fuora uscendo
Di cotesto a ragion detto bel mondo,
In tra i severi di famiglia padri
Relegato ti giacci a nodi avvinto
265   Di giorno in giorno più noiosi e fatto
Ignobil fabbro de la razza umana.
D'altra parte il marito ahi quanto spiace,
E lo stomaco move a i delicati
Del vostr'orbe felice abitatori.
270   Qualor de' semplicetti avoli nostri
Portar osa in ridevole trionfo
La rimbambita fè la pudicizia
Severi nomi. E qual non suole a forza

leggenda di Filli, fanciulla che, per amore di Demofoonte, si gettò
da un dirupo del monte Rodope, in Tracia, e fu dagli dei trasfor-
mata, appunto, in mandorlo.
249 *util licore*: la biacca.
253 *partir*: dividere.
256-257 *Antiquo e vieto Dottor*: precettore arcaico e noioso.
266 *fabbro*: procreatore.
268 *lo stomaco move*: suscita la nausea.
272 *rimbambita fè*: la fede che si addice ai vecchi rimbambiti.

Entro a' melati petti eccitar bile
275 Quando i computi vili del castaldo
Le vendemmie i ricolti i pedagoghi
Di que' sì dolci suoi bambini altrui
Gongolando ricorda; e non vergogna
Di mischiar cotai fole a peregrini
280 Subbietti a nuove del dir forme a sciolti
Da volgar fren concetti, onde s'avviva
De' begli spirti il conversar sublime.
Non però tu senza compagna andrai;
Chè tra le fide altrui giovani spose
285 Una te n'offre inviolabil rito
Del bel mondo onde sei parte sì cara.
   Tempo fu già che il pargoletto Amore
Dato era in guardia al suo fratello Imene;
Tanto la madre lor temea che il cieco
290 Incauto nume perigliando gisse
Misero e solo per oblique vie;
E che, bersaglio a gl'indiscreti colpi
Di senza guida e senza freno arciere,
Immaturo al suo fin corresse il seme
295 Uman che nato è a dominar la terra.
Quindi la prole mal secura all'altra
In cura dato avea sì lor dicendo:
Ite o figli del par; tu più possente
Il dardo scocca, e tu più cauto il reggi

274 *melati petti*: animi squisitamente sensibili.
279 *cotai fole*: tali sciocchezze.
279-280 *peregrini Subbietti*: argomenti inusitati — *nuove del dir forme*: neologismi.
280-281 *sciolti Da volgar fren concetti*: discorsi liberi da inibizioni caratteristiche delle persone di condizione modesta.
283 *Non però*: non per questo.
285 *inviolabil rito*: allude al costume del cicisbeismo.
288 *Imene*: dio delle nozze.
289-291 A tal punto la loro madre, Venere, temeva che Amore (*il cieco Incauto nume*) pericolosamente percorresse le strade delle passioni illegittime, solitario e misero.
292-295 Che il genere umano, nato per dominare la terra, arrivasse a immatura fine perché bersagliato senza tregua dalle frecce di un amore sfrenato.

300　A certa meta. Così ognor congiunta
　　　Iva la dolce coppia; e in un sol regno,
　　　E d'un nodo comun l'alme strignea.

　　　Allora fu che il sol mai sempre uniti
　　　Vedea un pastore ed una pastorella
305　Starsi al prato a la selva al colle al fonte:
　　　E la suora di lui vedeali poi
　　　Uniti ancor nel talamo beato
　　　Ch'ambo gli amici numi a piene mani
　　　Gareggiando spargean di gigli e rose.

310　Ma che non puote anco in divini petti
　　　Se mai s'accende ambizion d'impero?
　　　Crebber l'ali ad Amor, crebbe l'ardire;
　　　Onde a brev'aere prima indi securo
　　　A vie maggior fidossi, e fiero alfine
315　Entrò nell'alto, e il grande arco crollando
　　　E il capo risonar fece a quel moto
　　　Il duro acciar che a tergo la faretra
　　　Gli empie, e gridò: solo regnar vogl'io.

　　　Disse, e volto a la madre: Amore adunque
320　Il più possente in fra gli dei, il primo
　　　Di Citerea figliuol ricever leggi,
　　　E dal minor german ricever leggi
　　　Vile alunno anzi servo? Or dunque Amore
　　　Non oserà fuor ch'una unica volta
325　Fiedere un'alma come questo schifo
　　　Da me pur chiede? E non potrò giammai
　　　Da poi ch'io strinsi un laccio anco disciorlo
　　　A mio talento, e se m'aggrada, un altro

---

300 *certa meta*: il matrimonio.
306 *la suora di lui*: la luna.
313-314 Per cui si affidò prima a brevi voli e poi, sicuro, a più lunghi viaggi.
317 *duro acciaio*: le frecce.
319-323 Amore, dunque, il più potente fra gli dei, il primo figlio di Venere (*Citerea*, regina di Citera), dovrà ricevere leggi, e ricevere leggi dal fratello (*german*) minore, come un umile alunno o come un servo?
325 *schifo*: schifiltoso, timido.
327 *laccio*: legame amoroso.

Strignerne ancora? E lascerò pur ch'egli
330 Di suoi unguenti impece a me i miei dardi
Perchè men velenosi e men crudeli
Scendano a i petti? Or via perchè non togli
A me da le mie man quest'arco e queste
Armi da le mie spalle, e ignudo lasci
335 Quasi rifiuto de gli dei Cupido?
Oh il bel viver che fia quando tu solo
Regni in mio loco! Oh il bel vederti, lasso!
Studiarti a torre da le languid'alme
La stanchezza e il fastidio, e spander gelo
340 Di foco in vece! Or genitrice intendi:
Vaglio e vo' regnar solo. A tuo piacere
Tra noi parti l'impero, ond'io con teco
Abbia omai pace; e in compagnia d'Imene
Me non veggan mai più le umane genti.
345 Amor qui tacque; e minaccioso in atto
Parve all'Idalia dea chieder risposta.
Ella tenta placarlo, e preghi e pianti
Sparge ma in van; tal ch'a i due figli volta
Con questo dir pose al contender fine:
350 Poi che nulla tra voi pace esser puote,
Si dividano i regni: e perchè l'uno
Sia dall'altro fratello ognor disgiunto
Sien diversi tra voi e il tempo e l'opra.
Tu che di strali altero a fren non cedi
355 L'alme ferisci, e tutto il giorno impera;
E tu che di fior placidi hai corona
Le salme accoppia, e con l'ardente face

330 *impece*: unga.
335 *Cupido*: Amore.
338 *Studiarti a torre*: sforzarti di togliere.
341 *Vaglio*: valgo, sono forte.
342 *parti*: dividi.
346 *Idalia*: Venere, alla quale era sacra la città di Idalia, a Cipro.
353 *Sien diversi tra voi e il tempo e l'opra*: siano diversi i tempi in cui agite e le opere che portate a termine.
356 *fior placidi*: i papaveri.
357 *salme*: i corpi — *face*: la fiaccola, insegna di Imene.

Regna la notte. Or quindi almo Signore
Venne il rito gentil che ai freddi sposi
360   Le tenebre concede e de le spose
Le caste membra; e a voi beata gente
E di più nobil mondo il cor di queste
E il dominio del dì largo destina.
   Dunque ascolta i miei detti, e meco apprendi
365   Quai tu deggia il mattin cure a la bella
Che spontanea o pregata a te si diede
In tua dama quel dì lieto che a fida
Carta, nè senza testimoni furo
A vicenda commessi i patti santi
370   E le condizion del caro nodo.
Già la dama gentile i vaghi rai
Al novo giorno aperse; e suo primiero
Pensier fu dove teco ir più convenga
A vegliar questa sera; e gravemente
375   Consultò con lo sposo a lei vicino,
O a baciarle la man pur dianzi ammesso.
Ora è tempo o Signor che il fido servo
E il più accorto tra' tuoi voli al palagio
Di lei chiedendo se tranquilli sonni
380   Dormìo la notte; e se d'immagin liete
Le fu Mòrfeo cortese. È ver che ieri
Al partir l'ammirasti in viso tinta
Di freschissime rose; e più che mai
Viva e snella balzar teco dal cocchio;
385   E la vigile tua mano per vezzo
Ricusar sorridendo allor che l'ampie

358 *quindi*: di qui.
365-370 Quali attenzioni tu debba rivolgere, il mattino, alla bella
che, spontaneamente o perché corteggiata, si è concessa come tua
dama in quel giorno lieto nel quale, di fronte a testimoni, furono
affidati a un sicuro documento i termini del santo contratto matrimoniale, e le condizioni del legame matrimoniale. Si allude all'usanza in base alla quale si prevedevano e si legittimavano, anche nel
contratto matrimoniale, i rapporti della dama con il cicisbeo.
376 *pur dianzi*: non appena, da poco tempo.
380 *immagin*: sogni.
381 *Morfeo*: dio del sonno.
385 *vigile*: premuroso — *per vezzo*: per civetteria scherzosa.

Scale salì del maritale albergo:
Ma ciò non basti ad acquetarti; e mai
Non obliar sì giusti ufici. Ahi quanti
390 Genj malvagi fra l'orror notturno
Godono uscire, ed empier di perigli
La placida quiete de' viventi!
Poria, tolgalo il cielo, il picciol cane
Con latrato improvviso i cari sogni
395 Troncar de la tua dama; ond'ella, scossa
Da subito capriccio, a rannicchiarse
Astretta fosse di sudor gelato
E la fronte bagnando e il guancial molle.
Anco poria colui che sì de' tristi
400 Come de' lieti sogni è genitore,
Crearle in mente di nemiche idee
In un congiunte orribile chimera;
Tal che agitata e in ansioso affanno
Gridar tentasse, e non però potesse
405 Aprire a i gridi tra le fauci il varco.
Sovente ancor de la passata sera
La perduta nel gioco aurea moneta
Non men che al cavalier suole a la dama
Lunga vigilia cagionar: talora
410 Nobile invidia de la bella amica
Vagheggiata da molti: e talor breve
Gelosia n'è cagione. A questo aggiugni
Gl'importuni mariti i quai nel capo
Ravvolgendosi ancor le viete usanze,
415 Poi che cessero ad altri il giorno, quasi

389 *ufici*: doveri.
390 *Genj malvagi*: spiriti maligni.
396 *capriccio*: raccapriccio.
397 *Astretta*: costretta.
399 *colui*: il dio del sonno.
401-402 Creare nella mente di lei orribili incubi, immagini che, come la chimera della mitologia, sono composte dall'unione di idee fra loro contrastanti.
409 *vigilia*: veglia, insonnia.
415 *cessero*: cedettero — *quasi*: come se.

Aggian fatto gran cosa, aman d'Imene
Con superstizion serbare i dritti,
E dell'ombra notturna esser tiranni,
Ahi con qual noia de le caste spose
420 Ch'indi preveggon fra non molto il fiore
Di lor fresca beltade a sè rapito.
   Mentre che il fido messagger sen rieda
Magnanimo signor già non starai
Ozioso però. Nel campo amato
425 Pur in questo momento il buon cultore
Suda e incallisce al vomere la mano
Lieto che i suoi sudor ti fruttin poi
Dorati cocchi e pellegrine mense.
Ora per te l'industre artier sta fiso
430 Allo scarpello all'asce al subbio all'ago:
Ed ora in tuo favor contende o veglia
Il ministro di Temi. Ecco te pure
La tavoletta or chiama. Ivi i bei pregi
De la natura accrescerai con l'arte,
435 Ond'oggi, uscendo, del beante aspetto
Beneficar potrai le genti, e grato
Ricompensar di sue fatiche il mondo.
   Ogni cosa è già pronta. All'un de' lati
Crepitar s'odon le fiammanti brage

416-417 *aman d'Imene Con superstizion serbare i dritti*: si ostina-
no a voler superstiziosamente assolvere a quelli che ritengono essere
i doveri coniugali.
420-421 Temono che il frutto delle attenzioni del marito, cioè le
gravidanze, possano togliere loro prima del tempo la bellezza e la
giovinezza.
428 *pellegrine mense*: cibi e bevande rari e raffinati.
430 *Allo scarpello all'asce al subbio all'ago*: i mestieri dell'artigiano vengono indicati con lo strumento del loro lavoro: lo scalpello
per il muratore, l'ascia per il falegname, il telaio (il *subbio* è il
cilindro su cui si avvolge la tela ordita dal telaio) per il tessitore,
l'ago per il sarto.
432 *ministro di Temi*: l'avvocato, servitore di Temi, dea della giustizia.
433 *tavoletta*: la toilette.
435 *beante*: che rende beato.

440　Ove si scalda industrioso e vario
　　　Di ferri arnese a moderar del fronte
　　　Gl'indocili capei. Stuolo d'Amori
　　　Invisibil sul foco agita i vanni,
　　　E per entro vi soffia alto gonfiando
445　Ambe le gote. Altri di lor v'appressa
　　　Pauroso la destra; e prestamente
　　　Ne rapisce un de' ferri: altri rapito
　　　Tenta com'arda in su l'estrema cima
　　　Sospendendol dell'ala; e cauto attende
450　Pur se la piuma si contragga o fume:
　　　Altri un altro ne scote; e de le ceneri
　　　Fuligginose il ripulisce e terge.
　　　Tali a le vampe dell'Etnèa fucina,
　　　Sorridente la madre, i vaghi Amori
455　Eran ministri all'ingegnoso fabbro:
　　　E sotto a i colpi del martel frattanto
　　　L'elmo sorgea del fondator Latino.
　　　　　All'altro lato con la man rosata
　　　Como e di fiori inghirlandato il crine
460　I bissi scopre ove di Idalj arredi
　　　Almo tesor la tavoletta espone.
　　　Ivi e nappi eleganti e di canori
　　　Cigni morbide piume; ivi raccolti
　　　Di lucide odorate onde vapori;
465　Ivi di polvi fuggitive al tatto
　　　Color diversi o ad imitar d'Apollo

440-441 *industrioso e vario Di ferri arnese*: il vario apparato di ferri di cui si serve il lavoro del parrucchiere.
443 *vanni*: le penne delle ali.
448-449 Prova la temperatura del ferro riscaldato avvicinandolo alla punta estrema delle penne dell'ala.
453-457 La similitudine rievoca l'episodio dell'*Eneide* VIII) nel quale Venere si reca nella fucina di Vulcano, sotto l'Etna, e lo persuade con le sue seduzioni a fabbricare le armi per il figlio Enea.
459 *Como*: divinità delle mense.
460 *Idalj arredi*: strumenti cari a Venere Idalia.
462 *nappi*: boccetti.
462-463 *di canori Cigni morbide piume*: piumini per cospargere di cipria.
465 *fuggitive al tatto*: impalpabili.

L'aurato biondo o il biondo cenerino
Che de le sacre Muse in su le spalle
Casca ondeggiando tenero e gentile.
470 Che se a nobil eroe le fresche labbra
Repentino spirar di rigid'aura
Offese alquanto, v'è stemprato il seme
De la fredda cucurbita: e se mai
Pallidetto ei si scorga, è pronto all'uopo
475 Arcano a gli altri eroi vago cinabro.
Nè quando a un semideo spuntar sul volto
Pustula temeraria osa pur fosse,
Multiforme di nei copia vi manca,
Ond'ei l'asconda in sul momento, ed esca
480 Più periglioso a saettar co i guardi
Le belle inavvedute, a guerrier pari
Che, già poste le bende a la ferita,
Più glorioso e furibondo insieme
Sbaragliando le schiere entra nel folto.
485 Ma già velocemente il mio Signore
Tre volte e quattro il gabinetto scorse
Col crin disciolto e su gli omeri sparso,
Quale a Cuma solea l'orribil maga
Quando agitata dal possente nume
490 Vaticinar s'udia. Così dal capo
Evaporar lasciò de gli olj sparsi
Il nocivo fermento e de le polvi
Che roder gli porien la molle cute,
O d'atroci emicranie a lui lo spirto
495 Trafigger lungamente. Or ecco avvolto
Tutto in candidi lini a la grand'opra
E più grave del dì s'appresta e siede.

467 *L'aurato biondo o il biondo cenerino*: il primo caratteristico
di Apollo, il secondo delle Muse.
473 *cucurbita*: zucca.
475 *Arcano a gli altri eroi vago cinabro*: rossetto (*cinabro*) sconosciuto agli eroi della tradizione.
486 *scorse*: percorse.
488 *maga*: la Sibilla che profetizzava a Cuma.
492 *nocivo fermento*: sostanze nocive alla salute contenute nei
cosmetici.

Nembo dintorno a lui vola d'odori
Che a le varie manteche ama rapire
500 L'aura vagante lungo i vasi ugnendo
Le leggerissim' ale di farfalla:
E lo speglio patente a lui dinanzi
Altero sembra di raccor nel seno
L'imagin diva; e stassi a gli occhi suoi
505 Severo esplorator de la tua mano
O di bel crin volubile architetto.

    O di bel crin volubile architetto
Tu pria chiedi all'eroe qual più gli aggrade
Spargere al crin, se i gelsomini o il biondo
510 Fior d'arancio piuttosto o la giunchiglia
O l'ambra preziosa a gli avi nostri.
Ma se la sposa altrui cara all'eroe
Del talamo nuzial si lagna, e scosse
Pur or da lungo peso i casti lombi,
515 Ah fuggi allor tutti gli odori ah fuggi;
Chè micidial potresti a un sol momento
Più vite insidiar: semplici sieno
I tuoi balsami allor: nè oprarli ardisci
Pria che di lor deciso aggian le nari
520 Del mio signore e tuo. Pon mano poi
Al pettin liscio, e con l'ottuso dente
Lieve solca le chiome; indi animoso
Le turba e le scompiglia; e alfin da quella
Alta confusion traggi e dispiega,
525 Opra di tua gran mente, ordin superbo.
Io breve a te parlai; ma il tuo lavoro
Breve non fia però; nè al termin giunto

---

499 *manteche*: pomate.
503 *speglio patente*: largo specchio.
506 *O di bel crin volubile architetto*: parrucchiere.
511 *ambra*: si tratta dell'ambra grigia, sostanza d'origine animale
(è tratta dal capodoglio), impiegata per fabbricare profumi.
514-515 *scosse Pur or da lungo peso i casti lombi*: ha da poco
partorito.
517 *Più vite*: quella della madre, del figlio e anche quella del cicisbeo disperato per la morte della dama.
521 *ottuso dente*: pettine con i denti smussati, arrotondati.

Prima sarà che da' più strani eventi
S'involva o tronchi all'alta impresa il filo.
530 Fisa i guardi a lo speglio; e là sovente
Il mio signor vedrai morder le labbra
Impaziente, ed arrossir nel volto.
Sovente ancor, se men dell'uso esperta
Parrà tua destra, del convulso piede
535 Udrai lo scalpitar breve e frequente,
Non senza un tronco articolar di voce
Che condanni e minacci. Anco t'aspetta
Veder talvolta il cavalier sublime
Furiando agitarsi, e destra e manca
540 Porsi a la chioma, e dissipar con l'ugne
Lo studio di molt'ore in un momento.
Che più? Se per tuo male un dì vaghezza
D'accordar ti prendesse al suo sembiante
Gli edifici del capo, e non curassi
545 Ricever leggi da colui che venne
Pur ier di Francia, ah quale atroce folgore,
Meschino! allor ti penderia sul capo?
Tu allor l'eroe vedresti ergers' in piedi,
E per gli occhi versando ira e dispetto
550 Mille strazj imprecarti, e scender fino
Ad usurpar le infami voci al vulgo
Per farti onta maggiore, e di bastone
Il tergo minacciarti, e violento
Rovesciare ogni cosa, al suol spargendo
555 Rotti cristalli e calamistri e vasi
E pettini ad un tempo. In simil guisa,

528 *più strani eventi*: incidenti imprevedibili.
536 *un tronco articolar di voce*: voce spezzata dall'ira.
542-546 Se per tua disgrazia un giorno fossi preso dal desiderio di accordare la pettinatura all'aspetto del giovin signore, e non ti preoccupassi di attenerti alla moda recentemente giunta dalla Francia.
550 *Mille strazj imprecarti*: augurarti imprecando mille disgrazie.
551 *Ad usurpar le infami voci al vulgo*: usare espressioni grossolane di insulto caratteristiche del popolino.
555 *calamistri*: ferri per arricciare i capelli.
556-559 Allo stesso modo, se un toro spezzava i doppi nodi che lo tenevano legato presso l'altare di Giove (*tonante*) o di Iside, la

Se del tonante all'ara o de la Dea
Che ricovrò dal Nilo il turpe Phallo
Tauro spezzava i raddoppiati nodi
560 E libero fuggìa, vedeansi a terra
Cader tripodi tazze bende scuri
Litui coltelli, e d'orridi mugiti
Commosse rimbombar le arcate volte,
E d'ogni lato astanti e sacerdoti
565 Pallidi all'urto e all'impeto involarse
Del feroce animal che pria sì queto
Già di fior cinto; e sotto a la man sacra
Umiliava le dorate corna.
Tu non pertanto coraggioso e forte
570 Dura e ti serba a la miglior fortuna.
Quasi foco di paglia è foco d'ira
In nobil petto. Il tuo signor vedrai
Mansuefatto a te chieder perdono,
E sollevarti oltr'ogni altro mortale
575 Con preghi e scuse a niun altro concesse;
Tal che securo sacerdote a lui
Immolerai lui stesso, e pria d'ognaltro
Larga otterrai del tuo lavor mercede.
        Or Signore a te riedo. Ah non sia colpa
580 Dinanzi a te s'io travviai col verso
Breve parlando ad un mortal cui degni
Tu de gli arcani tuoi. Sai che a sua voglia
Questi ogni dì volge e governa i capi
De' semidei più chiari: e le matrone
585 Che da i sublimi cocchi alto disdegnano
Chinar lo sguardo a la pedestre turba,

---

dea che recuperò dal Nilo il fallo del marito Osiride, fatto a pezzi
da Tisifone.
562 *Litui*: bastoni ricurvi dei sacerdoti pagani.
567 *Gìa*: andava.
580 *travviai*: deviai.
581-582 *cui degni Tu de gli arcani tuoi*: a cui concedi d'esser
partecipe dei tuoi segreti.
584 *più chiari*: più famosi.
585 *da i sublimi cocchi*: dall'alto delle carrozze.
586 *la pedestre turba*: la folla di pedoni.

Non disdegnan sovente entrar con lui
In festevoli motti allor ch'esposti
A la sua man sono i ridenti avorj
590   Del bel collo e del crin l'aureo volume.
Però m'odi benigno or ch'io t'apprendo
L'ore a passar più graziose intanto
Che il pettin creator doni a le chiome
Leggiadra o almen non più veduta forma.
595   Breve libro elegante a te dinanzi
Tra gli arnesi vedrai che l'arte aduna
Per disputare a la natura il vanto
Del renderti sì caro a gli occhi altrui.
E ti lusingherà forse con liscia
600   Purpurea pelle onde vestito avrallo
O Mauritano conciatore o Siro:
E d'oro fregi delicati e vago
Mutabile color che il collo imite
De la colomba v'avrà sparso intorno
605   Squisito legator Batavo o Franco:
E forse incisa con venereo stile
Vi fia serie d'imagini interposta,
Lavor che vince la materia, e donde
Fia che nel cor ti si ridesti e viva
610   La stanca di piaceri ottusa voglia.
Or tu il libro gentil con lenta mano
Togli, e non senza sbadigliare un poco

587-588 *entrar con lui In festevoli motti*: intrattenersi scherzosamente con lui.
589 *i ridenti avorj*: la pelle bianca come l'avorio.
592 *graziose*: gradevoli.
599 *lusingherà*: si renderà attraente.
601 *O Mauritano conciatore o Siro*: conciatore del Marocco o della Siria.
602-603 *vago Mutabile color*: il colore screziato che si soleva dare al taglio delle pagine oppure ai risguardi del libro.
605 *squisito legator Batavo o Franco*: raffinato rilegatore olandese o francese.
606-610 E forse il libro sarà illustrato da una serie di immagini erotiche (*incisa con venereo stile*), con un lavoro che sa vincere la materia, e che quindi è in grado di ridestare nel tuo cuore la voglia sfibrata di piacere.

Aprilo a caso o pur là dove il parta
Tra l'uno e l'altro foglio indice nastro.
615   O de la Francia Proteo multiforme
Scrittor troppo biasmato e troppo a torto
Lodato ancor, che sai con novi modi
Imbandir ne' tuoi scritti eterno cibo
A i semplici palati, e se' maestro
620   Di color che a sè fingon di sapere,
Tu appresta al mio signor leggiadri studj
Con quella tua fanciulla all'Anglo infesta,
Onde l'Enrico tuo vinto è d'assai,
L'Enrico tuo che in vano abbatter tenta
625   L'Italian Goffredo ardito scoglio
Contro a la Senna d'ogni vanto altera.
Tu de la Francia onor, tu in mille scritti
Celebrata da' tuoi novella Aspasia
Taide novella a i facili sapienti
630   De la Gallica Atene i tuoi precetti

613 *il parta*: lo divida.
614 *indice nastro*: segnalibro.
615 *Proteo multiforme*: Voltaire, che viene paragonato a Proteo per la sua versatilità. Proteo era un dio marino che poteva trasformarsi a proprio piacimento.
619 *i semplici palati*: facili da accontentare.
620 *Di color che a sè fingon di sapere*: di coloro che ostentano la propria pretesa saggezza, ingannando anche sé stessi.
622-623 *Con quella tua fanciulla all'Anglo infesta, Onde l'Enrico tuo vinto è d'assai*: allusione a Giovanna d'Arco, protagonista del poema volteriano *La pucelle d'Orléans* che Parini giudica superiore all'altro poema di Voltaire, *L'Henriade*, che ha per protagonista il re francese Enrico IV.
625 *L'Italian Goffredo*: di nuovo il protagonista, Goffredo di Buglione, indica l'opera alla quale appartiene: in questo caso la *Gerusalemme liberata*, che Parini ritiene superiore alle opere di Voltaire.
628-629 *novella Aspasia Taide novella*: si tratta di Ninon de Lenclos (1620-1705), personaggio celebre per il suo spirito e per i suoi costumi alquanto liberi: autrice di numerosi scritti brillanti, alcuni dei quali però sicuramente apocrifi. Parini la paragona ad Aspasia, celebre etera greca, amante di Pericle, e a Taide, personaggio di Terenzio e di Dante.
630 *Gallica Atene*: Parigi.

Tu pur detta al mio eroe: e a lui non meno
Pasci l'alto pensier tu che all'Italia,
Poi che rapìrle i tuoi l'oro e le gemme,
Invidiasti il fedo loto ancora
635 Onde macchiato è il Certaldese o l'altro
Per cui va sì famoso il pazzo Conte.
Questi o signore i tuoi studiati autori
Fieno e mill'altri che guidàro in Francia
I bendati Sultani i Regi Persi
640 E le peregrinanti Arabe dame,
O che con penna liberale a i cani
Ragion donàro e a i barbari sedili,
E dier feste e conviti e liete scene
A i polli ed alle gru d'amor maestre.
645 Oh pascol degno d'anima sublime
Oh chiara oh nobil mente! A te ben dritto
È che s'incurvi riverente il vulgo,
E gli oracoli attenda. Or chi fie dunque
Sì temerario che in suo cor ti beffe
650 Qualor partendo da sì gravi studj
Del tuo paese l'ignoranza accusi,
E tenti aprir col tuo felice raggio
La Gotica caliggine che annosa
Siede su gli occhi a le misere genti?
655 Così non mai ti venga estranea cura

631-636 E anche tu, La Fontaine, alimenta il suo alto pensiero, tu
che, dopo che i tuoi connazionali rapirono all'Italia l'oro e le gemme, rapisti il sozzo fango di cui è ancora macchiato il certaldese
Boccaccio o l'altro scrittore per cui è così famoso il conte divenuto
pazzo, cioè Ariosto autore dell'*Orlando Furioso*. Vuol dire che mentre gli scrittori francesi imitarono la migliore letteratura italiana,
La Fontaine imitò la letteratura oscena di Boccaccio e di Ariosto.
637-644 Vengono indicate in questi versi le mode letterarie domi-
nanti in quel momento in Francia; la moda dei romanzi orientaleg-
gianti (per esempio le *Lettere persiane* di Montesquieu), la fortuna avuta dalle *Mille e una notte*, e la moda dei romanzi allegorici
e spesso licenziosi che facevano parlare animali o cose (i *barbari
sedili* alludono probabilmente al romanzo *Sofà* di Crébillon figlio).
648 *gli oracoli*: i detti sentenziosi.
652 *aprir col tuo felice raggio*: dissipare con la luce della tua
ragione.
653 *Gotica caliggine*: il pensiero oscurantista d'origine medievale.

Questi a troncar sì preziosi istanti
In cui del pari e a la dorata chioma
Splendor dai novo ed al celeste ingegno.
    Non pertanto avverrà che tu sospenda
660   Quindi a poco il versar de' libri amati,
E che ad altro ti volga. A te quest'ora
Condurrà il merciaiol che in patria or torna
Pronto inventor di lusinghiere fole
E liberal di forastieri nomi
665   A merci che non mai varcàro i monti.
Tu a lui credi ogni detto. E chi vuoi ch'ose
Unqua mentire ad un tuo pari in faccia?
Ei fia che venda se a te piace o cambi
Mille fregi e lavori a cui la moda
670   Di viver concedette un giorno intero
Tra le folte d'inezie illustri tasche:
Poi lieto se n'andrà con l'una mano
Pesante di molt'oro; e in cor gioiendo
Spregerà le bestemmie imprecatrici
675   E il gittato lavoro e i vani passi
Del calzolar diserto e del drappiere;
E dirà lor: ben degna pena avete
O troppo ancor religiosi servi
De la necessitade, antiqua è vero
680   Madre e donna dell'arti, or nondimeno
Fatta cenciosa e vile. Al suo possente
Amabil vincitor v'era assai meglio
O miseri ubbidire. Il lusso il lusso
Oggi sol puote dal ferace corno

659 *non pertanto*: ciò nonostante.
660 *Quindi a poco*: fra poco tempo.
663 *lusinghiere fole*: menzogne che lusingano.
664-665 Pronto ad attribuire nomi stranieri a merci nostrane.
666-667 E chi vuoi mai che osi mentire in faccia a un pari tuo?
671 *folte d'inezie*: traboccanti di oggetti inutili.
675 *il gittato lavoro e i vani passi*: il lavoro inutile perché non pagato e gli inutili viaggi per farsi pagare.
676 *diserto*: dimenticato — *drapiere*: sarto.
680 *donna*: signora.
684 *ferace corno*: la cornucopia.

685 Versar su l'arti a lui vassalle applausi
  E non contesi mai premj e ricchezze.
   L'ore fien queste ancor che a te ne vegna
  Il delicato miniator di belle
  Che de la corte d'Amatunta uscìo
690 Stipendiato ministro atto a gli affari
  Sollecitar dell'amorosa diva.
  Or tu l'affretta impaziente e sprona
  Sì ch' a te porga il desiato avorio
  Che de le amate forme impresso ride,
695 Sia che il pennel cortese ivi dispieghi
  L'alme sembianze del tuo viso, ond'aggia
  Tacito pasco allor che te non vede
  La pudica d'altrui sposa a te cara;
  Sia che di lei medesma al vivo esprima
700 Il vago aspetto; o se ti piace ancora
  D'altra beltà furtiva a te presenti
  Con più largo confin le amiche membra.
  Doman fie poi che la concessa imago
  Entro arnese gentil per te si chiuda
705 Con opposto cristallo ove tu faccia
  Sovente paragon di tua beltade
  Con la beltà de la tua dama; o a i guardi
  Degl'invidi la tolga, e in sen l'asconda
  Sagace tabacchiera; o a te riluca
710 Sul minor dito in fra le gemme e l'oro;

686 *non contesi mai*: mai contestati.
689 *la corte d'Amatunta*: la corte di Venere; Amatunta era una
città di Cipro, isola sacra a Venere.
690-691 *atto a gli affari Sollecitar dell'amorosa diva*: abile nel fare da intermediario a commerci amorosi.
697 *tacito pasco*: silenziosa contemplazione.
701 *furtiva*: segreta.
702 *Con più largo confin*: a figura intiera.
703-713 Elenca le possibili destinazioni della miniatura: potrebbe
essere racchiusa in un medaglione (*arnese gentil*) a due facce così
che l'immagine della dama possa paragonarsi a quella del cicisbeo;
oppure potrebbe essere nascosta all'interno del coperchio di una tabacchiera discreta (*sagace*) che sottrae l'immagine della dama agli
sguardi altrui; oppure potrebbe essere incastonata in un anello; oppure ancora la miniatura del cavalier servente potrebbe andare a
decorare il braccialetto della dama.

O de le grazie del tuo viso desti
Soavi rimembranze al braccio avvolta
Dell'altrui fida sposa a cui se' caro.
Ed ecco alfin che a le tue luci appare
715 L'artificio compiuto. Or cauto osserva
Se bene il simulato al ver s'adegue,
Vie più rigido assai se il tuo sembiante
Esprimer denno i colorati punti
Che l'arte ivi dispose. Or brune troppo
720 A te parran le guance, or fia ch'ecceda
Mal frenata la bocca, or qual conviene
A camuso Etiòpe il naso fia.
Anco sovente d'accusar ti piaccia
Il dipintor che non atteggi ardito
725 L'agili membra e il dignitoso busto;
O che mal tra le leggi a la tua forma
Dia contorno o la posi o la panneggi.
È ver che tu del grande di Crotone
Non conosci la scola, e mai tua destra
730 Non abbassossi a la volgar matita
Che fu nell'altra età cara a' tuoi pari
Cui non gustate ancora eran più dolci
E più nobili cure a te serbate.
Ma che non puote quel d'ogni scienza
735 Gusto trionfator che all'ordin vostro
In vece di maestro il ciel concesse:
E d'onde a voi coniò le altere menti
Acciò che possan dell'uman confine
Oltre passar la paludosa nebbia;

716-718 Molto più severo se i colori disposti dall'arte devono rappresentare il tuo volto.
720-721 *ecceda Mal frenata la bocca*: sia troppo grande.
722 *camuso Etiòpe*: negro camuso.
726 *tra le leggi*: si tratta delle leggi della rappresentazione artistica, delle regole del dipingere.
728-729 *del grande di Crotone Non conosci la scola*: non hai mai esercitato l'arte pittorica, definita la scuola del grande di Crotone cioè la scuola di Zeusi, sommo pittore greco.
732 *Cui non gustate ancora eran*: che non avevano ancora gustato.
735 *all'ordin vostro*: alla nobiltà.

740   E d'etere più puro abitatrici
      Non fallibili scêrre il vero e il bello?
      Però qual più ti par loda o riprendi
      Non men fermo d'allor che a scranna siedi
      Raffael giudicando o l'altro egregio
745   Che del gran nome suo l'Adige onora;
      E a le tavole ignote i noti nomi
      Grave comparti di color che primi
      Furo nell'arte. Ah s'altri è sì procace
      Ch'osi rider di te, costui pavente
750   L'augusta maestà del tuo cospetto,
      Si volga a la parete, e mentre cerca
      Por freno in van col morder de le labbra
      A lo scrosciar de le importune risa
      Che scoppian da' precordj, violenta
755   Convulsione a lui deforme il volto,
      E lo affoghi aspra tosse e lo punisca
      Di sua temerità. Ma tu non pensa
      Ch'altri ardisca di te rider giammai;
      E mai sempre imperterrito decidi.
760   Or giunta è alfin del dotto pettin l'opra:
      E il maestro elegante intorno spande
      Da la man scossa polveroso nembo,
      Onde a te innanzi tempo il crine imbianchi.
      D'orribil piato risonar s'udìo
765   Già la corte d'Amore. I tardi vegli
      Grinzuti osàr co' giovani nipoti
      Contendere di grado in faccia al soglio
      Del comune lor dio. Rise la fresca

---

741 *scêrre*: discernere.
742 *Però*: perciò.
743 *fermo*: sicuro.
744-745 *l'altro egregio Che del gran nome suo l'Adige onora*: Paolo Caliari detto il Veronese: Verona è attraversata dall'Adige.
747 *comparti*: distribuisci, attribuendo i dipinti ai diversi autori.
748 *procace*: sfrontato.
754 *precordj*: visceri.
757 *non pensa*: non pensare.
762 *polveroso nembo*: nuvola di cipria.

Gioventude animosa; e d'agri motti
770 Libera punse la senil baldanza.
Gran tumulto nascea, se non che Amore
Ch'ogni diseguaglianza odia in sua corte
A spegner mosse i perigliosi sdegni:
E a quei che militando incanutìro
775 Suoi servi apprese a simular con arte
I duo bei fior che in giovanile gota
Educa e nudre di sua man natura:
Indi fe' cenno; e in un balen fur visti
Mille alati ministri alto volando
780 Scoter lor piume, onde fioccò leggera
Candida polve che a posar poi venne
Su le giovani chiome; e in bianco volse
E il biondo e il nero e l'odiato rosso.
L'occhio così nell'amorosa reggia
785 Più non distinse le due opposte etadi:
E solo vi restò giudice il tatto.
Tu pertanto o signor tu che se' il primo
Fregio ed onor dell'Acidalio regno
I sacri usi ne serba. Ecco che sparsa
790 Già da provvida man la bianca polve
In piccolo stanzin con l'aere pugna,
E de gli atomi suoi tutto riempie
Egualmente divisa. Or ti fa core,
E in seno a quella vorticosa nebbia
795 Animoso ti avventa. Oh bravo! oh forte!
Tale il grand'avo tuo tra il fumo e il foco
Orribile di Marte furiando
Gittossi allor che i palpitanti Lari

769 *agri motti*: scherzi pungenti.
770 *libera*: senza ritegno.
774 *militando*: combattendo battaglie amorose.
775 *apprese a simular*: insegnò a simulare.
788 *Acidalio regno*: regno di Venere Acidalia, detta così da una
fonte in Beozia in cui facevano il bagno le Grazie.
789-793 Perché si fosse incipriati in maniera uniforme veniva im-
pregnato di cipria un'intero stanzino all'interno del quale si passeg-
giava finché non si era ricoperti dalla cipria stessa.
798 *Lari*: divinità protettrici della casa e della patria.

De la patria difese, e ruppe e in fuga
800 Mise l'oste feroce. Ei nondimeno
Fuligginoso il volto e d'atro sangue
Asperso e di sudore e co' capelli
Stracciati ed irti de la mischia uscìo
Spettacol fero a i cittadini stessi
805 Per sua man salvi; ove tu, assai più vago
E leggiadro a vederse in bianca spoglia
Scenderai quindi a poco a bear gli occhi
De la cara tua patria a cui dell'avo
Il forte braccio e il viso almo celeste
810 Del nipote dovean portar salute.
    Non vedi ormai qual con solerte mano
Rechin di vesti a te pubblico arredo
I damigelli tuoi? Rodano e Senna
Le tesserono a gara; e qui cucille
815 Opulento sartor cui su lo scudo
Serpe intrecciato a forbici eleganti
Il titol di monsù: nè sol dà leggi
A la materia la stagion diverse,
Ma qual più si conviene al giorno e all'ora
820 Varj sono il lavoro e la ricchezza.
Vieni o fior de gli eroi vieni; e qual suole
Nel più dubbio de' casi alto monarca
Avanti al trono suo convocar lento
Di satrapi concilio a cui nell'ampia
825 Calvizie de la fronte il senno appare;
Tal di limpidi spegli a un cerchio in mezzo
Grave t'assidi, e lor sentenza ascolta.
Un giacendo al tuo piè mostri qual deggia
Liscia e piana salir su per le gambe
830 La docil calza: un sia presente al volto,

800 *oste*: nemico.
804 *fero*: spaventoso.
813 *Rodano e Senna*: Lione e Parigi, città produttrici di tessuti.
815 *lo scudo*: l'insegna.
818 *diverse*: a seconda della stagione.
824 *satrapi*: in questo caso consiglieri.

Un dietro al capo: e la percossa luce
Quinci e quindi tornando, a un tempo solo
Tutto al giudizio de' tuoi guardi esponga
L'apparato dell'arte. Intanto i servi
835 A te sudino intorno; e qual piegate
Le ginocchia in sul suol prono ti stringa
Il molle piè di lucidi fermagli;
E qual del biondo crin che i nodi eccede
Su le schiene ondeggiante in negro velo
840 I tesori raccoglia; e qual già pronto
Venga spiegando la nettarea veste.
Fortunato garzone a cui la moda
In fioriti canestri e di vermiglia
Seta coperti preparò tal copia
845 D'ornamenti e di pompe! Ella pur ieri
A te dono ne fèo. La notte intera
Faticaron per te cent'aghi e cento;
E di percossi e ripercossi ferri
Per le tacite case andò il rimbombo:
850 Ma non in van poi che di novo fasto
Oggi superbo nel bel mondo andrai;
E per entro l'invidia e lo stupore
Passerai de' tuoi pari eguale a un dio
Folto bisbiglio sollevando intorno.
855   Figlie de la memoria inclite suore
Che invocate scendendo i feri nomi
De le squadre diverse e de gli eroi
Annoveraste a i grandi che cantàro

831-834 La luce riflessa dai numerosi specchi che ti circondano ti
permette di valutare con un solo giudizio tutto l'insieme del tuo
abbigliamento.
835 *e qual*: uno.
838-840 Un altro raccolga il tesoro dei biondi capelli ondeggiante
sulla schiena in una nera reticella.
841 *nettarea*: profumata.
848 *ferri*: da stiro.
855 *Figlie de la memoria inclite suore*: nobili sorelle figlie della
dea Memoria: sono le Muse figlie per l'appunto di Giove e di Mnemosine.
858-859 Ricordaste ai grandi poeti che cantarono Achille (Ome-

Achille Enea e il non minor Buglione,
860 Or m'è d'uopo di voi. Tropp'ardua impresa
E insuperabil senza vostr'aita
Fia ricordare al mio signor di quanti
Leggiadri arnesi graverà sue vesti
Pria che di sé nel mondo esca a far pompa.
865 Ma qual di tanti e sì leggiadri arnesi
Sì felice sarà che innanzi a gli altri
Signor venga a formar tua nobil soma?
Tutti importan del pari. Ecco l'astuccio
Di pelli rilucenti ornato e d'oro
870 Sdegnar la turba, e gli occhi tuoi primiero
Occupar di sua mole. Esso a cent'usi
Opportuno si vanta: e ad esso in grembo
Atta a gli orecchi a i denti a i peli all'ugne
Vien forbita famiglia. A i primi onori
875 Seco s'affretta d'odorifer'onda
Pieno cristal che a la tua vita in forse
Doni conforto allor che il vulgo ardisca
Troppo accosto vibrar da la vil salma
Fastidiosi effluvj a le tue nari.
880 Nè men pronto di quello e all'uopo stesso
L'imitante un cuscin purpureo drappo
Reca turgido il sen d'erbe odorate
Che l'aprica montagna in tuo favore
Al possente meriggio educa e scalda.

ro), Enea (Virgilio), e Buglione non inferiore ai precedenti (Tasso).
860 *m'è d'uopo di voi*: ho bisogno di voi.
863-864 *di quanti Leggiadri arnesi graverà sue vesti*: di quanti
graziosi ornamenti decorerà i suoi abiti.
867 *soma*: carico.
873 *ad esso in grembo*: dentro di esso.
874 *forbita famiglia*: l'insieme dei lucenti attrezzi atti alla toilette.
875-876 *d'odorifer'onda Pieno cristal*: boccetta di cristallo piena di
profumo.
876 *a la tua vita in forse*: a te che stai per svenire.
878 *salma*: corpo.
879 *Fastidiosi effluvj*: odori nauseabondi.
881-882 Un cuscino ripieno di erbe profumate.
883 *aprica*: soleggiata.

885   Ecco vien poi da cristallina rupe
        Tolto nobil vasello. Indi traluce
        Prezioso confetto ove a gli aromi
        Stimolanti s'unì l'ambra o la terra
        Che il Giappon manda a profumar de' grandi
890   L'etereo fiato, o quel che il Caramano
        Fa gemer latte dall'inciso capo
        De' papaveri suoi; perché se mai
        Non ben felice amor l'alma t'attrista,
        Lene serpendo per li membri acquete
895   A te gli spirti, e ne la mente induca
        Lieta stupidità che mille adune
        Imagin dolci e al tuo desio conformi.
        A tanto arredo il cannocchial succeda
        E la chiusa tra l'oro Anglica lente.
900   Quel notturno favor ti presti allora
        Che al teatro t'assidi, e t'avvicini
        O i piè leggeri o le canore labbra
        Da la scena remota; o con maligno
        Guardo dell'alte vai logge spiando
905   Le abitate tenèbre; o miri altronde
        Gli ognor nascenti e moribondi amori
        De le tenere dame, onde s'appresti
        All'eloquenza tua nel dì venturo
        Lunga e grave materia. A te la lente
910   Nel giorno assista; e de gli sguardi tuoi

885 *da cristallina rupe Tolto nobil vasello*: vasetto di cristallo di rocca.
887 *confetto*: pastiglia.
888 *l'ambra o la terra*: l'ambra grigia o la terra catù, sostanza per profumare l'alito.
890 *Caramano*: oppio proveniente dalla Caramania, regione dell'Asia Minore.
894 *Lene serpendo*: diffondendosi lievemente.
898-899 Il cannocchiale e l'occhialino con una lente inglese e montato in oro.
900 *Quel*: il cannocchiale.
904-905 *vai logge spiando Le abitate tenèbre*: scruti il buio abitato dagli spettatori dei palchi.
908 *nel dì venturo*: il giorno dopo.
910-911 *e de gli sguardi tuoi Economa presieda*: distribuisca con parsimonia i tuoi sguardi.

Economa presieda; e sì li parta
Che il mirato da te vada superbo,
Nè i mal visti accusarte osin giammai.
La lente ancor su l'occhio tuo sedendo
915   Irrefragabil giudice condanni
O approvi di Palladio i muri e gli archi
O di Tizian le tele: essa a le vesti
A i libri a i volti feminili applauda
Severa o li dispregi: e chi del senso
920   Comun sì privo fia che insorger osi
Contro al sentenziar de la tua lente?
Non per questa però sdegna o signore
Giunto a lo speglio in Gallico sermone
Il vezzoso giornal, non le notate
925   Eburnee tavolette a guardar preste
Tuoi sublimi pensier fin ch'abbian luce
Doman tra i belli spirti; e non isdegna
La picciola guaìna ove al tuo cenno
Mille ognora stan pronti argentei spilli.
930   Oh quante volte a cavalier sagace
Ho vedut'io le man render beate
Uno apprestato a tempo unico spillo!
Ma dove ahi dove inonorato e solo
Lasci 'l coltello a cui l'oro e l'acciaro
935   Donàr gemina lama, e a cui la madre
De la gemma più bella d'Anfitrite
Diè manico elegante, onde il colore
Con dolce variar l'iride imìta?
Verrà il tempo verrà che ne' superbi

911 *parta*: distribuisca.
915 *Irrefragabil*: incontestabile.
916 *Palladio*: Andrea Palladio (1518-1580), architetto.
917 *Tizian*: Tiziano Vecellio (1477-1576).
923 *speglio*: specchio.
924 *Il vezzoso giornal*: il piacevole giornale francese.
924-925 *le notate Eburnee tavolette a guardar preste*: i fogli rilegati in avorio sui quali si prendono appunti.
927 *non isdegna*: non sdegnare.
935 *gemina lama*: lama d'acciaio intarsiata d'oro.
935-937 Con il manico di madreperla.

940 Convivj ognaltro avanzerai per fama
D'esimio trinciatore; e i plausi e i gridi
De' tuoi gran pari ecciterai qualora,
Pollo o fagian con le forcine in alto
Sospeso, a un colpo il priverai dell'anca
945 Mirabilmente. Or qual più resta omai
Onde colmar tue tasche inclito ingombro?
Ecco a molti colori oro distinto,
Ecco nobil testuggine su cui
Voluttuose imagini lo sguardo
950 Invitan de gli eroi. Copia squisita
Di fumido rapè quivi è serbata
E di spagna oleoso, onde lontana
Pur come suol fastidioso insetto
Da te fugga la noia. Ecco che smaglia
955 Cupido a te di circondar le dita
Vivo splendor di preziose anella.
Ami la pietra ove si stanno ignude
Sculte le Grazie, e che il Giudeo ti fece
Creder opra d'Argivi allor ch'ei chiese
960 Tanto tesoro, e d'erudito il nome
Ti compartì prostrandosi a' tuoi piedi?
Vuoi tu i lieti rubini? O più t'aggrada
Sceglier quest'oggi l'Indico adamante
Là dove il lusso incantator costrinse
965 La fatica e il sudor di cento buoi
Che pria vagando per le tue campagne
Facean sotto a i lor piè nascere i beni?

946-950 Tabacchiera d'oro smaltato o di tartaruga sulla quale sono dipinte immagini erotiche.
951 *fumido rapè*: qualità di tabacco.
952 *di spagna oleoso*: altra qualità di tabacco.
954 *smaglia*: splende.
957 *la pietra*: il cammeo.
958 *Sculte*: scolpite.
959 *opra d'Argivi*: opera dei greci, autentico reperto archeologico.
961 *Ti compartì*: ti spiegò.
963 *adamante*: diamante.
964-965 Per comprare il quale diamante il lusso ti ha costretto a sacrificare il lavoro e la fatica di cento buoi (evidentemente venduti per realizzare denaro).

Prendi o tutti o qual vuoi; ma l'aureo cerchio
Che sculto intorno è d'amorosi motti
970 Ognor teco si vegga, e il minor dito
Premati alquanto, e sovvenir ti faccia
Dell'altrui fida sposa a cui se' caro.
Vengane alfin de gli orioi gemmati
Venga il duplice pondo; e a te de l'ore
975 Che all'alte imprese dispensar conviene
Faccia rigida prova. Ohimè che vago
Arsenal minutissimo di cose
Ciondola quindi, e ripercosso insieme
Molce con soavissimo tintinno!
980 Ma v'hai tu il meglio? Ah sì che i miei precetti
Sagace prevenisti. Ecco risplende
Chiuso in breve cristallo il dolce pegno
Di fortunato amor: lungi o profani,
Chè a voi tant'oltre penetrar non lice.
985 Compiuto è il gran lavoro. Odi Signore
Sonar già intorno la ferrata zampa
De' superbi corsier che irrequieti
Ne' grand'atrj sospinge arretra e volge
La disciplina dell'ardito auriga.
990 Sorgi e t'appresta a render baldi e lieti
Del tuo nobile incarco i bruti ancora.
Ma a possente signor scender non lice
Da le stanze superne infin che al gelo
O al meriggio non abbia il cocchier stanco
995 Durato un pezzo, onde l'uom servo intenda
Per quanto immensa via natura il parta

.

969-970 *l'aureo cerchio Che sculto intorno è d'amorosi detti*: l'anel-
lino d'oro intorno al quale sono incise parole d'amore.
973 *orioi*: orologi.
974 *duplice pondo*: si era soliti portare due orologi.
979 *Molce*: accarezza l'udito.
982 *il dolce pegno*: l'immagine dell'amata o forse una ciocca di
capelli.
989 *auriga*: il cocchiere.
991 *incarco*: carico, peso.
991 *i bruti*: gli animali, i cavalli.
995 *Durato*: resistito.
996 *il parta*: lo divida.

Dal suo signore. Or dunque i miei precetti
Io seguirò, chè varie al tuo mattino
Portar dee cure il variar de' giorni:
1000 Tu dolce intanto prenderai solazzo
Ad agitar fra le tranquille dita
Dell'oriolo i ciondoli vezzosi.

Signore al ciel non è cosa più cara
Di tua salute: e troppo a noi mortali
1005 È il viver de' tuoi pari util tesoro.
Uopo è talor che da gli egregi affanni
T'allevj alquanto, e con pietosa mano
Il teso per gran tempo arco rallente.
Tu dunque allor che placida mattina
1010 Vestita riderà d'un bel sereno
Esci pedestre, e le abbattute membra
All'aura salutar snoda e rinfranca.
Di nobil cuoio a te la gamba calzi
Purpureo stivaletto, onde giammai
1015 Non profanin tuo piè la polve o il limo
Che l'uom calpesta. A te s'avvolga intorno
Veste leggiadra che sul fianco sciolta
Sventoli andando; e le formose braccia
Stringa in maniche anguste a cui vermiglio
1020 O cilestro ermesino orni gli estremi
Del bel color che l'elitropio tigne
O pur d'oriental candido bisso
Voluminosa benda indi a te fasci
La snella gola. E il crin... Ma il crin signore
1025 Forma non abbia ancor da la man dotta
Dell'artefice suo; chè troppo fora,
Ahi troppo grave error lasciar tant'opra
De le licenziose aure in balìa.

998 *seguirò*: continuerò, proseguirò.
1008 *Il teso per gran tempo arco rallente*: che tu allenti l'arco a lungo teso della tua volontà.
1011 *pedestre*: a piedi.
1020 *ermesino*: seta leggera proveniente da Ornus, nel Golfo Persico.
1021 *elitropio*: il girasole, di colore giallo.
1026 *fora*: sarebbe.

39

Nè senz'arte però vada negletto
1030 Su gli omeri a cader; ma o che natura
A te il nodrisca; o che da ignote fronti
Il più famoso parrucchier lo involi,
E lo adatti al tuo capo, in sul tuo capo
Ripiegato l'afferri e lo sospenda
1035 Con testugginei denti il pettin curvo.
Ampio cappello alfin che il disco agguagli
Del gran lume Febeo tutto ti copra,
E allo sguardo profan tuo nume asconda.
Poi che così le belle membra ornate
1040 Con artificj negligenti avrai,
Esci soletto a respirar talora
I mattutini fiati: e lieve canna
Brandendo con la man, quasi baleno
Le vie trascorri, e premi ed urta il vulgo
1045 Che s'oppone al tuo corso. In altra guisa
Fora colpa l'uscir; però che andrièno
Mal dal vulgo distinti i primi eroi.
    Tal giorno ancora, o d'ogni giorno forse
Fien qualch'ore serbate al molle ferro
1050 Che i peli a te rigermoglianti a pena
D'in su la guancia miete; e par che invidj
Ch'altri fuor che sè solo indaghi o scopra
Unqua il tuo sesso. Arroge a questo il giorno
Che di lavacro universal convienti
1055 Terger le vaghe membra. È ver che allora
D'esser mortal dubiterai; ma innalza
Tu allor la mente a i grandi aviti onori

1031-33 Allude alla parrucca.
1035 *testugginei*: di tartaruga.
1036-37 *che il disco agguagli Del gran lume Febeo*: simile al disco del sole.
1038 *tuo nume asconda*: nasconda la divinità del tuo volto.
1044 *trascorri*: percorri.
1048 *Tal giorno ancora, o d'ogni giorno forse*: un giorno ogni tanto oppure tutti i giorni.
1049 *molle ferro*: il rasoio.
1051 *par che invidj*: sembra che non permetta ad altri.
1053 *Arroge*: aggiungi.
1054 *lavacro universal*: il bagno.

Che fino a te per secoli cotanti
Misti scesero al chiaro altero sangue;
1060 E il pensier ubbioso al par di nebbia
Per lo vasto vedrai aere smarrirsi
A i raggi de la gloria onde t'investi;
E di te pago sorgerai qual pria
Gran semideo che a sè solo somiglia.
1065 Fama è così che il dì quinto le Fate
Loro salma immortal vedean coprirsi
Già d'orribili scaglie, e in feda serpe
Volta strisciar sul suolo a sè facendo
De le inarcate spire impeto e forza:
1070 Ma il primo sol le rivedea più belle
Far beati gli amanti e a un volger d'occhi
Mescere a voglia lor la terra e il mare.
    Assai l'auriga bestemmiò finora
I tuoi nobili indugi: assai la terra
1075 Calpestàro i cavalli. Or via veloce
Reca o servo gentil, reca il cappello
Ch'ornan fulgidi nodi: e tu frattanto
Fero genio di Marte a guardar posto
De la stirpe de' numi il caro fianco,
1080 Al mio giovan eroe cigni la spada
Corta e lieve non già, ma qual richiede
La stagion bellicosa al suol cadente,
E di triplice taglio armata e d'else
Immane. Quanto esser può mai sublime
1085 L'annoda pure onde la impugni all'uopo
La destra furibonda in un momento.

1062 *onde t'investi*: da cui sei investito.
1065-72 Allusione alla leggenda, riportata in numerosi testi letterari, secondo la quale le fate si trasformavano in serpente per poi
rinascere più affascinanti e più belle di prima.
1065 *il dì quinto*: il venerdì.
1066 *salma*: corpo.
1067 *feda*: orribile.
1072 *mescere*: sconvolgere.
1082 *La stagion bellicosa*: detto con ironia poiché dalla pace di
Aquisgrana (1748) l'Italia godeva di una lunga pace.
1084 *sublime*: in alto.

Nè disdegnar con le sanguigne dita
Di ripulire ed ordinar quel nastro
Onde l'else è superbo. Industre studio
1090 È di candida mano. Al mio signore
Dianzi donollo, e gliel appese al brando
L'altrui fida consorte a lui sì cara.
Tal del famoso Artù vide la corte
Le infiammate d'amor donzelle ardite
1095 Ornar di piume e di purpuree fasce
I fatati guerrier; sì che poi lieti
Correan mortale ad incontrar periglio
In selve orrende fra i giganti e i mostri.
Volgi o invitto campion, volgi tu pure
1100 Il generoso piè dove la bella
E de gli eguali tuoi scelto drappello
Sbadigliando t'aspetta all'alte mense.
Vieni, e godendo, nell'uscire il lungo
Ordin superbo di tue stanze ammira.
1105 Or già siamo all'estreme: alza i bei lumi
A le pendenti tavole vetuste
Che a te de gli avi tuoi serbano ancora
Gli atti e le forme. Quei che in duro dante
Strigne le membra, e cui sì grande ingombra
1110 Traforato collar le grandi spalle,
Fu di macchine autor; cinse d'invitte
Mura i Penati; e da le nere torri
Signoreggiando il mar, verso le aduste
Spiagge la predatrice Africa spinse.
1115 Vedi quel magro a cui canuto e raro

1087 *le sanguigne dita*: del dio Marte.
1093 *Tal del famoso Artù vide la corte*: allusione alla corte del re Artù e alle usanze dei cavalieri della Tavola Rotonda.
1105 *lumi*: occhi.
1106 *le pendenti tavole vetuste*: gli antichi quadri.
1108 *dante*: pelle di daino.
1111 *Fu di macchine autor*: costruttore di macchine belliche, ingegnere militare.
1112 *i Penati*: la città natale.
1112-14 Con le torri litoranee ha respinto verso le spiagge bruciate dal sole (*aduste*) i pirati saraceni provenienti dall'Africa.

Pende il crin da la nuca, e l'altro a cui
Su la guancia pienotta e sopra il mento
Serpe triplice pelo? Ambo s'adornano
Di toga magistral cadente a i piedi:
1120 L'uno a Temi fu sacro: entro a' Licei
La gioventù pellegrinando ei trasse
A gli oracoli suoi; indi sedette
Nel senato de' padri; e le disperse
Leggi raccolte, ne fe' parte al mondo:
1125 L'altro sacro ad Igeia. Non odi ancora
Presso a un secol di vita il buon vegliardo
Di lui narrar quel che da' padri suoi
Nonagenarj udì, com'ei spargesse
Su la plebe infelice oro e salute
1130 Pari a Febo suo nome? Ecco quel grande
A cui sì fosco parruccon s'innalza
Sopra la fronte spaziosa; e scende
Di minuti botton serie infinita
Lungo la veste. Ridi? Ei novi aperse
1135 Studj a la patria; ei di perenne aita
I miseri dotò; portici e vie
Stese per la cittade; e da gli ombrosi
Lor lontani recessi a lei dedusse
Le pure onde salubri, e ne' quadrivj
1140 E in mezzo a gli ampli fori alto le fece
Salir scherzando a rinfrescar la state

1118 *triplice pelo*: i baffi e il pizzo.
1120 *a Temi fu sacro*: fu magistrato e giurista (Temi è la dea della giustizia).
1120 *Licei*: atenei, università.
1122 *oracoli*: sentenze, lezioni.
1125 *L'altro sacro ad Igeia*: fu medico (Igeia era la dea della salute).
1130 *Febo*: Apollo, il dio della medicina.
1135 *Studj*: scuole.
1135-36 *di perenne aita I miseri dotò*: lasciò donazioni perpetue ai poveri.
1137 *Stese*: costruì.
1138 *dedusse*: fece scendere.
1140 *fori*: piazze.
1141 *Salir scherzando*: zampillare (nelle fontane).

Madre di morbi popolari. Oh come
Ardi a tal vista di beato orgoglio
Magnanimo garzon! Folle! A cui parlo?
1145 Ei già più non m'ascolta: odiò que' ceffi
Il suo guardo gentil: noia lui prese
Di sì vieti racconti: e già s'affretta
Giù per le scale impaziente. Addio
De gli uomini delizia e di tua stirpe,
1150 E de la patria tua gloria e sostegno.
Ecco che umìli in bipartita schiera
T'accolgono i tuoi servi. Altri già pronto
Via se ne corre ad annunciare al mondo
Che tu vieni a bearlo; altri a le braccia
1155 Timido ti sostien mentre il dorato
Cocchio tu sali, e tacito e severo
Sur un canto ti sdrai. Apriti o vulgo
E cedi il passo al trono ove s'asside
Il mio signore. Ah te meschin s'ei perde
1160 Un sol per te de' preziosi istanti!
Temi il non mai da legge o verga o fune
Domabile cocchier: temi le rote
Che già più volte le tue membra in giro
Avvolser seco, e del tuo impuro sangue
1165 Corser macchiate, e il suol di lunga striscia,
Spettacol miserabile! segnàro.

1142 *Madre di morbi popolari*: durante la quale scoppiano con
maggiore facilità le epidemie.
1147 *vieti*: vecchi e noiosi.
1151 *in bipartita schiera*: schierati in due file.
1161-62 *il non mai da legge o verga o fune Domabile cocchier*: il
cocchiere mai domato dalla legge e dalle punizioni corporali previ-
ste dalla legge per chi minaccia la salute dei passanti.
1164 *Avvolser seco*: travolsero.

Ardirò ancor fra i desinari illustri
Sul meriggio innoltrarmi umil cantore,
Poi che troppa di te cura mi punge
Signor, ch'io spero un dì veder maestro
5   E dittator di graziosi modi
All'alma gioventù che Italia onora.

    Tal fra le tazze e i coronati vini
Onde all'ospite suo fe' lieta pompa
La punica regina, i canti alzava
10   Jopa crinito; e la regina in tanto
Dal bel volto straniero iva beendo
L'oblivion del misero Sichèo:
E tale, allor che l'orba Itaca in vano
Chiedea a Nettun la prole di Laerte,
15   Femio s'udìa co' versi e con la cetra
La facil mensa rallegrar de' proci,
Cui dell'errante Ulisse i pingui agnelli
E i petrosi licori e la consorte
Convitavano in folla. Amici or china

---

5 *dittator*: arbitro.
7 *i coronati vini*: le tazze di vino adorne di fiori.
9 *punica regina*: Didone, regina di Cartagine.
10 *Jopa*: il cantore di Didone, figlio di Atlante.
11 *straniero*: dello straniero Enea.
12 *Sichèo*: il primo marito di Didone, ucciso dal fratello di lei Pigmalione.
14 *l'orba Itaca*: Itaca privata del suo re.
14 *la prole di Laerte*: il figlio di Laerte, Ulisse.
15 *Femio*: il cantore di Ulisse.
16 *facil*: non pagata né offerta.
16 *Proci*: i pretendenti alla mano di Penelope.
18 *i petrosi licori*: i vini provenienti da vigne coltivate in collina.
19 *Convitavano*: attraevano.

20   Giovin Signore al mio cantar gli orecchi,
        Or che tra nuove Elise e nuovi proci
        E tra fedeli ancor Penelopèe
        Ti guidano a la mensa i versi miei.
            Già dall'alto del cielo il sol fuggendo
25   Verge all'occaso: e i piccoli mortali
        Dominati dal tempo escon di novo
        A popolar le vie ch'all'oriente
        Spandon ombra già grande. A te null'altro
        Dominator fuor che te stesso è dato
30   Stirpe di numi: e il tuo meriggio è questo.
            Al fin di consigliarsi al fido speglio
        La tua dama cessò. Cento già volte
        O chiese o rimandò novelli ornati;
        E cento ancor de le agitate ognora
35   Damigelle or con vezzi or con garriti
        Rovesciò la fortuna. A sè medesma
        Quante volte convien piacque e dispiacque;
        E quante volte è duopo a sè ragione
        Fece e a' suoi lodatori. I mille intorno
40   Dispersi arnesi al fin raccolse in uno
        La consapevol del suo cor ministra:
        Al fin velata di legger zendado
        È l'ara tutelar di sua beltade:
        E la seggiola sacra un po' rimossa
45   Languidetta l'accoglie. Intorno a lei
        Pochi giovani eroi van rimembrando
        I cari lacci altrui, mentre da lunge
        Ad altra intorno i cari lacci vostri
        Pochi giovani eroi van rimembrando.
50   Il marito gentil queto sorride

21 *Elise*: altro nome di Didone.
25 *Verge all'occaso*: volge al tramonto.
31 *speglio*: specchio.
35 *garriti*: rimproveri.
36 *Rovesciò la fortuna*: capovolse la fortuna.
41 *La consapevol del suo cor ministra:* l'ancella preferita.
42 *zendado*: velo.
43 *ara*: la toilette.
47 *lacci*: legami amorosi.

A le lor celie; o, s'ei si cruccia alquanto,
Del tuo lungo tardar solo si cruccia.
Nulla però di lui cura te prenda
Oggi o Signore. E s'ei del vulgo a paro
55   Prostrò l'animo imbelle; e non sdegnosse
Di chiamarsi marito, a par del vulgo
Senta la fame esercitargli in petto
Lo stimol fier de gli oziosi sughi
Avidi d'esca: o se a i mariti alcuno
60   D'anima generosa impeto resta,
Ad altra mensa il piè rivolga; e d'altra
Dama al fianco si assida, il cui marito
Pranzi altrove lontan d'un'altra al fianco
Che lungi abbia lo sposo: e così nuove
65   Anella intrecci a la catena immensa
Onde alternando Amor l'anime avvince.
    Pur sia che vuol; tu baldanzoso innoltra
Ne le stanze più interne. Ecco precorre
Ad annunciarti al gabinetto estremo
70   Il noto scalpiccio de' piedi tuoi.
Già lo sposo t'incontra. In un baleno
Sfugge dall'altrui man l'accorta mano
De la tua dama: e il suo bel labbro in tanto
Ti apparecchia un sorriso. Ognun s'arretra
75   Che conosce tuoi dritti; e si conforta
Con le adulte speranze, a te lasciando
Libero e scarco il più beato seggio.
Tal, colà dove in fra gelose mura
Bizanzio ed Ispaàn guardano il fiore

55 *Prostrò*: abbassò, avvilì.
58-59 *gli oziosi sughi Avidi d'esca*: i succhi gastrici che restano inattivi e stimolano il senso di fame.
66 *alternando*: alternativamente collegando membri di coppie diverse: ciascun marito fa la corte a una moglie altrui e ciascuna moglie a un marito altrui.
70 *scalpiccio*: il rumore ben conosciuto dei tuoi passi.
76 *le adulte speranze*: le speranze mature, prossime a compiersi.
78 *gelose mura*: le mura dell'harem, strumento della gelosa protezione delle concubine.
79 *Ispaàn*: Ispahan, in Persia.

80   De la beltà che il popolato Egèo
       Manda e l'Armeno e il Tartaro e il Circasso
       Per delizia d'un solo, a bear entra
       L'ardente sposa il grave Musulmano.
       Nel maestoso passeggiar gli ondeggiano
85   Le late spalle, e su per l'alta testa
       Le avvolte fasce: dall'arcato ciglio
       Intorno ei volge imperioso il guardo:
       Ed ecco al suo apparire umìl chinarsi
       E il piè ritrar l'effeminata occhiuta
90   Turba che d'alto sorridendo ei spregia.
         Or comanda o signor che tutte a schiera
       Vengan le grazie tue; sì che a la dama
       Quanto elegante esser più puoi ti mostri.
       Tengasi al fianco la sinistra mano
95   Sotto al breve giubbon celata; e l'altra
       Sul finissimo lin posi, e s'asconda
       Vicino al cor; sublime alzisi il petto;
       Sorgan gli omeri entrambi; a lei converso
       Scenda il duttile collo; a i lati un poco
100   Stringansi i labbri; ver lo mezzo acuti
       Escano alquanto; e da la bocca poi,
       Compendiata in forma tal, sen fugga
       Un non inteso mormorio. Qual fia
       Che a tante di beltade arme possenti
105   Schermo si opponga? Ecco la destra ignuda
       Già la bella ti cede. Or via la strigni;
       E con soavi negligenze al labbro
       Qual tua cosa l'appressa; e cader lascia

---

80 *il popolato Egeo*: le popolose isole del mar Egeo.
81 *l'Armeno e il Tartaro e il Circasso*: il popolo armeno, il tartaro
e il circasso.
85 *late*: larghe.
89-90 *l'effeminata occhiuta Turba*: la folla effemminata e vigile
degli eunuchi, custodi degli harem orientali.
96 *finissimo lin*: della camicia.
97 *sublime alzisi il petto*: gonfi il petto facendolo innalzare.
99 *duttile*: mobile, pieghevole.
102 *Compendiata*: costretta.
103 *non inteso*: indistinto.

Sovra i tiepidi avorj un doppio bacio.
110 Siedi fra tanto; e d'una mano istrascica
Più a lei vicin la seggioletta. Ognaltro
Tacciasî; ma tu sol curvato alquanto
Seco susurra ignoti detti, a cui
Concordin vicendevoli sorrisi
115 E sfavillar di cupidette luci,
Che amor dimostri o che il somigli al meno.
    Ma rimembra o signor che troppo nuoce
In amoroso cor lunga e ostinata
Tranquillità. Nell'oceàno ancora
120 Perigliosa è la calma. Ahi quante volte
Dall'immobile prora il buon nocchiero
Invocò la tempesta; e sì crudele
Soccorso ancor gli fu negato; e giacque
Affamato assetato estenuato
125 Dal venenoso aere stagnante oppresso
Fra le inutili ciurme al suol languendo!
Dunque a te giovi de la scorsa notte
Ricordar le vicende; e con obliqui
Motti pugnerla alquanto, o se nel volto
130 Paga più che non suole accôr fu vista
Il novello straniero, e co' bei labbri
Semiaperti aspettar quasi marina
Conca la soavissima rugiada
De' novi accenti; o se cupida troppo

109 *i tiepidi avorj*: le mani bianche come l'avorio e calde.
113 *ignoti detti*: parole che restano ignote ai presenti perché sussurrate a bassa voce.
115 *cupidette luci*: sguardi che brillano di desiderio.
125 *venenoso*: velenoso, insano.
128 *obliqui*: allusivi.
129 *pugnerla*: pungerla, stuzzicarla.
130 *Paga*: appagata, divertita.
131 *Il novello straniero*: lo straniero giunto da poco.
132-133 *quasi marina Conca la soavissima rugiada*: come la conchiglia marina aspetta la rugiada. Era opinione degli antichi che le perle fossero originate da gocce di rugiada penetrate nelle valve della conchiglia marina.
134 *cupida*: desiderosa.

135 Col guardo accompagnò di loggia in loggia
     L'almo alunno di Marte, idol vegliante
     De' femminili voti, a la cui chioma
     Col lauro trionfal mille s'avvolgono
     E mille frondi dell'Idalio mirto.
140 Colpevole o innocente allor la bella
     Dama improvviso adombrerà la fronte
     D'un nuvoletto di verace sdegno
     O simulato, e la nevosa spalla
     Scoterà un poco; e volgeransi al fine
145 Gli altri a bear le sue parole estreme.
     Fors'anco rintuzzar di tue rampogne
     Saprà l'agrezza, e noverarti a punto
     Le visite furtive a i cocchi a i tetti
     E all'alte logge de le mogli illustri
150 Di ricchi popolari, a cui sovente
     Scender per calle dal piacer segnato
     La maestà di cavalier non teme.
     Felice te, se mesta o disdegnosa
     Tu la guidi a la mensa; o se tu puoi
155 Solo piegarla a tollerar de' cibi
     La nausea universal! Sorridan pure

135 *loggia*: palco.
136 *L'almo alunno di Marte*: l'ufficiale.
136-137 *idol vegliante De' femminili voti*: idolo dei sogni ad occhi aperti delle donne.
138-139 Le corone che adornano la chioma dell'ufficiale sono non solo di alloro, simbolo delle vittorie militari, ma anche di mirto, simbolo delle conquiste amorose. Il mirto era la pianta sacra a Venere.
143 *nevosa*: bianca come la neve.
145 *le sue parole estreme*: le ultime parole del suo discorso, per farti dispetto, saranno rivolte ad altri.
147 *l'agrezza*: l'amarezza.
147 *noverarti a punto*: elencarti minuziosamente.
148-149 *a i cocchi a i tetti E all'alte logge*: alle carrozze, alle case e ai palchi.
150 *Di ricchi popolari*: di ricchi borghesi.
151 *calle dal piacer segnato*: strada indicata dalla ricerca di piacere.
155-156 *a tollerar de' cibi La nausea universal*: a sopportare la nausea, ostentata nei confronti di qualsiasi cibo.

A le vostre dolcissime querele
I convitati; e l'un l'altro percota
Col gomito maligno. Ahi non di meno
160 Come fremon lor alme! e quanta invidia
Ti portan te mirando unico scopo
Di sì bell'ire! Al solo sposo è dato
In cor nodrir magnanima quiete,
Aprir nel volto ingenuo riso e tanto
165 Docil fidanza ne le innocue luci.

   Oh tre fiate avventurosi e quattro
Voi del nostro buon secolo mariti
Quanto diversi da' nostr'avi! Un tempo
Uscìa d'averno con viperei crini,
170 Con torbid'occhi irrequieti, e fredde
Tenaci branche un indomabil mostro,
Che ansando e anelando intorno giva
A i nuziali letti, e tutto empiea
Di sospetto e di fremito e di sangue.
175 Allor gli antri domestici le selve
L'onde le rupi alto ulular s'udièno
Di femminili stridi. Allor le belle
Dame con mani incrocicchiate, e luci
Pavide al ciel tremando lagrimando
180 Tra la pompa feral de le lugùbri
Sale vedean dal truce sposo offrirsi
Le tazze attossicate o i nudi stili.
Ahi pazza Italia, il tuo furor medesmo
Oltre l'alpe oltre il mar destò le risa
185 Presso a gli emuli tuoi, che di gelosa
Titol ti dièro; e t'è serbato ancora

157 *querele*: dolci rimproveri.
169 *Uscìa d'averno con viperei crini*: usciva dall'inferno con capelli fatti di serpi.
171 *indomabil mostro*: la gelosia.
178 *con mani incrocicchiate*: con le mani convulsamente intrecciate in gesto di preghiera.
180-181 *Tra la pompa feral de le lugùbri Sale*: nelle sale lugubremente adorne di paramenti funebri.
182 *attossicate*: piene di veleno.
182 *stili*: pugnali.

Ingiustamente. Non di cieco amore
Vicendevol desire alterno impulso,
Non di costume simiglianza or guida
190 Giovani incauti al talamo bramato:
Ma la prudenza co i canuti padri
Siede librando il molto oro e i divini
Antiquissimi sangui: e allor che l'uno
Bene all'altro risponda, ecco Imenèo
195 Scoter sue faci; e unirsi al freddo sposo,
Di lui non già ma de le nozze amante
La freddissima vergine, che in core
Già i riti volge del bel mondo; e lieta
La indifferenza maritale affronta.
200 Così non fien de la crudel Megera
Più temuti gli sdegni. Oltre Pirene
Contenda or pur le desiate porte
A i gravi amanti; e di femminee risse
Turbi oriente. Italia oggi si ride
205 Di quello ond'era già derisa: tanto
Puote una sola età volger le menti.
  Ma già rimbomba d'una in altra sala
Signore il nome tuo. Di già l'udìro
L'ime officine ove al volubil tatto
210 De gl'ingenui palati arduo s'appresta
Solletico che molle i nervi scota

189 *di costume simiglianza*: somiglianza di educazione.
190 *al talamo bramato*: al letto desiderato.
193-194 *librando il molto oro e i divini Antiquissimi sangui*: soppe-
sando la quantità di ricchezze e la qualità dei titoli nobiliari di
ciascuno dei due coniugi.
194 *Imenèo*: il dio del matrimonio.
200 *Megera*: una delle tre Furie: qui sta per la gelosia.
201 *Oltre Pirene*: oltre i Pirenei, in Spagna.
206 *volger le menti*: mutare la mentalità.
209 *L'ime officine*: le cucine, situate di solito nella parte bassa della casa.
209 *volubil tatto*: gusto mutevole.
210 *ingenui palati*: palati aristocratici, nobili.
211 *arduo s'appresta Solletico che molle i nervi scota*: si preparano cibi che con abilità sappiano sollecitare dolcemente il gusto dei
commensali.

E varia seco voluttà conduca
Fino al centro dell'alma. In bianche spoglie
Affrettansi a compir la nobil opra
215 Gravi ministri: e lor sue leggi detta
Una gran mente del paese uscita
Ove Colberto e Risceliù fur chiari.
Forse con tanta maestade in fronte
Presso a le navi ond'Ilio arse e cadèo
220 A gli ospiti famosi il grande Achille
Disegnava la cena: e seco in tanto
Le vivande cocean su i lenti fochi
Pàtroclo fido e il guidator di carri
Automedonte. O tu sagace mastro
225 Di lusinghe al palato, udrai fra poco
Sonar le doti tue dall'alta mensa.
Chi fia che ardisca di trovar mai fallo
Nel tuo lavoro? Il tuo signor fia tosto
Campion de le tue glorie: e male a quanti
230 Cercator di conviti oseran motto
Pronunciar contro a te; chè sul cocente
Meriggio andran peregrinando poi
Miseri e stanchi; e non avran cui piaccia
Più popolar de le lor bocche i pranzi.
235 Imbandita è la mensa. In piè d'un salto
Alzati e porgi almo garzon la mano

212-213 *E varia seco voluttà conduca Fino al centro dell'alma*: e
con vari gusti sappia condurre il piacere fino al centro dell'anima.
Non si dimentichi che Parini è influenzato dalla contemporanea
psicologia sensistica.
213 *In bianche spoglie*: vestiti di bianco.
215 *Gravi ministri*: cuochi abilissimi.
217 *ove Colberto e Risceliù fur chiari*: dove furono famosi Colbert
e Richelieu, ministri rispettivamente di Luigi XIV e di Luigi XIII.
221 *Disegnava*: ordinava.
223 *Patroclo*: fedele amico di Achille.
224 *Automedonte*: auriga di Achille.
224 *sagace mastro*: esperto cuoco.
229 *Campion de le tue glorie*: fiero della tua abilità.
230 *Cercator di conviti*: i parassiti, gli invitati di professione.

A la tua dama; e lei dolce cadente
Sopra di te col tuo valor sostieni,
E al pranzo l'accompagna. I convitati
240 Vengan dopo di voi: quindi lo sposo
Ultimo segua. O prole alta di numi,
Non vergognate di donar voi anco
Brevi al cibo momenti. A voi non vile
Cura fia questa. A quei soltanto è vile
245 Che il duro irrefrenabile bisogno
Stimola e caccia. All'impeto di quello
Cedan l'orso la tigre il falco il nibbio
L'orca il delfino e quanti altri animanti
Crescon qua giù: ma voi con rosee labbra
250 La sola voluttade al pasto appelli,
La sola voluttà che le celesti
Mense apparecchia, e al nèttare convita
I viventi per sè dei sempiterni.
Vero forse non è; ma un giorno è fama
255 Che fur gli uomini eguali: e ignoti nomi
Fur nobili e plebei. Al cibo al bere
All'accoppiarsi d'ambo i sessi al sonno
Uno istinto medesmo un'egual forza
Sospingeva gli umani: e niun consiglio
260 Nulla scelta d'obbietti o lochi o tempi
Era lor conceduto. A un rivo stesso
A un medesimo frutto a una stess'ombra
Convenivano insieme i primi padri
Del tuo sangue o signore e i primi padri
265 De la plebe spregiata: e gli stess'antri

237 *dolce cadente*: che si abbandona dolcemente.
244 *vile*: spregevole.
244-246 Mangiare è attività spregevole solo per coloro che sono
spinti al cibo dalla fame e dal bisogno.
246-247 *All'impeto di quello Cedan*: siano soggetti alla spinta del
bisogno.
248 *animanti*: animali.
250 *appelli*: chiami.
252 *nettare*: la bevanda degli dei.
259 *consiglio*: capacità di discernimento.
265 *antri*: caverne.

E il medesimo suol porgeano loro
Il riposo e l'albergo, e a le lor membra
I medesmi animai le irsute vesti.
Sola una cura a tutti era comune
270 Di sfuggire il dolore: e ignota cosa
Era il desire a gli uman petti ancora.
L'uniforme de gli uomini sembianza
Spiacque a' celesti: e a variar lor sorte
Il Piacer fu spedito. Ecco il bel Genio,
275 Qual già d'Ilio su i campi Iride o Giuno
A la terra s'appressa: e questa ride
Di riso ancor non conosciuto. Ei move
E l'aura estiva del cadente rivo
E dei clivi odorosi a lui blandisce
280 Le vaghe membra; e lenemente sdrucciola
Sul tondeggiar de' muscoli gentile.
A lui giran dintorno i vezzi e i giochi;
E come ambrosia le lusinghe scorrono
Da le fraghe del labbro; e da le luci
285 Socchiuse languidette umide fuora
Di tremulo fulgore escon scintille,
Ond'arde l'aere che scendendo ei varca.
Al fin sul dorso tuo sentisti o terra
Sua prima orma stamparsi: e tosto un lento
290 Fremere soavissimo si sparse
Di cosa in cosa; e ognor crescendo tutte
Di natura le viscere commosse:
Come nell'arsa state il tuono s'ode,
Che di lontano mormorando viene,

268 *irsute vesti*: abiti fatti con le pelli degli animali.
269 *cura*: preoccupazione.
275 *Ilio*: Troia.
275 *Iride o Giuno*: Iride, messaggera degli dei, o Giunone.
279 *blandisce*: accarezza.
280 *lenemente*: dolcemente.
283 *ambrosia*: il cibo degli dei.
281 *tondeggiar de' muscoli gentile*: la dolce rotondità delle forme.
284 *fraghe*: fragole.
287 *Ond'arde*: per cui splende.
293 *arsa state*: estate bruciata, calda.

295   E col profondo suon di monte in monte
       Sorge; e la valle e la foresta intorno
       Mugon di smisurato alto rimbombo.
       Oh beati fra gli altri e cari al cielo
       Viventi a cui con miglior man Titàno
300   Formò gli organi egregi, e meglio tese
       E di fluido agilissimo inondolli!
       Voi l'ignoto solletico sentiste
       Del celeste motore. In voi ben tosto
       La voglia s'infiammò, nacque il desio:
305   Voi primieri scopriste il buono il meglio:
       Voi con foga dolcissima correste
       A possederli. Allor quel de i duo sessi,
       Che necessario in prima era sol tanto,
       D'amabile e di bello il nome ottenne.
310   Al giudizio di Paride fu dato
       Il primo esempio: tra femminei volti
       A distinguer s'apprese: e fur sentite
       Primamente le grazie. Allor tra mille
       Sapor fur noti i più soavi. Allora
315   Fu il vin preposto all'onda; e il vin si elesse
       Figlio de' tralci più riarsi, e posti
       A più fervido sol ne' più sublimi
       Colli dove più zolfo il suolo impingua.

297 *Mugon*: muggiscono.
299 *Titano*: Prometeo, uno dei Titani, che avrebbe creato l'uomo.
301 *fluido agilissimo*: principio vitale che circola in tutte le membra.
303 *celeste motore*: il piacere, principio che mette in moto un nuovo modo di vivere.
307 *quel de i duo sessi*: il sesso femminile.
308-309 La donna che prima era solo lo strumento necessario per la riproduzione della specie diventa oggetto di piacere.
310 *giudizio di Paride*: secondo la nota leggenda Paride sarebbe stato scelto come giudice in una gara di bellezza tra Giunone, Pallade e Afrodite: la vittoria spettò a quest'ultima.
315 *onda*: acqua.
315 *si elesse*: si scelse, si preferì.
316 *Figlio de' tralci più riarsi*: prodotto con le vigne cresciute sui terreni più asciutti.
317 *più fervido*: più caldo.

Così l'uom si divise: e fu il signore
320 Da i mortali distinto, a cui nel seno
Giacquero ancor l'èbeti fibre, inette
A rimbalzar sotto a i soavi colpi
De la nova cagione onde fur tocche;
E quasi bovi al suol curvati ancora
325 Dinanzi al pungol del bisogno andàro;
E tra la servitude e la viltade
E il travaglio e l'inopia a viver nati
Ebber nome di plebe. Or tu garzone
Che per mille feltrato invitte reni
330 Sangue racchiudi, poi che in altra etade
Arte forza o fortuna i padri tuoi
Grandi rendette; poi che il tempo al fine
Lor divisi tesori in te raccolse,
Godi de gli ozj tuoi a te da i numi
335 Concessa parte: e l'umil vulgo in tanto
Dell'industria donato a te ministri
Ora i piaceri tuoi, nato a recarli
Su la mensa regal, non a gioirne.
    Ecco splende il gran desco. In mille forme
340 E di mille sapor di color mille
La variata eredità de gli avi
Scherza in nobil di vasi ordin disposta.
Già la dama s'appressa: e già da i servi
Il morbido per lei seggio s'adatta.
345 Tu signor di tua mano all'agil fianco
Il sottopon sì che lontana troppo
Ella non sieda o da vicin col petto
Ahi di troppo non prema: indi un bel salto
Spicca, e chino raccogli a lei del lembo

---

321 *l'èbeti fibre*: le fibre nervose più insensibili.
322 *rimbalzar*: reagire.
329 *feltrato*: filtrato.
334-335 *da i numi Concessa parte*: ruolo a te assegnato dalle divinità.
336 *dell'industria donato*: a cui è stato assegnato in dono il lavoro.
336 *ministri*: amministri, procacci.
341 *La variata eredità*: l'eredità dei progenitori dispersa in vari generi di cibi.

350   Il diffuso volume: e al fin t'assidi
        Prossimo a lei. A cavalier gentile
        Il lato abbandonar de la sua dama
        Non fia lecito mai; se già non sorge
        Strana cagione a meritar ch'ei tolga
355   Tanta licenza. Un nume ebber gli antiqui
        Immobil sempre, che al medesmo padre
        De gli dei non cedette allor ch'ei scese
        Il Campidoglio ad abitar, sebbene
        E Giuno e Febo e Venere e Gradivo
360   E tutti gli altri dei da le lor sedi
        Per riverenza del tonante uscìro.
            Indistinto ad ognaltro il loco sia
        All'alta mensa intorno: e, s'alcun arde
        Ambizioso di brillar fra gli altri,
365   Brilli altramente. Oh come i varj ingegni
        La libertà del genial convito
        Desta ed infiamma! Ivi il gentil motteggio,
        Malizioso svolazzando reca
        Sopra le penne fuggitive ed agita
370   Ora i raccolti da la fama errori
        De le belle lontane, or de gli amanti
        Or de' mariti i semplici costumi;
        E gode di mirar l'intento sposo
        Rider primiero, e di crucciar con lievi
375   Minacce in cor de la sua fida sposa
        I timidi segreti. Ivi abbracciata
        Co' festivi racconti esulta e scherza

350 *il diffuso volume*: le vaste pieghe dell'abito.
354 *Strana cagione*: motivo straordinario.
355 *un nume*: il dio Termine che, quando a Roma fu costruito il
tempio di Giove, restò dov'era, sul Campidoglio, mentre le immagini degli altri dei si trasferirono insieme alla divinità maggiore.
357 *non cedette*: non fu soggetto.
359 *Gradivo*: Marte.
361 *tonante*: Giove.
362 *indistinto*: senza particolari riguardi.
370 *errori*: avventure sentimentali.
372 *i semplici costumi*: l'ingenua ignoranza oppure la semplicità.

L'elegante licenza. Or nuda appare
Come le Grazie; or con leggiadro velo
380   Solletica più scaltra; e pur fatica
Di richiamar de le matrone al volto
Quella rosa natia che caro fregio
Fu dell'avole nostre: ed or ne' campi
Cresce solinga; e tra i selvaggi scherzi
385   A le rozze villane il viso adorna.
Forse a la bella di sua man le dapi
Piacerà ministrar, che novi al senso
Gusti otterran da lei. Tu dunque il ferro,
Che forbito ti giace al destro lato,
390   Quasi spada sollecito snudando,
Fa che in alto lampeggi; e chino a lei
Magnanimo lo cedi. Or si vedranno
De la candida mano all'opra intenta
I muscoli giocar soavi e molli:
395   E le grazie piegandosi con essa
Vestiran nuove forme, or da le dita
Fuggevoli scorrendo, ora su l'alto
De' bei nodi insensibili aleggiando,
Ed or de le pozzette in sen cadendo
400   Che de' nodi al confin v'impresse Amore.
Mille baci di freno impazienti
Ecco sorgon dal labbro a i convitati:
Già s'arrischian già volano già un guardo
Sfugge da gli occhi tuoi, che i vanni audaci
405   Fulmina ed arde e tue ragion difende.
Sol de la fida sposa a cui se' caro

378 *L'elegante licenza*: discorsi licenziosi ma fatti con spirito e
con grazia.
380 *più scaltra*: la licenziosità è tanto più divertente quanto più è
maliziosa e mascherata.
382 *Quella rosa natia*: quello spontaneo rossore, sintomo di pudicizia, che era caratteristico delle gentildonne antiche e che oggi si ri-
trova solo fra le contadine.
386 *le dapi*: le vivande.
395-396 Le grazie sembreranno incarnarsi e assumer nuove forme
nel gioco della mano.
398 *nodi*: giunture.
404 *i vanni*: le ali (dei baci).

Il tranquillo marito immoto siede:
E nulla impression l'agita o move
Di brama o di timor; però che Imene
410 Da capo a piè fatollo. Imene or porta
Non più serti di rose al crine avvolti;
Ma stupido papavero grondante
Di crassa onda letèa, che solo insegna
Pur dianzi era del Sonno. Ahi quante volte
415 La dama delicata invoca il Sonno
Che al talamo presieda; e seco in vece
Trova Imenèo; e timida s'arretra
Quasi al meriggio stanca villanella,
Che fra l'erbe innocenti adagia il fianco
420 Lieta e secura; e di repente vede
Un serpe, e balza in piedi inorridita,
E le rigide man stende, e ritragge
Il cubito, e l'anelito sospende,
E immota e muta e con le labbra aperte
425 Il guarda obliquamente. Ahi quante volte
Incauto amante a la sua lunga pena
Cercò sollievo; e d'invocar credendo
Imène, ahi folle! invocò il Sonno: e questi
Di fredda oblivion l'alma gli asperse;
430 E d'invincibil noia e di torpente
Indifferenza gli ricinse il core.
    Ma se a la dama dispensar non piace
Le vivande o non giova, allor tu stesso
La bell'opra intraprendi. A gli occhi altrui
435 Più così smaglierà l'enorme gemma,
Dolc'esca a gli usurai che quella osàro
A le promesse di signor preporre

410 *fatollo*: lo incantò, lo rese insensibile.
412 *stupido*: che intorpidisce.
413 *Di crassa onda letèa*: della densa acqua del fiume Lete, che
dava l'oblio a chi la beveva.
423 *cubito*: il braccio (lett.: il gomito).
423 *anelito*: il respiro.
430 *torpente*: torpido.
435 *smaglierà*: splenderà.
436 *Dolc'esca*: dolce pegno.

Villanamente: e contemplati fièno
I manichetti, la più nobil opra
440 Che tessesser giammai angliche Aracni.
Invidieran tua delicata mano
I convitati; inarcheran le ciglia
Al difficil lavoro: e d'oggi in poi
Ti fia ceduto il trinciator coltello
445 Che al cadetto guerrier serban le mense.
Sia tua cura fra tanto errar su i cibi
Con sollecita occhiata, e prontamente
Scoprir qual d'essi a la tua bella è caro;
E qual di raro augel, di stranio pesce
450 Parte le aggrada. Il tuo coltello Amore
Anatomico renda, Amor che tutte
De gli animanti annoverar le membra
Puote, e discerner sa qual aggian tutte
Uso e natura. Più d'ognaltra cosa
455 Però ti caglia rammentar mai sempre
Quel più cibo le noccia o qual più giovi;
E l'un rapisci a lei, l'altro concedi
Come d'uopo a te pare. Oh dio, la serba
Serbala a i cari figli. Essi, dal giorno
460 Che le alleviàro il delicato fianco
Non la rivider più: d'ignobil petto
Esaurirono i vasi: e la ricolma
Nitidezza lasciàro al sen materno.
Sgridala, se a te par ch'avida troppo
465 Al cibo agogni; e le ricorda i mali,
Che forse avranno altra cagione, e ch'ella

439 *I manichetti*: i polsini.
440 *angliche Aracni*: ricamatrici inglesi. Aracne è un personaggio mitologico che aveva sfidato Pallade ed era stata da lei tramutata in ragno.
445 *cadetto guerrier*: il figlio minore, di solito dedito alla carriera militare.
452 *animanti*: animali.
455 *ti caglia*: preoccupati.
459-460 *dal giorno Che le alleviàro il delicato fianco*: dal giorno del parto.
462 *esaurirono i vasi*: si alimentarono del latte di una nutrice.
465 *agogni*: desìderi.

Al cibo imputerà nel dì venturo.
Nè al cucinier perdona, a cui non calse
Tanta salute. A te ne' servi altrui
470 Ragion fu data in quel beato istante
Che la noia e l'amore ambo vi strinse
In dolce nodo; e pose ordini e leggi.
Per te sgravato d'odioso incarco
Ti fia grato colui che dritto vanta
475 D'impor novo cognome a la tua dama;
E pinte strascinar su gli aurei cocchi
Giunte a quelle di lei le proprie insegne:
Dritto sacro a lui sol, ch'altri giammai
Audace non tentò divider seco.
480 Vedi come col guardo a te fa cenno
Pago ridendo, e a le tue leggi applaude;
Mentre l'alta forcina in tanto ei volge
Di gradite vivande al piatto ancora.
   Non però sempre a la tua bella intorno
485 Sudin gli studj tuoi. Anco tal volta
Fia lecito goder brevi riposi;
E de la quercia trionfale all'ombra,
Te de la polve olimpica tergendo,
Al vario ragionar de gli altri eroi
490 Porgere orecchio; e il tuo sermone a i loro
Frammischiar ozioso. Uno già scote
Le architettate del bel crine anella
Su la guancia ondeggianti; e ad ogni scossa
De' convitati a le narici manda
495 Vezzoso nembo d'Arabi profumi.

468 *a cui non calse*: che non si preoccupò.
469-470 *A te ne' servi altrui Ragion fu data*: ti fu concesso di
comandare ai servi altrui.
473 *incarco*: responsabilità.
476-477 E che ha il diritto di far mostra del proprio stemma con-
giunto a quello di lei, dipinti sulla carrozza.
481 *Pago*: soddisfatto.
485 *studj*: preoccupazioni.
487 *quercia trionfale*: erano di fronde di quercia le corone con le
quali si premiavano gli atleti.
488 *de la polve olimpica*: come un vincitore delle gare olimpiche.

A lo spirto di lui l'alma natura
Fu prodiga così che più non seppe
Di che il volto abbellirgli; e all'arte disse:
Tu compi il mio lavoro: e l'arte suda
500 Sollecita dintorno all'opra illustre.
Molli tinture preziose linfe
Polvi pastiglie delicati unguenti
Tutto arrischia per lui. Quanto di novo
E mostruoso più sa tesser spola
505 O bulino intagliar gallico ed anglo
A lui primo concede. Oh lui beato
Che primo ancor di non più viste forme
Tabacchiera mostrò. L'etica invidia
I grandi eguali a lui lacera e mangia;
510 Ed ei pago di sè, superbamente
Crudo, fa loro balenar su gli occhi
L'ultima gloria onde Parigi ornollo.
Forse altera così d'Egitto in faccia
Vaga prole di Sèmele apparisti
515 I giocondi rubini alto levando
Del grappolo primiero: e tal tu forse
Tessalico garzon mostrasti a Jolco
L'auree lane rapite al fero drago.
    Or vedi or vedi qual magnanim'ira
520 Nell'eroe che dell'altro a canto siede
A sì novo spettacolo si desta!
Vedi quanto ei s'affanna; e il pasto sembra
Obliar declamando! Al certo al certo

497 *arte*: cosmesi.
504 *mostruoso*: prodigioso.
505 *bulino*: lo strumento con il quale si incidono le lastre metalliche.
508 *etica*: che rende tisici.
512 *L'ultima gloria*: oggetto all'ultima moda.
513-516 Allo stesso modo Bacco, figlio di Semele, apparve al popolo egiziano, facendo pompa dei primi grappoli d'uva come di un meraviglioso gioiello.
517 *Tessalico garzon*: Giasone.
517 *Jolco*: città della Tessaglia patria di Giasone.
518 *L'auree lane*: il vello d'oro.

Il nemico è a le porte. Oimè i Penati
525 Tremano e in forse è la civil salute!
Ma no; più grave a lui più preziosa
Cura lo infiamma. Oh depravato ingegno
De gli artefici nostri! In van si spera
Da la inerte lor man lavoro egregio
530 Felice invenzion d'uom nobil degna.
Chi sa intrecciar chi sa pulir fermaglio
A patrizio calzar; chi tesser drappo
Soffribil tanto che d'ornar presuma
I membri di signor che un lustro a pena
535 Conti di feudo? In van s'adopra e stanca
Chi la lor mente sonnolenta e crassa
Cerca destar: di là dall'alpi è d'uopo
Appellar l'eleganza: e chi giammai
Fuor che il genio di Francia osato avria
540 Su i menomi lavori i grechi ornati
Condur felicemente? Andò romito
Il bongusto finora spaziando
Per le auguste cornici e per gli eccelsi
Timpani de le moli a i numi sacre
545 O a gli uomini scettrati; ed or ne scende
Vago al fin d'agitar gli austeri fregi
Entro a le man di cavalieri e dame.
Ben tosto si vedrà strascinar anco
Fra i nuziali doni e i lievi veli

524 *i Penati*: gli dei protettori della patria.
533 *Soffribil*: sopportabile.
534-535 *che un lustro a pena Conti di feudo*: la cui recente nobiltà
duri da appena un lustro.
536 *sonnolenta e crassa*: ottusa e volgare.
537 *è d'uopo*: è necessario.
540 *menomi*: minuti, minuscoli.
540 *i grechi ornati*: l'ornamentazione classica.
541 *romito*: solitario.
544 *Timpani*: i frontoni triangolari degli edifici greci.
544-545 *de le moli a i numi sacre O a gli uomini scettrati*: dei
templi e delle regge.
546 *Vago*: desideroso.

550 Le greche travi: e docile trastullo
Fien de la moda le colonne e gli archi
Ove sedeano i secoli canuti.
    Commercio alto gridar, gridar commercio
All'altro lato de la mensa or odi
555 Con fanatica voce: e tra il fragore
D'un peregrino d'eloquenza fiume
Di bella novità stampate al conio
Le forme apprendi, onde assai meglio poi
Brillantati i pensier picchin lo spirto.
560 Tu pur grida commercio: e un motto ancora
La tua bella ne dica. Empiono è vero
Il nostro suol di Cerere i favori,
Che per folti di biade immensi campi
Ergesi altera; e pur ne mostra a pena
565 Tra le spighe confuso il crin dorato.
Bacco e Vertunno i lieti poggi e il monte
Ne coronan di poma: e Pale amica
Latte ne preme a larga mano; e tonde
Candidi velli; e per li prati pasce
570 Mille al palato uman vittime sacre.
Sorge fecondo il lin soave cura
De' verni rusticali: e d'infinita
Serie ne cinge le campagne il tanto
Per la morte di Tisbe arbor famoso.

550 *le greche travi*: la riproduzione delle trabeazioni dell'architettura classica.
551 *Fien*: saranno.
552 *i secoli canuti*: i secoli antichi.
556 *peregrino*: nuovo, oppure infarcito di neologismi e di parole straniere.
556 *Di bella novità stampate al conio:* appena create.
559 *picchin*: sorprendano.
562 *Cerere*: dea dell'agricoltura.
566 *Bacco e Vertunno*: dio del vino il primo, dei frutti il secondo.
567 *Pale*: dea della pastorizia.
568 *tonde*: rasa, tosa.
571-572 *soave cura De' verni rusticali*: dolce occupazione dei mesi invernali in campagna.
573-574 *il tanto Per la morte di Tisbe arbor famoso*: l'albero tanto famoso per la morte di Tisbe, cioè il gelso che secondo la leggenda

575   Che vale or ciò? Su le natie lor balze
        Rodan le capre; ruminando il bue
        Per li prati natii vada; e la plebe
        Non dissimile a lor si nudra e vesta
        De le fatiche sue: ma a le grand'alme
580   Di troppo agevol ben schife Cillenio
        Il comodo ministri, a cui le miglia
        Pregio acquistino e l'oro: e d'ogn'intorno
        Commercio risonar s'oda commercio.
        Tale da i letti de la molle rosa
585   Sìbari un dì gridar soleva; e i lumi
        Disdegnando volgea da i frutti aviti
        Troppo per lei ignobil cura; e mentre
        Cartagin dura a le fatiche e Tiro
        Pericolando per l'immenso sale
590   Con l'oro altrui le voluttà cambiava,
        Sìbari si volgea su l'altro lato;
        E non premute ancor rose cercando
        Pur di commercio novellava e d'arti.
        Ma chi è quell'eroe che tanta parte
595   Colà ingombra di loco; e mangia e fiuta

avrebbe mantenuto i fiori rossi, da bianchi che erano, dopo che li
aveva tinti del proprio sangue la fanciulla Tisbe, uccisasi per amore di Piramo.
580 *schife*: che disprezzano.
580 *Cillenio*: Mercurio, dio del commercio, nato sul monte Cil-
lene.
581 *le miglia*: la distanza da cui provengono.
582 *l'oro*: il fatto di costar care.
584 *i letti de la molle rosa*: i letti fatti di molli petali di rosa.
585 *Sìbari*: città della Magna Grecia nota per la voluttà e il lusso
dei suoi abitanti.
586 *disdegnando*: disprezzando.
588 *Cartagin dura a le fatiche e Tiro*: sia Cartagine sia Tiro erano città fenice dedite al commercio.
589 *Pericolando per l'immenso sale*: avventurandosi pericolosamente nell'immenso mare.
590 *Con l'oro altrui le voluttà cambiava*: vendeva oggetti, strumento di lusso, agli altri popoli ottenendone in cambio oro.
591 *si volgea sull'altro lato*: persisteva nella sua vita oziosa.
592 *non premute ancor rose*: piaceri non ancora provati.

E guata; e de le altrui fole ridendo
Sì superba di ventre agita mole?
Oh di mente acutissima dotate
Mamme del suo palato! Oh da' mortali
600   Invidiabil anima che siede
Fra l'ammiranda lor testura, e quindi
L'ultimo del piacer deliquio sugge!
Chi più acuto di lui penètra e intende
La natura migliore? O chi più industre
605   Converte a suo piacer l'aria la terra
E il ferace di mostri ondoso abisso?
Qualora ei viene al desco altrui paventano
Suo gusto inesorabile le smilze
Ombre de gli avi, che per l'aria lievi
610   Aggiransi vegliando ancor dintorno
A i ceduti tesori; e piangon lasse
Le mal spese vigilie, i sobrj pasti,
Le in preda all'aquilon case, le antique
Digiune rozze, gli scommessi cocchi
615   Forte assordanti per stridente ferro
Le piazze e i tetti: e lamentando vanno
Gl' in van nudati rustici, le fami
Mal desiate, e de le sacre toghe
L'armata in vano autorità sul vulgo.

596 *de le altrui fole ridendo*: deridendo le preoccupazioni degli altri.
599 *mamme*: papille.
601 *testura*: tessitura, struttura.
602 *L'ultimo del piacer deliquio sugge*: attinge all'estremo limite del piacere, pari per intensità al venir meno.
606 *il ferace di mostri ondoso abisso*: il mare ricco di pesci.
608 *smilze*: sottili.
611 *ceduti*: lasciati in eredità.
612 *Le mal spese vigilie*: il tempo speso per ammassare la ricchezza lasciata agli eredi.
613-614 Le case all'interno delle quali penetrava il vento (*aquilon*), i vecchi e magri ronzini, le carrozze malandate.
617-619 I contadini invano spogliati delle loro ricchezze, le carestie invano desiderate (desiderate perché permettevano loro di vendere a più caro prezzo il grano), l'autorità invano armata della magistratura per compiere soprusi ai danni del popolo.

620   L'altro vicin chi fia? Per certo il caso
        Congiunse accorto i duo˙leggiadri estremi,
        Perché doppio spettacolo campeggi;
        E l'un dell'altro al par più lustri e splenda.
        Falcato dio de gli orti, a cui la greca
625   Làmsaco d'asinelli offrir solea
        Vittima degna, al giovane seguace
        Del sapiente di Samo i doni tuoi
        Reca sul desco. Egli ozioso siede
        Aborrendo le carni; e le narici
630   Schifo raggrinza; e in nauseanti rughe
        Ripiega i labbri; e poco pane in tanto
        Rumina lentamente. Altro giammai
        A la squallida inedia eroe non seppe
        Durar sì forte: nè lassezza il vinse
635   Nè deliquio giammai nè febbre ardente:
        Tanto importa lo aver scarze le membra
        Singolare il costume e nel bel mondo
        Onor di filosofico talento.
        Qual anima è volgar la sua pietate
640   Serbi per l'uomo: e facile ribrezzo
        Dèstino in lei del suo simìle i danni
        O i bisogni o le piaghe. Il cor di questo
        Sdegna comune affetto; e i dolci moti
        A più lontano limite sospigne.
645   Pera colui che prima osò la mano

---

623 dell'altro al par: a paragone dell'altro.
624 Falcato dio de gli orti: Priapo, dio degli orti, era rappresentato
con una falce in mano.
625 Lamsaco: Lamsaco, città della Nisia, in cui particolarmente vivo era il culto di Priapo.
627 sapiente di Samo: Pitagora, la cui filosofia proibiva di cibarsi
di carne.
634 Durar: resistere.
635 deliquio: svenimento.
636 scarze: magre.
637 singolare: originale.
638 Onor di filosofico talento: fama di ingegno filosofico.
639 Qual anima è volgar: quell'anima che è volgare.
645 Pera: perisca.

Armata alzar su l'innocente agnella
E sul placido bue: né il truculento
Cor gli piegàro i teneri belati,
Nè i pietosi mugiti, nè le molli
650 Lingue lambenti tortuosamente
La man che il loro fato aimè stringea.
    Tal ei parla o signor: ma sorge in tanto
A quel pietoso favellar da gli occhi
De la tua dama dolce lagrimetta
655 Pari a le stille tremule brillanti,
Che a la nova stagion gemendo vanno
Da i palmiti di Bacco entro commossi
Al tiepido spirar de le prim'aure
Fecondatrici. Or le sovvien del giorno,
660 Ahi fero giorno! allor che la sua bella
Vergine cuccia de le Grazie alunna,
Giovanilmente vezzeggiando, il piede
Villan del servo con gli eburnei denti
Segnò di lieve nota: e questi audace
665 Col sacrilego piè lanciolla: ed ella
Tre volte rotolò; tre volte scosse
Lo scompigliato pelo, e da le vaghe
Nari soffiò la polvere rodente:
Indi i gemiti alzando, aita aita
670 Parea dicesse; e da le aurate volte
A lei la impietosita eco rispose;

648 *piegàro*: piegarono, commossero.
655 *stille*: gocce.
656 *a la nova stagion*: a primavera.
657 *i palmiti di Bacco*: i tralci delle viti.
661 *cuccia*: cagnetta.
661 *de le Grazie alunna*: educata dalle Grazie.
662 *Giovanilmente vezzeggiando*: scherzando fanciullescamente.
662 *eburnei*: di avorio.
664 *Segnò di lieve nota*: morse lasciando un segno leggero.
668 *rodente*: che solletica.
669 *aita aita*: aiuto.
670 *aurate volte*: i soffitti dorati.
671 *la impietosita eco*: l'eco che sembrò impietosirsi per la sua
sofferenza.

E dall'infime chiostre i mesti servi
Asceser tutti; e da le somme stanze
Le damigelle pallide tremanti
675 Precipitàro. Accorse ognuno: il volto
Fu d'essenze spruzzato a la tua dama:
Ella rinvenne al fine. Ira e dolore
L'agitavano ancor: fulminei sguardi
Gettò sul servo; e con languida voce
680 Chiamò tre volte la sua cuccia: e questa
Al sen le corse; in suo tenor vendetta
Chieder sembrolle: e tu vendetta avesti
Vergine cuccia de le Grazie alunna.
L'empio servo tremò; con gli occhi al suolo
685 Udì la sua condanna. A lui non valse
Merito quadrilustre: a lui non valse
Zelo d'arcani ufici. Ei nudo andonne
De le assise spogliato onde pur dianzi
Era insigne a la plebe: e in van novello
690 Signor sperò; chè le pietose dame
Inorridìro; e del misfatto atroce
Odiàr l'autore. Il perfido si giacque
Con la squallida prole e con la nuda
Consorte a lato su la via spargendo
695 Al passeggero inutili lamenti:
E tu vergine cuccia idol placato
Da le vittime umane isti superba.
    Nè senza i miei precetti o senza scorta
Inerudito andrai signor, qualora

672 *infime chiostre*: le stanze dei servizi poste ai piani più bassi.
673 *le somme stanze*: le soffitte.
675 *Precipitàro*: si precipitarono.
676 *essenze*: profumi.
681 *in suo tenor*: con il suo modo di esprimersi.
686 *Merito quadrilustre*: vent'anni di servizio onorato.
687 *Zelo d'arcani ufici*: zelo nel prestarsi agli intrighi amorosi.
687-688 *De le assise spogliato onde pur dianzi Era insigne a la plebe*: spogliato della livrea che lo rendeva importante agli occhi del volgo.
691 *Inorridìro*: inorridirono.
692 *Odiàr*: odiarono.
697 *isti*: andasti.

700

Il perverso destin dal fianco amato
Ti allontani a la mensa. Avvien sovente
Che con l'aio seguace o con l'amico
Un grande illustre or l'alpi or l'oceàno
Varchi e scenda in Ausonia, orribil ceffo

705

Per natura o per arte, a cui Ciprigna
Rose le nari; o sale impuro e crudo
Snudò i denti ineguali. Ora il distingue
Risibil gobba, or furioso sguardi
Obliqui o loschi: or rantoloso avvolge

710

Fra le tumide fauci ampio volume
Di voce, che gorgoglia, ed esce al fine
Come da inverso fiasco onda che goccia;
Or d'avi or di cavalli ora di Frini
Instancabile parla; or de' celesti

715

Le folgori deride. Aurei monili
E nastri e gemme gloriose pompe
L'ingombran tutto: e gran titolo suona
Dinanzi a lui. Qual più tra noi risplende
Inclita stirpe ch'onorar non voglia

720

D'un ospite sì degno i Lari suoi?
Ei però col compagno ammessi fièno
Di Giuno a i fianchi: e tu lontan da lei

---

702 *aio*: istitutore.
703 *Un grande illustre*: un nobile.
704 *Ausonia*: Italia.
704 *orribil ceffo*: viso orribile.
705-706 *a cui Ciprigna Rose le nari*: al quale Venere corrose le narici: allusione alle malattie veneree.
706 *sale*: allusione all'impiego di sali medicinali che corrodevano lo smalto dei denti.
709 *Obliqui o loschi*: sfuggenti o biechi.
709 *rantoloso*: come se rantolasse.
710 *le tumide fauci*: le fauci gonfie.
712 *inverso*: rovesciato.
713 *Frini*: cortigiane.
714-715 *or de' celesti Le folgori deride*: si burla della religione.
716 *pompe*: ornamenti.
717-718 *gran titolo suona Dinanzi a lui*: è annunciato da un nome altisonante che precede il suo ingresso.
720 *i Lari suoi*: la sua casa.
722 *Giuno*: Giunone, qui la padrona di casa.

Co' Silvani capripedi n'andrai
Presso al marito; e pranzerai negletto
725 Fra il popol folto de gli dei minori.
    Ma negletto non già da gli occhi andrai
De la dama gentil, che a te rivolti
Incontreranno i tuoi. L'aere a quell'urto
Arderà di faville: e Amor con l'ali
730 L'agiterà. Nel fortunato incontro
I messagger pacifici dell'alma
Cambieran lor novelle: e alternamente
Spinti ritorneranno a voi con dolce
Delizioso tremito su i cori.
735 Allor tu le ubbidisci; o se t'invita
Le vivande a gustar, che a lei vicine
L'ordin dispose; o se a te chiede in vece
Quella che innanzi a te sue voglie pugne
Non col soave odor, ma con le nove
740 Leggiadre forme onde abbellir la seppe
Dell'ammirato cucinier la mano.
Con la mente si pascono le dive
Sopra le nubi del brillante Olimpo:
E lor labbra immortali irrita e move
745 Non la materia, ma il divin lavoro.
Nè allor men destro ad ubbidir sarai
Che di raro licor la bella strigne
Colmo bicchiere, a lo cui orlo intorno
Serpe striscia dorata; e par che dica:
750 Lungi o labbra profane: a i labbri solo
De la diva che qui soggiorna e regna
È il castissimo calice serbato.

723 *Silvani capripedi*: divinità dei boschi con il piede di capra:
qui divinità minori.
726 *negletto*: trascurato.
738 *sue voglie pugne*: stimola il suo desiderio.
742 *con la mente*: spiritualmente.
744 *irrita*: stimola.
745 *Non la materia, ma il divin lavoro*: non il cibo ma il modo di
presentarlo.
747 *raro licor*: vino raro.
749 *Serpe*: serpeggia.

Nè cavalier con alito maschile
Osi appannarne il nitido cristallo;
755 Nè dama convitata unqua presuma
I labbri apporvi; e sien pur casti e puri,
E quanto esser può mai cari all'Amore.
Tu al cenno de' bei guardi e de la destra,
Che reggendo il bicchier sospesa ondeggia
760 Affettuoso attendi. I lumi tuoi
Di gioia sfavillando accolgan pronti
Il brindisi segreto: e ti prepara
In simil modo a tacita risposta.
    Ecco d'estro già punta ecco la Musa
765 Brindisi grida all'uno e all'altro amante;
All'altrui fida sposa a cui se' caro,
E a te signor sua dolce cura e nostra.
Quale annoso licor Lièo vi mesce,
Tale Amore a voi mesca eterna gioia
770 Non gustata al marito, e da coloro
Invidiata che gustata l'hanno.
Veli con l'ali sue sagace oblio
Le alterne infedeltà che un cor dall'altro
Porieno un giorno separar per sempre:
775 E solo a gli occhi vostri Amor discopra
Le alterne infedeltà, che in ambo i petti
Ventilar ponno le cedenti fiamme.
Di sempiterno indissolubil nodo
Canti augurj per voi vano cantore:
780 Nostra nobile musa a voi desia

755 *unqua*: mai.
763 *tacita risposta*: risposta silenziosa.
768 *annoso*: vecchio.
768 *Lièo*: Bacco.
770 *al marito*: dal marito.
772 *sagace oblio*: opportuna dimenticanza.
773 *alterne*: vicendevoli, reciproche.
774 *Porieno*: potrebbero.
776-777 *che in ambo i petti Ventilar ponno le cedenti fiamme*: che possono rianimare nel petto di entrambi le fiamme languenti dell'amore.
778-781 Un poeta sciocco (*vano*) vi auguri un amore eterno, la mia poesia vi augura un legame che duri solo quanto piace a voi.

Sol quanto piace a voi durevol nodo.
Duri fin che a voi piace: e non si scioglia
Senza che Fama sopra l'ale immense
Tolga l'alta novella; e grande n'empia
785 Col reboato dell'aperta tromba
L'ampia cittade e dell'Enotria i monti,
E le piagge sonanti, e s'esser puote,
La bianca Teti e Guadiana e Tule.
Il mattutino gabinetto il corso
790 Il teatro e la mensa in vario stile
Ne ragionin gran tempo. Ognun ne chieda
Il dolente marito: ed ei dall'alto
La lamentabil favola cominci.
Tal su le scene, ove agitar solea
795 L'ombre tinte di sangue Argo piagnente,
Squallido messo al palpitante coro
Narrava come furiando Edipo
Al talamo sen corse incestuoso,
Come le porte rovescionne, come
800 Al subito spettacolo ristette
Quando vicina del nefando letto
Vide in un corpo solo e sposa e madre
Pender strozzata; e del fatale uncino
Le mani armosse; e con le proprie mani

784 *Tolga*: porti.
785 *reboato*: rimbombo.
785 *aperta*: a piena voce.
786 *Enotria*: Italia.
788 *La bianca Teti e Guadiana e Tule*: il mare (Teti era una ninfa marina) e le terre bagnate dal fiume Guadiana (in Spagna) e l'Islanda (Tule).
792 *dall'alto:* da principio.
794-795 *ove agitar solea L'ombre tinte di sangue Argo piagnente*: dove i tragici greci (*Argo piagnente*) erano soliti rappresentare i personaggi delle loro tragedie.
796 *Squallido messo*: messaggero sconvolto.
797-798 *come furiando Edipo Al talamo sen corse incestuoso*: come Edipo commise l'involontaria follia di sposare la madre. Allusione all'*Edipo*.
801 *nefando*: sacrilego.
802 *e sposa e madre*: Giocasta, sposa e madre di Edipo.
803 *uncino*: le fibbie dell'abito di Giocasta.

805   A sè le care luci da la testa
       Con le man proprie misero strapposse.
         Ma già volge al suo fine il pranzo illustre:
       Già Como e Dionisio al desco intorno
       Rapidissimamente in danza girano
810   Con la libera Gioia. Ella saltando
       Or questo or quel de' convitati lieve
       Tocca col dito: e al suo toccar scoppiettano
       Brillanti vivacissime scintille,
       Ch'altre ne destan poi. Sonan le risa:
815   Il clamoroso disputar s'accende:
       La nobil vanità pugne le menti:
       E l'amor di sè sol, baldo scorrendo,
       Porge un scettro a ciascuno; e dice: regna.
       Questi i concilj di Bellona, e quegli
820   Pènetra i tempj de la Pace. Un guida
       I condottieri: a i consiglier consiglio
       L'altro dona; e divide e capovolge
       Con seste ardite il pelago e la terra.
       Qual di Pallade l'arti e de le Muse
825   Giudica e libra; qual ne scopre acuto
       L'alte cagioni; e i gran principj abbatte
       Cui creò la natura, e che tiranni
       Sopra il senso de gli uomini regnàro
       Gran tempo in Grecia, e nel paese Tosco

805 *luci*: occhi.
806 *strapposse*: si cavò. È riassunta la vicenda della tragedia di Sofocle.
808 *Como e Dionisio*: il primo dio dei convitti, il secondo della vite.
817 *l'amor di sè*: la vanagloria.
819 *i concilj di Bellona*: problemi militari (Bellona era la dea della guerra).
820 *i tempj de la pace*: questioni che si pongono in pace.
823 *seste ardite*: audaci compassi.
824 *Pallade*: dea della sapienza e delle arti.
825 *libra*: soppesa.
826 *l'alte cagioni*: le origini prime.
827 *Cui*: che.
828-830 Allusione allo splendore dell'arte classica e del Rinascimento toscano.

830   Rinacquer poi più poderosi e forti.
       Cotanto adunque di saper fia dato
    A nobil capo? Oh letti oh specchi oh mense
    Oh corsi oh scene oh feudi oh sangue oh avi
    Che per voi s'apprende? Or tu signore
835   Co' voli arditi del felice ingegno
    Sovra ognaltro t'innalza. Il campo è questo
    Ove splender più dei. Nulla scienza,
    Sia quant'esser mai puote arcana o grande,
    Ti spaventi giammai. Se cosa udisti
840   O leggesti al mattino onde tu deggia
    Gloria sperar; qual cacciator che segue
    Circuendo la fera, e sì la guida
    E volge di lontan che a poco a poco
    A le insidie s'accosta e dentro piomba,
845   Tal tu il sermone altrui volgi sagace
    Fin che là cada ove spiegar ti giove
    Il tuo novo tesoro. E se pur ieri
    Scesa in Italia pellegrina forma
    Del parlar t'è già nota, allor tu studia
850   Materia espor che favellando ammetta
    La nova gemma; e poi che il punto hai colto,
    Ratto la scopri; e sfolgorando abbaglia
    Qual altra è mente che superba andasse
    Di squisita eloquenza a i gran convivj.
855   In simil guisa il favoloso mago,
    Che fe' gran tempo desiar l'amante
    All'animosa vergin di Dordona,

837 *dei*: devi.
838 *arcana*: misteriosa.
840 *deggia*: debba.
845 *volgi sagace*: guida astutamente.
846 *ove spiegar ti giove*: ove ti sia possibile far mostra.
849 *studia*: preoccupati.
851 *La nova gemma*: il neologismo.
852 *Ratto*: rapido.
853 *Qual altra è*: qualsiasi altra.
855 *il favoloso mago*: Atlante, personaggio dell'*Orlando Furioso*.
856 *l'amante*: Ruggero.
857 *animosa vergin di Dordona*: Bradamante, coraggiosa guerriera.

Da i cavalier che l'assalìen bizzarri
Oprar lasciava ogni lor possa ed arte;
860 Poi ecco in mezzo a la terribil pugna
Strappava il velo a lo incantato scudo;
E quei sorpresi dal bagliore immenso
Ciechi spingeva e soggiogati a terra.
    Talor di Zoroastro o d'Archimede
865 Discepol sederà teco a la mensa.
Tu a lui ti volgi, seco lui ragiona,
Suo linguaggio ne apprendi; e quello poi
Qual se innato a te fosse alto ripeti.
Nè paventar quel che l'antica fama
870 Narra de' lor compagni. Oggi la diva
Urania il crin compose; e gl'irti alunni
Smarriti vergognosi balbettanti
Trasse da le lor cave, ove già tempo
Col profondo silenzio e con la notte
875 Tenean consiglio: e le servili braccia
Fornìen di leve onnipotenti, ond'alto
Salisser poi piramidi obelischi
Ad eternar de' popoli superbi
I gravi casi: o pur con feri dicchi
880 Stavan contra i gran letti: o di pignone
Audace armati, spaventosamente
Cozzavan con la piena, e giù a traverso
Spezzate rovesciate dissipavano

859 *possa ed arte*: potenza e abilità.
861 *incantato scudo*: lo scudo incantato di Atlante che abbagliava
i nemici.
864 *di Zoroastro o d'Archimede*: il primo leggendario astronomo
persiano, il secondo celeberrimo scienziato greco.
868 *Qual se*: come se.
869-870 La leggenda attribuiva agli scienziati la fama di scarsa so-
cievolezza.
871 *Urania*: musa dell'astronomia.
873 *cave*: caverne.
875-876 *e le servili braccia Fornìen di leve onnipotenti*: e appresta-
vano per il lavoro manuale macchine onnipotenti.
879 *dicchi*: dighe.
880 *letti*: dei fiumi.
880 *pignone*: rostro che sporgeva dalla diga per rompere la
corrente.

Le tetre corna: decima fatica
885 D'Ercole invitto. Ora i selvaggi amici
Urania ingentilì. Baldi e leggiadri
Nel gran mondo li guida, o tra il clamore
De' frequenti convivi, o pur tra i vezzi
De' gabinetti; ove a la docil dama
890 E al caro cavalier mostran qual via
Venere tenga, e in quante forme o quali
Suo volto lucidissimo si cangi.
  Nè del poeta temerai che beffi
Con satira indiscreta i detti tuoi;
895 O che a maligne risa esponer osi
Tuo talento immortale. All'alta mensa
Voi lo innalzaste; e tra la vostra luce
Beato l'avvolgeste; e de le Muse
A dispetto e d'Apollo al sacro coro
900 L'ascriveste de' vati. Ei de la mensa
Fece il suo Pindo: e guai a lui se quindi
Le dee sdegnate giù precipitando
Con le forchette il cacciano. Meschino!
Più non poria su le dolenti membra
905 Del suo infermo signor chiedere aita
Da la buona Salute; o con alate
Odi ringraziar, nè tesser inni
Al barbato figliuol di Febo intonso.
Più del giorno natale i chiari albori

884 *Le tetre corna*: la pericolosa forza del fiume.
884-885 La decima fatica d'Ercole fu la lotta contro il fiume Acheloo.
885-886 Si allude alla grande diffusione settecentesca della letteratura di divulgazione scientifica.
898-900 A dispetto delle muse e di Apollo lo avete fatto entrare nella sacra compagine dei poeti: evidentemente il poeta cortigiano non è agli occhi di Parini poeta degno del nome che porta.
901 *Pindo*: il monte delle Muse.
902 *Le dee*: le dame che con le forchette lo cacciano dalla mensa.
904-914 Elenca i principali temi della poesia encomiastica.
908 *barbato figliuol di Febo intonso*: Esculapio, dio della medicina, figlio di Apollo, che era rappresentato senza barba, era rappresentato barbuto.
909 *del giorno natale i chiari albori*: l'alba luminosa che saluta la nascita di un aristocratico.

910 Salutar non potrebbe; e l'auree frecce
Nomi-sempiternanti all'arco imporre.
Non più gli urti festevoli, o sul naso
L'elegante scoccar d'illustri dita
Fora dato sperare. A lui tu dunque
915 Non disdegna o signor volger talora
Tu' amabil voce; a lui tu canta i versi
Del delicato cortigian d'Augusto,
O di quel che tra Venere e Lièo
Pinse Trimalcion: la Moda impone
920 Ch'Arbitro o Flacco a i begli spirti ingombri
Spesso le tasche. Oh come il vate amico
Te udrà meravigliando il sermon prisco
O sciogliere o frenar qual più ti piace!
E per la sua faretra e per li cento
925 Destrier focosi che in Arcadia pasce
Ti giurerà che di Donato al paro
Il difficil sermone intendi e gusti!
  E questo ancor di rammentar fia tempo
I novi Sofi che la Gallia o l'Alpe

910-911 *e l'auree frecce Nomi-sempiternanti all'arco imporre*: imporre all'arco della poesia di scagliare aurei versi in grado di rendere eterno un nome.
912 *urti festevoli*: spinte scherzose.
913 *L'elegante scoccar d'illustri dita*: buffetti dati con eleganza
dal giovin signore.
914 *Fora*: sarà.
917 *delicato cortigian d'Augusto*: il poeta latino Quinto Orazio
Flacco.
917-918 *Quel che tra Venere e Lièo Pinse Trimalcion*: Petronio Arbitro che, in un capitolo del *Satyricon* descrisse il ricco Trimalcio-
ne preda dell'ubriachezza (Lieo, Bacco) e della lussuria (Venere).
922 *meravigliando*: mostrando meraviglia.
923 *O sciogliere o frenar*: pronunciare il latino allungando o
abbreviando le sillabe senza alcun criterio.
924-925 In nome della sua faretra poetica e in nome dei cento
cavalli che pascolano nei suoi possessi in Arcadia: si ironizza sulle
finzioni dei poeti arcadici.
926 *Donato*: notissimo grammatico latino del IV secolo.
929 *I novi Sofi*: gli enciclopedisti e in generale gli illuministi
francesi.
929-930 *che la Gallia o l'Alpe Ammirando persegue*: che la Francia

930 Ammirando persegue; e dir qual arse
De' volumi infelici, o andò macchiato
D'infame nota; e quale asilo appresti
Filosofia al morbido Aristippo
Del secol nostro, e qual ne appresti al novo
935 Diogene dell'auro sprezzatore
E della opinione de' mortali.
Lor famosi volumi, o a te discesi
Per calle obliquo e compri a gran tesoro,
O da cortese man prestati, fièno
940 Lungo ornamento a lo tuo speglio innante.
Poi che brevi gli avrai scorsi momenti
Ornandoti o a la man garrendo indotta
Del parrucchier; poi che t'avran più notti
Conciliato il facil sonno, al fine
945 Anco a lo speglio passeran di lei,
Che comuni ha con te studj e licèo,
Ove togato in cattedra elegante
Siede interprete Amore. Or fia la mensa
Il favorevol loco, onde al sol esca
950 De' brevi studj il glorioso frutto.

e la Svizzera (Rousseau era ginevrino) perseguitano e contemporaneamente ammirano.
930 *qual arse*: qual fu bruciato per decreto della magistratura come libro immorale o politicamente pericoloso.
931-932 *o andò macchiato D'infame nota*: fu censurato.
933 *quale asilo appresti*: quale rifugio procuri. Si allude all'esilio
cui furono costretti Voltaire e Rousseau per evitare le persecuzioni
politiche cui sarebbero stati soggetti in Francia: probabilmente c'è
un'inflessione ironica nell'affermazione che la filosofia (tradizionalmente povera e inutile) è invece ora in grado di fornire comode
residenze a questi filosofi alla moda.
933 *morbido Aristippo*: Voltaire, paragonato al filosofo antico fon-
datore dell'edonismo.
934-935 *novo Diogene*: Rousseau paragonato all'antico filosofo cini-
co, che ostentava disprezzo per le ricchezze e per quello che gli
altri pensavano di lui.
938 *Per calle obliquo*: per vie traverse, dato che si trattava di libri proibiti.
940 *speglio*: specchio.
941 *Poi che*: dopo che.
942 *a la man garrendo indotta*: rimproverando la mano inesperta.
946 *licèo*: scuola.

Chi por freni oserà d'inclita stirpe
All'animo a la mente? Il vulgo tema
Oltre natura: e quei cui dona il vulgo
Titol di saggio mediti romito
955 Il ver celato; e al fin cada adorando
La sacra nebbia che lo avvolge intorno.
Ma tu come sublime aquila vola
Dietro a i sofi novelli. Alto dia plauso
Tutta la mensa al tuo poggiare audace.
960 Te con lo sguardo e con l'orecchio beva
La dama da le tue labbra rapita:
Con cenno approvator vezzosa il capo
Pieghi sovente: e il calcolo e la massa
E la inversa ragion sonino ancora
965 Su la bocca amorosa. Or più non odia
De le scole il sermone Amor maestro:
E l'accademia e i portici passeggia
De' filosofi al fianco; e con la molle
Mano accarezza le cadenti barbe.
970 Ma guardati o signor guardati oh dio
Dal tossico mortal che fuora esala
Da i volumi famosi: e occulto poi
Sa per le luci penetrato all'alma
Gir serpendo ne' cori; e con fallace
975 Lusinghevole stil corromper tenta
Il generoso de le stirpi orgoglio,

953-954 *Il vulgo tema Oltre natura*: il popolo abbia timore dell'oltretomba.
955 *Il ver celato*: la religione.
956 *La sacra nebbia*: le superstizioni religiose.
959 *poggiare*: levarsi in volo.
963-964 *e il calcolo e la massa E la inversa ragion*: locuzioni e termini caratteristici del linguaggio scientifico e che il giovin signore introduce a sproposito nei propri discorsi.
967 *l'accademia e i portici*: l'accademia era la sede della scuola filosofica di Platone, i portici alludono o all'abitudine di Aristotele di far lezione passeggiando sotto i portici del Liceo o alla Scuola stoica, così chiamata perché aveva sede nella *Stoa* (in greco: portico).
971 *tossico*: veleno.
974 *Gir serpendo*: penetrare insinuandosi.
974 *fallace*: ingannevole.

Che ti scevra dal vulgo. Udrai da quelli
Che ciascun de' viventi all'altro è pari;
E caro a la natura e caro al cielo
980 È non manco di te colui che regge
I tuoi destrieri e quel ch'ara i tuoi campi;
E che la tua pietade o il tuo rispetto
Devrien fino a costor scender vilmente.
Folli sogni d'infermo! Intatti lascia
985 Così strani consigli: e solo attigni
Ciò che la dolce voluttà rinfranca,
Ciò che scioglie i desiri e ciò che nudre
La libertà magnanima. Tu questo
Reca solo a la mensa; e sol da questo
990 Plauso cerca ed onor: così dell'api
L'industrioso popolo ronzando
Gira di fiore in fior di prato in prato;
E i dissimili sughi raccogliendo
Tesoreggia nell'arnie: un giorno poi
995 Ne van colme le pàtere dorate
Sopra l'ara de' numi; e d'ogni lato
Ribocca la fragrante alma dolcezza.
    Or versa pur dall'odorato grembo
I tuoi doni o Pomona; e l'ampie colma
1000 Tazze che d'oro e di color diversi
Fregia il Sassone industre. E tu da i greggi
Rustica Pale coronata vieni
Di melissa olezzante o di ginebro;
E co' lavori tuoi di presso latte

977 *scevra*: distingue.
985-986 *e solo attigni Ciò che la dolce voluttà rinfranca*: e solo accetta la filosofia morale degli illuministi, di tipo edonistico.
987 *scioglie i desiri*: libera il desiderio.
993 *i dissimili sughi*: il polline di fiori diversi.
995 *pàtere*: tazze.
999 *Pomona*: dea della frutta.
1001 *Sassone*: allusione alle celebri ceramiche di Sassonia.
1002 *Pale*: divinità della pastorizia.
1003 *Di melissa olezzante o di ginebro*: profumata di ginepro o di melissa, piante aromatiche.
1004 *presso latte*: formaggio.

1005	Declina vergognando a chi ti chiede;
	Ma deporli non osa. In su la mensa
	Porien deposti le celesti nari
	Pungere ahi troppo; e con ignobil senso
	Gli stomachi agitar: soli torreggino
1010	Sul ripiegato lino in varia forma
	I latti tuoi cui di serbato verno
	Assodarono i sali, e fecer atti
	A dilettar con subito rigore
	Di convitato cavalier le labbra.
1015	Tu signor che farai poi che la dama
	Con la mano e col piè lieve puntando
	Move in giro i begli occhi; e altrui dà cenno
	Che di sorger è tempo? In piè d'un salto
	Balza primo di tutti; a lei soccorri,
1020	La seggiola rimovi, la man porgi,
	Guidala in altra stanza, e più non soffri
	Che lo stagnante de le dapi odore
	Il celabro le offenda. Ivi con gli altri
	Gratissimo vapor la invita, ond'empie
1025	L'aere il caffè, che preparato fuma
	In tavola minor, cui vela ed orna
	Indica tela. Ridolente gomma
	Quinci arde in tanto, e va lustrando e purga
	L'aere profano, e fuor caccia de' cibi

1005 *Declina vergognando a chi ti chiede*: chinati vergognosa verso chi te lo chiede.
1006 *non osa*: non osare.
1007 *Porien*: potrebbero.
1011-12 *I latti tuoi cui di serbato verno Assodarono i sali*: gelati di crema fatti con il ghiaccio, conservato dall'inverno precedente, mescolato a sale.
1013 *subito rigore*: sensazione improvvisa di freddo.
1021 *non soffri*: non sopportare.
1022 *dapi*: vivande.
1023 *Il celabro le offenda*: le faccia venire mal di testa (*celabro* è il cervello).
1024 *Gratissimo vapor*: piacevolissimo profumo.
1027 *Indica tela*: tovaglia di seta indiana.
1027 *Ridolente gomma*: resine profumate.
1028 *va lustrando e purga*: purifica e pulisce.

1030　Le volanti reliquie. Egri mortali,
　　　Che la miseria e la fidanza un giorno
　　　Sul meriggio guidàro a queste porte
　　　Tumultuosa ignuda atroce folla
　　　Di tronche membra e di squallide facce
1035　E di bare e di grucce, or via da lunge
　　　Vi confortate; e per le alzate nari
　　　Del divin prandio il nettare beete,
　　　Che favorevol aura a voi conduce:
　　　Ma non osate i limitari illustri
1040　Assediar, fastidioso offrendo
　　　Spettacolo di mali a i nostri eroi.
　　　　E a te nobil garzon la tazza in tanto
　　　Apprestar converrà, che i lenti sorsi
　　　Ministri poi de la tua bella a i labbri
1045　E memore avvertir s'ella più goda,
　　　O sobria o liberal temprar col dolce
　　　La bollente bevanda: o se più forse
　　　L'ami così come sorbir la gode
　　　Barbara sposa, allor che molle assisa
1050　Ne' broccati di Persia al suo signore
　　　Con le dita pieghevoli il selvoso
　　　Mento vezzeggia; e la svelata fronte
　　　Alzando il guarda; e quelli sguardi han possa
　　　Di far che a poco a poco di man cada
1055　Al suo signore la fumante canna.
　　　Mentre i labbri e la man v'occupa e scalda
　　　L'odoroso licor, sublimi cose
　　　Macchinerà tua infaticabil mente.

1030 *Le volanti reliquie*: l'odore dei cibi che resta nella stanza.
1030 *Egri*: malati, sfiniti.
1031 *fidanza*: speranza, fiducia.
1035 *bare*: barelle.
1037 *nettare*: profumo.
1039 *i limitari illustri*: le soglie degli edifici illustri.
1045 *memore avvertir*: ricordarsi accuratamente.
1046 *O sobria o liberal*: se mette molto o poco zucchero nel caffè.
1049 *Barbara sposa*: sposa orientale, che beve il caffè amaro.
1055 *la fumante canna*: della pipa o del narghilè.
1057 *odoroso licor*: il caffè.
1058 *Macchinerà*: progetterà.

Quale oggi coppia di corsier de' il carro
1060 Condur de la tua bella; o l'alte moli
Che per le fredde piagge educa il Cimbro;
O quei che abbeverò la Drava; o quelli
Che a le vigili guardie un dì fuggìro
De la stirpe Campana: oggi qual meglio
1065 Si convegna ornamento a i dorsi alteri;
Se semplici e negletti, o se pomposi
Di ricche nappe e variate stringhe
Andran su l'alto collo i crin volando,
E sotto a cuoi vermigli e ad auree fibbie
1070 Ondeggeranno li ritondi fianchi.
Quale oggi cocchio trionfanti al corso
Vi porterà; se quel cui l'oro copre
Fulgido al sole; e de' vostr'alti aspetti
Per cristallo settemplice concede
1075 Al popolo bearsi; o quel, che tutto
Caliginoso e tristo e a la marmorea
Tomba simìl che de' vostr'avi chiude
I cadaveri eccelsi, ammette a pena
Cupido sguardo altrui. Cotanta mole
1080 Di cose a un tempo sol nell'alto ingegno
Tu verserai; poi col supremo auriga
Arduo consiglio ne terrai; non senza
Qualche lieve garrir con la tua dama.
Servi l'auriga ogni tua legge: e in tanto
1085 Altra cura subentri. Or mira i prodi
Compagni tuoi che, ministrato a pena

1060-64 Elenca diverse razze di cavalli: quelli di grande taglia
provenienti dall'Holstein, regione tedesca un tempo abitata dai
Cimbri; quelli provenienti dall'Ungheria, che si sono abbeverati nel
fiume Drava; infine quelli di razza campana, che essendo allevati
per l'esercito napoletano non potevano essere esportati.
1072 *cui*: che.
1073-75 E concede al popolo di bearsi dei vostri affetti per mezzo
di sette cristalli (*per cristallo settemplice*).
1081 *supremo auriga*: il cocchiere che siede in alto, a cassetta.
1083 *garrir*: rimprovero.
1084 *Servi*: ubbidisca.
1086-87 *ministrato a pena Dolce conforto di vivande a i membri*:
gli appassionati del gioco dedicano poco tempo al cibo.

Dolce conforto di vivande a i membri,
Già scelto il campo, e già distinti in bande
Preparansi giocando a fieri assalti.
1090 Così a queste, o signore, illustre inganno
Ore lente si faccia. E s'altri ancora
Vuole Amor che s'inganni; altronde pugni
La turba convitata; e tu da un lato
Sol con la dama tua quel gioco eleggi,
1095 Che due sol tanto a un tavoliere ammetta.
      Già per ninfa gentil tacito ardea
D' insoffribile ardor misero amante,
Cui null'altra eloquenza usar con lei
Fuor che quella de gli occhi era concesso:
1100 Poi che il rozzo marito ad Argo eguale
Vigilava mai sempre; e quasi biscia
Ora piegando or allungando il collo
Ad ogni verbo con gli orecchi acuti
Era presente. Oimè, come con cenni
1105 O con notate tavole giammai
O con servi sedotti a la sua bella
Chieder pace ed aita? Ogni d'Amore
Stratagemma finissimo vincea
La gelosia del rustico marito.
1110 Che più lice sperare? Al tempio ei viene
Del nume accorto che le serpi annoda
All'aurea verga, e il capo e le calcagna
D'ali fornisce. A lui si prostra umìle;
E in questi detti lagrimando il prega.
1115 « O propizio a gli amanti, o buon figliuolo

1088 *scelto il campo*: scelto il tavolo da gioco, ironicamente
paragonato al campo di battaglia.
1090 *a queste*: da collegare con *Ore lente*.
1094 *eleggi*: scegli.
1100 *Argo*: mostro dai cento occhi.
1105 *notate tavole*: biglietti galanti.
1106 *servi sedotti*: servi corrotti.
1109 *rustico*: rozzo.
1110-13 Si reca al tempio del dio astuto che ha come insegna il
caduceo, verga adornata di due serpi intrecciate, e che porta cappello e sandali dotati di ali: si tratta di Mercurio, dio del commercio e degli inganni.

De la candida Maia, o tu che d'Argo
Deludesti i cent'occhi, e a lui rapisti
La guardata giovenca, i preghi accogli
D'un amante infelice; e a lui concedi
1120   Se non gli occhi ingannar, gli orecchi almeno
D'importuno marito». Ecco si scote
Il divin simulacro, a lui s'inchina,
Con la verga pacifica la fronte
Gli percote tre volte: e il lieto amante
1125   Sente dettarsi ne la mente un gioco,
che i mariti assordisce. A lui diresti
Che l'ali del suo piè concesse ancora
Il supplicato dio, cotanto ei vola
Velocissimamente a la sua donna.
1130   Là bipartita tavola prepara,
Ov' èbano ed avorio intarsiati
Regnan sul piano, e partono alternando
In due volte sei case ambe le sponde.
Quindici nere d'èbano rotelle
1135   E d'avorio bianchissimo altrettante
Stan divise in due parti; e moto e norma
Da duo dadi gittati attendon, pronte
Gli spazj ad occupar, e quinci e quindi
Pugnar contrarie. Oh cara a la fortuna
1140   Quella che corre innanzi all'altre; e seco
Trae la compagna, onde il nemico assalto
Forte sostenga! Oh giocator felice
Chi pria l'estrema casa occupata; e l'altro
De gli spazj a sè dati ordin riempie
1145   Con doppio segno! Ei trionfante allora

1118 *giovenca*: la ninfa Io, che Giunone per gelosia aveva appunto trasformato in giovenca.
1122 *Il divin simulacro*: la statua del dio.
1125 *un gioco*: si tratta del gioco del tric-trac. Era una sorta di
dama che veniva giocata con quindici pedine per ciascun giocatore,
le cui mosse erano regolate dal lancio di due dadi. La scacchiera
era divisa in 144 caselle. Le regole del gioco e la forma della scacchiera sono descritte nei versi che seguono.
1134 *rotelle*: pedine.
1139 *cara a la fortuna*: fortunata.
1145 *Con doppio segno*: con due pedine sovrapposte.

Da la falange il suo rival combatte;
E in proprio ben rivolge i colpi ostili.
Al tavolier s'assidono ambidue
L'amante cupidissimo e la ninfa.
1150 Quella una sponda ingombra e questi l'altra.
Il marito col gomito s'appoggia
All'un de' lati; ambo gli orecchi tende;
E sotto al tavolier di quando in quando
Guata con gli occhi. Or l'agitar de i dadi
1155 Entro a sonanti bòssoli comincia,
Ora il picchiar de' bòssoli sul piano,
Ora il vibrar lo sparpagliar l'urtare
Il cozzar de i duo dadi, or de le mosse
Rotelle il martellar. Torcesi e freme
1160 Sbalordito il geloso: a fuggir pensa,
Ma rattienlo il sospetto. Il fragor cresce
Il rombazzo il frastono il rovinio:
Ei più regger non puote, in piedi balza,
E con ambe le man tura gli orecchi.
1165 Tu vincesti o Mercurio. Il cauto amante
Poco disse: e la bella intese assai.
Tal ne la ferrea età, quando gli sposi
Folle superstizion chiamava all'arme
Giocato fu. Ma poi che l'aureo venne
1170 Secol di novo; e che del prisco errore
Si spogliàro i mariti, al sol diletto
La dama e il cavalier volsero il gioco
Che la necessità trovato avea.
Fu superfluo il romor: di molle panno
1175 La tavola vestissi e de' patenti
Bòssoli il sen: lo schiamazzio molesto
Tal rintuzzossi. e durò al gioco il nome,
Che ancor l'antico strepito dinota.

1168 *Folle superstizion*: la gelosia.
1169-70 *Ma poi che l'aureo venne Secol di novo*: ma dopo che ri-
tornò una nuova età dell'oro.
1175-76 *de' patenti Bòssoli il sen*: la parte interna dei bossoli, che
hanno un lato aperto.

Ma de gli augelli e de le fere il giorno
E de' pesci squammosi e de le piante
E dell'umana plebe al suo fin corre.
Già sotto al guardo de la immensa luce
5   Sfugge l'un mondo: e a berne i vivi raggi
Cuba s'affretta e il Messico e l'altrice
Di molte perle California estrema:
E da' maggiori colli e dall'eccelse
Rocche il sol manda gli ultimi saluti
10   All'Italia fuggente; e par che brami
Rivederti o Signor prima che l'alpe
O l'appennino o il mar curvo ti celi
A gli occhi suoi. Altro finor non vide
Che di falcato mietitore i fianchi
15   Su le campagne tue piegati e lassi,
E su le armate mura ora braccia or spalle
Carche di ferro, e su le aeree capre
De gli edificj tuoi man scabre e arsicce,
E villan polverosi innanzi a i carri
20   Gravi del tuo ricolto, e su i canali
E su i fertili laghi irsuti petti
Di remigante che le alterne merci
A' tuoi comodi guida ed al tuo lusso;

---

5 *L'un mondo*: il nostro emisfero.
6-7 *l'altrice Di molte perle California estrema*: la California, posta all'estremo occidente dell'America, produttrice di perle.
12 *curvo*: per la curvatura terrestre.
14 *falcato*: che impugna la falce.
17 *aeree capre*: le alte impalcature che circondano gli edifici in costruzione.
20 *Gravi*: carichi.
21 *fertili*: che rendono fertili i territori delle coste.

Tutti ignobili aspetti. Or colui veggia
25 Che da tutti servito a nullo serve.
        Pronto è il cocchio felice. Odo le rote
Odo i lievi corsier che all'alma sposa
E a te suo fido cavalier nodrisce
Il placido marito. Indi la pompa
30 Affrettasi de' servi; e quindi attende
Con insigni berretti e argentee mazze
Candida gioventù che al corso agogna
I moti espor de le vivaci membra:
E nell'audace cor forse presume
35 A te rapir de la tua bella i voti.
        Che tardi ormai? Non vedi tu com'ella
Già con morbide piume a i crin leggeri
La bionda che svanì polve rendette;
E con morbide piume in su la guancia
40 Fe' più vermiglie rifiorir che mai
Le dall'aura predate amiche rose?
Or tu nato di lei ministro e duce
L'assisti all'opra; e di novelli odori
La tabacchiera e i bei cristalli aurati
45 Con la perita mano a lei rintègra:
Tu il ventaglio le scegli adatto al giorno;
E tenta poi fra le giocose dita
Come agevole scorra. Oh qual con lieti
Nè ben celati a te guardi e sorrisi
50 Plaude la dama al tuo sagace tatto!
        Ecco ella sorge; e del partir dà cenno:
Ma non senza sospetti e senza baci
A le vergini ancelle il cane affida
Al par de' giochi al par de' cari figli
55 Grave sua cura: e il misero dolente

28 *nodrisce*: mantiene.
29 *pompa*: il seguito.
32 *corso*: la passeggiata che si svolgeva sul corso di Porta O-
rientale.
37 *morbide piume*: i piumini.
44 *i bei cristalli aurati*: le boccette di cristallo ornate d'oro.
45 *rintègra*: rifornisce.

Mal tra le braccia contenuto e i petti
Balza e guaisce in suon che al rude vulgo
Ribrezzo porta di stridente lima;
E con rara celeste melodia
60   Scende a gli orecchi de la dama e al core.
      Mentre così fra i generosi affetti
E le intese blandizie e i sensi arguti
E del cane e di sè la bella oblia
Pochi momenti; tu di lei più saggio
65   Usa del tempo: e a chiaro speglio innante
I bei membri ondeggiando alquanto libra
Su le gracili gambe; e con la destra
Molle verso il tuo sen piegata e mossa
Scopri la gemma che i bei lini annoda;
70   E in un di quelle ond'hai sì grave il dito
L'invidiato folgorar cimenta:
Poi le labbra componi; ad arte i guardi
Tempra qual più ti giova; e a te sorridi.
Al fin tu da te sciolto, ella dal cane
75   Ambo al fin v'appressate. Ella da i lumi
Spande sopra di te quanto a lei lascia
D'eccitata pietà l'amata belva;
E tu sopra di lei da gli occhi versi
Quanto in te di piacer destò il tuo volto.
80   Tal seguite ad amarvi: e insieme avvinti,
Tu a lei sostegno, ella di te conforto,
Itene omai de' cari nodi vostri

56 *Mal*: a stento.
57-58 *che al rude vulgo Ribrezzo porta di stridente lima*: che sembra al rozzo popolo un suono fastidioso quanto quello provocato da una lima che stride.
65 *speglio*: specchio.
66 *libra*: innalza.
67 *le gracili gambe*: gambe sottili, aristocratiche.
69 *Scopri la gemma che i bei lini annoda*: metti in mostra la spilla che tien ferme le trine della camicia.
71 *cimenta*: metti alla prova.
76-77 *quanto a lei lascia D'eccitata pietà l'amata belva*: quel che resta in lei dell'affetto suscitato dall'animale amato.
82-83 Andate a provocare tra la gente una gradita invidia del vostro affetto.

Grato dispetto a provocar nel mondo.
    Qual primiera sarà che da gli amati
85 Voi sul vespro nascente alti palagi
Fuor conduca o Signor voglia leggiadra?
Fia la santa Amistà, non più feroce
Qual ne' prischi eccitar tempi godea
L'un per l'altro a morir gli agresti eroi;
90 Ma placata e innocente al par di questi
Onde la nostra età sorge sì chiara
Di Giove alti incrementi. Oh dopo i tardi
De lo specchio consigli e dopo i giochi
Dopo le mense, amabil dea, tu insegni
95 Come il giovin Marchese al collo balzi
Del giovin Conte; e come a lui di baci
Le gote imprima; e come il braccio annode
L'uno al braccio dell'altro; e come insieme
Passeggino elevando il molle mento
100 E volgendolo in guisa di colombe;
E palpinsi e sorridansi e rispondansi
Con un vezzoso tu. Tu fra le dame
Sul mobil arco de le argute lingue
I già pronti a scoccar dardi trattieni
105 S'altra giugne improvviso a cui rivolti
Pendean di già: tu fai che a lei presente
Non osin dispiacer le fide amiche:
Tu le carche faretre a miglior tempo

84-86 Quale sarà il primo grazioso desiderio che vi conduce fuori
dagli amati e nobili palazzi nei quali abitate?
87 *Amistà*: amicizia.
89 *agresti*: rozzi, primitivi.
92 *Di Giove alti incrementi*: nobile progenitura di Giove.
92 *tardi*: prolungati.
102 *Con un vezzoso tu*: i due aristocratici si trattano familiarmen-
te e ostentatamente con il « tu ».
102-106 Tu, Amicizia, trattieni tra le dame le frecce delle maldicenze che stanno per essere scoccate dall'arco instancabile delle loro
lingue, quando si presenta improvvisamente la persona verso cui e-
rano rivolte. Naturalmente è detto con ironia.
108 *carche faretre*: continua la metafora già iniziata con la quale
si paragonano le maldicenze alle frecce.

Di serbar le consigli. Or meco scendi;
110 E i generosi ufici e i cari sensi
Meco detta al mio eroe; tal che, famoso
Per entro al suon de le future etadi,
E a Pilade s'eguagli e a quel che trasse
Il buon Tesèo da le Tenarie foci.

115 Se da i regni che l'alpe o il mar divide
Dall'Italico lido in patria or giunse
Il caro amico; e da i perigli estremi
Sorge d'arcano mal, che in dubbio tenne
Lunga stagione i fisici eloquenti,
120 Magnanimo garzone andrai tu forse
Trepido ancora per l'amato capo
A porger voti sospirando? Forse
Con alma dubbia e palpitante i detti
E i guardi e il viso esplorerai de' molti
125 Che il giudizio di voi menti sì chiare
Fra i primi assunse d'Esculapio alunni?
O di leni origlieri all'omer lasso
Porrai sostegno; e vital sugo a i labbri
Offrirai di tua mano? O pur con lieve
130 Bisso il madido fronte a lui tergendo,
E le aurette agitando, il tardo sonno
Inviterai a fomentar con l'ali
La nascente salute? Ahi no; tu lascia

109 *le consigli*: consigliale.
113 *Pilade*: personaggio mitologico che offrì la propria vita in cambio di quella dell'amico Oreste.
113-114 *quel che trasse Il buon Tesèo da le Tenarie foci*: Ercole che liberò Teseo dall'inferno (le *Tenarie foci* sono l'ingresso dell'inferno, oggi il Capo Matapan).
118 *arcano*: misterioso.
119 *i fisici eloquenti*: i medici chiacchieroni.
122 *voti*: auguri.
123 *palpitante i detti*: con parole ansiose.
126 *d'Esculapio alunni*: i medici.
127 *leni origlieri*: soffici cuscini.
128 *vital sugo*: medicine.
130 *Bisso*: tela leggera.
131-133 Rinfrescandolo con il ventaglio (*con l'ali*) inviterai il sonno che tarda a venire, affinché esso possa confortare (*fomentar*) la salute che sta rinascendo.

Lascia che il vulgo di sì tenui cure
135   Le brevi anime ingombri; e d'un sol atto
Rendi l'amico tuo felice a pieno.
    Sai che fra gli ozj del mattino illustri,
Del gabinetto al tripode sedendo,
Grand'arbitro del bello oggi creasti
140   Gli eccellenti nell'arte. Onor cotanto
Basti a darti ragion su le lor menti
E su l'opre di loro. Util ciascuno
A qualch'uso ti fia. Da te mandato
Con acuto epigramma il tuo poeta
145   La mentita virtù trafigger puote
D'una bella ostinata: e l'elegante
Tuo dipintor può con lavoro egregio
Tutti dell'amicizia onde ti vanti
Compendiar gli ufici in breve carta;
150   O se tu vuoi che semplice vi splenda
Di nuda maestade il tuo gran nome;
O se in antica lapide imitata
Inciso il brami; o se in trofeo sublime
Accumulate a te mirar vi piace
155   Le domestiche insegne, indi un lione
Rampicar furibondo e quindi l'ale
Spiegar l'augel che i fulmini ministra,
Qua timpani e vessilli e lance e spade,
E là scettri e collane e manti e velli

135 *brevi*: meschine.
138 *tripode*: o lo sgabello o il tavolino a tre piedi.
139-140 *creasti Gli eccellenti nell'arte*: hai stabilito quali sono i
migliori degli artisti.
143 *Da te mandato*: comandato da te.
145 *La mentita virtù*: la virtù ipocritamente ostentata.
146 *D'una bella ostinata*: di una bella donna che resiste ai tuoi
corteggiamenti.
149 *breve carta*: biglietto da visita.
155 *domestiche insegne*: gli stemmi della famiglia.
157 *augel*: l'aquila.
158 *timpani*: tamburi.
159 *velli*: pellicce. Può anche alludere al fatto che con il nome di
determinate pellicce (per esempio l'ermellino) si indicava, in araldica, un modo di dare i colori sugli stemmi.

160 Cascanti argutamente. Ora ti vaglia
Questa carta o signor serbata all'uopo;
Or fia tempo d'usarne. Esca e con essa
Del caro amico tuo voli a le porte
Alcun de' nuncj tuoi; quivi deponga
165 La tessera beata; e fugga; e torni
Ratto su l'orme tue pietoso eroe,
Che già pago di te ratto a traverso
E de' trivii e del popolo dilegui.
    Già il dolce amico tuo nel cor commosso,
170 E non senza versar qualche di pianto
Tenera stilla il tuo bel nome or legge,
Seco dicendo: oh ignoto al duro vulgo
Sollievo almo de' mali! Oh sol concesso
Facil commercio a noi alme sublimi
175 E d'affetti e di cure! Or venga il giorno
Che sì grate alternar nobili veci
A me sia dato! Tale sbadigliando
Si lascia da la man lenta cadere
L'amata carta; e te la carta e il nome
180 Soavemente in grembo al sonno oblia.
    Tu fra tanto colà rapido il corso
Declinando intraprendi ove la dama
Co' labbri desiosi e il premer lungo
Del ginocchio sollecito ti spigne
185 Al altre opre cortesi. Ella non meno
All'imperio possente a i cari moti
Dell'amistà risponde. A lei non meno
Palpita nel bel petto un cor gentile.
    Che fa l'amica sua? Misera! Ieri,

160 *argutamente*: con arguzia e con ingegno. Allude al «concetti-
smo» seicentesco che ebbe un ampio terreno su cui sbizzarrirsi
nell'immaginare emblemi.
161 *serbata all'uopo*: appositamente conservata.
165 *La tessera beata*: il biglietto da visita, reso beato dal nome
che porta.
167 *pago di te*: soddisfatto di te stesso.
174 *Facil commercio*: agevole corrispondenza di affetti.
176 *sì grate alternar nobili veci*: contraccambiare doveri così nobili e graditi.
181-182 *il corso Declinando*: cambiando direzione.

95

190 Qual fusse la cagion, fremer fu vista
Tutta improvviso, ed agitar repente
Le vaghe membra. Indomito rigore
Occupolle le cosce; e strana forza
Le sospinse le braccia. Illividìro
195 I labbri onde l'Amor l'ali rinfresca;
Enfiò la neve de la bella gola;
E celato candor da i lini sparsi
Effuso rivelossi a gli occhi altrui.
Gli Amori si schermiron con la benda;
200 E indietro rifuggironsi le Grazie.
In vano il cavaliere, in van lo sposo
Tentò frenarla, in van le damigelle
Che su lo sposo e il cavaliere e lei
Scorrean col guardo; e poi ristrette insieme
205 Malignamente sorrideansi in volto.
Ella truce guatando curvò in arco
Duro e feroce le gentili schiene;
Scalpitò col bel piede; e ripercosse
La mille volte ribaciata mano
210 Del tavolier ne le pugnenti sponde.
Livida pesta scapigliata e scinta
Al fin stancò tutte le forze; e cadde
Insopportabil pondo sopra il letto.
Né fra l'intime stanze o fra le chiuse
215 Gemine porte il prezioso evento
Tacque ignoto molt'ore. Ivi la Fama

190 *Qual*: qualunque.
191 *improvviso*: improvvisamente.
193 *Indomito rigore*: invincibile irrigidimento.
193 *strana*: estranea, non dominabile dalla volontà.
196 *la neve de la bella gola*: la bella gola bianca come la neve.
197 *celato candor*: la bianchezza del corpo nascosta dagli abiti.
198 *effuso*: scoperto.
205 *malignamente*: maliziosamente.
210 *le pugnenti sponde*: gli spigoli acuti, pungenti.
213 *Insopportabil pondo*: peso morto, che non può essere sorretto.
215 *gemine*: doppie.
215 *prezioso*: importante argomento di chiacchiere.
216 *ignoto*: l'andamento del malore resta ignoto a chi è escluso dalle « intime » stanze e suscita ulteriore curiosità.
216 *Fama*: era rappresentata come un mostro con cento occhi.

Con uno il colse de' cent'occhi suoi;
E il bel pegno rapito uscì portando
Fra le adulte matrone, a cui segreto
220 Dispetto fanno i pargoletti amori,
Che da la maestà de gli otto lustri
Fuggon volando a più scherzosi nidi.
Una è fra lor che gli altrui nodi or cela
Comoda e strigne; or d'ispida virtude
225 Arma suoi detti; e furibonda in volto
E infiammata ne gli occhi alto declama
Interpreta ingrandisce i sagri arcani
De gli amorosi gabinetti; e a un tempo
Odiata e desiata eccita il riso
230 Or co' proprj misterj or con gli altrui.
La vide la notò, sorrise alquanto
La volatile dea, disse: tu sola
Sai vincere il clamor de la mia tromba.
Disse, e in lei si mutò. Prese il ventaglio,
235 Prese le tabacchiere, il cocchio ascese;
E là venne trottando ove de' grandi
È il consesso più folto. In un momento
Lo sbadigliar s'arresta. In un momento
Tutti gli occhi e gli orecchi e tutti i labbri
240 Si raccolgono in lei: ed ella al fine,
E ansando e percotendosi con ambe
Le mani le ginocchia, il fatto espone
E del fatto le origini riposte.
Riser le dame allor pronte domane
245 A fortuna simìl, se mai le vaghe
Lor fantasie commoverà negato
Da i mariti compenso a un gioco avverso,

219 *adulte*: mature.
221 *otto lustri*: quarant'anni.
223 *una*: quella che funge da mezzana.
224 *comoda*: accomodante.
232 *La volatile dea*: la Fama.
240 *Si raccolgono in lei*: sono rivolti verso di lei.
243 *le origini riposte*: le segrete cause.
245 *A fortuna simil*: pronte a fare lo stesso.
246-247 *negato Da i mariti compenso a un gioco avverso*: il rifiuto
dei mariti di sborsare i quattrini persi in gioco dalle mogli.

O in faccia a lor per deità maggiore
Negligenza d'amante, o al can diletto
250 Nata subita tosse: e rise ancora
La tua dama con elle: e in cor dispose
Di teco visitar l'egra compagna.
    Ite al pietoso uficio, itene or dunque:
Ma lungo consigliar duri tra voi
255 Pria che a la meta il vostro cocchio arrive.
Se visitar, non già veder l'amica
Forse a voi piace, tacita a le porte
La volubile rota il corso arresti:
E il giovanetto messagger salendo
260 Per le scale sublimi a lei v'annunzj
Sì che voi non volenti ella non voglia.
Ma, se vaghezza poi ambo vi prende
Di spiar chi sia seco, e di turbarle
L'anima un poco, e ricercarle in volto
265 De' suoi casi la serie, il cocchio allora
Entri: e improvviso ne rimbombi e frema
L'atrio superbo. Egual piacere inonda
Sempre il cor de le belle o che opportune
O giungano importune alle lor pari.
270   Già le fervide amiche ad incontrarse
Volano impazienti; un petto all'altro
Già premonsi abbracciando; alto le gote
D'alterni baci risonar già fanno;
Già strette per la man co' dotti fianchi
275 Ad un tempo amendue cadono a piombo
Sopra il sofà. Qui l'una un sottil motto
Vibra al cor dell'amica; e a i casi allude
Che la Fama narrò: quella repente

248 *per deità maggiore*: a causa d'una bellezza più attraente.
252 *egra*: malata.
253 *Ite*: andate.
254 *Ma lungo consigliar duri tra voi*: ma intrattenetevi in un lungo colloquio.
257 *tacita*: senza far rumore.
272 *alto*: rumorosamente.
274 *co' dotti fianchi*: con uno studiato movimento dei fianchi.
275 *Ad un tempo*: contemporaneamente, simultaneamente.

Con un altro l'assale. Una nel viso
280 Di bell'ire s'infiamma: e l'altra i vaghi
Labbri un poco si morde: e cresce in tanto
E quinci ognor più violento e quindi
Il trepido agitar de i duo ventagli.
Così, se mai al secol di Turpino
285 Di ferrate guerriere un paro illustre
Si scontravan per via, ciascuna ambiva
L'altra provar quel che valesse in arme;
E dopo le accoglienze oneste e belle
Abbassavan lor lance e co' cavalli
290 Urtavansi feroci; indi infocate
Di magnanima stizza i gran tronconi
Gittavan via de lo spezzato cerro,
E correan con le destre a gli elsi enormi.
Ma di lontan per l'alta selva fiera
295 Un messagger con clamoroso suono
Venir s'udiva galoppando; e l'una
Richiamare a re Carlo, o al campo l'altra
Del giovane Agramante. Osa tu pure
Osa invitto garzone il ciuffo e i ricci
300 Sì ben finti stamane all'urto esporre
De' ventagli sdegnati: e a nuove imprese
La tua bella invitando, i casi estremi
De la pericolosa ira sospendi.
    Oh solenne a la patria oh all'orbe intero
305 Giorno fausto e beato al fin sorgesti
Di non più visto in ciel roseo splendore
A sparger l'orizzonte. Ecco la sposa

---

283 *trepido*: tremante, nervoso.
284 *Turpino*: arcivescovo di Reims, personaggio della corte di Carlo Magno. Parini paragona lo scontro tra le dame ai combattimenti dei cavalieri.
285 *paro*: coppia.
292 *cerro*: quercia, con la quale si facevano le lance.
293 *elsi*: le else delle spade.
298 *Agramante*: re dei Saraceni, altro personaggio dell'*Orlando Furioso*.
300 *finti*: acconciati.
302 *i casi estremi*: le pericolose conseguenze.

Di Ramni eccelsi l'inclit'alvo al fine
Sgravò di maschia desiata prole
310 La prima volta. Da le lucid'aure
Fu il nobile vagito accolto a pena,
Che cento messi a precipizio uscìro
Con le gambe pesanti e lo spron duro
Stimolando i cavalli, e il gran convesso
315 Dell'etere sonoro alto ferendo
di scutiche e di corni: e qual si sparse
Per le cittadi popolose, e diede
A i famosi congiunti il lieto annunzio:
E qual per monti a stento rampicando
320 Trovò le rocche e le cadenti mura
De' prischi feudi ove la polve e l'ombra
Abita e il gufo; e i rugginosi ferri
Sopra le rote mal sedenti al giorno
Di novo espose, e fe' scoppiarne il tuono;
325 E i giochi de' vassalli e le vallèe
Ampie e le marche del gran caso empièo.
Nè le Muse devote, onde gran plauso
Venne l'altr'anno a gl'imenei felici,
Già si tacquero al parto. Anzi, qual suole
330 Là su la notte dell'ardente agosto
Turba di grilli, e più lontano ancora
Innumerabil popolo di rane
Sparger d'alto frastuono i prati e i laghi,

308 *Ramni eccelsi*: aristocratici di antichissima nobiltà. I Ramni
erano una delle tre tribù originarie dell'antica Roma.
308 *l'inclit'alvo*: il nobile ventre.
313 *le gambe pesanti*: a causa degli stivali.
314-315 *il gran convesso Dell'etere*: la gran volta del cielo.
315 *alto*: rumorosamente.
316 *scutiche*: fruste.
319 *rampicando*: arrampicandosi.
322 *i rugginosi ferri*: gli arruginiti cannoni.
323 *Sopra le rote mal sedenti*: che a stento si reggono sulle ruote.
325 *i gioghi de' vassalli*: le montagne abitate dai vassalli.
324 *le marche*: regioni poste ai confini.
326 *empieo*: riempì, fece risuonare.
326 *le Muse devote*: i poeti cortigiani.
328 *imenei*: nozze.

Mentre cadon su lor fendendo il buio
335 Lucide strisce, e le paludi accende
Fiamma improvvisa che lambisce e vola;
Tal sorsero i cantori a schiera a schiera;
E tal piovve su lor foco febèo,
Che di motti ventosi alta compaggine
340 Fe' dividere in righe, o in simil suono
Uscir pomposamente. Altri scoperse
In que' vagiti Alcide, altri d'Italia
Il soccorso promise, altri a Bizanzio
Minacciò lo sterminio. A tal clamore
345 Non ardì la mia Musa unir sue voci:
Ma del parto divino al molle orecchio
Appressò non veduta; e molto in poco
Strinse dicendo: Tu sarai simìle
Al tuo gran genitore.

335 *Lucide strisce*: stelle cadenti.
336 *Fiamma improvvisa*: fuochi fatui.
338 *foco febèo*: fuoco di Febo, cioè l'ispirazione poetica proveniente da Apollo.
339 *di motti ventosi alta compaggine*: vasta quantità di parole vuote.
342 *Alcide*: Ercole.
343 *Bizanzio*: Costantinopoli.
345 *la mia Musa*: la mia poesia.
348 *strinse*: riassunse.

Nè tu contenderai benigna Notte,
Che il mio Giovane illustre io cerchi e guidi
Con gli estremi precetti entro al tuo regno.
    Già di tenebre involta e di perigli,
5   Sola squallida mesta alto sedevi
Su la timida terra. Il debil raggio
De le stelle remote e de' pianeti,
Che nel silenzio camminando vanno,
Rompea gli orrori tuoi sol quanto è duopo
10 A sentirli assai più. Terribil ombra
Giganteggiando si vedea salire
Su per le case e su per l'alte torri
Di teschi antiqui seminate al piede.
    E upupe e gufi e mostri avversi al sole
15 Svolazzavan per essa; e con ferali
Stridi portavan miserandi augurj.
E lievi dal terreno e smorte fiamme
Sorgeano in tanto; e quelle smorte fiamme
Di su di giù vagavano per l'aere
20 Orribilmente tacito ed opaco;
E al sospettoso adultero, che lento
Col cappel su le ciglia e tutto avvolto
Entro al manto sen gìa con l'armi ascose,
Colpìeno il core, e lo strignean d'affanno.
25 E fama è ancor che pallide fantasime

---

1 *contenderai*: impedirai.
3 *estremi*: ultimi.
13 *seminate*: disseminate.
14 *upupe*: ritenute erroneamente uccelli notturni.
17 *fiamme*: fuochi fatui.
23 *gìa*: andava.

Lungo le mura de i deserti tetti
Spargean lungo acutissimo lamento,
Cui di lontano per lo vasto buio
I cani rispondevano ululando.

30   Tal fusti o Notte allor che gl'inclit'avi,
Onde pur sempre il mio garzon si vanta,
Eran duri ed alpestri; e con l'occaso
Cadean dopo lor cene al sonno in preda;
Fin che l'aurora sbadigliante ancora
35 Li richiamasse a vigilar su l'opre
De i per novo cammin guidati rivi
E su i campi nascenti; onde poi grandi
Furo i nipoti e le cittadi e i regni.

    Ma ecco Amore, ecco la madre Venere,
40 Ecco del gioco, ecco del fasto i Genj,
Che trionfanti per la notte scorrono,
Per la notte, che sacra è al mio signore.
Tutto davanti a lor tutto s'irradia
Di nova luce. Le inimiche tenebre
45 Fuggono riversate; e l'ali spandono
Sopra i covili, ove le fere e gli uomini
Da la fatica condannati dormono.
Stupefatta la Notte intorno vedesi
Riverberar più che dinanzi al sole
50 Auree cornici, e di cristalli e spegli
Pareti adorne, e vesti varie, e bianchi
Omeri e braccia, e pupillette mobili,
E tabacchiere preziose, e fulgide
Fibbie ed anella e mille cose e mille.
55 Così l'eterno caos, allor che Amore

26 *i diserti tetti*: le case abbandonate.
32 *occaso*: tramonto.
36 *De i per novo cammin guidati rivi*: dei fiumi costretti entro un alveo artificiale.
37 *onde*: in conseguenza dei quali lavori.
47 *Da la fatica condannati*: costretti dal duro lavoro.
50 *spegli*: specchi.
55 *l'eterno caos*: il caos, cioè la originaria confusione di tutti gli elementi che, fecondata dall'amore, fece nascere il mondo.

Sopra posòvvi e il fomentò con l'ale,
Sentì il generator moto crearsi,
Sentì schiuder la luce; e sè medesmo
Vide meravigliando e i tanti aprirsi
60   Tesori di natura entro al suo grembo.
      O de' miei studj glorioso alunno,
Tu seconda me dunque, or ch'io t'invito
Glorie novelle ad acquistar là dove
O la veglia frequente o l'ampia scena
65   I grandi eguali tuoi, degna de gli avi
E de i titoli loro e di lor sorte
E de i pubblici voti, ultima cura
Dopo le tavolette e dopo i prandj
E dopo i corsi clamorosi occùpa.
70   Or dove ahi dove senza me t'aggiri
Lasso! da poi che in compagnia del sole
T'involasti pur dianzi a gli occhi miei?
Qual palagio ti accoglie; o qual ti copre
Da i nocenti vapor ch'Espero mena
75   Tetto arcano e solingo; o di qual via
L'ombre ignoto trascorri, ove la plebe
Affrettando tenton s'urta e confonde?
      Ahimè, tolgalo il ciel, forse il tuo cocchio,
Ove il varco è più angusto, il cocchio altrui
80   Incontrò violento: e qual de i duo
Retroceder convegna; e qual star forte,
Dispùtano gli aurighi alto gridando.

56 *fomentò*: riscaldò.
59 *meravigliando*: con meraviglia.
61-69 Assecondami dunque ora che ti invito ad acquistare nuove
glorie laddove o gli affollati salotti (*la veglia frequente*) o gli
spaziosi teatri (*l'ampia scena*), ultima occupazione (*cura*), degna
dei tuoi progenitori, dei loro titoli, del loro destino e delle
pubbliche speranze (*voti*), impegna (*occupa*) i tuoi pari, dopo la
toilette (*le tavolette*), dopo il pranzo e dopo la rumorosa passeggiata.
73 *T'involasti*: ti nascondesti.
73 *qual*: da collegare a tetto arcano e solingo.
74 *i nocenti vapor*: l'aria umida e nociva della sera.
74 *Espero*: la stella della sera.
75 *Tetto arcano e solingo*: casa misteriosa e solitaria, sede di
appuntamenti clandestini.

Sdegna invitto garzon sdegna d'alzare
Fra il rauco suon di Stentori plebei
85 Tu' amabil voce; e taciturno aspetta,
Sia che a l'un piaccia rovesciar dal carro
Lo suo rivale; o rovesciato anch'esso
Perigliar tra le rote; e te per l'alto
De lo infranto cristal mandar carpone.
90 Ma l'avverso cocchier d'un picciol urto
Pago sen fugge o d'un resister breve:
Al fin libero andrai. Tu non pertanto
Doman chiedi vendetta; alto sonare
Fa il sacrilego fatto; osa pretendi,
95 E i tribunali minimi e i supremi
Sconvolgi agita assorda: il mondo s'empia
Del grave caso; e per un anno almeno
Parli di te, de' tuoi corsier, del cocchio
E del cocchiere. Di sì fatte cose
100 Voi progenie d'eroi famosi andate
Ne le bocche de gli uomini gran tempo.
    Forse ciarlier fastidioso indugia
Te con la dama tua nel vuoto corso.
Forse a nova con lei gara d'ingegno
105 Tu mal cauto venisti: e già la bella
Teco del lungo repugnar s'adira;
Già la man, che tu baci arretra, e tenta
Liberar da la tua; e già minaccia
Ricovrarsi al suo tetto, e quivi sola
110 Involarse ad ognuno in fin che il sonno
Venga pietoso a tranquillar suoi sdegni.

83 *alto*: con forza.
84 *Stentori*: Stentore è un auriga, personaggio dell'*Iliade*, dotato
di potentissima voce. Qui sta per i cocchieri che schiamazzano
rumorosamente.
88 *Perigliar*: esporsi al pericolo.
92 *non per tanto*: non di meno.
93-94 *alto sonare Fa il sacrilego fatto*: fa riecheggiare in alte
sedi la notizia del grave fatto.
104 *gara d'ingegno*: lite.
106 *lungo repugnar*: prolungata disputa.
107 *arretra*: ritira.

Tu in van chiedi mercè; di mente in vano
Tu a lei te stesso sconsigliata incolpi:
Ella niega placarse. Il cocchio freme
115 Dell'alterno clamore; e il cocchio in tanto
Giace immobil fra l'ombra: e voi sue care
Gemme il bel mondo impaziente aspetta.
Ode il cocchiere al fin d'ambe le voci
Un comando indistinto; e bestemmiando
120 Sferza i corsieri; e via precipitando
Ambo vi porta: e mal sa dove ancora.
    Folle! Di che temei? Sperdano i venti
Ogni augurio infelice. Ora il mio eroe
Fra l'amico tacer del vuoto corso
125 Lieto si sta la fresca ora godendo
Che dal monte lontan spira e consola.
Siede al fianco di lui lieta non meno
L'altrui cara consorte. Amor nasconde
La incauta face; e il fiero dardo alzando
130 Allontana i maligni. O nume invitto,
Non sospettar di me; ch'io già non vegno
Invido esplorator, ma fido amico
De la coppia beata, a cui tu vegli.
E tu signor tronca gl'indugi. Assai
135 Fur gioconde quest'ombre, allor che prima
Nacque il vago desio, che te congiunse
All'altrui cara sposa or son due lune.
Ecco il tedio a la fin serpe tra i vostri

112 *mercè*: grazia.
112-113 *di mente in vano Tu a lei te stesso sconsigliata incolpi*:
invano ti accusi di fronte a lei d'aver avuto un comportamento imprudente (*di mente sconsigliata*).
116-117 *sue care Gemme*: il giovin signore e la sua dama sono
come le gemme del bel mondo.
119 *indistinto*: poco chiaro.
121 *e mal sa dove ancora*: e non sa ancora bene dove.
124 *Fra l'amico tacer del vuoto corso*: nel piacevole silenzio della
strada deserta.
129 *La incauta face*: l'imprudente amore.
135 *gioconde*: piacevoli, liete.
137 *or son due lune*: due mesi fa.
138 *serpe*: serpeggia.

Così lunghi ritiri: e tempo è ormai
140 Che in più degno di te pubblico agone
Splendano i genj tuoi. Mira la Notte,
Che col carro stellato alta sen vola
Per l'eterea campagna; e a te col dito
Mostra Tèseo nel ciel, mostra Polluce,
145 Mostra Bacco ed Alcide e gli altri egregi,
Che per mille d'onore ardenti prove
Colà fra gli astri a sfolgorar salìro.
Svegliati a i grandi esempi; e meco affretta.
   Loco è, ben sai, ne la città famoso,
150 Che splendida matrona apre al notturno
Concilio de' tuoi pari, a cui la vita
Fora senza di ciò mal grata e vile.
Ivi le belle, e di feconda prole
Inclite madri ad obliar sen vanno
155 Fra la sorte del gioco i tristi eventi
De la sorte d'amore, onde fu il giorno
Agitato e sconvolto. Ivi le grandi
Avole auguste e i genitor leggiadri
De' già celebri eroi il senso e l'onta
160 Volgon de gli anni a rintuzzar fra l'ire
Magnanime del gioco. Ivi la turba
De la feroce gioventù divina
Scende a pugnar con le mutabil'arme
Di vaghi giubboncei, d'atti vezzosi,

140 *in più degno di te pubblico agone*: in una gara pubblica più
degna di te.
143 *l'eterea campagna*: gli spazi del cielo.
144-145 *Mostra Tèseo nel ciel, mostra Polluce, Mostra Bacco ed
Alcide e gli altri egregi*: divinità e personaggi mitologici trasformati in altrettante costellazioni.
152 *Fora*: sarebbe.
152 *mal grata*: sgradita.
153-154 *di feconda prole Inclite madri*: nonne.
158 *Avole*: bisnonne.
159-161 Si sforzano di ricacciare (*volgon a rintuzzar*) la coscienza
e la vergogna (*il senso e l'onta*) della vecchiaia fra le passioni (*ire
Magnanime*) del gioco.
164 *vaghi giubboncei*: begli abiti.

165   Di bei modi del dir stamane appresi;
      Mentre la vanità fra il dubbio marte
      Nobil furor ne' forti petti inspira;
      E con vario destin dando e togliendo
      La combattuta palma alto abbandona
170   I leggeri vessilli all'aure in preda.
       Ecco che già di cento faci e cento
      Gran palazzo rifulge. Multiforme
      Popol di servi baldanzosamente
      Sale scende s'aggira. Urto e fragore
175   Di rote di flagelli e di cavalli
      Che vengono che vanno, e stridi e fischi
      Di gente, che domandan che rispondono,
      Assordan l'aria all'alte mura intorno.
      Tutto è strepito e luce. O tu, che porti
180   La dama e il cavalier dolci mie cure,
      Primo di carri guidator, qua volgi;
      E fra il denso di rote arduo cammino
      Con Olimpica man splendi; e d'un corso
      Subentrando i grand'atrj, a dietro lascia
185   Qual pria le porte ad occupar tendea.
      Quasi a propria virtù plauda al gran fatto
      Il generoso eroe: plauda la bella,

166 *fra il dubbio marte*: nell'incerta battaglia.
169-170 *abbandona I leggeri vessilli all'aure in preda*: abbandona
le bandiere incapaci di resistere al soffio dei venti: metafora guerre-
sca per: abbandonano il loro destino all'incostanza della sorte.
171 *faci*: fiaccole.
175 *flagelli*: fruste.
181 *Primo di carri guidator*: eccellente cocchiere.
182 *il denso di rote arduo cammino*: la strada che è difficile da
percorrere a causa dell'intenso traffico di carrozze.
183 *Con Olimpica man splendi*: guida la carrozza con la splendida maestria degli aurighi che gareggiavano ad Olimpia.
149 *Loco*: casa da gioco.
184 *Subentrando i grand'atrj*: entrando nei grandi atri.
185 *Qual pria le porte ad occupar tendea*: colui che era giunto
prima di te.

Che con l'agil pensier scorre gli aurighi
De le dive rivali; e novi al petto
190   Sente nascer per te teneri orgogli.
    Ma il bel carro s'arresta: e a te signore,
A te prima di lei sceso d'un salto,
Affidata la dea, lieve balzando,
Col sonante calcagno il suo percote.
195   Largo dinanzi a voi fiammeggi e grondi,
Sopra l'ara de' numi ad arder nato,
Il tesoro dell'api: e a lei da tergo
Pronta di servi mano a terra proni
Lo smisurato lembo alto sospenda:
200   Somma felicità, che lei sepàra
Da le ricche viventi, a cui per anco,
Misere! sopra il suol l'estrema veste
Sibila per la polvere strisciando.
    Ahi, se fresco sdegnuzzo i vostri petti
205   Dianzi forse agitò, tu chino e grave
A lei porgi la destra; e seco innoltra,
Quale Ibèro amador quando, raccolta
Dall'un lato la cappa, contegnoso
Guida l'amanza a diportarsi al vallo,
210   Dove il tauro, abbassando i corni irati,
Spinge gli uomini in alto; o gemer s'ode
Crepitante Giudeo per entro al foco.
    Ma no; chè l'amorosa onda pacata

188 *l'agil pensier*: mobile pensiero.
194 *Col sonante calcagno*: a causa dei tacchi.
196 *Sopra l'ara de' numi ad arder nato*: destinato a bruciare sugli altari.
197 *Il tesoro dell'api*: la cera delle candele.
198 *a terra proni*: chini verso terra.
199 *Lo smisurato lembo*: lo strascico del vestito.
202 *l'estrema veste*: di nuovo lo strascico.
203 *Sibila*: fruscia.
206 *Ibèro*: spagnolo.
209 *Guida l'amanza a diportarsi al vallo*: conduce la dama a sedersi vicino all'orlo dell'arena.
212 *Crepitante Giudeo*: allusione ai roghi degli ebrei condannati dall'Inquisizione spagnola.

Oggi siede per voi: e quanto è duopo
215 A vagarvi il piacer solo la increspa
Una lieve aleggiando aura soave.
Snello adunque e vivace offri a la bella
Mollemente piegato il destro braccio.
Ella la manca v'inserisca. Premi
220 Tu col gomito un poco. Anch'ella un poco
Ti risponda premendo; e a la tua lena
Dolce peso a portar tutta si doni,
Mentre a piccioli salti ambo affrettate
Per le sonanti scale alto celiando.
225   Oh come al tuo venir gli archi e le volte
De' gran titoli tuoi forte rimbombano!
Come a quel suon volubili le porte
Cedono spalancate; ed a quel suono
Degna superbia in cor ti bolle; e face
230 L'anima eccelsa rigonfiar più vasta!
Entra in tal forma; e del tuo grande ingombra
Gli spazj fortunati. Ecco di stanze
Ordin lungo a voi s'apre. Altra di servi
Infimo gregge alberga, ove tra lampi
235 Di molteplice lume acceso e spento,
E fra sempre incostanti ombre schiamazza
Il sermon patrio e la facezia e il riso
Dell'energica plebe. Altra di vaghi
Zazzerati donzelli è certa sede,
240 Ove accento stranier misto al natio
Molle susurra: e s'apparecchia in tanto

214-216 *La increspa* soltanto un leggero soffio di dolce vento, quanto basta per render più piacevole il vostro legame.
221 *a la tua lena*: alla tua forza.
224 *alto celiando*: scherzando ad alta voce.
227 *volubili le porte*: le porte che girano con facilità.
229 *face*: fa.
231 *del tuo grande*: della tua grandezza.
233 *Altra*: una.
234 *alberga*: accoglie.
237 *Il sermon patrio*: il dialetto milanese.
238 *altra*: un'altra.
239 *zazzerati*: chiomuti.
240 *accento stranier*: i donzelli, cioè i paggi, erano spesso stranieri.

Copia di carte e multiforme avorio,
Arme l'uno a la pugna, indice l'altro
D'alti cimenti e di vittorie illustri.

245   Al fin più interna, e di gran luce e d'oro
E di ricchi tapeti aula superba
Sta servata per voi prole de' numi.
Io, di razza mortale ignoto vate,
Come ardirò di penetrar fra i cori

250   De' semidei, ne lo cui sangue in vano
Gocciola impura cercheria con vetro
Indagator colui che vide a nuoto
Per l'onda genitale il picciol uomo?
Qui tra i servi m'arresto; e qui da loro

255   Nuove del mio signor virtudi ascose
Tacito apprenderò. Ma tu sorridi
Invisibil Camena; e me rapisci
Invisibil con te fra li negati
Ad ognaltro profano aditi sacri.

260   Già il mobile de' seggi ordine augusto
Sovra i tiepidi strati in cerchio volge:
E fra quelli eminente i fianchi estende
Il grave Canapè. Sola da un lato
La matrona del loco ivi si posa;

265   E con la man, che lungo il grembo cade
Lentamente il ventaglio apre e socchiude.
Or di giugner è tempo. Ecco le snelle

242 *Copia di carte e multiforme avorio*: grande quantità di carte e
gettoni di avorio di diversa grandezza e forma.
243-244 Le une (le carte) armi per la battaglia, gli altri (i gettoni) segni dell'andamento della gara e delle vittorie.
248 *di razza mortale ignoto vate*: poeta sconosciuto proveniente da
stirpe plebea.
250-253 Nel cui sangue invano cercherebbe una goccia impura con
il suo microscopio indagatore (*con vetro indagator*), colui che scoperse nel liquido seminale nuotare il germe umano. Allusione all'o-
landese A. Van Leuwenhoeck (1632-1723) scopritore degli sperma-
tozoi.
257 *Camena*: la Musa.
257-258 *e me rapisci Invisibil con te*: e portami con te dopo aver-
mi reso invisibile.
259 *aditi*: stanze.
261 *i tiepidi strati*: i tappeti.

E le gravi per molto adipe dame,
Che a passi velocissimi s'affrettano
270   Nel gran consesso. I cavalieri egregi
Lor camminano a lato: ed elle, intorno
A la sede maggior vortice fatto
Di sè medesme, con sommessa voce
Brevi note bisbigliano; e dileguansi
275   Dissimulando fra le sedie umìli.
        Un tempo il Canapè nido giocondo
Fu di risi e di scherzi, allor che l'ombre
Abitar gli fu grato ed i tranquilli
Del palagio recessi. Amor primiero
280   Trovò l'opra ingegnosa. Io voglio, ei disse,
Dono a le amiche mie far d'un bel seggio,
Che tre ad un tempo nel suo grembo accoglia.
Così, qualor de gl'importuni altronde
Volga la turba, sederan gli amanti
285   L'uno a lato dell'altro, ed io con loro.
Disse, percosse ambe le palme; e l'ali
Aprì volando impaziente all'opra.
Ecco il bel fabbro lungo pian dispone
Di tavole contesto, e molli cigne,
290   A reggerlo vi dà vaghe colonne,
Che del silvestre Pane i piè leggieri
Imitano scendendo; al dorso poi
V'alza patulo appoggio; e il volge a i lati,
Come far soglion flessuosi acanti,
295   O ricche corna d'Arcade montone.
Indi, predando a le vaganti aurette
L'ali e le piume, le condensa e chiude

268 *le gravi per molto adipe dame*: le dame appesantite da un
gran ventre.
270 *consesso*: folla.
278-279 *i tranquilli Del palagio recessi*: le tranquille stanze riservate del palazzo.
289 *molli cigne*: cinghie elastiche.
291 *silvestre Pane*: Pan, divinità dei boschi: aveva piedi caprini.
293 *patulo*: ampio.
294 *flessuosi acanti*: la pianta che viene riprodotta anche nelle de-
corazioni dei capitelli.

In tumido cuscin, che tutta ingombri
La macchina elegante: e al fin l'adorna
300   Di molli sete e di vernici e d'oro.
Quanto il dono d'Amor piacque a le belle!
Quanti pensier lor balenàro in mente!
Tutte il chiesero a gara: ognuna il volle
Ne le stanze più interne: applause ognuna
305   A la innata energia del vago arnese,
Mal repugnante e mal cedente insieme
Sotto a i mobili fianchi. Ivi sedendo
Si ritrasser le amiche; e da lo sguardo
De' maligni lontane, a i fidi orecchi
310   Si mormoràro i delicati arcani.
Ivi la coppia de gli amanti a lato
Dell'arbitra sagace o i nodi strinse;
O calmò l'ira, e nuove leggi apprese.
Ivi sovente l'amador faceto
315   Raro volume all'altrui cara sposa
Lesse spiegando; e con sorrisi arguti
Fe' tra i fogli notar lepida imago.
Il fortunato seggio invidia mosse
De le sedie minori al popol vario:
320   E fama è che talora invidia mosse
Anco a i talami stessi. Ah perchè mai
Vinto da insana ambizione uscìo
Fra lo immenso tumulto e fra il clamore
De le veglie solenni! Avvi due Genj
325   Fastidiosi e tristi, a cui dier vita

298 *tumido*: gonfio.
299 *macchina*: il mobile.
305 *la innata energia*: la resistenza.
306 *Mal repugnante e mal cedente insieme*: elastico.
310 *i delicati arcani*: i segreti amorosi.
312 *arbitra sagace*: astuta intermediaria.
315 *Raro volume*: libro raro.
317 *lepida imago*: immagine licenziosa.
320-321 *invidia mosse Anco a i talami stessi*: suscitò l'invidia degli stessi letti nuziali.
322 *uscìo*: uscì.
324 *Delle veglie solenni*: delle feste notturne.
324 *Avvi*: ci sono.

L'Ozio e la Vanità, che noti al nome
Di Puntiglio e di Noia, erran cercando
Gli alti palagi e le vigilie illustri
De la prole de' numi. Un ne le mani
330 Porta verga fatale, onde sospende
Ne' miseri percossi ogni lor voglia;
E di macchine al par, che l'arte inventi
Modera l'alme a suo talento e guida:
L'altro piove da gli occhi atro vapore;
335 E da la bocca sbadigliante esala
Alito lungo, che sembiante a i pigri
Soffi dell'austro, si dilata e volve,
E d'inane torpor le menti occùpa.
Questa del Canapè coppia infelice
340 Allor prese l'imperio; e i risi e i giochi
Ed Amor ne sospinse. Il trono è questo
Ove le madri de le madri eccelse
De' primi eroi esercitan lor tosse;
Ove l'inclite mogli, a cui beata
345 Rendon la vita titoli distinti
Sbadigliano distinte. Ah, se tu sai,
Fuggi ratto o signor, fuggi da tanto
Pernicioso influsso: e là fra i seggi
De le più miti dèe, quindi remoto
350 Con l'alma gioventù scherza e t'allegra.
    Quanta folla d'eroi! Tu, che modello
D'ogni nobil virtù, d'ogn'atto eccelso,
Esser dei fra' tuoi pari, i pari tuoi
A conoscere apprendi; e in te raccogli
355 Quanto di bello e glorioso e grande

330 *verga fatale, onde sospende*: bacchetta incantata con la quale sospende.
332 *E di macchine al par, che l'arte inventi*: simili a macchine artificiali.
334 *L'altro piove da gli occhi atro vapore*: l'altro fa piovere dagli occhi un oscuro vapore.
337 *volve*: avvolge.
339-340 *Questa del Canapè coppia infelice Allor prese l'imperio*: questa triste coppia prese allora possesso del canapé.
343 *esercitan lor tosse*: tossiscono in continuazione.
354-356 Raccogli in te quanto di bello, di glorioso e di grande la

Sparse in cento di loro arte o natura.
Altri di lor ne la carriera illustre
Stampa i primi vestigi; altri gran parte
Di via già corse; altri a la meta è giunto.

360 In vano il vulgo temerario a gli uni
Di fanciulli dà nome; e quelli adulti,
Questi già vegli di chiamare ardisce:
Tutti son pari. Ognun folleggia e scherza;
Ognun giudica e libra; ognun del pari

365 L'altro abbraccia e vezzeggia: in ciò sol tanto
Non simil tra lor, che ognun sua cura
Ha diletta fra l'altre onde più brilli.

    Questi è l'almo garzon, che con maestri
Da la scutica sua moti di braccio

370 Desta sibili egregi; e l'ore illustra
L'aere agitando de le sale immense,
Onde i prischi trofei pendono e gli avi.
L'altro è l'eroe, che da la guancia enfiata
E dal torto oricalco a i trivj annuncia

375 Suo talento immortal, qualor dall'alto
De' famosi palagi emula il suono
Di messagger, che frettoloso arrive.
Quanto è vago a mirarlo allor che in veste
Cinto spedita, e con le gambe assorte

380 In amplo cuoio, cavalcando a i campi
Rapisce il cocchio, ove la dama è assisa
E il marito e l'ancella e il figlio e il cane!
    Quegli or esce di là dove ne' fori

natura o l'arte hanno distribuito fra cento di loro.
357-358 *ne la carriera illustre Stampa i primi vestigi*: è agli esordi
della sua carriera mondana.
364 *libra*: soppesa.
366 *sua cura*: la sua occupazione.
367 *onde*: affinché.
369 *scutica*: frusta.
370 *Desta sibili egregi*: produce fischi degni di lode.
372 *Onde i prischi trofei pendono e gli avi*: dalle pareti delle quali pendono i trofei antichi e i ritratti degli antenati.
374 *torto oricalco*: tromba ricurva.
378-379 *in veste Cinto spedita*: vestito in abito succinto.
379-380 *assorte In amplo cuoio*: avvolte da grandi stivali.

Si ministran bevande ozio e novelle

385 Ei v'andò mattutin, partinne al pranzo,
Vi tornò fino a notte: e già sei lustri
Volgon da poi che il bel tenor di vita
Giovinetto intraprese. Ah chi di lui
Può sedendo trovar più grati sonni

390 O più lunghi sbadigli; o più fiate
D'altro rapè solleticar le nari;
O a voce popolare orecchi e fede
Prestar più ingordo e declamar più forte?
Ecco che il segue del figliuol di Maia

395 Il più celebre alunno, al cui consiglio
Nel gran dubbio de' casi ognaltro cede;
Sia che dadi versati, o pezzi eretti,
O giacenti pedine, o brevi o grandi
Carte mescan la pugna. Ei sul mattino

400 Le stupide micranie o l'aspre tossi
Molce giocando a le canute dame.
Ei, già tolte le mense, i nati or ora
Giochi a le belle declinanti insegna.
Ei la notte raccoglie a sè dintorno

405 Schiera d'eroi, che nobil estro infiamma
D'apprender l'arte, onde l'altrui fortuna
Vincasi e domi; e del soave amico
Nobil parte de' campi all'altro ceda.
Vuoi su lucido carro in dì solenne

384 *novelle*: chiacchiere sulle novità del giorno.
385 *partinne al pranzo*: se ne andò a ora di pranzo.
386 *sei lustri*: trent'anni.
391 *rapè*: qualità di tabacco, scura (*atro*).
395 *figliuol di Maia*: Mercurio, dio del gioco.
397 *pezzi eretti*: gli scacchi.
398 *giacenti pedine*: della dama o del tric-trac.
400 *micranie*: emicranie, mal di testa che istupidiscono.
401 *Molce*: addolcisce.
403 *declinanti*: chine.
405-406 *che nobil estro infiamma D'apprender l'arte*: infiammati dal desiderio di imparare l'arte del gioco.
407-408 *del soave amico Nobil parte de' campi all'altro ceda*: si trasferisca una parte delle proprietà da un amico all'altro.

410 Gir trionfando al corso? Ecco quell'uno,
Che al lavor ne presieda. E legni e pelli
E ferri e sete e carpentieri e fabbri
A lui son noti: e per l'Ausonia tutta
È noto ei pure. Il Càlabro di feudi
415 E d'ordini superbo; i duchi e i prenci,
Che pascon Mongibello; e fin gli stessi
Gran nipoti Romani a lui sovente
Ne commetton la cura: ed ei sen vola
D'una in altra officina in fin che sorga,
420 Auspice lui, la fortunata mole.
Poi di tele ricinta, e contro all'onte
De la pioggia e del sol ben forte armata,
Mille e più passi l'accompagna ei stesso
Fuor de le mura; e con soave sguardo
425 La segue ancor sin che la via declini.
    Vedi giugner colui, che di cavalli
Invitto domator divide il giorno
Fra i cavalli e la dama. Or de la dama
La man tiepida preme; or de' cavalli
430 Liscia i dorsi pilosi, ovver col dito
Tenta a terra prostrato i ferri e l'ugna.
Aimè misera lei quando s'indìce
Fiera altrove frequente! Ei l'abbandona;
E per monti inaccessi e valli orrende
435 Trova i lochi remoti, e cambia o merca
Ma lei beata poi quand'ei sen torna
Sparso di limo; e novo fasto adduce
Di frementi corsieri; e gli avi loro
E i costumi e le patrie a lei soletta
440 Molte lune ripete! Or vedi l'altro,

413 *Ausonia*: Italia.
416 *Mongibello*: l'Etna.
418 *Ne commetton la cura*: si affidano a lui.
430 *pilosi*: pelosi, villosi.
431 *a terra prostrato*: chino a terra.
432 *s'indìce*: si bandisce.
433 *Fiera*: mercato di bestiame.
437 *Sparso di limo*: infangato.
440 *Molte lune*: per molti mesi.

Di cui più diligente o più costante
Non fu mai damigella o a tesser nodi
O d'aurei drappi a separar lo stame.
A lui turgide ancora ambe le tasche
445 Son d'ascose materie. Eran già queste
Prezioso tapeto, in cui distinti
D'oro e lucide lane i casi apparvero
D'Ilio infelice: e il cavalier, sedendo
Nel gabinetto de la dama, ormai
450 Con ostinata man tutte divise
In fili minutissimi le genti
D'Argo e di Frigia. Un fianco solo avanza
De la bella rapita; e poi l'eroe,
Pur giunto al fin di sua decenne impresa,
455 Andrà superbo al par d'ambo gli Atridi.
    Ma chi l'opre diverse o i varj ingegni
Tutti esprimer poria, poi che le stanze
Folte già son di cavalieri e dame?
Tu per quelle t'avvolgi. Ardito e baldo
460 Vanne, torna, ti assidi, ergiti, cedi,
Premi, chiedi perdono, odi, domanda,
Sfuggi, accenna, schiamazza, entra e ti mesci
A i divini drappelli; e a un punto empiendo
Ogni cosa di te, mira e conosci.
465   Là i vezzosi d'amor novi seguaci
Lor nascenti fortune ad alta voce
Confidansi all'orecchio; e ridon forte;

---

443 *stame*: filo.
446 *Prezioso tapeto*: prezioso arazzo su cui erano raffigurate le vicende della guerra di Troia.
448 *Ilio*: Troia.
451-452 *le genti D'Argo e di Frigia*: i greci e i troiani.
452-453 *Un fianco solo avanza De la bella rapita*: la bella rapita è Elena. Qui sta per l'intera vicenda provocata dal suo rapimento: avanza solo un pezzo dell'arazzo che raffigurava la guerra di Troia.
455 *ambo gli Atridi*: Menelao e Agamennone, che hanno distrutto Troia, ironicamente paragonati al gentiluomo che distrugge l'arazzo rappresentante la guerra di Troia.
456 *l'opre diverse o i varj ingegni*: le diverse attività e i diversi caratteri.
457 *poria*: potrebbe.

E saltellando batton palme a palme:
Sia che a leggiadre imprese Amor li guidi
470   Fra le oscure mortali: o che gli assorba
De le dive lor pari entro alla luce.
Qui gli antiqui d'Amor noti campioni
Con voci esìli e dall'ansante petto
Fuor tratte a stento rammentando vanno
475   Le superate al fin tristi vicende.
Indi gl'imberbi eroi, cui diede il padre
La prima coppia di destrier pur ieri,
Con animo viril celiano al fianco
Di provetta beltà, che a i risi loro
480   Alza scoppi di risa; e il nudo spande,
Che di veli mal chiuso i guardi cerca,
Che il cercarono un tempo. Indi gli adulti,
A la cui fronte il primo ciuffo appose
Fallace parrucchier, scherzan vicini
485   A la sposa novella; e di bei motti
Tendonle insidia, ove di lei s'intrichi
L'alma inesperta e il timido pudore.
Folli! Chè a i detti loro ella va incontro
Valorosa così come una madre
490   Di dieci eroi. V'ha in altra parte assiso
Chi di lieti racconti ovver di fole
Non ascoltate mai raro promette
A le dame trastullo; e ride e narra
E ride ancor, benché a le dame intanto
495   Sovra l'arco de' labbri aleggi e penda
Insolente sbadiglio. Avvi chi altronde

---

468 *batton palme a palme*: batton le mani.
470 *le oscure mortali*: donne borghesi, di estrazione non aristocratica.
470 *assorba*: il soggetto è Amore.
479 *provetta beltà*: bellezza ormai matura.
480-482 Mette in mostra con acconciature impudiche (*il nudo di veli mal chiuso*) le nudità per attrarre gli sguardi maschili che, una volta, le cercavano spontaneamente.
484 *Fallace*: ingannatore.
485 *bei motti*: battute a doppio senso.
486 *s'intrichi*: si imbarazzi.

Con fortunato studio in novi sensi
Le parole converte; o simil suoni
Pronto a colpir divinamente scherza.

500 Alto al genio di lui plaude il ventaglio
De le pingui matrone, a cui la voce
Di vernacolo accento anco risponde.
Ma le giovani madri, al latte avvezze
Di più nuove dottrine, il sottil naso
505 Aggrinzan fastidite; e pur col guardo
Chieder sembran pietade a i belli spirti,
Che lor siedono a lato; e a cui gran copia
D'erudita efemeride distilla
Volatile scienza entro a la mente.
510 Altri altrove pugnando audace innalza
Sovra d'ognaltro il palafren, ch'ei sale,
O il poeta o il cantor, che lieti ei rende
De le sue mense. Altri dà vanto all'else
Lucido e bello de la spada, ond'egli
515 Solo, e per casi non più visti, al fine
Fu dal più dotto Anglico artier fornito.
Altri grave nel volto ad altri espone
Qual per l'appunto a gran convito apparve
Ordin di cibi: ed altri stupefatto,
520 Con profondo pensier con alte dita

497-498 *Con fortunato studio in novi sensi Le parole converte*: con spirito arguto introduce nel discorso parole con un nuovo significato allusivo (di nuovo doppi sensi).
498-499 *o simil suoni Pronto a colpir*: pronto a cogliere la possibilità di creare giochi di parole, sfruttando assonanze (*simil suoni*) nel discorso degli altri.
502 *Di vernacolo accento anco risponde*: risente ancora dell'abitudine a parlare in dialetto.
503-504 *al latte avvezze Di più nuove dottrine*: abituate allo spirito più raffinato proveniente dalla cultura alla moda.
507-508 *gran copia D'erudita efemeride*: gran quantità di giornali dotti.
509 *Volatile*: superficiale, che evapora in fretta.
510-511 *innalza Sovra d'ognaltro il palafren*: celebra il proprio cavallo come il migliore di tutti.
513 *else*: elsa della spada.
516 *più dotto Anglico artier*: il più esperto artigiano armaiolo inglese.

Conta di quanti tavolieri a punto
Grande insolita veglia andò superba.
Un fra l'indice e il medio inflessi alquanto,
Molle ridendo, al suo vicin la gota
525 Preme furtivo: e l'un da tergo all'altro
Il pendente cappel sotto all'ascella
Ratto invola; e del colpo a sè dà plauso.
  Qual d'ogni lato i molti servi in tanto
E seggi e tavolieri e luci e carte
530 Supellettile augusta entran portando?
E sordo stropicciar di mossi scanni,
E cigolio di tavole spiegate
Odo vagar fra le sonanti risa
Di giovani festivi e fra le acute
535 Voci di dame cicalanti a un tempo,
Come intorno a selvaggio antico moro
Sull'imbrunir del dì garrulo stormo
Di frascheggianti passere novelle?
  Sola in tanto rumor tacita siede
540 La matrona del loco: e chino il fronte
E increspate le ciglia, i sommi labbri
Appoggia in sul ventaglio, arduo pensiere
Macchinando tra sè. Medita certo
Come al candor come al pudor si deggia
545 La cara figlia preservar, che torna
Doman da i chiostri, ove il sermon d'Italia
Pur giunse ad obliar, meglio erudita
De le Galliche grazie. Oh qual dimane
Ne i genitor, ne' convitati, a mensa
550 Ben cicalando ecciterai stupore

521 *tavolieri*: tavoli da gioco.
524 *Molle ridendo*: ridendo scioccamente.
526 *Il pendente cappel*: era un cappello schiacciato che si teneva
appeso sotto l'ascella.
532 *tavole spiegate*: tavoli con cerniera che si possono ripiegare.
536 *moro*: gelso.
537 *garrulo*: che cinguetta rumorosamente.
538 *frascheggianti*: che amano star fra le frasche.
546 *i chiostri*: il convento dove è stata educata.

Bella fra i lari tuoi vergin straniera!
   Errai. Nel suo pensier volge di cose
L'alta madre d'eroi mole più grande:
E nel dubbio crudel col guardo invoca
555   De le amiche l'aita; e a sè con mano
Il fido cavalier chiede a consiglio.
Qual mai del gioco a i tavolier diversi
Ordin porrà, che de le dive accolte
Nulla obliata si dispetti; e nieghi
560   Più qui tornare ad aver scorno ed onte?
Come, con pronto antiveder, del gioco
Il dissimil tenore a i genj eccelsi
Assegnerà conforme; ond'altri poi
Non isbadigli lungamente, e pianga
565   Le mal gittate ore notturne, e lei
De lo infelice oro perduto incolpi?
Qual paro e quale al tavolier medesmo
E di campioni e di guerriere audaci
Fia che tra loro a tenzonar congiunga;
570   Sì che giammai, per miserabil caso,
La vetusta patrizia, ella e lo sposo
Ambo di regi favolosa stirpe,
Con lei non scenda al paragon, che al grado
Per breve serie di scrivani or ora
575   Fu de' nobili assunta: e il cui marito
Gli atti e gli accenti ancor serba del monte?
Ma che non può sagace ingegno e molta
D'anni e di casi esperienza? Or ecco

---

551 *Bella fra i lari tuoi vergin straniera*: fanciulla resa straniera
in patria per l'abitudine, acquisita nel corso dell'educazione, a parlar francese invece che italiano.
555 *aita*: aiuto.
559 *Nulla obliata si dispetti*: nessuna si indispettisca per esser stata dimenticata.
561-563 Come, con pronta previdenza (*antiveder*) adatterà i diversi tipi di gioco (*il dissimil tenore del gioco*) ai diversi caratteri dei
giocatori.
567 *paro*: coppia.
574 *Per breve serie di scrivani*: per merito di qualche generazione
di burocrati. Si allude alla cosiddetta nobiltà di toga, cioè alla nobiltà recente proveniente dalla carriera burocratica.

Ella compose i fidi amanti; e lungi
580 De la stanza nell'angol più remoto
Il marito costrinse, a dì sì lieti
Sognante ancor d'esser geloso. Altrove
Le occulte altrui, ma non fuggite all'occhio
Dotto di lei benchè nascenti a pena
585 Dolci cure d'amor, fra i meno intenti
O i meno acuti a penetrar nell'alte
Dell'animo latèbre, in grembo al gioco
Pose a crescer felici: e già in duo cori
Grazia e mercè de la bell'opra ottiene.
590 Qua gl'illustri e le illustri; e là gli estremi
Ben seppe unir de' novamente compri
Feudi, e de' prischi gloriosi nomi
Cui mancò la fortuna. Anco le piacque
Accozzar le rivali, onde spiarne
595 I mal chiusi dispetti. Anco per celia
Più secoli adunò, grato aspettando
E per gli altri e per sè riso dall'ire
Settagenarie, che nel gioco accense
Fien, con molta raucedine e con molto
600 Tentennar di parrucche e cuffie alate.
Già per l'aula beata a cento intorno
Dispersi tavolier seggon le dive
Seggon gli eroi, che dell'Esperia sono

581-582 *a dì sì lieti Sognante ancor d'esser geloso*: che pretende
ancora, anacronisticamente, d'esser geloso in un'età così felice, nella quale la gelosia è ormai fuori moda.
583 *altrui*: agli altri.
586-587 *nell'alte Dell'animo latèbre*: nei profondi recessi dell'anima.
590-593 Là seppe congiungere gli estremi, facendo giocare insieme
gli aristocratici che hanno di recente comprato i loro titoli e quegli
esponenti di antica nobiltà che sono finiti in miseria (*cui mancò la
fortuna*).
595 *mal chiusi*: mal celati.
595-596 *per celia Più secoli adunò*: fece giocare a uno stesso tavolo, per scherzo, nobildonne tanto vecchie che la loro età, assomma-
ta, risultava plurisecolare.
598 *Settagenarie*: settantenni.
600 *cuffie alate*: cuffie con lembi che coprono le orecchie, parago-
nabili ad ali.

Gloria somma o speranza. Ove di quattro
605 Un drappel si raccoglie: e dove un altro
Di tre soltanto. Ivi di molti e grandi
Fogli dipinti il tavolier si sparge:
Qui di pochi e di brevi. Altri combatte;
Altri sta sopra a contemplar gli eventi
610 De la instabil fortuna e i tratti egregi
Del sapere o dell'arte. In fronte a tutti
Grave regna il consiglio: e li circonda
Maestoso silenzio. Erran sul campo
Agevoli ventagli, onde le dame
615 Cercan ristoro all'agitato spirto
Dopo i miseri casi. Erran sul campo
Lucide tabacchiere. Indi sovente
Un'util rimembranza un pronto avviso
Con le dita si attigne: e spesso volge
620 I destini del gioco e de la veglia
Un atomo di polve. Ecco sen ugne
La panciuta matrona intorno al labbro
Le calugini adulte: ecco sen ugne
Le nari delicate e un po' di guancia
625 La sposa giovinetta. In vano il guardo
D'esperto cavalier, che già su lei
Medita nel suo cor future imprese,
Le domina dall'alto i pregi ascosi:
E in van d'un altro timidetto ancora
630 Il pertinace piè l'estrema punta
Del bel piè le sospigne. Ella non sente

604 *Esperia*: Italia.
604 *quattro*: per il gioco dei tarocchi.
606 *tre*: per il gioco delle ombre.
606-607 *molti e grandi Fogli*: carte numerose e di grande formato.
611 *arte*: inganno.
614 *Agevoli*: agili, comodi.
617-619 Da quelle tabacchiere (*indi*) il giocatore, attingendo tabacco (*con le dita attigne*), trae ispirazione per il gioco.
621 *un atomo di polve*: una presa di tabacco.
623 *calugini*: pelurie.
628 *Le domina dall'alto i pregi ascosi*: il cavaliere, in piedi dietro la sedia della giocatrice, può scrutare dall'alto le bellezze nascoste della scollatura.

O non vede o non cura. Entro a que' fogli,
Ch'ella con man sì lieve ordina o turba,
De le pompe muliebri a lei concesse
635 Ors'agita la sorte. Ivi è raccolto
Il suo cor la sua mente. Amor sorride;
E luogo e tempo a vendicarsi aspetta.
    Chi la vasta quietè osa da un lato
Romper con voci successive or aspre
640 Or molli or alte ora profonde, sempre
Con tenore ostinato al par di secchi,
Che scendano e ritornino piagnenti
Dal cupo alveo dell'onda; o al par di rote,
Che sotto al carro pesante, per lunga
645 Odansi strada scricchiolar lontano?
L'ampia tavola è questa, a cui s'aduna
Quanto mai per aspetto e per maturo
Senno il nobil concilio ha di più grave
O fra le dive socere o fra i nonni
650 O fra i celibi già da molti lustri
Memorati nel mondo. In sul tapeto
Sorge grand'urna, che poi scossa in volta
La dovizia de' numeri comparte
Fra i giocator, cui numerata è innanzi
655 D'immagini diverse alma vaghezza.
    Qual finge il vecchio, che con man la negra
Sopra le grandi porporine brache

---

634 *le pompe muliebri a lei concesse*: nel gioco viene scommesso
dalla dama il denaro che le passa il marito per pagare i propri lussi.
641 *tenore*: tono di voce.
643 *Dal cupo alveo dell'onda*: dall'oscura profondità del pozzo.
646 *L'ampia tavola*: per il gioco della cavagnola, specie di tombola.
654-655 *cui numerata è innanzi D'immagini diverse alma vaghezza*:
dinanzi ai quali stanno cartelle figurate con diverse immagini: le
cartelle della cavagnola erano figurate.
656 *Qual finge il vecchio*: una rappresenta il vecchio Pantalone.

Veste raccoglie; e rubicondo il naso
Di grave stizza alto minaccia e grida
660 L'aguzza barba dimenando. Quale
Finge colui, che con la gobba enorme
E il naso enorme e la forchetta enorme
Le cadenti lasagne avido ingoia.
Quale il multicolor zanni leggiadro,
665 Che, col pugno posato al fesso legno,
Sovra la punta dell'un piè s'innoltra;
E la succinta natica rotando,
Altrui volge faceto il nero ceffo.
Nè d'animali ancor copia vi manca,
670 O al par d'umana creatura l'orso
Ritto in due piedi, o il miccio, o la ridente
Simmia, o il caro asinello, onde a sè grato
E giocatrici e giocator fan speglio.

661 *colui*: Pulcinella.
664 *zanni*: Arlecchino.
665 *fesso legno*: la spatola di legno, con la quale si taglia la polenta, che Arlecchino porta sempre con sé (fessa perché spaccata).
673 *far speglio*: i giocatori fissano con tanta intensità le cartelle che hanno dinnanzi da sembrare che si specchino in esse.

I FRAMMENTI MINORI DELLA « NOTTE »

I

Ma d'ambrosia e di nettare gelato
Anco a i vostri palati almo conforto
Terrestri deitadi ecco sen viene;
E cento Ganimedi in vaga pompa
5   E di vesti e di crin lucide tazze
Ne recan taciturni; e con leggiadro
E rispettoso inchin tutte spiegando
Dell'omero virile e de' bei fianchi
Le rare forme lusingar son osi
10   De le Cinzie terrene i guardi obliqui.
Mira o signor che a la tua dama un d'essi
Lene s'accosta e con sommessa voce
E mozzicando le parole alquanto
Onde pur sempre al suo signor somigli
15   A lei di gel voluttuoso annuncia
Copia diversa. Ivi è raccolta in neve
La fragola gentil che di lontano
Pur col soave odor tradì se stessa;
V'è il salubre limon; v'è il molle latte;

---

1 *d'ambrosia e di nettare*: rispettivamente cibo e bevanda degli dei.
4 *Ganimedi*: Ganimede era il coppiere degli dei, celebre per la sua bellezza: qui sta per camerieri.
9-10 *lusingar son osi De le Cinzie terrene i guardi obliqui*: osano attirare su di sé gli sguardi di sottecchi delle dame, paragonate a Cinzia o Diana.
12 *Lene*: dolcemente, con grazia.
14 *Onde pur sempre al suo signor somigli*: in modo da assomigliare al suo signore.
16 *Copia diversa*: la diversa qualità di gelati.

20   V'è con largo tesor culto fra noi
      Pomo stranier che coronato usurpa
      Loco a i pomi natii; v'è le due brune
      Odorose bevande che pur dianzi
      Di scoppiato vulcan simili al corso,
25   Fumanti ardenti torbide spumose
      Inondavan le tazze, ed or congeste
      Sono in rigidi coni a fieder pronte
      Di contraria dolcezza i sensi altrui.
      Sorgi tu dunque, e a la tua dama intendi
30   A porger di tua man scelto fra molti
      Il sapor più gradito. I suoi desiri
      Ella scopre a te solo: e mal gradito
      O mal lodato almen giugne il diletto
      Quando al senso di lei per te non giunge.
35   Ma pria togli di tasca intatto ancora
      Candidissimo lin che sul bel grembo
      Di lei scenda spiegato, onde di gelo
      Inavvertita stilla i cari veli
      E le frange pompose in van minacci
40   Di macchia disperata. Umili cose
      E di picciol valore al cieco vulgo
      Queste forse parran che a te dimostro
      Con sì nobili versi; e spargo ed orno
      De' vaghi fiori de lo stil ch'io colsi
45   Ne' recessi di Pindo, e che giammai
      Da poetica man tocchi non furo.
      Ma di sì crasso error di tanta notte

20-21 *con largo tesor culto fra noi Pomo stranier*: l'ananas, coltiva-
to nelle nostre terre con grande dispendio.
24 *Di scoppiato vulcan simil al corso*: il caffè e il cioccolato caldi
sono paragonati alla lava eruttata da un vulcano.
26 *congeste*: congelate.
27-28 *a fieder pronte Di contraria dolcezza i sensi altrui*: pronte a
colpire i sensi con un gusto opposto (*contraria*) a quando sono calde.
34 *per te*: tramite tuo.
36 *lin*: fazzoletto.
40 *disperata*: che non può essere cancellata.
45 *Pindo*: il monte delle Muse: qui sta per poesia.
47 *crasso*: grossolano.

Già tu non hai l'eccelsa mente ingombra
Signor che vedi di quest'opre ordirsi
50 De' tuoi pari la vita, e sorger quindi
La gloria e lo splendor di tanti eroi
Che poi prosteso il cieco vulgo adora.

52 *prosteso*: prosternato.

II

Signor che fai? Così dell'opre altrui
Inoperoso spettator non vedi
Già la sacra del gioco ara disposta
A te pur anco? E nell'aurato bronzo
5   Che d'Attiche colonne il grande imìta
I lumi sfavillanti, a cui nel mezzo
Lusingando gli eroi sorge di carte
Elegante congerie intatta ancora?
Ecco s'asside la tua dama e freme
10   Ormai di tua lentezza; eccone un'altra,
Ecco l'eterno cavalier con lei
Che ritto in piè del tavolino al labbro
Più non chiede che te; e te co i guardi
Te con le palme desiando affretta.
15   Questi, or volgon tre lustri, a te simìle
Corre di gloria il generoso stadio
De la sua dama al fianco. A lei l'intero
Giorno il vide vicino, a lei la notte
Innoltrata d'assai. Varia tra loro
20   Fu la sorte d'amor, mille le guerre
Mille le paci, mille i furibondi
Scapigliati congedi, e mille i dolce

3 *sacra del gioco ara*: tavolino da gioco.
4-5 *nell'aurato bronzo Che d'Attiche colonne il grande imìta*: nel bronzo dorato imitano la grandezza (*il grande*) delle colonne dei templi greci.
7-8 *di carte Elegante congerie*: elegante mazzo di carte.
14 *con le palme*: accennando con le mani.
15 *or volgon tre lustri*: quindici anni fa.
16 *Corre di gloria il generoso stadio*: percorre la nobile carriera di cavalier servente.

Palpitanti ritorni, al caro sposo
Noti non sol, ma nel teatro e al corso
25 Lunga e trita novella. Alfine Amore
Dopo tanti travagli, a lor nel grembo
Molle sonno chiedea, quand'ecco il Tempo
Tra la coppia felice osa indiscreto
Passar volando; e de la dama un poco
30 Dove il ciglio ha confin riga la guancia
Con la cima dell'ale, all'altro svelle
Parte del ciuffo che nel liquid'aere
Si conteser dipoi l'aure superbe.
Al fischiar del gran volo a i dolci lai
35 De gli amanti sferzati Amor si scosse,
Il nemico sentì, l'armi raccolse,
A fuggir cominciò. Pietà di noi
Pietà gridan gli amanti: or se tu parti
Come sentir la cara vita, o come
40 Più lunghi desiarne i giorni e l'ore?
Nè già in van si gridò. La gracil mano
Verso l'omero armato Amor levando
Rise un riso vezzoso; indi un bel mazzo
De le carte che Felsina colora
45 Tolse dalla faretra, e: Questo, ei disse,
A voi resti in mia vece. Oh meraviglia!
Ecco que' fogli con diurna mano
E notturna trattati anco d'amore
Sensi spirano e moti. Ah se un invito
50 Ben comprese giocando e ben rispose
Il cavalier, qual de la dama il fiede

30-31 *Dove il ciglio ha confin riga la guancia Con la cima dell'a-
le*: il Tempo, sfiorando con la punta dell'ala il volto della dama,
disegna le prime rughe intorno agli occhi.
31-32 *svelle Parte del ciuffo*: comincia a far cadere i capelli.
44 *Felsina*: Bologna, città dove si producevano carte da gioco.
45 *Tolse dalla faretra*: Amore è rappresentato con una faretra dalla quale trae le frecce metaforiche della passione. In questo caso,
data l'età degli amanti, la passione amorosa si traveste in passione
per il gioco e la freccia è sostituita da un mazzo di carte.
48 *anco*: ancora.
49 *un invito*: termine del gioco delle carte: proposta di un giocatore alla quale deve rispondere il partner.
51 *fiede*: ferisce, colpisce.

Tenera occhiata che nel cor discende;
E quale a lei voluttuoso in bocca
Da una fresca rughetta esce il sogghigno!
55 Ma se i vaghi pensieri ella disvia
Solo un momento, e il giocatore avverso
Util ne tragge, ah il cavaliere allora
Freme geloso si contorce tutto
Fa irrequieto scricchiolar la sedia;
60 E male e violento aduna e male
Mesce i discordi de le carte semi,
Onde poi l'altra giocatrice a manca
Ne invola il meglio: e la stizzosa dama
I due labbri aguzzando il pugne e sferza
65 Con atroce implacabile ironia
Cara a le belle multilustri. Or ecco
Sorger fieri dispetti acerbe voglie
Lungo aggrottar di ciglia e per più giorni
A la veglia al teatro al corso in cocchio
70 Trasferito silenzio. Al fin chiamato
Un per gran senno e per veduti casi
Nestore tra gli eroi famoso e chiaro
Rompe il tenor de le ostinate menti
Con mirabil di mente arduo consiglio.
75 Così ad onta del tempo or lieta or mesta
L'alma coppia d'amarsi anco si finge,
Così gusta la vita. Egual ventura
T'è serbata o signor se ardirà mai,
Ch'io non credo però, l'alato veglio
80 Smovere alcun de' preziosi avorj
Onor de' risi tuoi sì che le labbra
Si ripieghino a dentro e il gentil mento
Oltre i confin de la bellezza ecceda.

60-61 Malamente e violentemente mescola e distribuisce le carte
dai diversi semi (picche, cuori, quadri, fiori).
64 *il pugne*: lo rimprovera.
66 *le belle multilustri*: le dame mature.
72 *Nestore*: personaggio dell'*Iliade* celebre per la sua saggezza.
79 *alato veglio*: il Tempo.
80 *preziosi avorj*: i denti.

III

In van pregato
Fu il zotico marito, in van di pianto
Si rigaron le gote, in vano ad arte
Si negò si concesse, in van fu armata
5   Terribil convulsion! stette il marito
Duro al par d'un macigno, e mai non volle
Scender dal sangue d'Agilulfo, o in una
Sillaba pur dell'avolo il cognome
Correggere o piegar con suon più dolce.

6-7 *e mai non volle Scender dal sangue d'Agilulfo*: non volle discendere da una stirpe antica come quella di Agilulfo [re dei Longobardi (591-616)]. Si allude a un marito plebeo che non vuole consentire a modificare il proprio cognome con uno che sembri di nobiltà antica.
8 *avolo*: antenato.

IV

Poi che tant'opre e gloriose hai solo
Fatte in un giorno, almo signore or vieni
Meco e discendi ne la valle inferna.
Nè il lusingante con la cetra Orfeo
5 : Nè l'armato di clava Ercole invitto
Ambo di mostri domatori un giorno
Sarien sì chiaro a scintillar saliti
Là per la volta dell'etereo polo,
Se non tentato giù per l'ombre eterne
10 Lasciato avesser l'ultimo periglio.
Nè di te degno e dell'eterna Clio
Saria il tuo vate, se de gli altri al paro
Poi non guidasse il suo cantato eroe
Felice temerario in faccia a Pluto.
15 Vergine furibonda e scapigliata
De le cui voci profetanti tutta
Ululava l'Euboica riviera

4 *Orfeo*: celebre poeta mitologico che seppe incantare, con il suono della sua cetra, i mostri infernali.
5 *Ercole*: con la forza, invece che con la musica e la poesia, domò
le potenze degli Inferi.
6 *ambo*: entrambi.
7-8 *Sarien sì chiaro a scintillar saliti Là per la volta dell'etereo
polo*: non sarebbero stati trasformati in costellazioni che risplendo-
no nella volta del cielo in modo così famoso (*sì chiaro*).
11 *Clio*: Musa della poesia epica e della storia.
12 *gli altri al paro*: simile ai precedenti eroi.
14 *Pluto*: Plutone, dio degli Inferi.
15 *Vergine furibonda e scapigliata*: la Sibilla Cumana.
18 *Euboica riviera*: la costa intorno a Cuma, abitata dai coloni
greci provenienti dall'Eubea.

Ne' prischi tempi, e che guidasti a Dite
Il timoroso degli dei Troiano,
20 Tu predinne le sorti e tu ne assisti
Mentre d'un semideo guidando i passi
Scendo uom mortale, e penetrar son oso
I ridotti dell'ombre e il regno avaro.
Ma oh dio già mi trasformo, ecco ecco un velo
25 Ampio nero lugubre a me dintorno
Si diffonde mi copre. In grembo ad esso
Si rannicchian le braccia, e veggio a pena
Zoppicarmi del piè la punta estrema
Sotto spoglie novelle. Orrida giubba
30 Di negro velo anch'essa a me dal capo
Scende sul dorso e si dilata e cela
E mento e gola e petto. Ahimè il sembiante
Sorge privo di labbra esangue freddo
E di squallore sepolcral coperto.

18 *Dite*: Inferno.
19 *Troiano*: Enea,
23 *ridotti*: recessi.
23 *avaro*: perché non restituisce le proprie prede.
24 *mi trasformo*: Parini, per poter seguire il giovan signore
nell'oltretomba, immagina di trasformarsi in pipistrello.

V[1]

Il padre eterno
L'occhio girò per l'orizzonte immenso
De' capricci donneschi; ed a gran pena
Veggendone il confin cesse a' lor voti.

4 *cesse*: cedette.

Quindi le antiche madri ed Opi e Vesta
E la gran genitrice de gli dei
La turrita Cibele arman sdegnate
I più remoti dell'oscuro caos
5   Titoli e fregi. Orribile scompiglio
Tutto scuote l'Olimpo; e a nuovo assalto
Sembran venire i figli di Titano.
Sorrise amaramente il sommo Giove
A i tumulti indecenti: e la gran testa
10   Crollando un poco sotto al torvo ciglio
Meditò la vendetta.

1 *le antiche madri ed Opi e Vesta*: le anziane matrone paragonate
a Opi, dea del'abbondanza, e a Vesta, dea del focolare domestico.
3 *La turrita Cibele*: madre di Giove e progenitrice di tutti gli dei,
Cibele, dea della fecondità, era rappresentata con una corona turrita in testa.
3-5 Rievocano, sdegnate, i titoli nobiliari risalenti ai tempi più remoti dell'originario caos (dal quale, secondo la mitologia greca, era
nato il cosmo).
7 *i figli di Titano*: i Giganti che diedero l'assalto all'Olimpo.

VI

O mente serbatrice de le cose
Lusinga il mio garzon, mentre l'altera
Gente s'affolla; e di' per qual cagione
Dal canapè sì rapida declini.

Ma come suol negli odorosi clivi
Sciame d'api dorate al novo aprile
Co' zefiri volar di fiore in fiore;
Così gli sguardi tuoi signore intanto
5   A i fermagli recenti al non più visto
Dell'oriolo altrui ciondol sonante
Al felice tupè che un fronte adombra
Giran dintorno, e van libando i semi
Di fugaci desir di picciol onte
10   Di lievi compiacenze onde tu poi
Il generoso cor nudra e fomenti.

Di frascheggianti passere novelle
Fanno dintorno a lei lieto bisbiglio.
Tal, se volgendo i due begli occhi grandi
Ne le sale del ciel Giuno sen riede
5   Dal talamo immortale, ove rendette
Padre d'un altro nume il gran Tonante,
I maschi eterni e le divine femine
Di letizia e di festa a lei dan segno.

4 *Giuno*: Giunone, moglie di Giove.
6 *Tonante*: Giove.
7 *I maschi eterni e le divine femine*: gli dei e le dee.

La sovrana del ciel Giuno s'asside
Nel talamo immortale ove rendette
Padre d'un altro nume il gran Tonante,
I maschi eterni e le divine femine
5   Di letizia e di festa a lei dan segno.
A lei di

VIII[3]

a lei vegnente
Sorgon plaudendo i cavalier gentili.
A lei vegnente l'inclite matrone
Con severo contegno in su le gote
5 Stampan di mano in man due baci appunto
E con pari contegno in su le gote
Poi ricevon da lei due baci a punto.
Tal se volgendo i due begli occhi grandi
Ne le sale del ciel Giuno sen viene
10 Dal talamo immortale ove rendette
Padre d'un altro nume il gran Tonante,
I maschi eterni e le divine femine
Di letizia e di festa a lei dan segno.
A lei di Cirra il vago dio che torna
15 Pur or dal giro suo dove correndo
Sparse di raggi d'oro ampia ricchezza,
Chinasi e versa dal bocchin socchiuso
Eleganze straniere: a lei Gradivo
Stretti i gomiti al fianco e il petto alzato
20 E la canna pendente infra le dita

1 *a lei*: probabilmente si tratta di una giovane sposa che riceve i festeggiamenti degli amici. Nell'intero brano è paragonata a Giunone che viene festeggiata dagli dei, in ciascuno dei quali Parini raffigura ironicamente alcuni aristocratici personaggi.
14 *di Cirra il vago dio*: Apollo (Cirra era una delle cime del Parnaso, abitata da lui). Qui sta per un giovin signore che è reduce da viaggi all'estero.
18 *Eleganze straniere*: chiacchiere mondane in lingua straniera.
18 *Gradivo*: Marte, qui un ufficiale.

Mollemente sorride: anco Cillenio
Col piumato cappel sotto all'ascella
E d'alati fermagli il piede ornato
Rompe la folla, e di lontan comincia
25 A spander di parole alto profluvio
Applaudendo a la diva. Idalia intanto
Chiara nel ciel per variati amori
E per arguta di parlar licenza
Corre improvviso ad abbracciarla, e s'alza,
30 E non so che susurrale all'orecchio.
Quella semplice ancor tigne il bel volto
D'un vermiglio importuno, e questa cade
Supina in sul sedile alti mandando
Scoppj di risa, e rigonfiando ansante
35 Ciò che del molle seno anco le resta,
Che di veli mal chiuso i guardi cerca
Che il cercarono un tempo. A tale aspetto
La casta diva de le selve amica
Raggrinza i labbri, e nauseando volge
40 Al biondo Ganimede i guardi obliqui,
Mentre girando per lo ciel dispensa
Di nettare gelato almo conforto.

21 *Cillenio*: Mercurio, qui un commerciante.
23 *d'alati fermagli il piede ornato*: con le scarpe adorne di ali (i calzari di Mercurio erano alati). Qui forse le ali alludono agli speroni.
26 *Idalia*: Venere.
38 *La casta diva de le selve amica*: Diana.
40 *Ganimede*: coppiere degli dei, qui un cameriere.

A tale aspetto
Tu castissima dea de' boschi amica
Torci il candido collo, i labbri aggrinzi,
E fastidita a contemplar ti volgi
5   Del biondo Ganimede il volto e i moti,
Mentr'ei girando per lo ciel dispensa
Il nettare gelato o pur l'ambrosia
De i divini palati almo conforto.

IX

V'ha chi sa ben quale ogni scudo ammetta
Cognate insegne, quali adornin forme
Di solenne divisa i cocchi e i servi,
E qual d'ozi lontani aggia decoro
5 Ogni progenie. Innanzi a lui stan cheti
Gli splendidi magnati a cui per sorte
Scenda torbido il sangue, o ne la cieca
Ombra de' tempi si nasconda un avo
A i cittadini od a la patria infesto.

1 *chi*: si tratta probabilmente di un esperto in araldica.
1 *quale*: è concordato con *Cognate insegne*.
4 *qual d'ozi lontani aggia decoro*: quali eleganti sedi abbia per la propria villeggiatura.
5 *progenie*: famiglie.
5 *cheti*: timorosi.
6 *magnati*: ricchi, ma di oscure origini.
7 *torbido*: non aristocratico.
9 *infesto*: nocivo.

Ve' chi sa ben come si deggia a punto
Fausto di nozze o pur d'estremi fati
Miserabile annuncio in carta esporre.
Lui scapigliati e torbidi la mente
5   Per la gran doglia a consultar sen vanno
I novi eredi: nè già mai fur viste
Tante vicino a la Cumea caverna
Foglie volar d'oracoli notate,
Quanti avvisi ei raccolse, i quali un giorno
10 Per gran pubblico ben serbati fieno.

1 *chi*: è l'esperto nel compilare biglietti di condoglianza o di felici-
tazioni.
1 *a punto*: a puntino, esattamente.
2 *Fausto*: va collegato con *annuncio*.
4 *torbidi la mente*: con la mente sconvolta.
7 *la Cumea caverna*: la caverna nella quale profetizzava la Sibilla
Cumana, che era solita scrivere le sue profezie su foglie d'albero
che poi venivano abbandonate al vento.

APPUNTI PER IL « VESPRO » E LA « NOTTE »

1 Cavagnola,[1] fichetti,[2] cartelle, tuttissimo.[3]
  Matrone, Sibille, polla [4] caduta, scompiglio, ordini per
  terra, mormorazione, amori.
2 Il marito una volta assisteva la moglie.
  Dipoi il servente la dama, ora non più.
3 Forastieri. Le milanesi gli rispondono con lingua e
  pronuncia milanese. Le dotte in francese facendo
  pompa ecc.
4 Al teatro gli altri vanno per sollevarsi dalle fatiche.
  Tu solo vi vai per coronar coll'estrema le fatiche del
  giorno.
5 Agli attori applaudi non quando il meritano, ma quando te ne vien capriccio. Il vulgo adoperi la ragione e
  quel senso che perciò è detto comune; ma le voglie
  repentine sieno sole la tua norma.
6 Celibi.
7 Marito colla sua bella.
8 Bandò o nastro da notte ricamato a caratteri amorosi
  dalla bella.
9 Collare o anello tessuto de' capelli della bella.
10 Nella platea discendi talora, accomunati co' musici buf-
  foni mutoli ecc.
11 Degna talora gli uomini di talento; ma come lione ecc.
12 Carte rapidamente mescolate. Così lesta scorrea Penelope [5] colla spola ecc.

1 Sorta di tombola.
2 Piccoli gettoni, dal francese *fiches*.
3 Carta vincente o situazione del gioco in cui il giocatore vince
tutto.
4 La posta in gioco, dal francese *poule*.
5 La moglie di Ulisse che, per ingannare i Proci, disfaceva di notte la tela che tesseva di giorno.

13 Picciole dame [6] usano etichetta fra loro, ma son dimenticate dalle grandi.

14 Tabacchiera con figure oscene. Le dame o ne ridono o non arrossiscono.

15 Seder pesante. Così piuma leggera che accrebbe leggerezza e mobilità ai capi delle dame, piomba come sasso nel vuoto.

16 Araldici nuovi.[7]

17 Maraviglia de' posteri pensando che tu abbi fatto ogni giorno tante cose per tanti anni.

18 Morte dell'eroe, funerali, apoteosi.

19 Inferno, mostri varj, ombre pallide, tutti eguali, Giudici sedendo distribuiscon le pene. Tolgono agli uni il frutto de' lor peccati, danno ad altri un premio che tornerà in loro danno ecc.

20 Donne di teatro. Amor guarda le dame e sorride ecc.

21 Cavalier savio, dama savia.

22 Caratteri di donne da visitare in teatro.

23 In palco non ceder la mano, tornando ripigliarla.

24 Nel partir dal palco cerchi dello staffiere per la mantiglia, la metta alla dama, ne acconci le code nel cappuccio.

25 Porti il sacco, lo levi, lo adatti, segga in faccia alla dama, pulisca il cannocchiale, esibisca diavolotti [8] ecc. porti ambasciate ecc.

26 Il vulgo attenda al grande ed utile commercio, ma il cavaliere tagli.

27 Giovinetti usciti di Collegio parlano d'Architet.ᵃ d'Elettricità ecc.

28 Novellista, Lettor di romanzi, Filosofo ciarliero, Pratico d'etichette, Frequentator di funzioni, Anecdotista,[9] Decidente di Musica,[10] Metodico, Libertino, Suppletor di serventi, Direttor di forastieri.

29 Imbecille che dà dei pranzi fa de' piccoli viaggi, è

6 Signore borghesi, non aristocratiche.
7 Aristocratici di nobiltà recente.
8 Confetti.
9 Narratore di aneddoti.
10 Chi si picca di intendersi di musica.

alla moda. Felice finchè ciò farà, altrimenti sarà dimenticato.

30 Imbecille che ripete ciò che dicono i rispettati.

31 Tu sarai in collegio, uscirai, ti daranno un birbino[11] ecc.

32 Ercole uccise Lino[12] battendogli della cetra sul capo.

33 Cavalieri che mantengon donne.

34 Cavalieri sbrici[13] che fanno la corte alle donne mantenute dagli altri.

35 Cavalieri che danno ciarle e protezione alle donne di teatro non potendo dare altro.

36 Dame guardano ai ballerini, cavalieri alle ballerine.

37 La dama che dispone i giochi ebbe cura d'unir l'amante all'amata, d'allontanarne il marito seccante e privo di dama relegandolo nell'angolo più lontano della stanza.

38 Si accorse d'altri nascenti amori d'altri, e li collocò insieme co' più semplici e meno abili a notare ogni cosa.

39 Unì insieme i più illustri.

40 Destinò colle dame decadute la nuova araldica, e co' cavalieri decaduti il marito di lei, il quale ancora fa sonar la pronuncia de' monti onde scese.

41 Talora mise allo stesso tavolino le rivali per il piacer di vederne le smorfie.

42 Là collocò due dame sessagenarie, con due cavalieri sessagenarj per sentire il coro delle loro tossi.

43 Suocera che parla d'economia, la nuora ne sorride guardando in viso a' giovani.

44 Le avide brame con argentee piume volano intorno insieme a i piccioli sdegni, ed all'oblio che farà svanire dalle tavolette i segni della matita.

45 Il teatro è un alveare, i palchi le celle, i giovani le api che fanno il mele.

46 Alla *partoriente*, parlar de' nuovi araldici.

11 Carrozzino.
12 Precettore di Ercole, che, irritato dai suoi insegnamenti, lo uccise percuotendolo con la cetra.
13 Avari.

47 Cattiva aria del ridotto.[14]

48 Una volta i fanciulli si divertivano, e i padri attendevano agli studi. Ora il contrario.

49 Uscirà del collegio, e apprenderà i giochi ecc.

50 al Corso
Descrizione di cocchieri, cacciatori ecc.

51 Cadetti [15] ecc.

52 Anecdotista galante.

53 Bugiardo.

54 Osceni e plebei nel discorso.

55 Nel *Vespro*.
Frattanto che io scrivo la moda si cangia. Divien lecito passar giornalmente di bella in bella. Qui si raccolgon varie dame. Pensa a cercar se qualcuna fra loro ti aggrada. Questa ecc.

56 Nella conversazione.
Amori che nascono
Amori che finiscono
Gelosie, dispetti ecc.

57 Maschere. Chauvesouris,[16] Armadj ecc.
Svegliarsi all'improvviso e applaudire a chi stona. Parlar forte dalla platea al palco.

58 Marito servente amante occulto aspirante accidentale.[17]

59 Godere in un punto colla vista gli spettacoli, coll'udito la musica, coll'olfatto gli odori, col gusto gli sporgimenti, col tatto del ginocchio la dama.

60 Nel vespro della partoriente.
Dame e cavalieri protettori de' birbanti.[18]

61 Primogeniti, cadetti, principj di musica, architettura ecc.

62   Macte puer virtute nova: sic itur ad astra
    Dis genite, et geniture deos.

                    Virg. En.[19]

---

14 Salone annesso al teatro nel quale si era soliti giocare.
15 I figli minori che non ereditavano nulla.
16 In francese « pipistrello », qui un tipo di maschera.
17 Occasionale, passeggero.
18 Coloro che vanno sul carrozzino detto birba.
19 Versi dall'*Eneide* di Virgilio (IX, 641-642): onore a te, fanciul-

63 Vos o patritius sanguis, cui vivere par est
   Occipite coeco, posticae occurrite sannae.
               Pers.[20]

64 Vespro.
 Necessità della nobiltà.
65 Collegi, uscita da essi, birbino carrozzino ecc.
66 Viene e fugge il tuttissimo, deità benefica.
 Fortunata la Dama che lo coglierà. Domattina chiame-
  rà la mercantessa di mode, a cui farà baci e carezze
  mentre nella campagna d'inverno fa un freddo inchi-
  no alla moglie del medico o del pretore.
67 Dialetto [21] della Cavagnoli.
68 Collegio.
 I figli in Coll.º lasciano giovani i padri ecc.
 Nuovi Araldici mettono i figli in Coll.º e se ne lagnano
  gl'illustri ecc.
69 Teatro.
 Ma che non muta l'età? Si rivolgono i regni mentre che
  io canto, e si cambiano le mode galanti.
70 Collegio.
 Parlare sulla natura e l'arte della nobiltà e della fortuna.
 Argomenti sofistici in contrario.
71 *Notte.*
 Infinita licenza contro al nemico. Paragone co' principi.
72 Le Dame subalterne fanno la Corte alle Superiori
73 Confidenza da padre a figlio.
74 Cacciatori [22]
75 Cabriolè [23]
76 Donne ed uomini a cavallo
77 Lista de' visitanti
78 Accademia.

lo, per la tua singolare virtù : così, o discendente dagli dei e futuro
progenitore di dei, si sale agli astri.
20 Versi di Persio (*Satire*, I, 61-62): voi, o nobili, a cui è
possibile vivere senza volgervi indietro a guardare chi vi segue, vi
esponete a beffe fatte dietro le spalle.
21 Gergo del gioco.
22 I cocchieri che stavano in piedi dietro la carrozza.
23 *Cabriolet*, carrozzino.

Cavaliere che straccia dopo l'accademia il libro di Conclusioni Matematiche, inorridito di quelle cifre ecc.

Dama, o Cavaliere invita ecc.

Radunati e dato il segno del trasferirsi ecc. non si movono, dicendo che hanno tempo di seccarsi ecc.

Alla recita parlano gridano ecc.

Il recitante si dispetta del non essere ascoltato ecc.

Stanno più attenti alla musica ecc.

Cercan di fuggire ecc.

Termina non rimanendovi più di cinque o sei persone.

Quando recita il figlio dell'invitante i padri o gli amici tacciono, salvo a ciarlare quando recita il figlio altrui.

79 Claudia

Maggiordomi e paggi.

II · IL LIBRO DELLE ODI
(SECONDO L'EDIZIONE DEL 1795)

Al Dottore
Giammaria Bicetti
De' Buttinoni

O Genovese, ove ne vai? qual raggio
Brilla di speme su le audaci antenne?
Non temi oimè le penne
Non anco esperte degl'ignoti venti?
5   Qual ti affida coraggio
All'intentato piano
De lo immenso oceàno?
Senti le beffe dell'Europa, senti
Come deride i tuoi sperati eventi.

10   Ma tu il vulgo dispregia. Erra chi dice,
Che natura ponesse all'uom confine
Di vaste acque marine,
Se gli die' mente onde lor freno imporre:
E dall'alta pendice
15   Insegnogli a guidare

Scritta nel 1765 e pubblicata come premessa alle *Osserva-zioni sopra alcuni innesti di vaiuolo*, raccolta di scritti scientifici di Giammaria Bicetti de' Buttinoni (1708-1768) accademico dei Trasformati, medico e poeta. Come medico fu uno dei primi sostenitori dell'innesto del vaiuolo in Lombardia.
METRO: strofe di nove versi endecasillabi e settenari con lo schema ABbcaddcc.

1 *Genovese*: Cristoforo Colombo.
2 *audaci antenne*: gli alberi delle navi.
3-4 Non temi il soffio (*le penne*), non ancora sperimentato da nessuno, di venti ignoti?
5 *ti affida*: ti rende fiducioso.
6 *intentato piano*: la superficie del mare mai prima percorsa.
9 *sperati eventi*: il successo sperato.

I gran tronchi sul mare,
E in poderoso canape raccorre
I venti, onde su l'acque ardito scorre.

Così l'eroe nocchier pensa, ed abbatte
20   I paventati d'Ercole pilastri;
Saluta novelli astri;
E di nuove tempeste ode il ruggito.
Veggon le stupefatte
Genti dell'orbe ascoso
25   Lo stranier portentoso.
Ei riede; e mostra i suoi tesori ardito
All'Europa che il beffa ancor sul lito.

Più dell'oro, Bicetti, all'uomo è cara
Questa del viver suo lunga speranza:
30   Più dell'oro possanza
Sopra gli animi umani ha la bellezza.
E pur la turba ignara
Or condanna il cimento,
Or resiste all'evento
35   Di chi 'l doppio tesor le reca; e sprezza
I novi mondi al prisco mondo avvezza.

Come biada orgogliosa in campo estivo
Cresce di santi abbracciamenti il frutto.
Ringiovanisce tutto
40   Nell'aspetto de' figli il caro padre;

---

17 *canape*: la vela.
20 *d'Ercole pilastri*: le colonne d'Ercole, lo stretto di Gibilterra.
21 *novelli astri*: le stelle dell'emisfero australe.
24 *orbe ascoso*: continente nascosto, l'America.
28 *oro*: le ricchezze che l'Europa ha saputo trarre dallo sfrutta-
mento delle terre scoperte da Colombo.
33 *cimento*: la prova.
35 *doppio tesor*: la salute e la bellezza (il vaiolo, quando non ucci-
deva, deturpava il volto).
36 *I novi mondi*: i continenti scoperti dalla scienza.
38 *santi abbracciamenti*: il matrimonio.
40 *aspetto*: nelle fattezze dei figli, che assomigliano al padre, il
padre sembra ringiovanire.

E dentro al cor giulivo
Contemplando la speme
De le sue ore estreme,
Già cultori apparecchia, artieri e squadre
45 A la patria d'eroi famosa madre.

Crescete, o pargoletti: un dì sarete,
Tu forte appoggio de le patrie mura,
E tu soave cura,
E lusinghevol esca a i casti cori.
50 Ma, oh dio, qual falce miete
De la ridente messe
Le sì dolci promesse?
O quai d'atroce grandine furori
Ne sfregiano il bel verde e i primi fiori?

55 Fra le tenere membra orribil siede
Tacito seme: e d'improvviso il desta
Una furia funesta
De la stirpe de gli uomini flagello.
Urta al di dentro, e fiede
60 Con liévito mortale;
E la macchina frale
O al tutto abbatte, o le rapisce il bello,
Quasi a statua d'eroe rival scarpello.

Tutti la furia indomita vorace,
65 Tutti una volta assale a i più verd'anni:
E le strida e gli affanni
Da i tugurj conduce a' regj tetti;

44 *Già cultori apparecchia, artieri e squadre*: prepara contadini, artigiani e soldati.
46 *pargoletti*: figli maschi e femmine.
54 *il bel verde e i primi fiori*: metafora per indicare la prima giovinezza e la nascente bellezza.
56 *Tacito seme*: il latente germe del male.
59 *Fiede*: ferisce.
61 *frale*: debole.
63 *rival scarpello*: lo scalpello di un artista rivale.
67 *Da i tugurj conduce a' regj tetti*: il morbo colpisce tanto le case povere quanto le case ricche.

E con la man rapace
Ne le tombe condensa
70   Prole d'uomini immensa.
Sfugge taluno, è vero, ai guardi infetti;
Ma palpitando peggior fato aspetti.

Oh miseri! che val di medic' arte
Nè studj oprar nè farmachi nè mani?
75   Tutti i sudor son vani
Quando il morbo nemico è su la porta;
E vigor gli comparte
De la sorpresa salma
La non perfetta calma.
80   Oh debil arte, oh mal secura scorta
Che il male attendi, e no'l previeni accorta!

Già non l'attende in orìente il folto
Popol che noi chiamiam barbaro e rude;
Ma sagace delude
85   Il fiero inevitabile demòne.
Poi che il buon punto ha colto
Onde il mostro conquida,
Coraggioso lo sfida;
E lo astrigne ad usar ne la tenzone
90   L'armi che ottuse tra le man gli pone.

Del regnante velen spontaneo elegge

69 *condensa*: ammucchia.
72 *palpitando peggior fato aspetti*: chi sfugge alla malattia in giovinezza è costretto a temere le conseguenze ancora più gravi che
ha il morbo quando colpisce un adulto.
74 *mani*: l'intervento chirurgico.
77 *gli comparte*: gli fornisce.
78 *salma*: corpo.
79 *La non perfetta calma*: il turbamento.
84 *delude*: previene.
86 *il buon punto ha colto*: ha saputo individuare il momento opportuno.
90 *ottuse*: le armi del vaiolo sono rese impotenti dall'innesto che
consiste nel contagio deliberatamente provocato in forma attenuata.
91 *spontaneo elegge*: sceglie spontaneamente.

Qule ch'è men tristo, e macolar ne suole
La ben amata prole,
Che non più recidiva in salvo torna.
95   Però d'umano gregge
Va Pechino coperto;
E di femmineo merto
Tesoreggia il Circasso, e i chiostri adorna,
Ove la Dea di Cipri orba soggiorna.

100   O *Montegù*, qual peregrina nave,
Barbare terre misurando e mari,
E di popoli vari
Diseppellendo antiqui regni e vasti,
E a noi tornando grave
105   Di strana gemma e d'auro,
Portò sì gran tesauro,
Che a pareggiare, non che a vincer basti
Quel che tu dall'Eussino a noi recasti?

     Rise l'Anglia, la Francia, Italia rise
110   Al rammentar del favoloso *Innesto*:
E il giudizio molesto
De la falsa ragione incontro alzosse.
In van l'effetto arrise
A le imprese tentate;

---

92 *men tristo*: meno violento.
95 *Però*: per questo.
98 *Tesoreggia il Circasso*: il popolo Circasso si arricchisce commerciando le proprie bellissime donne.
98-99 *i chiostri adorna Ove la dea di Cipri orba soggiorna*: adorna gli harem orientali, sede di amore sensuale (*la dea di Cipri orba* è, per l'appunto, la Venere sensuale).
100 *Montegù*: Lady Maria Wortley Montagu (1689-1762), moglie dell'ambasciatore inglese a Costantinopoli, vi conobbe l'uso dell'innesto del vaiolo, lo sperimentò sul proprio figlio e lo diffuse poi in Inghilterra.
101 *misurando*: percorrendo.
103 *Diseppellendo*: scoprendo (allusione alla scoperta delle civiltà precolombiane).
108 *Eussino*: il Mar Nero.
112 *la falsa ragione*: i pregiudizi.
113 *l'effetto*: il felice risultato dell'innesto.

115   Chè la falsa pietate
      Contro al suo bene e contro al ver si mosse,
      E di lamento femminile armosse.

         Ben fùr preste a raccor gl'infausti doni
      Che, attraversando l'oceàno aprico,
120   Lor condusse Amerìco;
      E ad ambe man li trangugiaron pronte.
      De' lacerati troni
      Gli avanzi sanguinosi,
      E i frutti velenosi
125   Strinser gioiendo; e da lo stesso fonte
      De la vita succhiàr spasimi ed onte.

         Tal del folle mortal tale è la sorte:
      Contra ragione or di natura abusa;
      Or di ragion mal usa
130   Contra natura che i suoi don gli porge.
      Questa a schifar la morte
      Insegnò madre amante
      A un popolo ignorante;
      E il popol colto che tropp'alto scorge,
135   Contro a i consigli di tal madre insorge.

         Sempre il novo ch'è grande, appar menzogna,
      Mio Bicetti, al volgar debile ingegno:
      Ma imperturbato il regno
      De' saggi dietro all'utile s'ostina.
140   Minaccia nè vergogna

---

115 *la falsa pietate*: la pietà per le sofferenze provocate dall'innesto, falsa perché in realtà procura ben più gravi sofferenze.
119 *aprico*: aperto al sole.
120 *Amerìco*: Amerigo Vespucci.
122 *lacerati troni*: le potenze dei popoli dell'America distrutte dai
conquistadores.
125-126 *e da lo stesso fonte De la vita succhiàr spasimi ed onte*:
allusione alla tesi assai diffusa nel Settecento, in base alla quale la
sifilide sarebbe stata importata in Europa dall'America.
131 *schifar*: evitare.
134 *che tropp'alto scorge*: che crede di vedere lontano, di essere
superiore agli altri popoli.

No'l frena, no'l rimove;
Prove accumula a prove;
Del popolare error l'idol rovina,
E la salute a i posteri destina.

145   Così l'Anglia, la Francia, Italia vide
Drappel di saggi contro al vulgo armarse.
Lor zelo indomit' arse,
E di popolo in popolo s'accese.
Contro all'armi omicide
150   Non più debole e nudo;
Ma sotto a certo scudo
Il tenero garzon cauto discese,
E il fato inesorabile sorprese.

      Tu su l'orme di quelli ardito corri,
155   Tu pur, Bicetti; e di combatter tenta
La pietà vïolenta
Che a le Insubriche madri il core implica.
L'umanità soccorri;
Spregia l'ingiusto soglio
160   Ove s'arman d'orgoglio
La superstizìon del ver nemica,
E l'ostinata folle scola antica.

      Quanta parte maggior d'almi nipoti
Coltiverà nostri felici campi!
165   E quanta fia che avvampi
D'industria in pace o di coraggio in guerra!
Quanta i soavi moti
Propagherà d'amore,

---

149 *armi omicide*: del vaiolo.
151 *certo scudo*: sicura protezione.
153 *sorprese*: vinse prevenendolo.
156 *pietà vïolenta*: la malintesa pietà.
157 *Che a le Insubriche madri il core implica*: che tiene legato il cuore delle madri lombarde (gli Insubri erano gli antichi abitanti della Lombardia).
159 *ingiusto soglio*: ingiusto ostacolo.
162 *l'ostinata folle scola antica*: la medicina antica che si ostina a rifiutare le nuove scoperte.

E desterà il languore
170 Del pigro Imene che infecondo or erra
Contro all'util comun di terra in terra!

Le giovinette con le man di rosa
Idalio mirto coglieranno un giorno:
All'alta quercia intorno
175 I giovinetti fronde coglieranno;
E a la tua chìoma annosa,
Cui per doppio decoro
Già circonda l'alloro,
Intrecceran ghirlande, e canteranno:
180 Questi a morte ne tolse o a lungo danno.

Tale il nobile plettro infra le dita
Mi profeteggia armonìoso e dolce,
Nobil plettro che molce
Il duro sasso dell'umana mente;
185 E da lunge lo invita
Con lusinghevol suono
Verso il ver, verso il buono;
Nè mai con laude bestemmiò nocente
O il falso in trono o la viltà potente.

170 *pigro Imene*: il dio delle nozze è detto pigro perché la bruttezza, conseguenza del vaiolo, impedisce la nascita dell'amore.
173 *Idalio mirto*: il mirto sacro a Venere.
174 *quercia*: la pianta con le cui fronde si facevano le corone con le quali si onoravano gli eroi.
177 *doppio decoro*: insieme alla corona di mirto e di quercia che spetta a Bicetti per aver salvaguardato la bellezza e la salute dei suoi concittadini, egli è anche adorno della fronda di lauro, simbolo della sua attività poetica.
181 *Tale*: in questo modo.
183 *plettro*: letteralmente lo strumento con il quale si suona la cetra, qui sta per poesia.
183 *molce*: accarezza dolcemente.
188 *nocente*: nocivo.

      Oh beato terreno
Del vago Eupili mio,
Ecco alfin nel tuo seno
M'accogli; e del natìo
5   Aëre mi circondi;
E il petto avido inondi.

      Già nel polmon capace
Urta sè stesso e scende
Quest'etere vivace
10   Che gli ègri spirti accende,
E le forze rintegra,
E l'animo rallegra:

      Però ch'austro scortese
15   Quì suoi vapor non mena:
E guarda il bel paese
Alta di monti schiena,

Composta probabilmente nel 1759, su un tema proposto dai Trasformati.
METRO: strofe di sei settenari piani: i primi quattro a rima alternata, gli ultimi due a rima baciata.

2 *Eupili*: nome latino del lago di Pusiano presso il quale sta Bosisio, paese natale del poeta.
7 *nel polmon capace*: nei polmoni che si dilatano per accogliere l'aria.
9 *vivace*: vivificante.
10 *ègri*: malati.
13 *austro scortese*: lo scirocco malsano.
14 *suoi vapor*: la sua umidità.
17-18-19 Che non è capace di superare la tramontana (*Borea*) con i suoi freddi soffi.

Cui sormontar non vale
Borea con rigid'ale.

Nè quì giaccion paludi
20 Che da lo impuro letto
Mandino a i capi ignudi
Nuvol di morbi infetto:
E il meriggio a' bei colli
Asciuga i dorsi molli.

25 Pera colui che primo
A le triste ozìose
Acque e al fetido limo
La mia cittade espose;
E per lucro ebbe a vile
30 La salute civile.

Certo colui del fiume
Di Stige ora s'impaccia
Tra l'orribil bitume,
Onde alzando la faccia
35 Bestemmia il fango e l'acque
Che radunar gli piacque.

Mira dipinti in viso
Di mortali pallori
Entro al mal nato riso
40 I languenti cultori;
E trema, o cittadino,
Che a te il soffri vicino.

21 *i capi ignudi*: le persone indifese.
22 *Nuvol di morbi infetto*: aria infetta dalla malaria.
25 *Pera*: perisca.
26 *tristi ozìose*: tristemente stagnanti (si riferisce alle acque delle risaie).
27 *fetido limo*: fango maleodorante: si tratta delle marcite.
32 *Stige*: palude infernale.
33 *bitume*: fango tenace e compatto.
39 *mal nato*: nato provocando danni ai contadini (*i languenti cultori*).
40 *languenti*: malati.
42 *a te il soffri vicino*: sopporti che sia vicino a te.

Io de' miei colli ameni
Nel bel clima innocente
45 Passerò i dì sereni
Tra la beata gente,
Che di fatiche onusta
È vegeta e robusta.

Quì con la mente sgombra,
50 Di pure linfe asterso,
Sotto ad una fresc' ombra
Celebrerò col verso
I villan vispi e sciolti
Sparsi per li ricolti;

55 E i membri non mai stanchi
Dietro al crescente pane;
E i baldanzosi fianchi
De le ardite villane;
E il bel volto giocondo
60 Fra il bruno e il rubicondo,

Dicendo: Oh fortunate
Genti che in dolci tempre
Quest'aura respirate
Rotta e purgata sempre
65 Da venti fuggitivi
E da limpidi rivi!

Ben larga ancor natura
Fu a la città superba
Di cielo e d'aria pura:
70 Ma chi i bei doni or serba

44 *innocente*: innocuo.
50 *di pure linfe asterso*: lavato con acque pure.
53 *sciolti*: agili.
56 *crescente pane*: il frumento (col quale si fa il pane) che cresce.
62 *in dolci tempre*: in clima temperato.
64 *Rotta e purgata*: spazzata e ripulita.
68 *la città superba*: Milano.

Fra il lusso e l'avarizia
E la stolta pigrizia?

Ahi non bastò che intorno
Putridi stagni avesse;
75 Anzi a turbarne il giorno
Sotto a le mura stesse
Trasse gli scelerati
Rivi a marciar su i prati;

E la comun salute
80 Sagrificossi al pasto
D'ambizìose mute,
Che poi con crudo fasto
Calchin per l'ampie strade
Il popolo che cade.

85 A voi il timo e il croco
E la menta selvaggia
L'aere per ogni loco
De' varj atomi irraggia,
Che con soavi e cari
90 Sensi pungon le nari.

Ma al piè de' gran palagi
Là il fimo alto fermenta;
E di sali malvagi
Ammorba l'aria lenta,

71 *l'avarizia*: l'avidità.
74 *Putridi stagni*: le risaie.
75 *a turbarne il giorno*: a corromperne l'aria.
78 *prati*: le marcite: erano prati sommersi d'acqua per produrre
fieno.
81 *ambizìose mute*: le pariglie di cavalli oggetto di ambizione.
82 *crudo fasto*: lusso crudele.
84 *Il popolo che cade*: i cittadini poveri che vanno a piedi e che
vengono spesso travolti dalle carrozze.
85 *il croco*: lo zafferano.
88 *varj atomi*: vuole indicare le particelle minute del polline.
90 *Sensi*: sensazioni.
92 *il fimo*: il letame.
93 *sali malvagi*: esalazioni nocive.

95   Che a stagnar si rimase
              Tra le sublimi case.

              Quivi i lari plebei
              Da le spregiate crete
              D'umor fracidi e rei
100   Versan fonti indiscrete;
              Onde il vapor s'aggira,
              E col fiato s'inspira.

              Spenti animai, ridotti
              Per le frequenti vie,
105   De gli aliti corrotti
              Empion l'estivo die:
              Spettacolo deforme
              Del cittadin su l'orme!

              Nè a pena cadde il sole,
110   Che vaganti latrine
              Con spalancate gole
              Lustran ogni confine
              De la città che desta
              Beve l'aura molesta.

115   Gridan le leggi, è vero;
              E Temi bieco guata:
              Ma sol di sè pensiero

96 *sublimi*: alte.
97 *i lari plebei*: le case plebee.
98 *le spregiate crete*: vasi da notte.
100 *indiscrete*: irriguardose.
101 *Onde*: dalle quali.
103 *Spenti animai*: carogne di animali.
104 *frequenti*: affollate.
105 *aliti*: esalazioni.
110 *vaganti latrine*: le « navazze », carri che dopo il tramonto passavano per raccogliere i rifiuti.
111 *Con spalancate gole*: le « navazze » erano scoperte.
112 *Lustran*: percorrono.
113 *desta*: al mattino, non appena desta.
116 *Temi bieco guata*: Temi, la dea della giustizia, guarda minacciosamente (*bieco*).

Ha l'inerzia privata.
Stolto! e mirar non vuoi
120 Ne' comun danni i tuoi?

Ma dove ahi corro e vago
Lontano da le belle
Colline e dal bel lago,
E da le villanelle,
125 A cui sì vivo e schietto
Aere ondeggiar fa il petto?

Va per negletta via
Ognor l'util cercando
La calda fantasìa,
130 Che sol felice è quando
L'utile unir può al vanto
Di lusinghevol canto.

119 *Stolto*: si riferisce al cittadino che resta inerte di fronte a questo malcostume.
121 *corro e vago*: corro vagando.
127 *negletta*: trascurata dagli altri poeti.
132 *lusinghevol*: piacevole.

Perché turbarmi l'anima,
O d'oro e d'onor brame,
Se del mio viver Atropo
Presso è a troncar lo stame?
5   E già per me si piega
Sul remo il nocchier brun
Colà donde si niega
Che più ritorni alcun?

Queste che ancor ne avanzano
10   Ore fugaci e meste,
Belle ci renda e amabili
La libertade agreste.
Quì Cerere ne manda

Scritta probabilmente nel 1758 su un argomento proposto all'Accademia dei Trasformati, è la più antica delle odi pariniane. Fu pubblicata in diversa versione nelle *Rime de gli Arcadi* con lo pseudonimo di Darisbo Elidonio nel 1780. METRO: strofe di otto settenari divise in due periodi: il primo di due sdruccioli alternati a due piani che rimano fra loro; il secondo di due piani e due tronchi alternati e rimati.

3 *Atropo*: una delle tre Parche, quella che troncava il filo della vita, filato dalla sorella Cloto e avvolto dalla sorella Lachesi.
4 *lo stame*: il filo della vita.
6 *il nocchier brun*: Caronte il nocchiero infernale che trasporta con la sua barca le anime nel regno degli Inferi.
7-8 Là di dove si nega che alcuno possa ritornare, cioè nel regno dei morti.
13 *Cerere*: dea dei campi.

Le biade, e Bacco il vin:
15 Quì di fior s'inghirlanda
Bella innocenza il crin.

So che felice stimasi
Il possessor d' un' arca
Che Pluto abbia propizio
20 Di gran tesoro carca:
Ma so ancor che al potente
Palpita oppresso il cor
Sotto la man sovente
Del gelato timor.

25 Me non nato a percotere
Le dure illustri porte
Nudo accorrà, ma libero
Il regno de la morte.
No, ricchezza nè onore
30 Con frode o con viltà
Il secol venditore
Mercar non mi vedrà.

Colli beati e placidi
Che il vago *Eupili* mio
35 Cingete con dolcissimo
Insensibil pendìo,
Dal bel rapirmi sento
Che natura vi diè;
Ed esule contento
40 A voi rivolgo il piè.

Già la quìete, a gli uomini

14 *Bacco*, dio del vino.
19 *Pluto*: Plutone, dio della ricchezza.
20 *carca*: riempita.
24 *gelato timor*: timore che raggela.
27 *accorrà*: accoglierà, il soggetto è *il regno de la morte.*
31 *venditore*: venale.
34 *Eupili*: nome latino del lago di Pusiano dove era nato il poeta.
37 *Dal bel*: dalla bellezza.
39 *esule contento*: in esilio felice perché lontano dalla città.

Sì sconosciuta, in seno
De le vostr'ombre apprestami
Caro albergo sereno:
45   E le cure e gli affanni
Quindi lunge volar
Scorgo, e gire i tiranni
Superbi ad agitar.

In van con cerchio orribile,
50   Quasi campo di biade,
I lor palagi attorniano
Temute lance e spade;
Però ch'entro al lor petto
Penetra nondimen
55   Il trepido sospetto
Armato di velen.

Qual porteranno invidia
A me che di fior cinto
Tra la famiglia rustica
60   A nessun giogo avvinto,
Come solea in Anfriso
Febo pastor, vivrò;
E sempre con un viso
La cetra sonerò!

65   Non fila d'oro nobili
D'illustre fabbro cura
Io scoterò, ma semplici
E care a la natura.

47-48 *gire i tiranni Superbi ad agitar*: andare a turbare i superbi potenti.
50 *Quasi campo di biade*: le armi che circondano le case dei grandi sono fitte come le spighe in un campo.
61-62 *Come solea in Anfriso Febo pastor*: come Apollo (Febo), ospite del re Admeto, era solito pascolare i greggi di questi presso il fiume Anfriso.
63 *con un viso*: con un volto sereno e che resta lo stesso, che non si turba.
65 *fila*: le corde della cetra.
68 *scoterò*: pizzicherò facendole risuonare.

          Quelle abbia il vate esperto
70   Nell'adulazìon;
          Chè la virtude e il merto
          Daran legge al mio suon.

          Inni dal petto supplice
          Alzerò spesso a i cieli,
75   Sì che lontan si volgano
          I turbini crudeli;
          E da noi lunge avvampi
          L'aspro sdegno guerrier;
          Nè ci calpesti i campi
80   L'inimico destrier.

          E, perchè a i numi il fulmine
          Di man più facil cada,
          Pingerò lor la misera
          Sassonica contrada,
85   Che vide arse sue spiche
          In un momento sol;
          E gir mille fatiche
          Col tetro fumo a vol.

          E te, villan sollecito,
90   Che per nuov'orme il tralcio
          Saprai guidar, frenandolo
          Col pieghevole salcio:
          E te che steril parte
          Del tuo terren, di più
95   Render farai, con arte
          Che ignota al padre fu:

69 *Quelle*: le corde d'oro.
81-82 E affinché le armi (*il fulmine*) cadano più facilmente di mano ai potenti (*numi*) che guerreggiano.
84-85 *la misera Sassonica contrada*: allusione alle devastazioni compiute in Dresda e nella Sassonia dall'esercito prussiano nel 1758,
durante la guerra dei sette anni.
90 *per nuov'orme*: con nuovi metodi.
91 *frenandolo*: legandolo.
92 *Col pieghevole salcio*: con flessibili fronde di salice.

Te co' miei carmi a i posteri
Farò passar felice:
Di te parlar più secoli
100 S'udirà la pendice.
E sotto l'alte piante
Vedransi a riverir
Le quete ossa compiante
I posteri venir.

105 Tale a me pur concedasi
Chiuder, campi beati,
Nel vostro almo ricovero
I giorni fortunati.
Ah quella è vera fama
110 D'uom che lasciar può quì
Lunga ancor di sè brama
Dopo l'ultimo dì!

98 *Farò passar*: tramanderò.
100 *la pendice*: gli abitanti dei colli.
105-106 *Tale a me pur concedasi Chiuder*: anche a me sia concesso di chiudere in tale modo la vita.

Al Sig. Wirtz
Pretore per la Repubblica Elvetica

Oh tiranno signore
De' miseri mortali,
Oh male, oh persuasore
Orribile di mali
5   *Bisogno*, e che non spezza
Tua indomita fierezza!

Di valli adamantini
Cinge i cor la virtude;
Ma tu gli urti e rovini;
10   E tutto a te si schiude:
Entri, e i nobili affetti
O strozzi od assoggetti.

Oltre corri, e fremente
Strappi Ragion dal soglio;
15   E il regno de la mente
Occupi pien d'orgoglio,
E ti poni a sedere
Tiranno del pensiere.

Con le folgori in mano
20   La legge alto minaccia;

Pubblicata nel 1766 in onore di Pier Antonio Wirtz, pretore di Locarno, quando questi lasciò l'ufficio.
METRO: lo stesso de *La salubrità dell'aria*.

1 *tiranno*: tirannico.
3-4 *persuasore Orribile di mali*: terribile consigliere che spinge al delitto.
7 *valli adamantini*: protezioni dure come il diamante.
19 *le folgori*: le pene.
20 *alto*: severamente.

Ma il periglio lontano
Non scolora la faccia
Di chi senza soccorso
Ha il tuo peso sul dorso.

25   Al misero mortale
Ogni lume s'ammorza:
Ver la scesa del male
Tu lo strascini a forza:
Ei di sè stesso in bando
30   Va giù precipitando.

      Ahi l'infelice allora
I comun patti rompe;
Ogni confine ignora;
Ne' beni altrui prorompe;
35   Mangia i rapiti pani
Con sanguinose mani.

      Ma quali odo lamenti
E stridor di catene;
E ingegnosi stromenti
40   Veggo d'atroci pene
Là per quegli antri oscuri
Cinti d'orridi muri?

      Colà Temide armata
Tien giudizi funesti
45   Su la turba affannata
Che tu persuadesti

22 *Non scolora la faccia*: non fa impallidire, non intimorisce.
26 *Ogni lume s'ammorza*: si spegne ogni luce della ragione.
27 *Ver la scesa del male*: sulla strada del male.
29 *di sè stesso in bando*: fuori di sé.
32 *I comun patti*: le leggi della convivenza civile, che le teorie contrattualistiche, assai diffuse nel diciassettesimo e diciottesimo secolo, facevano risalire a un originario contratto sociale.
33 *Ogni confine*: tutti i limiti.
39 *ingegnosi stromenti*: gli strumenti di tortura.
43 *Temide armata*: la dea della giustizia, armata delle pene che infligge ai colpevoli.

A romper gli altrui dritti,
O padre di delitti.

Meco vieni al cospetto
50   Del nume che vi siede:
No non avrà dispetto
Che tu v'innoltri il piede:
Da lui con lieto volto
Anco il Bisogno è accolto.

55   O ministri di Temi,
Le spade sospendete:
Da i pulpiti supremi
Qua l'orecchio volgete.
Chi è che pietà niega
60   Al Bisogno che prega?

Perdon, dic' ei, perdono
A i miseri cruciati.
Io son l'autore io sono
De' lor primi peccati.
65   Sia contro a me diretta
La pubblica vendetta.

Ma quale a tai parole
Giudice si commove?
Qual dell'umana prole
70   A pietade si muove?
Tu, Wirtz, uom saggio e giusto
Ne dai l'esempio augusto:

Tu cui sì spesso vinse
Dolor degl'infelici,
75   Che il bisogno sospinse
A por le rapitrici

47 *romper gli altrui dritti*: danneggiare i diritti degli altri.
55 *ministri di Temi*: i magistrati.
57 *i pulpiti supremi*: gli alti scanni dei tribunali.
62 *cruciati*: tormentati.
73 *cui*: che.

Mani nell' altrui parte
O per forza o per arte:

E il carcere temuto
80 Lor lieto spalancasti:
E dando oro ed ajuto,
Generoso insegnasti
Come senza le pene
Il fallo si previene.

77 *altrui parte*: i beni altrui.
78 *per arte*: con l'inganno.
84 *si previene*: la colpa può essere prevenuta quando si sopprime
il bisogno che sta alle radici di molti delitti.

Volano i giorni rapidi
Del caro viver mio:
E giunta in sul pendìo
Precipita l'età.

5   Le belle oimè che al fingere
Han lingua così presta,
Sol mi ripeton questa
Ingrata verità.

Con quelle occhiate mutole,
10   Con quel contegno avaro
Mi dicono assai chiaro:
Noi non siam più per te.

E fuggono e folleggiano
Tra gioventù vivace;
15   E rendonvi loquace
L'occhio, la mano e il piè.

Che far? Degg'io di lagrime
Bagnar per questo il ciglio?

Composta nel 1778.
METRO: strofe di quattro settenari: il primo è sdrucciolo, il
secondo e il terzo sono a rima baciata, il quarto è tronco e
rima con il quarto della strofe pari.

5-6 *che al fingere Han lingua così presta*: che sono così abili a
fingere quando vogliono.
9 *mutole*: mute, che non parlan più d'amore.
10 *avaro*: indifferente.
15 *rendonvi*: fanno.

Ah no; miglior consiglio
20 È di godere ancor.

Se già di mirti teneri
Colsi mia parte in Gnido,
Lasciamo che a quel lido
Vada con altri Amor.

25 Volgan le spalle candide,
Volgano a me le belle:
Ogni piacer con elle
Non se ne parte alfin.

A Bacco, all'Amicizia
30 Sacro i venturi giorni.
Cadano i mirti; e s'orni
D'ellera il misto crin.

Che fai su questa cetera,
Corda, che amor sonasti?
35 Male al tenor contrasti
Del novo mio piacer.

Or di cantar dilettami
Tra' miei giocondi amici,
Augurj a lor felici
40 Versando dal bicchier.

Fugge la instabil Venere
Con la stagion de' fiori:

21 *mirti teneri*: teneri amori: il mirto era la pianta sacra a
Venere.
22 *Gnido*: Cnido, città greca sacra a Venere.
30 *Sacro*: consacro, dedico.
31-32 *s'orni D'ellera il misto crin*: si adorni di edera (pianta sacra a Bacco, dio del vino), la capigliatura mista, cioè grigia, disse-
minata di capelli bianchi.
33 *cetera*: cetra, qui poesia.
35-36 Inopportunamente cerchi di contrastare il nuovo tipo (*tenor*)
di piacere che spetta all'età ormai avanzata.
42 *la stagion de' fiori*: la giovinezza, primavera della vita.

Ma tu, Lièo, ristori
Quando il dicembre uscì.

45 Amor con l'età fervida
Convien che si dilegue;
Ma l'amistà ne segue
Fino all'estremo dì.

Le belle ch'or s'involano
50 Schife da noi lontano,
Verranci allor pian piano
Lor brindisi ad offrir.

E noi, compagni amabili,
Che far con esse allora?
55 Seco un bicchiere ancora
Bevere, e poi morir.

43 *Lièo*: Bacco, dio del vino.
44 *il dicembre*: la vecchiaia, inverno della vita.
47 *amistà*: amicizia.
50 *Schife*: schifiltose.
55 *Seco*: con loro.

Venerabile *Impostura*,
Io nel tempio almo a te sacro
Vo tenton per l'aria oscura;
E al tuo santo simulacro,
5   Cui gran folla urta di gente,
Già mi prostro umilemente.

Tu de gli uomini maestra
Sola sei. Qualor tu detti
Ne la comoda palestra
10   I dolcissimi precetti,
Tu il discorso volgi amico
Al monarca ed al mendico.

L'un per via piagato reggi;
E fai sì che in gridi strani
15   Sua miseria giganteggi;
Onde poi non culti pani
A lui frutti la semenza
De la flebile eloquenza.

Recitata, probabilmente nel 1761, in un'adunanza dei Trasformati.
METRO: strofe di sei ottonari piani, i primi quattro a rime
alternate, gli ultimi due a rime baciate.

2 *almo*: che dà vita, sacro.
5 *Cui gran folla urta di gente*: intorno al quale s'affolla la gente.
9 *comoda palestra*: la scuola dell'impostura è detta comoda perché
insegna senza fatica un'attività che arricchisce facilmente.
14 *in gridi strani*: con esagerate lamentele.
16 *non culti pani*: frutti non coltivati, che non sono costati lavoro.
17 *semenza*: il seme dell'ipocrita eloquenza.

Tu dell' altro a lato al trono
20   Con la Iperbole ti posi:
E fra i turbini e fra il tuono
De' gran titoli fastosi
Le vergogne a lui celate
De la nuda umanitate.

25   Già con Numa in sul Tarpèo
Desti al Tebro i riti santi,
Onde l'augure potèo
Co' suoi voli e co' suoi canti
Soggiogar le altere menti
30   Domatrici de le genti.

Del Macedone a te piacque
Fare un dio, dinanzi a cui
Paventando l'orbe tacque:
E nell'Asia i doni tui
35   Fur che l'Arabo profeta
Sollevàro a sì gran meta.

Ave, dea. Tu come il sole
Giri e scaldi l'universo:
Te suo nume onora e cole
40   Oggi il popolo diverso:

23 *celate*: nascondete, sono soggetti l'Impostura e l'Iperbole (figura retorica con la quale si esagera la dimensione del reale).
24 *la nuda umanitate*: del sovrano, iperbolicamente esaltato dai
cortigiani, o dei sudditi le cui misere reali condizioni sono tenute
nascoste al sovrano stesso.
25-26 *Già con Numa* [Pompilio] (secondo re di Roma che diede al
suo popolo le leggi religiose dichiarando di essere stato ispirato dalla Ninfa Egeria) sul Campidoglio (*Tarpèo*) desti le leggi religiose a
Roma (*al Tebro*).
29-30 Con la superstizione religiosa poterono essere soggiogate le
menti dei romani, capaci di soggiogare militarmente gli altri
popoli.
31 *Macedone*: Alessandro il Grande.
33 *orbe*: il mondo.
35 *l'arabo profeta*: Maometto.
39 *cole*: coltiva, venera.
40 *il popolo diverso*: i diversi popoli.

E fortuna a te devota
Diede a volger la sua rota.

I suoi dritti il merto cede
A la tua divinitade,
45 E virtù la sua mercede.
Or, se tanta potestade
Hai qua giù, col tuo favore
Chè non fai pur me impostore?

Mentre pronta e ognor ferace
50 D'opportune utili fole
Have il tuo degno seguace:
Ha pieghevoli parole;
Ma tenace, e quasi monte
Incrollabile la fronte.

55 Sopra tutto ei non oblìa
Che sì fermo il tuo colosso
Nel gran tempio non starìa,
Se qual base ognor col dosso
Non reggessegli il costante
60 Verosimile le piante.

Con quest'arte Cluvìeno
Che al bel sesso ora è il più caro
Fra i seguaci di Galeno,
Si fa ricco e si fa chiaro;
65 Ed amar fa, tanto ei vale,
A le belle egre il lor male.

42 *sua rota*: la ruota della fortuna che gira a favore degli impostori.
48 *Chè*: perché.
51 *Have*: ha.
58-60 Se la costante verosimiglianza non sorreggesse con il suo dorso la base della statua dell'Impostura.
61 *Cluvìeno*: personaggio di Giovenale, medico alla moda.
63 *i seguaci di Galeno*: i medici (Galeno fu uno dei più celebri medici dell'antichità).
66 *egre*: ammalate.

Ma Cluvien dal mio destino
D'imitar non m'è concesso.
Dell'ipocrita Crispino
70 Vo' seguir l'orme da presso.
Tu mi guida, o Dea cortese,
Per lo incognito paese.

Di tua man tu il collo alquanto
Sul manc'omero mi premi:
75 Tu una stilla ognor di pianto
Da mie luci aride spremi:
E mi faccia casto ombrello
Sopra il viso ampio cappello.

Qual fia allor sì intatto giglio
80 Ch'io non macchi, e ch'io non sfrondi,
Da le forche e dall'esiglio
Sempre salvo? A me fecondi
Di quant'oro fien gli strilli
De' clienti e de' pupilli!

85 Ma qual arde amabil lume?
Ah! ti veggio ancor lontano,
Verità, mio solo nume,
Che m'accenni con la mano;
E m'inviti al latte schietto,
90 Ch'ognor bevvi al tuo bel petto.

Deh perdona! Errai seguendo
Troppo il fervido pensiere.
I tuoi rai del mostro orrendo
Scopron or le zanne fiere.
95 Tu per sempre a lui mi togli;
E me nudo nuda accogli.

___

69 *Crispino*: altro personaggio di Giovenale, tipo di ipocrita.
76 *luci aride*: occhi che non piangono mai e fingono solo la commozione.
84 *clienti*: coloro che utilizzano i servizi dell'ipocrita.
87 *nume*: divinità.

Vada in bando ogni tormento:
Ecco riede il secol d'oro.
A scherzar tornan fra loro
Innocenza e libertà.

5   Sol fra noi regni il contento;
Coroniamo il crin di rose:
Su si colgan rugiadose
Da la man dell'onestà.

La virtù non move guerra
10   A i diletti onesti e belli;
Colà in ciel nacquer gemelli
Il piacere e la virtù.

E gli dei portàro in terra
Un tesor così giocondo;
15   E così beàr del mondo
La primiera gioventù.

Folle stirpe de' mortali,
Che sè stessa ognor delude!

Il Gambarelli datò il componimento al 1774, ma le allusioni
alle nozze dell'arciduca Ferdinando con Maria Beatrice d'E-
ste fanno arretrare la data di composizione al 1771.
METRO: strofe di quattro ottonari: il primo, piano, rima con
il primo della strofe pari, il secondo e il terzo sono a rima
baciata, il quarto, tronco, rima con il quarto della strofa
pari.

2 *riede*: ritorna.
18 *delude*: inganna.

Il piacer de la virtude
20 Insolente dipartì.

L'atra allor di tutti i mali
Si destò nova procella:
E la coppia amica e bella
Solo in ciel si riunì.

25 Ma tornàro i dì beati.
Or veggiam congiunti ancora
Con un nodo che innamora,
La virtude ed il piacer.

Sposi eccelsi, a voi siam grati,
30 Che il bel dono a noi rendete:
Siete voi che l'uomo ergete
A lo stato suo primier.

Ah perchè velar l'aspetto
Sotto strane e varie forme?
35 Al fulgor de le vostr'orme
Si conosce il divin piè.

La Virtude et il Diletto,
FERDINANDO E BEATRICE!
Oh spettacolo felice,
40 Che rapisci ogn'alma a te!

Sol fra noi regni il contento:
Coroniamo il crin di rose:
Su si colgan rugiadose
Da la man dell'onestà.

45 Vada in bando ogni tormento.
Ecco riede il secol d'oro:
A scherzar tornan fra loro
Innocenza e libertà.

20 *dipartì*: separò.
21 *L'atra*: nera, riferito a *procella*.
38 FERDINANDO E BEATRICE: si tratta dell'arciduca Ferdinando e di
Maria Beatrice d'Este.

La vaga Primavera
Ecco che a noi sen viene;
E sparge le serene
Aure di molli odori.

5   L'erbe novelle e i fiori
Ornano il colle e il prato.
Torna a veder l'amato
Nido la rondinella;

E torna la sorella
10   Di lei a i pianti gravi:
E tornano a i soavi
Baci le tortorelle.

Escon le pecorelle
Del lor soggiorno odioso;
15   E cercan l'odoroso
Timo di balza in balza.

La pastorella scalza

Il Gambarelli la dice scritta nel 1765 per essere messa in musica.

METRO: strofe di quattro settenari: il secondo e il terzo rimano fra loro, il quarto rima con il primo della strofa successiva.

9 *la sorella*: l'usignolo. La mitologia greca parlava di due sorelle, Progne e Filomena, trasformate la prima in rondine e la seconda in usignolo.

14 *soggiorno odioso*: l'ovile in cui sono state costrette le pecore durante i mesi invernali.

Ne vien con esse a paro;
Ne vien cantando il caro
20 Nome del suo pastore.
    Ed ei, seguendo Amore,
Volge ove il canto sente;
E coglie la innocente
Ninfa sul fresco rio.

25   Oggi del suo desio
Amore infiamma il mondo:
Amore il suo giocondo
Senso a le cose inspira.

    Sola il dolor non mira
30 Clori del suo fedele:
E sol quella crudele
Anima non sospira.

23 *coglie*: sorprende.
24 *ninfa*: qui sta per fanciulla.
30 *Clori*: personaggio mitologico, moglie di Zefiro. Qui indica la fanciulla amata dal poeta.

Torna a fiorir la rosa
Che pur dianzi languìa;
E molle si riposa
Sopra i gigli di pria.
5   Brillano le pupille
Di vivaci scintille.

La guancia risorgente
Tondeggia sul bel viso:
E quasi lampo ardente
10   Va saltellando il riso
Tra i muscoli del labro
Ove riede il cinabro.

I crin che in rete accolti
Lunga stagione ahi foro,
15   Su l'omero disciolti
Qual ruscelletto d'oro
Forma attendon novella
D'artificiose anella.

Vigor novo conforta

Composta nel 1764 per l'undicesimo compleanno di Carlo
Imbonati, guarito dal vaiolo.
METRO: lo stesso de *La salubrità dell'aria* e de *Il bisogno*.

1 *la rosa*: il roseo colore delle guance, sintomo di buona salute in
contrasto con il pallore della malattia.
12 *riede il cinabro*: ritorna il colore rosso.
13 *rete*: la reticella in cui erano raccolti i capelli durante la
malattia.
14 *foro*: furono.
18 *artificiose anella*: ricci fatti ad arte, dal parrucchiere.

20 L'irrequìeto piede:
Natura ecco ecco il porta,
Sì che al vento non cede,
Fra gli utili trastulli
De' vezzosi fanciulli.

25   O mio tenero verso,
Di chi parlando vai,
Che studi esser più terso
E polito che mai?
Parli del giovinetto
30 Mia cura e mio diletto?

   Pur or cessò l'affanno
Del morbo ond' ei fu grave:
Oggi l'undecim' anno
Gli porta il sol, soave
35 Scaldando con sua teda
I figliuoli di Leda.

   Simili or dunque a dolce
Mele di favi Iblèi,
Che lento i petti molce,
40 Scendete, o versi miei,
Sopra l'ali sonore
Del giovinetto al core.

   O pianta di buon seme,

28 *polito*: elegante.
30 *Mia cura e mio diletto*: Parini era il suo precettore.
32 *ond'ei fu grave*: dal quale fu gravato.
34 *soave*: soavemente, dolcemente.
35 *teda*: fiaccola.
36 *I figliuoli di Leda*: i Dioscuri, Castore e Polluce: nel mese di maggio il sole è in congiunzione con la costellazione dei Gemelli, cioè dei Dioscuri.
38 *Iblèi*: di Ibla Megara, in Sicilia, località nota e celebrata dagli antichi per il miele che produceva.
39 *lento i petti molce*: lentamente addolcisce i petti.
41 *l'ali sonore*: la musica della poesia che si trasmette nell'aria fa sì che i versi siano immaginati dotati di ali.
43 *buon seme*: buona razza, nobile progenie.

        Al suolo, al cielo amica,
45   Che a coronar la speme
        Cresci di mia fatica,
        Salve in sì fausto giorno
        Di pura luce adorno.

        Vorrei di genìali
50   Doni gran pregio offrirti;
        Ma chi diè liberali
        Essere a i sacri spirti?
        Fuor che la cetra, a loro
        Non venne altro tesoro.

55   Deh perchè non somiglio
        Al Tèssalo maestro,
        Che di Tetide il figlio
        Guidò sul cammin destro!
        Ben io ti farei doni
60   Più che d'oro e canzoni.

        Già con medica mano
        Quel Centauro ingegnoso
        Rendea feroce e sano
        Il suo alunno famoso;
65   Ma non men che a la salma
        Porgea vigore all'alma.

        A lui che gli sedea
        Sopra la irsuta schiena,
        Chiron si rivolgea

44 *Al suolo, al cielo amica*: amica degli uomini e di Dio.
49-50 *genìali Doni*: doni del compleanno, il Genio essendo la divinità protettrice dell'individuo.
51-52 Ma chi ha concesso ai poeti (*sacri spirti*, divinamente ispirati) di essere generosi?
56 *Tèssalo maestro*: il centauro Chirone, maestro di Achille.
57 *di Tetide il figlio*: Achille figlio di Teti.
58 *cammin destro*: la strada della virtù.
61 *medica mano*: Chirone era anche maestro di medicina.
65 *salma*: corpo.
68 *irsuta schiena*: Chirone era un centauro, metà uomo e metà cavallo.

70   Con la fronte serena,
    Tentando in su la lira
    Suon che virtude inspira.

     Scorrea con giovanile
    Man pel selvoso mento
75   Del precettor gentile;
    E con l'orecchio intento,
    D'Eacide la prole
    Bevea queste parole:

     Garzòn, nato al soccorso
80   Di Grecia, or ti rimembra
    Perchè a la lotta e al corso
    Io t'educai le membra.
    Che non può un'alma ardita
    Se in forti membri ha vita?

85   Ben sul robusto fianco
    Stai; ben stendi dell' arco
    Il nervo al lato manco,
    Onde al segno ch'io marco,
    Va stridendo lo strale
90   Da la cocca fatale.

     Ma in van, se il resto oblìo,
    Ti avrò possanza infuso.
    Non sai qual contro a dio
    Fe' di sue forze abuso
95   Con temeraria fronte
    Chi monte impose a monte?

---

77 *D'Eacide la prole*: Achille era figlio di Peleo, figlio a sua volta di Eaco.
79 *nato al soccorso*: nato per sostenere e soccorrere.
90 *la cocca fatale*: la freccia di Achille è infallibile e perciò fatale. La cocca è l'intaccatura con la quale la freccia viene inserita sulla corda dell'arco.
93 *qual*: riferito a *abuso*
96 *Chi monte impose a monte*: i Giganti che, per scalare l'Olimpo, sovrapposero il Pellio all'Ossa.

Di Teti odi o figliuolo
Il ver che a te si scopre.
Dall'alma origin solo
100   Han le lodevol' opre.
Mal giova illustre sangue
Ad animo che langue.

D'Èaco e di Pelèo
Col seme in te non scese
105   Il valor che Tesèo
Chiari e Tirintio rese:
Sol da noi si guadagna,
E con noi s'accompagna.

Gran prole era di Giove
110   Il magnanimo Alcide;
Ma quante egli fa prove,
E quanti mostri ancide,
Onde s'innalzi poi
Al seggio de gli eroi?

115   Altri le altere cune
Lascia o Garzon che pregi.
Le superbe fortune
Del vile anco son fregi.
Chi de la gloria è vago,
120   Sol di virtù sia pago.

Onora o figlio il Nume
Che dall'alto ti guarda:

---

101 *Mal giova*: non serve a nulla.
104-105 *non scese Il valor*: la virtù non si trasmette ereditariamente.
105 *Tesèo*: celebre eroe greco.
106 *Tirintio*: Ercole, detto così perché allevato a Tirinto.
110 *Alcide*: Ercole, discendente di Alceo.
111 *prove*: imprese.
112 *ancide*: uccide.
115-116 Lascia pure, o fanciullo, che altri preghi una nascita illustre.
120 *pago*: appagato, soddisfatto.

Ma solo a lui non fume
Incenso o vittim'arda.
125 E d'uopo, Achille, alzare
Nell'alma il primo altare.

Giustizia entro al tuo seno
Sieda e sul labbro il vero;
E le tue mani sieno
130 Qual albero straniero,
Onde soavi unguenti
Stillin sopra le genti.

Perchè sì pronti affetti
Nel core il ciel ti pose?
135 Questi a Ragion commetti;
E tu vedrai gran cose:
Quindi l'alta rettrice
Somma virtude elice.

Sì bei doni del cielo
140 No, non celar Garzone
Con ipocrito velo,
Che a la virtù si oppone.
Il marchio ond'è il cor scolto,
Lascia apparir nel volto.

145 Da la lor meta han lode,
Figlio, gli affetti umani.
Tu per la Grecia prode
Insanguina le mani:
Qua volgi, qua l'ardire
150 De le magnanim'ire.

123-124 Ma in suo onore non fumi soltanto l'incenso o arda la vittima: non accontentarti cioè, di onorare la virtù solo esteriormente.
130 *albero straniero*: la mirra.
135 *commetti*: affida.
137-138 Di qui, cioè dai *pronti affetti*, la ragione (*alta rettrice*)
trae le massime virtù.
143 *Il marchio ond'è il cor scolto*: il marchio dal quale il cuore è
scolpito.
147 *prode*: valorosamente.

Ma quel più dolce senso,
Onde ad amar ti pieghi,
Tra lo stuol d'armi denso
Venga, e pietà non nieghi
155 Al debole che cade,
E a te grida pietade.

Te questo ognor costante
Schermo renda al mendico;
Fido ti faccia amante
160 E indomabile amico.
Così, con legge alterna,
L'animo si governa.

Tal cantava il Centauro.
Baci il giovan gli offriva
165 Con ghirlande di lauro.
E Tetide che udiva,
A la fera divina
Plaudìa da la marina.

151 *senso*: sentimento.
157-158 Questo sentimento ti renda costante difensore dei poveri.
161 *con legge alterna*: con l'alternarsi di coraggio e di dolcezza.
163 *Tal*: in questo modo.
167 *la fera divina*: Chirone.

Quell'ospite è gentil che tiene ascoso
A i molti bevitori
Entro a i dogli paterni il vino annoso
Frutto de' suoi sudori;
5   E liberale allora
Sul desco il reca di bei fiori adorno,
Quando i Lari di lui ridenti intorno
Degno straniere onora:
E versata in cristalli empie la stanza
10   Insolita di Bacco alma fragranza.

Tal io la copia che de i versi accolgo
Entro a la mente, sordo
Niego a le brame dispensar del volgo
Che vien di fama ingordo.
15   In van l'uomo che splende
Di beata ricchezza, in van mi tenta
Sì che il bel suono de le lodi ei senta,

Scritta nel 1777 in onore di Maria Pellegrina Amoretti nata a Oneglia nel 1756 e morta nel 1787: donna eccezional-
mente portata agli studi, nel 1777 si laureò in legge all'università di Pavia.
METRO: strofe di dieci endecasillabi e settenari disposti secondo lo schema AbAbcDDcEE.

3 *I dogli*: specie di botti.
6 *di bei fiori adorno*: allude all'usanza antica di coronare le tazze
di vino con fiori.
7 *i Lari di lui ridenti intorno*: mentre la sua famiglia fa festa intorno a lui (i Lari erano le divinità protettrici della famiglia).
13-14 Non voglio concedere alle brame di chi è solo desideroso di fama.

Che dolce al cor discende:
E in van de' grandi la potenza e l'ombra
20 Di facili speranze il sen m'ingombra.

Ma quando poi sopra il cammin de i buoni
Mi comparisce innanti
Alma che ornata di suoi propri doni,
Merta l'onor de i canti,
25 Allor da le segrete
Sedi del mio pensiero escono i versi,
Atti a volar di viva gloria aspersi
Del tempo oltra le mete:
E donator di lode accorto e saggio
30 Io ne rendo al valor debito omaggio.

Ed or che la risorta insubre Atene,
Con strana meraviglia,
Le lunghe trecce a coronar ti viene,
O di Pallade figlia;
35 Io rapito al tuo merto
Fra i portici solenni e l'alte menti
M'innoltro, e spargo di perenni unguenti
Il nobile tuo serto:
Nè mi curo se a i plausi, onde vai nota,
40 Pinge ingenuo rossor tua casta gota.

Ben so che donne valorose e belle
A tutte l'altre esempio
Veggon splender lor nomi a par di stelle

19 *l'ombra*: la protezione.
23 *Alma*: anima.
26-27 In grado di volare, perché protetti da autentica gloria, oltre i confini del tempo.
30 *ne*: della lode.
31 *risorta insubre Atene*: Pavia, paragonata ad Atene, risorta per le riforme universitarie dovute a Maria Teresa d'Austria. *Insubre* (dagli Insubri antichi abitatori della Lombardia) sta per lombarda.
34 *di Pallade figlia*: donna sapiente, figlia di Pallade Minerva, dea della sapienza.
36 *i portici solenni*: dell'università.
36 *alte menti*: i professori che diedero la laurea all'Amoretti.
38 *Il nobile tuo serto*: la laurea.

D'eternità nel tempio:
45 E so ben che il tuo sesso
Tra gli ufizi a noi cari e l'umil arte
Puote innalzarsi, e ne le dotte carte
Immortalar sè stesso.
Ma tu gisti colà, Vergin preclara,
50 Ove di molle piè l'orma è più rara.

Sovra salde colonne antica mole
Sorge augusta e superba,
Sacra a colei che dell'umana prole,
Frenando, i dritti serba.
55 Ivi la Dea si asside
Custodendo del vero il puro foco;
Ivi breve sul marmo in alto loco
Il suo volere incide:
E già da quello stile aureo, sincero
60 Apprendea la giustizia il mondo intero.

Ma d'ignari cultor turbe nemiche
Con temerario piede
Osàro entrar ne le campagne apriche,
Ove il gran tempio siede:
65 E la serena piaggia
Occuparon così di spini e bronchi,
Che fra i rami intricati e i folti tronchi
A pena il sol vi raggia;

46 *gli ufizi a noi cari e l'umil arte*: le attività domestiche cui è solita dedicarsi la donna.
47 *le dotte carte*: gli studi.
50 *Ove di molle piè l'orma è più rara*: dove più raramente si fanno luce le donne.
53-54 *colei che dell'umana prole, Frenando, i dritti serba*: la giustizia che protegge i diritti degli uomini frenando con le leggi ogni arbitrio. L'Amoretti s'era appunto laureata in legge.
57-58 *breve sul marmo in alto loco Il suo volere incide*: in modo conciso incide sul marmo, affinché siano più durevoli, le leggi.
60 *Apprendea la giustizia il mondo intero*: allusione al diritto romano da cui ha avuto origine gran parte della legislazione moderna.
61-70 Lunga e farraginosa metafora con la quale si paragona l'apparato delle leggi a un tempio invaso da selve che lo rendono oscuro.

E l'aere inerte per le fronde crebre
70 V'alza dense all'intorno atre tenèbre.

          Ben tu di Saffo e di Corinna al pari,
     O donne altre famose,
     Per li colli di Pindo ameni e vari
     Potevi coglier rose:
75   Ma tua virtù s'irrìta
     Ove sforzo virile a pena basta;
     E nell'aspro sentier che al piè contrasta,
     Ti cimentasti ardita
     Qual già vide a i perigli espor la fronte
80   Fiere vergini armate il Termodonte.

          Or poi, tornando dall'eccelsa impresa,
     Quì sul dotto Tesino
     Scoti la face al sacro foco accesa
     Del bel tempio divino:
85   E dall'arguta voce
     Tal di raro saper versi torrente,
     Che il corso a seguitar de la tua mente
     Vien l' applauso veloce,
     Abbagliando al fulgor de' raggi tui
90   La invidia che suol sempre andar con lui.

          Chi può narrar qual dal soave aspetto
     E da' verginei labri
     Piove ignoto finora almo diletto
     Su i temi ingrati e scàbri?
95   Ecco la folta schiera
     De' giovani vivaci a te rivolta

69 *crebre*: fitte.
71 *di Saffo e di Corinna al pari*: come Saffo e Corinna, celebri poetesse greche.
73 *colli di Pindo*: i colli del Monte delle Muse, cioè la poesia.
75 *s'irrìta*: si impegna.
79-80 Allo stesso modo il Termodonte (fiume della Cappadocia) vide le amazzoni guerriere (*fiere vergini*), esporsi ai pericoli della battaglia.
81 *eccelsa impresa*: gli studi giuridici.
82 *dotto Tesino*: dotto Ticino, cioè Pavia attraversata dal fiume.
84 *bel tempio divino*: il tempio della giustizia.
85 *arguta*: sottile, femminea.

Vede sparger di fior, mentre t'ascolta,
Sua nobile carriera:
E al novo esempio de la tua tenzone
100   Sente aggiugnersi al fianco acuto sprone.

    A i detti, al volto, a la grand'alma espressa
Ne' fulgid'occhi tuoi
Ognun ti crederìa Temide stessa,
Che rieda oggi fra noi:
105   Se non che Oneglia, altrice
Nel fertil suolo di palladj ulivi,
Alza a i trionfi tuoi gridi giulivi;
E fortunata dice:
Dopo il gran Doria, a cui died'io la culla,
110   È il mio secondo sol questa fanciulla.

    E il buon parente che su l'alte cime
Di gloria oggi ti mira,
A forza i moti del suo cor comprime,
E pur con sè s'adira.
115   Ma poi cotanto è grande
La piena del piacer che in sen gli abbonda,
Che l'argin di modestia alfine innonda,
E fuor trabocca e spande:
E anch'ei col pianto che celar desìa,
120   Grida tacendo: questa figlia è mia.

    Ma dal cimento glorìoso e bello
Tanto stupore è nato,

97-98 Vede sparsa di fiori la propria carriera, ritenuta arida, perché praticata da una gentile fanciulla.
101 *a la grand'alma espressa*: al nobile spirito che si manifesta.
103 *Temide*: dea della giustizia.
104 *rieda*: ritorni.
105-106 *altrice Nel fertil suolo di Palladj ulivi*: che alimenta col suo suono gli ulivi sacri a Pallade, dea della sapienza.
109 *Doria*: Andrea Doria (1466-1560) era nato a Oneglia.
111 *parente*: padre.
114 *E pur con sè s'adira*: si adira con se stesso perché non riesce a nascondere la sua commozione.
117 *l'argin di modestia*: il ritegno della modestia che non vorrebbe che si manifestasse apertamente l'orgoglio del padre.

Che già reca per te premio novello
L'erudito Senato.
125 Già vien su le tue chiome
Di lauro a serpeggiar fronda immortale:
E fra lieto tumulto in alto sale
Strepitoso il tuo nome;
E il tuo sesso leggiadro a te dà lode
130 De' novi onori, onde superbo ei gode.

Oh amabil sesso che su l'alme regni
Con sì possente incanto,
Qual alma generosa è che si sdegni
Del novello tuo vanto?
135 La tirannìa virile
Frema, e ti miri a gli onorati seggi
Salir togato, e de le sacre leggi
Interprete gentile,
Or che d'Europa a i popoli soggetti
140 Fin dall'alto dei troni anco le detti.

Tu sei che di ragione il dolce freno
Sul forte Russo estendi;
Tu che del chiaro Lusitan nel seno
L'antico spirto accendi.
145 Per te Insubria beata,
Per te Germania è glorìosa e forte;

---

123 *premio novello*: per la straordinaria occasione del conseguimento della laurea da parte di una donna l'università le decretò onori speciali.
135 *La tirannìa virile*: il potere che gli uomini pretendono d'avere sulle donne.
136-137 *a gli onorati seggi Salir togato*: accedere alle carriere della toga (la magistratura, l'avvocatura ecc.).
140 *Fin dall'alto dei troni anco le detti*: allude alle numerose sovrane europee, che dettano legge ai popoli d'Europa.
141 *Tu*: Caterina II zarina di Russia dal 1762 al 1796.
143 *Tu*: Maria I di Braganza regina del Portogallo dal 1777 al 1816.
143 *Lusitan*: portoghese.
145 *Per te*: Maria Teresa d'Austria imperatrice dal 1740 al 1780.
145 *Insubria*: Lombardia.

Tal che al favor de le tue leggi accorte
Spero veder tornata
L'età dell'oro, e il viver suo giocondo,
150   Se tu governi ed ammaestri il mondo.

E l'albero medesmo, onde fu colto
Il ramoscel che ombreggia
A la dotta Donzella il nobil volto,
Convien che a te si deggia.
155   In esso alta Regina
Tien conversi dal trono i suoi bei rai;
Tal che lieto rinverde, e più che mai
Al cielo s'avvicina.
Quanto è bello a veder che il grato alloro
160   Doni al sesso di lei pompa e decoro!

Ma già la Fama all'impaziente Oneglia
Le rapid' ali affretta;
E gridando le dice: olà, ti sveglia;
E la tua luce aspetta.
165   Insubria, onde romore
Va per mense ospitali ed atti amici,
Sa gli stranieri ancor render felici
Nel calle dell'onore.
Or quai, Vergine illustre, allegri giorni
170   Ti prepara la patria allor che torni?

Pari a la gloria tua per certo a pena
Fu quella, onde si cinse
Colà d'Olimpia nell'ardente arena
Il lottator che vinse;

151 *l'albero*: l'alloro.
154 *a te*: al gentil sesso.
155-156 In esso, cioè nell'alloro, simbolo delle arti e delle scienze,
tien rivolti i suoi occhi dal trono la nobile imperatrice.
158 *Al cielo s'avvicina*: cresce rigoglioso.
164 *la tua luce*: colei che ti dà luce.
165-166 *onde romore Va per mense ospitali ed atti amici*: della
quale è diffusa la fama di ospitalità e di cordialità.
173 *d'Olimpia nell'ardente arena*: nell'arena assolata dei giochi di
Olimpia.

175   Quando tra i lieti gridi
        Il guadagnato serto al crin ponea;
        E col premio d'onor che l'uomo bea,
        Tornava ai patrj lidi;
        E scotendo le corde amiche a i vati
180   Pindaro lo seguìa con gl'Inni alati.

180 *Pindaro*: famosissimo poeta greco che celebrò nelle sue odi i vincitori dei giochi olimpici.

Aborro in su la scena
Un canoro elefante
Che si strascina a pena
Su le adipose piante,
5   E manda per gran foce
Di bocca un fil di voce.

Ahi pera lo spietato
Genitor che primiero
Tentò di ferro armato
10   L'esecrabile e fiero
Misfatto, onde si duole
La mutilata prole!

Tanto dunque de' grandi
Può l'ozìoso udito,
15   Che a' rei colpi nefandi
Sen corra il padre ardito,

Tradizionalmente datata al 1770, Isella ha proposto, in modo convincente, di spostarla agli anni tra il '61 e il '64.
METRO: lo stesso de *La salubrità dell'aria*.

2 *Un canoro elefante*: un cantante innaturalmente ingrassato perché evirato. Come è noto ancora nel Settecento era diffusa la costumanza di castrare fanciulli per ottenerne cantanti: contro tale usanza è rivolta quest'ode.
5 *gran foce*: bocca spalancata.
7 *pera*: perisca.
9 *Tentò*: osò compiere.
11 *Misfatto*: la castrazione.
14 *l'ozìoso udito*: il raffinato udito degli oziosi aristocratici, per compiacere i quali si è diffuso l'uso delle evirazioni.

Peggio che fera od angue
Crudel contro al suo sangue?

    Oh misero mortale,
20 Ove cerchi il diletto?
Ei tra le placid' ale
Di natura ha ricetto:
Là con avida brama
Susurrando ti chiama.

25   Ella femminea gola
Ti diede, onde soave
L'aere se ne vola
Or acuto, ora grave;
E donò forza ad esso
30 Di rapirti a te stesso.

    Tu non però contento
De' suoi doni, prorompi
Contro a lei vìolento,
E le sue leggi rompi;
35 Cangi gli uomini in mostri,
E lor dignità prostri.

    Barbara gelosìa
Nel superbo orìente
So che pietade oblìa
40 Ver la misera gente,
Che da lascivo inganno
Assecura il tiranno:

    E folle rito al nudo
Ultimo Caffro impone
45 Il taglio atroce e crudo,

17 *angue*: serpente.
24 *susurrando*: invitandoti dolcemente.
25 *Ella*: la natura.
41-42 Che rende il tiranno sicuro da ogni inganno amoroso: allude all'usanza orientale di fare degli eunuchi i custodi degli harem.
44 *Ultimo*: lontanissimo.
45 *Il taglio atroce e crudo*: si era convinti che gli Ottentotti fosse-

Onde al molle garzone
Il decimo funesto
Anno sorge sì presto.

Ma a te in mano lo stile,
50   Italo genitore,
Pose cura più vile
Del geloso furore:
Te non error, ma vizio
Spinge all'orrido ufizio.

55   Arresta, empio! Che fai?
Se tesoro ti preme,
Nel tuo figlio non l'hai?
Con le sue membra insieme,
Empio! il viver tu furi
60   A i nipoti venturi.

Oh cielo! e tu consenti
D'oro sì cruda fame?
Nè più il foco rammenti
Di Pentapoli infame,
65   Le cui orribil' opre
Il nero àsfalto copre?

No; del tesor che aperto

ro soliti mutilare di una parte della virilità i loro figli quando com-
pivano dieci anni.
49 *lo stile*: strumento per l'evirazione.
51-52 *cura più vile Del geloso furore*: preoccupazione più abietta
della gelosia: i figli si castravano, infatti, per avidità di denaro.
53 *error*: superstizione, errore compiuto in buona fede.
59-60 *il viver tu furi A i nipoti venturi*: castrando il figlio si toglie
la vita anche ai potenziali nipoti.
62 *cruda*: crudele.
64 *Pentapoli*: le cinque città corrotte della Bibbia: Sodoma, Go-
morra, Adama, Zeboim, Zoar, quattro delle quali furono distrutte
dal fuoco divino.
66 *Il nero àsfalto copre*: dopo la loro distruzione le città furono
ricoperte dal bitume.
67-68 *tesor che aperto Già ne la mente pingi*: tesoro che immagini
già pronto.

Già ne la mente pingi,
Tu non andrai per certo
70   Lieto come ti fingi,
Padre crudel! Suo dritto
De' avere il tuo delitto.

L'oltraggio ch'or gli è occulto,
Il tuo tradito figlio
75   Ricorderassi adulto;
Con dispettoso ciglio
Da la vista fuggendo
Del carnefice orrendo.

In vano, in van pietade
80   Tu cercherai: chè l' alma
In lui depressa cade
Con la troncata salma;
Ed impeto non trova
Che a virtude la mova.

85   Misero! A lato a i regi
Ei sederà cantando
Fastoso d'aurei fregi;
Mentre tu mendicando
Andrai canuto e solo
90   Per l'Italico suolo:

Per quel suolo che vanta
Gran riti e leggi e studi;
E nutre infamia tanta
Che a gli Affricani ignudi,
95   Benchè tant'alto saglia,
E a i barbari lo agguaglia.

70 *ti fingi*: immagini.
71 *Suo dritto*: la sua pena.
76 *dispettoso ciglio*: volto adirato.
82 *la troncata salma*: corpo mutilato.
92 *Gran riti*: riti religiosi: allude forse alla norma in base alla quale nelle cerimonie ecclesiastiche non potevano cantare le donne ma solo i castrati.

> Qual fra le mense loco
> Versi otterranno che da nobil vena
> Scendano; e all' 'acre foco
> Dell' arte imponga la sottil Camena,
> 5   Meditante lavoro
> Che sia di nostra età pregio e decoro?
>
> Non odi alto di voci
> I convitati sollevar tumulto,
> Che i Centauri feroci
> 10   Fa rammentar, quando con empio insulto
> All' ospite di liti
> Sparsero e guerra i nuzìali riti?
>
> V'ha chi al negato *Scaldi*
> Con gli abeti di Cesare veleggia;

Pubblicata nel 1786 fu occasionata da una richiesta della contessa Paola Castiglioni, nata Litta Arese (1751-1846).
METRO: strofe di sei settenari ed endecasillabi secondo lo schema ABABCC.

1 *loco*: considerazione, attenzione.
4 *Camena*: la Musa.
5 *meditante*: che si propone di conseguire.
7 *alto*: riferito a tumulto.
9 *Centauri*: personaggi mitologici metà uomini metà cavalli.
11-12 *di liti Sparsero e guerra i nuzìali riti*: i Centauri, invitati alle nozze di Piritoo e Ippodamia, inebriati dal vino, cercarono di rapire la sposa.
13-14 C'è chi parla della guerra tra Giuseppe II imperatore d'Austria e l'Olanda, guerra intrapresa dall'imperatore per ottenere il passaggio sulla Scheda (*negato Scaldi*): il chiacchierone immagina che la guerra sia già vinta e che possa navigare con l'imperatore sul fiume oggetto della disputa.

E la vast'onda e i saldi
     Muri sprezzati, già nel cor saccheggia
     De' Batavi mercanti
     Le molto di tesoro arche pesanti.

     A Giove altri l'armata
20   Destra di fulmin spoglia; ed altri a volo
     Sopra l'aria domata
     Osa portar novelle genti al polo.
     Tal sedendo confida
     Ciascuno, e sua ragion fa de le grida.

25   Vincere il suon discorde
     Speri colui che di clamor le folli
     Mènadi, allor che lorde
     Di mosto il viso balzan per li colli,
     Vince; e, con alta fronte,
30   Gonfia d'audace verso inezie conte.

        O gran silenzio intorno
     A sè vanti compor Fanno procace,
     Se del pudore a scorno
     Annunzia carme onde a i profani piace;
35   Da la cui lubric' arte
     Saggia matrona vergognando parte.

        Orecchio ama placato
     La musa, e mente arguta e cor gentile.
     Ed io, se a me fia dato

19-20 Un altro parla della scoperta del parafulmine, che ha spogliato Giove della sua arma preferita (nella mitologia Giove scagliava le folgori).

20-22 Un altro immagina di portare uomini nel cielo (al polo) dominando l'aria con la recente invenzione del pallone aerostatico.

27 *Mènadi*: le Baccanti seguaci del dio Bacco che, inebriate, si abbandonavano a cerimonie selvagge e rumorose.

30 *Gonfia d'audace verso inezie conte*: riveste di versi reboanti sciocchezze note a tutti (*conte*).

32 *Fauno procace*: il poeta licenzioso, che ottiene silenzio solo perché recita versi osceni.

38 *arguta*: raffinata.

39 *se a me fia dato*: se mi sarà concesso.

40   Ordir mai su la cetra opra non vile,
        Non toccherò già corda
        Ove la turba di sue ciance assorda.

            Ben de' numeri miei
        Giudice chiedo il buon cantor che destro
45   Volse a pungere i rei
        Di Tullio i casi; ed or, novo maestro
        A far migliori i tempi,
        Gli scherzi usa del Frigio e i propri esempi;

            O te, Paola, che il retto
50   E il bello atta a sentir formaro i Numi;
        Te che il piacer concetto
        Mostri, dolce intendendo i duo bei lumi,
        Onde spira calore
        Soavemente periglioso al core.

43 *numeri*: versi.
44 *il buon cantor*: come spiegano i versi seguenti si tratta del poeta amico di Parini, Gian Carlo Passeroni (1713-1803) che compose
un lungo poema satirico intitolato *Il Cicerone*.
46 *Tullio*: Marco Tullio Cicerone, il celebre oratore latino, che dà
il titolo al poema di Passeroni.
48 *Frigio*: Esopo, modello a cui si ispirano le favole composte da
Passeroni.
49 *Paola*: la marchesa Paola Castiglioni.
51 *concetto*: concepito, sentito.
52 *dolce intendendo i duo bei lumi*: guardando dolcemente con i
due begli occhi.
54 *Soavemente periglioso*: pericoloso per la sua soavità.

Odi, Alcone, il muggito
Nell'alto mar de la crudel tempesta,
E la folgor funesta
Che con tuono infinito
5   Scoppia da lungi, e rimbombar fa il lito.

Ahimè miseri legni,
Che cupidigia e ambizìon sospinse;
E facil aura vinse
Per li mobili regni
10   Lor speme a sciorre oltre gli Erculei segni!

Pubblicata nel 1789 fu composta probabilmente nel 1786
prendendo spunto dalle radicali riforme burocratiche volu-
te da Giuseppe II e attuate in Lombardia attraverso l'opera dell'arciduca Ferdinando. L'intera ode consiste in una
lunga allegoria: colui che parla è lo stesso Parini e il suo
interlocutore, Alcone, è probabilmente Vincenzo D'Adda
professore a Brera e quindi collega oltre che amico del Parini. Entrambi in seguito alle riforme giuseppine correvano il
rischio di perdere la cattedra. Se l'ode risalisse al 1781, come fu erroneamente proposto da alcuni studiosi, Alcone sarebbe da identificare in Gian Carlo Passeroni. Comunque
spesso le allusioni dell'ode non sono molto chiare.
METRO: strofe di cinque settenari ed endecasillabi secondo lo
schema ABBAA.

1 *Alcone*: l'amico del poeta.
5 *da lungi*: probabile allusione al fatto che le riforme erano decise
a Vienna.
6 *legni*: navi.
10 *gli Erculei segni*: le colonne d'Ercole, lo stretto di Gibilterra.

Altro sperò giocondo
Tornar da ignote prezìose cave;
E d'oro e gemme grave
Opprimer col suo pondo
15 De la spiaggia nativa il basso fondo.

Credeva altro d'immani
Mostri oleosi preda far nell'alto;
Altro feroce assalto
Dare a gli abeti estrani,
20 E dell'altrui tesoro empier suoi vani.

Ma il tuono e il vento e l'onda
Terribilmente agita tutti e batte;
Nè le vele contratte
Nè da la doppia sponda
25 Il forte remigar, l'urto che abbonda

Vince nè frena. E in tanto
Serpendo incendìoso il fulmin fischia:
E fra l'orribil mischia
De' venti e il bujo manto
30 Del cielo, ognun paventa essere infranto.

E già più l'un non puote
L'alto durar tormento: uno al destino
Fa contrario cammino;

11 *Altro*: uno di quei legni.
12 *cave*: miniere.
13 *grave*: carico.
17 *Mostri oleosi*: balene.
17 *alto*: alto mare
19 *abeti estrani*: navi straniere, vuole alludere a imprese corsare.
20 *vani*: stive.
23 *contratte*: arrotolate, ammainate.
24 *doppia sponda*: due fianchi della nave.
27 *Serpendo incendìoso*: che serpeggiando provoca incendi.
31 *l'un*: uno dei legni, delle navi.
32 *durar*: resistere.
33 *contrario cammino*: inverte la rotta allontanandosi dalla meta
che si era proposta.

Un contro all'aspra cote
35 Di cieco scoglio il fianco urta e percote.

E quale il flutto avverso
Beve già rotto: e qual del multiforme
Monte dell'acque enorme
Sopra di lui riverso
40 Cede al gran peso; e alfin piomba sommerso.

Alcon, non ti rammenti
Quel che superbo per ornata prora
Veleggiava finora,
Di purpurei lucenti
45 Segni ingombrando gli alberi potenti?

A quello d'ambo i lati
Ignivome s'aprìan di bronzo bocche;
Onde pari a le rocche
Forza sprezzava e agguati
50 D'abete o pin contro al suo corso armati.

E l'onde allettatrici
Stendeansi piane a lui davanti: e a i grembi
Fregiati d'aurei lembi
De' canapi felici
55 Spiravan ostinati i venti amici:

---

34 *cote*: pietra.
35 *cieco*: nascosto.
37 *già rotto*: ormai spezzato dagli urti, si riferisce naturalmente a legni.
37-38 *multiforme Monte*: le montagne d'acqua, le onde che assumono multiformi aspetti.
42 *Quel che superbo*: probabile allusione a Pietro Verri che, in seguito alla soppressione del suo ufficio voluta dalla riforma, fu nel 1786 collocato a riposo.
45 *Segni*: bandiere.
47 *Ignivome s'aprìan di bronzo bocche*: dai fianchi della nave sporgevano le bocche di bronzo dei cannoni che vomitano fuoco (*ignivome*).
50 *D'abete o pin*: altre navi.
55 *ostinati*: costanti.

Mentre Glauco e i Tritoni
Pur con le braccia lo spingean più forte;
E da le conche torte
Lusingavano i buoni
60   Augurj intorno a lui con alti suoni.

E lungo i pinti banchi
Le dee del mar sparse le chiome bionde
Carolavan per l'onde,
Che lucide su i bianchi
65   Dorsi fuggian strisciando e sopra i fianchi.

Fra tanto, senza alcuno
Il beato nocchier timor che il roda,
Dall' alto de la proda
Al mattin primo e al bruno
70   Vespro così cantava inni a Nettuno:

A te sia lode o nume,
Di cui son l'opre ognor potenti e grandi,
O se nel suol ti spandi
Con le fuggenti spume,
75   O di Cinzia t'innalzi al chiaro lume.

Tu col tridente altero
A tuo piacer la terra ampia dividi;
Tu fra gli opposti lidi
Del duplice emisfero
80   Scorrevole a i mortali apri sentiero.

56 *Glauco e i Tritoni*: divinità marine, allegoricamente i personaggi della corte dell'arciduca Ferdinando.
58 *conche torte*: conchiglie attorcigliate, che servivano da trombe.
61 *i pinti banchi*: fianchi della nave, i banchi però sono propriamente i sedili dei rematori.
63 *Carolavan*: danzavano.
70 *Nettuno*: dio del mare, nella cui figura è probabilmente adombrato l'arciduca Ferdinando.
73 *O se*: sia che.
75 *O di Cinzia t'innalzi al chiaro lume*: sia che ti sollevi alla luce della luna. Allude al movimento dell'alta e bassa marea.
80 *Scorrevole a i mortali apri sentiero*: apri una comoda strada agli uomini.

        Rota per te le nuove
        Con subitaneo piè veci Fortuna:
        E quello che con una
        Occhiata il tutto move,
85   Non è di te maggior superno Giove.

        Tale adulava. Or mira,
        Or mira, Alcon, come del porto in faccia,
        Lungi dal porto il caccia
        Nettuno stesso; e a dira
90   Sorte con gli altri lo trasporta e aggira!

        E la ricchezza imposta
        Indi con la tornante onda ritoglie;
        E le lacere spoglie
        Ne gitta, e la scomposta
95   Mole a traverso dell' arida costa.

        Ahi qual furore il mena
        Pur contra noi d'ogni avarizia schivi,
        Che sotto a i sacri ulivi
        Radendo quest' arena
100   Peschiam canuti con duo remi a pena!

        Alcon, che più s'aspetta?
        Ecco il turbine rio che omai n'è sopra.
        Lascia che il flutto copra

81-82 La Fortuna per mezzo tuo, con il piede rapido, fa girare la
sua ruota procurando nuove ricchezze (attraverso il commercio ma-
rittimo).
85 *superno Giove*: Giove supremo, l'imperatore.
86 *Tale adulava*: in questo modo adulava: soggetto è di nuovo il
beato nocchier del v. 67.
89-90 *dira Sorte*: crudele destino.
91 *imposta*: già caricata sulla nave.
92 *Indi con la tornante onda ritoglie*: con l'onda che torna a
colpire ritoglie alla nave (*indi*).
97 *d'ogni avarizia schivi*: privi di avidità e di ambizioni.
98 *i sacri ulivi*: il poeta e il suo amico non si dedicano alla carriera politica ma a quella poetica simboleggiata appunto dalle fronde d'ulivo, pianta sacra a Pallade.
102 *omai n'è sopra*: ormai c'è addosso.

La sdrucita barchetta;
105 E noi nudi salvianci al sasso in vetta.

O giovanetti, piante
Ponete in terra; quì pomi inserite;
Quì gli armenti nodrite
Sotto a le leggi sante
110 De la natura in suo voler costante.

Quì semplici a regnare;
Quì gli utili prendete a ordir consigli;
Nè fidate de' figli
La sorte, o de le care
115 Spose all'arbitrio del volubil mare.

---

105 *nudi*: senza preoccuparsi di salvare il superfluo. Fuor di metafora: ritiriamoci a vita privata abbandonando gli incarichi pubblici.
107 *Ponete in terra*: seminate.
107 *pomi inserite*: innestate alberi da frutta.
111 *a regnare*: dipende da *prendete* del v. successivo.
113 *fidate*: affidate.

È pur dolce in su i begli anni
De la calda età novella
Lo sposar vaga donzella
Che d'amor già ne ferì!

5   In quel giorno i primi affanni
Ci ritornano al pensiere:
E maggior nasce il piacere
Da la pena che fuggì.

Quando il sole in mar declina
10   Palpitare il cor si sente:
Gran tumulto è ne la mente:
Gran desìo ne gli occhi appar.

Quando sorge la mattina
A destar l' aura amorosa,
15   Il bel volto de la sposa
Si comincia a contemplar.

Bel vederla in su le piume
Riposarsi al nostro fianco,
L' un de' bracci nudo e bianco
20   Distendendo in sul guancial:

Composta e pubblicata nel 1777 per le nozze del marchese
Carlo Malaspina con la contessa Teresa Montanari.
METRO: strofe di quattro ottonari: il primo rima con il primo della strofa pari; il secondo e il terzo sono a rima baciata; il quarto è tronco e rima con il quarto della strofa pari.

E il bel crine oltra il costume
Scorrer libero e negletto;
E velarle il giovin petto
Ch' or discende, or alto sal.

25   Bel veder de le due gote
Sul vivissimo colore
Splender limpido madore,
Onde il sonno le spruzzò:

Come rose ancora ignote,
30   Sovra cui minuta cada
La freschissima rugiada
Che l'aurora distillò.

Bel vederla all' improvviso
I bei lumi aprire al giorno;
35   E cercar lo sposo intorno,
Di trovarlo incerta ancor:

E poi schiudere il sorriso
E le molli parolette
Fra le grazie ingenue e schiette
40   De la brama e del pudor.

O Garzone, amabil figlio
Di famosi e grandi eroi,
Sul fiorir de gli anni tuoi
Questa sorte a te verrà.

45   Tu domane aprendo il ciglio
Mirerai fra i lieti lari

---

21 *oltra il costume*: fuori dall'usato.
27 *madore*: il lieve velo di sudore.
28 *Onde*: di cui.
29 *ignote*: appena fiorite e quindi non ancor viste da nessuno.
34 *lumi*: occhi.
42 *Di famosi e grandi eroi*: i Malaspina erano una famiglia di antica nobiltà.
46 *i lieti lari*: la casa lieta, serena.

Un tesor che non ha pari
E di grazie e di beltà.

Ma oimè come fugace
50   Se ne va l'età più fresca,
E con lei quel che ne adesca
Fior sì tenero e gentil!

Come presto a quel che piace
L'uso toglie il pregio e il vanto;
55   E dileguasi l'incanto
De la voglia giovanil!

Te beato in fra gli amanti,
Che vedrai fra i lieti lari
Un tesor che non ha pari
60   Di bellezza e di virtù!

La virtù guida costanti
A la tomba i casti amori,
Poi che il tempo invola i fiori
De la cara gioventù.

---

51 *ne adesca*: ci attrae.
62 *i casti amori*: l'amore coniugale.

Quando Orìon dal cielo
Declinando imperversa;
E pioggia e nevi e gelo
Sopra la terra ottenebrata versa,

5   Me spinto ne la iniqua
Stagione, infermo il piede,
Tra il fango e tra l'obliqua
Furia de' carri la città gir vede;

E per avverso sasso
10   Mal fra gli altri sorgente,
O per lubrico passo
Lungo il cammino stramazzar sovente.

Ride il fanciullo; e gli occhi
Tosto gonfia commosso,
15   Che il cubito o i ginocchi
Me scorge o il mento dal cader percosso.

Composta nel 1785 e pubblicata nel gennaio dell'86.
METRO: strofe di tre settenari e un endecasillabo a rime
alternate.

1 *Orìon*: Orione, costellazione che tramonta nel cuore dell'inverno
quando il cattivo tempo imperversa (*declinando imperversa*).
5 *spinto*: costretto dalla condizione di miseria.
6 *infermo il piede*: zoppicando. Come è noto Parini era claudicante.
7 *obliqua*: disordinata.
8 *gir*: andare.
9 *avverso sasso*: sasso sporgente che insidia il passo.
11 *lubrico passo*: passaggio sdrucciolevole per il fango.
12 *stramazzar*: è sempre retto da *la città vede*.
16 *percosso*: ferito.

Altri accorre; e: oh infelice
E di men crudo fato
Degno vate! mi dice;
20 E seguendo il parlar, cinge il mio lato

Con la pietosa mano;
E di terra mi toglie;
E il cappel lordo e il vano
Baston dispersi ne la via raccoglie:

25 Te ricca di comune
Censo la patria loda;
Te sublime, te immune
Cigno da tempo che il tuo nome roda

Chiama gridando intorno;
30 E te molesta incìta
Di poner fine al *Giorno*,
Per cui cercato a lo stranier ti addita.

Ed ecco il debil fianco
Per anni e per natura
35 Vai nel suolo pur anco
Fra il danno strascinando e la paura:

Nè il sì lodato verso
Vile cocchio ti appresta,
Che te salvi a traverso
40 De' trivj dal furor de la tempesta.

18 *men crudo*: meno crudele.
19 *vate*: poeta.
20 *cinge il mio lato*: cinge i miei fianchi, per aiutarmi.
23 *vano*: inutile, perché non è servito a evitare la caduta.
25-26 *ricca di comune Censo*: ricca di denaro pubblico.
28 *Cigno*: poeta.
29 *Chiama gridando intorno*: ti acclama affollandosi intorno a te.
30 *molesta*: insistente.
33-34 *il debil fianco Per anni e per natura*: il corpo debole per costituzione e per l'età avanzata.
35 *Vai nel suolo pur anco*: vai ancora a piedi.
38 *Vile cocchio*: una modesta carrozza.
40 *trivj*: gli incroci delle strade dove il traffico è più intenso.

Sdegnosa anima! prendi,
Prendi novo consiglio,
Se il già canuto intendi
Capo sottrarre a più fatal periglio.

45 Congiunti tu non hai,
Non amiche, non ville
Che te far possan mai
Nell'urna del favor preporre a mille:

  Dunque per l'erte scale
50 Arrampica qual puoi;
E fa gli atrj e le sale
Ogni giorno ulular de' pianti tuoi.

  O non cessar di porte
Fra lo stuol de' clienti,
55 Abbracciando le porte
Degl' imi che comandano a i potenti;

  E lor mercè penètra
Ne' recessi de' grandi;
E sopra la lor tetra
60 Noia le facezie e le novelle spandi.

  O, se tu sai, più astuto
I cupi sentier trova
Colà dove nel muto
Aere il destin de' popoli si cova;

---

46 *Non amiche, non ville*: non gentildonne che ti proteggano, né case dove ospitare i potenti rendendosi loro gradito.
49 *erte*: ripide.
50 *qual*: come.
53 *porte*: metterti.
54 *clienti*: parassiti.
56 *gl'imi che comandano a i potenti*: persone moralmente disprezzabili e basse (*imi*) ma che però possono influenzare le decisioni dei potenti che hanno bisogno dei loro bassi servigi.
58 *recessi de' grandi*: le sedi nascoste dei potenti, l'intimità dei potenti.
60 *le facezie e le novelle spandi*: racconta chiacchiere e storielle.

65   E fingendo nova esca
        Al pubblico guadagno,
        L'onda sommovi, e pesca
        Insidìoso nel turbato stagno.

        Ma chi giammai potrìa
70   Guarir tua mente illusa,
        O trar per altra via
        Te ostinato amator de la tua Musa?

        Lasciala: o, pari a vile
        Mima, il pudore insulti,
75   Dilettando scurrile
        I bassi genj dietro al fasto occulti.

        Mia bile, al fin costretta
        Già troppo, dal profondo
        Petto rompendo, getta
80   Impetuosa gli argini; e rispondo:

        Chi sei tu, che sostenti
        A me questo vetusto
        Pondo, e l'animo tenti
        Prostrarmi a terra? Umano sei, non giusto.

85   Buon cittadino, al segno
        Dove natura e i primi
        Casi ordinàr, lo ingegno
        Guida così, che lui la patria estimi.

        Quando poi d'età carco
90   Il bisogno lo stringe,

---

65 *nova esca*: nuova fonte di guadagno.
74 *Mima*: attrice, commediante.
76 *I bassi genj*: le attitudini e le inclinazioni volgari.
77 *Mia bile*: la mia rabbia, la mia indignazione.
81 *sostenti*: sostieni, sorreggi.
83 *Pondo*: peso, qui il corpo.
86-87 *Dove natura e i primi Casi ordinàr*: dove lo guidano le caratteristiche naturali e l'educazione.
88 *Guida*: conduce.

Chiede opportuno e parco
Con fronte liberal che l'alma pinge.

E se i duri mortali
A lui voltano il tergo,
95 Ei si fa, contro a i mali,
De la costanza sua scudo ed usbergo.

Nè si abbassa per duolo,
Nè s'alza per orgoglio.
E ciò dicendo, solo
100 Lascio il mio appoggio; e bieco indi mi toglio.

Così, grato a i soccorsi,
Ho il consiglio a dispetto;
E privo di rimorsi,
Col dubitante piè torno al mio tetto.

91 *opportuno e parco*: senza importunare e senza chieder troppo.
92 *Con fronte liberal che l'alma pinge*: con aspetto dignitoso che
manifesta la nobiltà d'animo.
94 *il tergo*: la schiena.
96 *scudo ed usbergo*: scudo e corazza, qui sta per protezione.
100 *bieco indi mi toglio*: con volto adirato me ne vado di lì.
104 *dubitante*: esitante, vacillante.

In vano in van la chioma
Deforme di canizie,
E l'anima già doma
Da i casi, e fatto rigido
5   Il senno dall'età,

Si crederà che scudo
Sien contro ad occhi fulgidi,
A mobil seno, a nudo
Braccio e all'altre terribili
10   Arme de la beltà.

Gode assalir nel porto
La contumace Venere;
E, rotto il fune e il torto
Ferro, rapir nel pelago
15   Invecchiato nocchier;

Composta nel 1787, dopo la visita a Milano di Cecilia Renier Tron, gentildonna veneziana.
METRO: strofe di cinque settenari: i primi quattro alternativamente piani rimati e sdruccioli non rimati, l'ultimo tronco rima con l'ultimo della strofa successiva.

2 *Deforme di canizie*: imbruttita dai capelli bianchi.
3-4 *già doma Da i casi*: resa salda dalle esperienze della vita.
4 *fatto rigido*: reso severo.
6 *scudo*: protezione.
12 *La contumace Venere*: l'indocile dea dell'amore.
13-14 *il torto Ferro*: il ferro contorto dell'ancora.

E per novo periglio
Di tempeste, all' arbitrio
Darlo del cieco figlio,
Esultando con perfido
20   Riso del suo poter.

Ecco me di repente,
Me stesso, per l'undecimo
Lustro di già scendente,
Sentii vicino a porger
25   Il piè servo ad amor:

Benchè gran tempo al saldo
Animo in van tentassero
Novello eccitar caldo
Le lusinghiere giovani
30   Di mia patria splendor.

Tu da i lidi sonanti
Mandasti, o torbid' Adria,
Chi sola de gli amanti
Potea tornarmi a i gemiti
35   E al duro sospirar

Donna d'incliti pregi
Là fra i togati principi,
Che di consigli egregi
Fanno l'alta Venezia
40   Star libera sul mar.

Parve a mirar nel volto
E ne le membra Pallade,
Quando, l'elmo a sè tolto,

18 *cieco figlio*: l'Amore, figlio di Venere.
22-23 *l'undecimo Lustro*: dai cinquanta ai cinquantacinque anni.
24-25 *a porger Il piè servo ad amor*: ad offrire all'amore il piede
per esser messo in ceppi.
32 *o torbid'Adria*: tempestoso mare Adriatico.
34 *tornarmi*: farmi tornare.
37 *i togati principi*: i senatori veneziani.
42 *Pallade*: dea della sapienza.

Fin sopra il fianco scorrere
45   Si lascia il lungo crin:

    Se non che a lei dintorno
Le volubili grazie
Dannosamente adorno
Rendeano a i guardi cupidi
50   L'almo aspetto divin.

    Qual, se parlando, eguale
A gigli e rose il cubito
Molle posava? Quale,
Se improvviso la candida
55   Mano porgea nel dir?

    E a le nevi del petto,
Chinandosi da i morbidi
Veli non ben costretto,
Fiero dell' alme incendio!
60   Permetteva fuggir?

    In tanto il vago labro,
E di rara facondia
E d'altre insidie fabro,
Già modulando i lepidi
65   Detti nel patrio suon.

    Che più? Da la vivace
Mente lampi scoppiavano
Di poetica face,

47 *volubili*: che volano intorno.
48 *Dannosamente adorno*: pericolosamente affascinante.
51 *Qual*: sottinteso *parve* (verso 41).
52 *il cubito*: il gomito.
54 *improvviso*: improvvisamente.
59 *Fiero dell'alme incendio*: che suscita nell'animo un incendio di
desiderio.
61 *vago*: bello.
63 *insidie*: sorrisi insidiosi.
64-65 *i lepidi Detti nel patrio suon*: scherzose parole pronunciate
con la cadenza veneziana.
68 *Di poetica face*: dell'ispirazione poetica.

Che tali mai non arsero
70   L'amica di Faon;

Nè quando al coro intento
De le fanciulle Lesbie
L'errante vìolento
Per le midolle fervide
75   Amoroso velen;

Nè quando lo interrotto
Dal fuggitivo giovane
Piacer cantava, sotto
A la percossa cetera
80   Palpitandole il sen.

Ahimè quale infelice
Giogo era pronto a scendere
Su la incauta cervice,
S'io nel dolce pericolo
85   Tornava il quarto dì!

Ma con veloci rote
Me, quantunque mal docile,
Ratto per le remote
Campagne il mio buon Genio
90   Opportuno rapì.

70 *L'amica di Faon*: la poetessa greca Saffo che secondo la leggenda si era innamorata del giovane Faone.
71 *quando*: sottinteso *cantava*.
72 *fanciulle Lesbie*: le amiche di Saffo che era di Lesbo.
75 *velen*: la passione amorosa di Saffo è paragonata a un veleno, anche perché, in base alla leggenda, Saffo, disperata dal rifiuto di Faone di contraccambiare il suo amore, si sarebbe uccisa.
77 *fuggitivo giovane*: Faone che, per l'appunto, non ricambiò l'amore di Saffo.
85 *il quarto dì*: per la quarta volta. Evidentemente Parini si era incontrato per tre volte con Cecilia Tron.
86 *con veloci rote*: con una veloce carrozza.
87 *mal docile*: malvolentieri.
88 *Ratto*: rapidamente.
89 *Genio*: la divinità protettrice dell'individuo.
90 *Opportuno*: opportunamente.

Tal che in tristi catene
A i garzoni ed al popolo
Di giovanili pene
Io canuto spettacolo
95   Mostrato non sarò.

Bensì, nudrendo il mio
Pensier di care immagini,
Con soave desìo
Intorno all' onde Adriache
100   Frequente volerò.

92 *i garzoni*: i giovani.
94 *canuto spettacolo*: spettacolo ridicolo perché a innamorarsi è
un vecchio canuto.
99-100 Volerò frequentemente con la fantasia a Venezia dove tu
risiedi.

Ad uno Improvvisatore

Ahi qual fiero spettacolo
Vegg'io che il cor mi fiede,
Sotto a la luna pallida,
Là di quel gelso al piede?

5   Una donzella e un giovane
In loro età più acerba,
Ecco trafitti giacciono
Insanguinando l'erba.

Oh dio, che orror! La misera
10   Sembra morir pur ora;
E il crudo acciar nel tiepido
Seno sta immerso ancora.

L'altro comincia a spargere
Già le membra di gelo;

Questa odicina, come la seguente, furono composte secondo
il Gambarelli su invito di « un nobile improvvisatore, che
fu a Milano varii anni fa »: non si sa con esattezza quando
furono scritte.
METRO: strofe di quattro settenari: il primo e il terzo sdruccioli e non rimati, il secondo e il quarto piani rimano fra
loro.

2 *fiede*: ferisce.
5 *Una donzella e un giovane*: Piramo e Tisbe. Secondo la leggenda Piramo, avendo trovato ai piedi del gelso presso il quale erano
soliti incontrarsi, il velo lacerato di Tisbe, per la disperazione si
uccise. La fanciulla, trovato l'innamorato morto, si diede anch'essa
la morte.
11 *il crudo acciar*: il crudele acciaio del pugnale.

15 E ne la mano languida
Tien lacerato un velo.

Ahi per gelosa furia
Un tanto error commise
Il dispietato giovane . . . .
20 Ma chi lui stesso uccise?

Intendo. Aperse un invido
Rivale i bianchi petti,
O un parente implacabile
A i furtivi diletti.

25 Indi fuggendo, il barbaro
Ferro lasciò confitto,
Che testimon del perfido
Esser potea delitto.

Ma tu sorridi? Ingannomi
30 Forse nel mio pensiero?
Tu dal crudel mi libera
Dubbio; e mi spiega il vero.

A te diè di conoscere
Le cose Apollo il vanto;
35 E dilettarne gli uomini
Col divino tuo canto.

---

21 *Aperse*: trafisse.
23-24 *un parente implacabile A i furtivi diletti*: un genitore impla-
cabilmente ostile alla relazione clandestina.
34 *Apollo*: dio della poesia.

Al medesimo

Ne' più remoti secoli
Apparver strane cose,
Che poi son favolose
Credute a questa età.

5   Lascio conversi in alberi,
In sassi, in fonti, in fiumi
E gli uomini ed i numi,
Cose che il vulgo sa.

Sol parlo d'un miracolo
10   Ch'or niegan le persone,
Non so se per ragione
O per malignità.

Questo è una donna egregia
Che per salvar da morte
15   Uno infermo consorte
Lieta a morir sen va.

METRO: strofe di quattro settenari: il primo sdrucciolo, il secondo e il terzo piani rimano fra loro, il quarto tronco rima col quarto verso di tutte le strofe seguenti.

5-7 Tralascio di raccontare le leggende relative alle metamorfosi di uomini e dei in alberi, in pietre, in fonti o in fiumi.
13 *Questo*: neutro, alla latina: si riferisce al fatto e non a *donna*.
16 *Lieta a morir sen va*: Admeto, re di Fere aveva ottenuto da Apollo che, se avesse trovato una persona disposta a morire per lui, avrebbe potuto evitare la morte. Al momento del trapasso però trovò solo la moglie Alcesti disposta a sacrificarsi per lui.

Ed ei, da morte libero
E da la moglie insieme,
Odia la vita e geme
20   E vuol la sua metà;

Fin che un amico intrepido
Per lui sceso a lo inferno,
La toglie al fato eterno;
E intatta a lui la dà.

25   Alceste, Admeto ed Ercole
A te, gentil cantore,
Poetico furore
Veggo che inspiran già.

Dunque il bel caso pingine;
30   E fa de' prischi tempi
Veri parer gli esempi
D'amore e d'amistà.

Sai che d'Admeto pascere
Febo degnò gli armenti:
35   Sai che de' suoi lamenti
Ebbe di poi pietà.

Oh quanto a tai memorie
Avrà diletto! Oh quanto
Dal sublime tuo canto
40   Rapito penderà!

---

21 *un amico intrepido*: Ercole, che per consolare Admeto rimasto
in vita ma infelice per l'assenza della moglie, scese agli Inferi per
salvare Alcesti e ricondurla dal suo sposo.
29 *pingine*: dipingici, rappresentaci.
32 *amistà*: amicizia.
34 *Febo*: Apollo che non sdegnò di pascere gli armenti di Admeto.

Per
Cammillo Gritti
Pretore di Vicenza nel 1787

Se robustezza ed oro
Utili a far cammino il ciel mi desse,
Vedriansi l'orme impresse
De le rote che lievi al par di Coro
5 Me porterebbon, senza
Giammai posarsi, a la gentil Vicenza:

Onde arguta mi viene
E penetrante al cor voce di donna,
Che vaga e bella in gonna,
10 Dell'altro sesso anco le glorie ottiene;
Fra le Muse immortali
Con fortunato ardir spiegando l'ali.

E da gli occhi di lei
Oltre lo ingegno mio fatto possente,

Composta e pubblicata nel 1788 in onore del veneziano Camillo Gritti che aveva lasciato la carica di podestà di Vicenza e tornava alla città natale per andare a far parte del Senato.

METRO: strofe di tre endecasillabi e tre settenari secondo lo schema ABBACC.

1-2 Se il cielo mi concedesse salute e denaro per poter viaggiare.
4 *Lievi al par di Coro*: rapide e leggere come il vento Maestro (detto latinamente Coro) che spira da nord-ovest e quindi segue il percorso che va da Milano verso Vicenza.
5 *porterebbon*: porterebbero.
8 *donna*: si tratta di Elisabetta Caminer Turra che invitò Parini a comporre questa ode in onore di Camillo Gritti, del quale fu amante.
10 *Dell'altro sesso anco le glorie ottiene*: si illustra anche per attività che di solito sono praticate da uomini: allusione all'attività

15   Rapido da la mente
        Accesa il desìato Inno trarrei,
        Colui ponendo segno
        Che de gli onori tuoi, Vicenza, è degno.

        Che dissi? Abbian vigore
20   Di membra quei che morir denno ignoti;
        E sordidi nipoti
        Spargan d'avi lodati aureo splendore.
        Noi delicati, e nudi
        Di tesor, che nascemmo a i sacri studj,

25   Noi, quale in un momento
        Da mosso speglio il suo chiaror traduce
        Riverberata luce,
        Senza fatica in cento parti e in cento,
        Noi per monti e per piani
30   L'agile fantasìa porta lontani.

        Salute a te, salute
        Città, cui da la Berica pendice
        Scende la copia, altrice
        De' popoli, coperta di lanute
35   Pelli e di sete bionde,
        Cingendo al crin con spiche uve gioconde.

        A te d'aere vivace,
        A te il ciel di salubri acque fe' dono.

poetica e letteraria della nobildonna, che tradusse gli *Idilli* di Gessner e una raccolta di commedie che contribuirono a diffondere anche in Italia la moda della *comédie larmoyante*.
15 *Rapido*: rapidamente.
17 *Colui ponendo segno*: prendendo come argomento colui.
20 *denno*: devono.
22 *avi*: antenati.
23-24 *nudi Di tesor*: poveri, privi di ricchezze.
25-28 Come in un attimo il raggio di luce riflesso da uno specchio si trasmette senza fatica in mille direzioni.
32 *la Berica pendice*: i colli Berici ai piedi dei quali sta Vicenza.
33 *copia*: abbondanza.
38 *salubri acque*: allusione forse alle terme di Recoaro, oppure alle acque del Bacchiglione.

Caro tuo pregio sono
40   Leggiadre donne, e giovani a cui piace
Ad ogni opra gentile
L'animo esercitar pronto e sottile.

Il verde piano e il monte,
Onde sì ricca sei, caccian la infame
45   Necessità che brame
Cova malvage sotto al tetro fronte;
Mentre tu l'arti opponi
All'ozio vil corrompitor de' buoni.

E lungi da feroce
50   Licenza e in un da servitude abbietta,
Ne vai per la diletta
Strada di libertà dietro a la voce,
Onde te stessa reggi,
De' bei costumi tuoi, de le tue leggi:

55   Leggi che fin da gli anni
Prischi non tolse il domator Romano;
Nè cancellàr con mano
Sanguinolenta i posteri tiranni;
Fin che il Lione altero
60   Te amica aggiunse al suo pacato impero.

E quei mutar non gode
Il consueto a te ordin vetusto;

44-46 Le ricchezze della terra vicentina tengono lontana la necessità che fa covare desideri malvagi nelle menti esasperate. Riprende il concetto, già sviluppato ne *Il bisogno*, della povertà che spinge l'uomo al delitto.
53 *Onde*: con i quali; si riferisce ai *costumi* e alle *leggi* del verso seguente.
56 *il domator Romano*: secondo gli storici vicentini anche i romani, quando la città divenne Municipio, permisero che Vicenza conservasse le proprie antiche leggi.
58 *i posteri tiranni*: i tiranni successivi. Allusione alle diverse signorie rinascimentali che dominarono su Vicenza.
59-60 Finché Venezia (*il Lione altero* di San Marco) ti aggiunse al suo pacifico impero, senza che tu facessi opposizione (*te amica*).

Ma generoso e giusto
Vuol che ne venga vindice e custode
65 Al varìar de' lustri
Fresco valor de gli ottimati illustri.

Ahi! quale a me di bocca
Fugge parlar che te nel cor percote,
A cui già su le gote
70 Con le lagrime sparso il duol trabocca,
E par che solo un danno
Cotanti beni tuoi volga in affanno!

Lassa! davanti al tempio
Che sul tuo colle tanti gradi sale,
75 Supplicavi che uguale
A un secol fosse con novello esempio
Il quinquennio sperato
Quando l'inclito GRITTI a te fu dato.

Ed ecco, a pena lieto
80 Sopra l' aureo sentier battea le penne,
A fulminarlo venne
Repentino cadendo alto decreto,
Che, quasi al vento foglie,
Ogni speranza tua dissipa e toglie.

63-66 Ma il generoso e giusto governo veneziano vuole che la virtù
di ottimi magistrati, rinnovati frequentemente (*fresco valor*), ogni
cinque anni (*al varìar de' lustri*), venga a guidare le tue milizie
(*vindice*) e i tuoi affari civili (*custode*). Vicenza era retta da un
Capitano e da un Podestà nominati dal Senato veneziano: durava-
no in carica sedici mesi, ma potevano essere riconfermati fino a cinque anni. Gritti fu invece richiamato dopo sedici mesi.
68 *te*: Vicenza.
71 *un danno*: la partenza di Gritti.
73 *al tempio*: chiesa della Madonna sul Berico alla quale si sale
per mezzo di una strada a gradinate.
76 *con novello esempio*: miracolosamente.
79-84 *Ed ecco*, appena egli ebbe intrapreso la strada (che
avrebbe dovuto tenerlo a Vicenza per cinque anni), un decreto
del Senato venne a rapirlo cadendo improvviso come un fulmine e
disperdendo ogni tua speranza come foglie al vento.

85   E qual dall' anelante
        Suo sen divelto innanzi tempo vede
        Lungi volgere il piede
        Nova tenera sposa il caro amante,
        Che tromba e gloria avita
90   Per la patria salute altronde invita:

        Così l'eroe tu miri
        Da te partirsi: e di te stessa in bando,
        Vedova afflitta errando
        E di querele empiendo e di sospiri
95   I fori ed i teatri
        E le vie già sì belle e i ponti e gli atrj,

        E i templi a le divine
        Cure sagrati che di te sì degni,
        De' tuoi famosi ingegni
100   Ahimè! l'arte non pose a questo fine,
        Altro più ben non godi
        Che tra gli affanni tuoi cantar sue lodi

        Non già perch'ei non porse
        Le mani all'oro o a le lusinghe il petto:
105   Nè sopra l'equo e il retto
        Con l'arbitro voler giammai non sorse;
        Nè le fidate a lui
        Spada o lanci detorse in danno altrui.

87 *Volgere il piede*: dirigersi.
89 *tromba e gloria avita*: il richiamo della guerra e il dovere di esser degno della gloria degli antenati.
90 *altronde*: altrove.
92 *di te stessa in bando*: fuori di te.
95 *I fori*: le piazze.
96 *gli atrj*: i palazzi.
98 *sagrati*: consacrati.
99 *De' tuoi famosi ingegni*: allusione probabile ad Andrea Palladio, celeberrimo architetto vicentino.
100 *l'arte non pose a questo fine*: l'arte non destinò a questo scopo, a essere luoghi di tristezza.
101 *Altro più ben non godi*: non hai altro bene.
105-106 Non si eresse mai arbitrariamente al di sopra di ciò che è giusto.
108 *Spada o lanci*: spada e bilancia (*lanci*), simboli della giustizia.

Vile dell'uomo è pregio
110 Non esser reo. Costui da i chiari apprese
Atavi donde scese,
D'alte glorie a infiammar l'animo egregio,
E a gir dovunque in forme
Più insigni de' miglior splendano l'orme.

115 Chi sì benigno e forte
Di Temide impugnò l'util flagello?
O chi pudor sì bello
Diede all'augusta autorità consorte?
O con sì lene ciglio
120 Fe' l'imperio di lei parer consiglio?

Davanti a più maturo
Giudizio le civili andar fortune,
O starsene il comune
Censo in maggior frugalità securo
125 Quando giammai si vide
Ovunque il giusto le sue norme incide?

Ei, se il dover lo impose,
Al veder lince, al provveder fu pardo;
Ei del popolo al guardo
130 Gli arcani altrui, non sè medesmo ascose;

109 *Vile*: dappoco.
111 *Atavi*: antenati.
113-114 E a seguire l'esempio dei più virtuosi, dovunque splendeva nelle forme più nobili.
116 *l'util flagello*: l'utile severità della legge.
118 *Diede all'augusta autorità consorte*: sposò, congiunse alla nobile autorità.
119 *lene*: benevolo.
121-126 Quando mai si videro le cause civili affrontare un giudizio più maturo o la finanza pubblica stare in maggiore sicurezza, dovunque la giustizia ha inciso le sue leggi?
128 *Al veder lince, al provveder fu pardo*: ebbe nel vedere lo sguardo acuto come una lince e, nell'intervenire, la rapidità del leopardo.
130 *arcani*: segreti.
130 *ascose*: nascose.

Nè occulto orecchio sciolse,
Ma solenne tra i fasci il vero accolse.

    Ei gli audaci repressi
Tenne con l'alma dignità del viso;
135 Ei con dolce sorriso,
Poi che del grado a sollevar gli oppressi
Tutto il poter consunse,
A la giustizia i beneficj aggiunse.

    E tal suo zelo sparse,
140 Che grande a i grandi, al cittadino pari,
Uom comune a i volgari,
Rettor, giudice, padre a tutti apparse;
Destando in tutti, estreme
Cose, amicizia e riverenza insieme.

145   Ben chiamarsi beata
Può fra povere balze e ghiacchi e brume
Gente, cui sia dal Nume
Simil virtude a preseder mandata.
Or qual fu tua ventura,
150 Città, cui tanto il ciel ride e natura!

    Ma balsamo che tolto
Vien di sotterra, e s'apre al chiaro giorno,
Subitamente intorno
Con eterea fraganza erra disciolto;

131-132 Né porse orecchio alle occulte deposizioni delle spie, ma accolse le testimonianze nella solenne pubblicità della giustizia (*tra i fasci*: come è noto i fasci erano simbolo dell'autorità a Roma).
134 *l'alma dignità*: la solenne dignità.
136 *del grado a sollevar gli oppressi*: a sollevare le sorti degli strati più poveri della popolazione.
137 *consunse*: impiegò.
140-141 Sapendo trattare da pari a pari con gli aristocratici, con i borghesi e con i più miseri.
143-144 *estreme Cose*: qualità che difficilmente si trovano insieme perché sono l'una l'opposto dell'altra.
147 *dal Nume*: dalla divinità.

155 Tal che il senso lo ammira,
 E ognun di possederne arde e sospira.

  Quale stupor, se brama
 Del nobil figlio al gran Senato nacque;
 E repente, fra l'acque
160 Onde lungi provvede, a sè il richiama?
 Di tanto senno a i raggi
 Voti non sorser mai, altro che saggi.

  Non vedi quanti aduna
 Ferri e fochi su l'onda e su la terra
165 Vasto mostro di guerra,
 Che tre Imperi commette a la Fortuna;
 E con terribil faccia
 Anco l'altrui sicurità minaccia?

  Or convien che s'affretti,
170 Cotanto a le superbe ire vicina,
 Del mar l'alta Regina
 il suo fianco a munir d'uomini eletti,
 Ov' ardan le sublimi
 Anime di color che opposer primi

175 Al rio furore esterno
 Il valor, la modestia ed i consigli;
 E da i miseri esigli

---

158 *gran Senato*: di Venezia.
159-160 *fra l'acque Onde lungi provvede*: nella laguna veneziana di dove governa su territori lontani.
161 *Di tanto senno a i raggi*: alla luce di tanta ragione.
165 *Vasto mostro di guerra*: si tratta della guerra durata dal 1784 al 1792, tra l'impero russo, quello austriaco e quello turco.
170 *Cotanto a le superbe ire vicina*: tanto vicino alla guerra di superbe potenze, tanto esposta, quindi, al rischio di esserne coinvolta.
171 *l'alta Regina*: Venezia.
177 *i miseri esigli*: allude alla origine di Venezia che fu fondata da un gruppo di fuggitivi che cercavano scampo all'invasione di Attila.

Fecer l'Adria innalzarsi a soglio eterno;
E sonar con preclare
180 Opre del nome lor la terra e il mare.

Godi, Vicenza mia,
Che il GRITTI a fin sì glorioso or vola:
E il tuo dolor consola,
Mirando qual segnò splendida via
185 Co' brevi esempi suoi
A la virtù di chi verrà da poi.

178 *Adria*: Venezia.
178 *a soglio eterno*: a fama eterna.
179-180 *sonar con preclare Opre*: risuonare con opere famose.
182 *fin sì glorioso*: compito così glorioso.
185 *brevi esempi*: azioni degne di costituire un esempio ma purtroppo durate solo sedici mesi.

Te con le rose ancora
De la felice gioventù nel volto
Vidi e conobbi, ahi tolto
Sì presto a noi da la fatal tua òra
5   O di suoni divini
Pur dianzi egregio trovator SACCHINI!

Maschia beltà fiorìa
Nell'alte membra: da i vivaci lumi
Splendido di costumi
10   E di soavi affetti indizio uscìa:
Il labbro era potente
Dell'animo lusinga e de la mente.

All'armonico ingegno
Quante volte fe' plauso; e vinta poi
15   Da gli altri pregi tuoi

Composta nel 1786 per la morte del musicista ricordato nel titolo, avvenuta appunto in quell'anno.
METRO: strofe di tre settenari e tre endecasillabi alternati secondo lo schema ABBACC.

1-2 *con le rose ancora De la felice gioventù nel volto:* col volto colorito dalle rosee tinte della giovinezza.
6 *egregio trovator* SACCHINI: esimio inventore Sacchini. Antonio Sacchini nacque a Firenze nel 1730 e incominciò la sua carriera di musicista a Napoli. Lasciata questa città si recò dapprima a Venezia poi a Londra e a Parigi dove morì nel 1787. Parini lo conobbe probabilmente durante la sua permanenza a Milano nel 1766.
8 *lumi:* occhi.
11 *Il labbro:* le parole che uscivano dalle sue labbra.
13 *armonico ingegno:* genio musicale.

Male al tenero cor pose ritegno
Damigella immatura,
O matrona di sè troppo secura!

  Ma perfido o fastoso
20 Te giammai non chiamò tardi pentita:
Nè d'improvviso uscita
Madre sgridò, nè furibondo sposo
Te ingenuo, e del procace
Rito de' tuoi non facile seguace.

25   Amò de' bei concenti
Empier la tromba sua poscia la Fama,
Tal che d'emula brama
Arser per te le più lodate genti
Che Italia chiuda, o l'Alpe
30 Da noi rimova, o pur l'Erculea Calpe

  E spesso a breve oblìo
La da lui declinante in novo impero
Il Britanno severo
America lasciò: tanto il rapìo,
35 Non avveduto a i tristi
Casi, l'arguzia onde i tuoi modi ordisti.

  O, se la tua dal mare

16 *Male al tenero cor pose ritegno*: tentò invano di porre un freno agli effetti suscitati dalle affascinanti qualità del musicista.
19 *perfido o fastoso*: traditore o vanesio.
23-24 *ingenuo, e del procace Rito de' tuoi non facile seguace*:
onesto e non dedito alle facili avventure sentimentali cui son soliti
abbandonarsi i musicisti come te (*i tuoi*).
28-30 I popoli dell'Italia, o quelli separati da noi dalle Alpi (della
Francia) o dalle colonne d'Ercole, cioè i popoli che abitano fuori
dal Mediterraneo. L'erculea Calpe è un punto dello stretto di Gibilterra nella quale, secondo la leggenda, Ercole avrebbe posto una delle sue colonne.
32 *declinante in novo impero*: che si avvia a costituirsi in impero
autonomo. Allusione al fatto che durante la permanenza in Inghilterra del musicista scoppiò la rivoluzione americana (1773-1783).
34 *lasciò*: si dimenticò, da collegarsi con *a breve oblìo* del verso 31.
36 *l'arguzia onde i tuoi modi ordisti*: la grazia con la quale
componesti le tue musiche.

Arte poi venne a popol più faceto,
Nel teatro inquìeto
40   Tacquer le ardenti musicali gare;
E in te sol uno immoti
Stetter de i cori e dell'orecchio i voti:

Poi che da' tuoi pensieri
Mirabile di suoni ordin si schiuse,
45   Che per l'aria diffuse
Non peranco al mortal noti piaceri,
O se tu amasti vanto
Dare a i mobili plettri, o pure al canto.

Fra la scenica luce
50   Ben più superbi strascinaron gli ostri
I prezìosi mostri
Che l'Italo crudele ancor produce;
E le avare sirene
Gravi all'alme speràro impor catene;

55   Quando su le sonore
Labbra di lor tuo nobil estro scese;
e novi accenti apprese
De le regali vergini al dolore,

38 *popol più faceto*: popolo più allegro, il francese.
40 *Tacquer le ardenti musicali gare*: nonostante, durante la permanenza di Sacchini in Francia, divampassero le polemiche tra i seguaci di Piccinini e quelli di Gluck, la musica del compositore italiano fu apprezzata da tutti.
47-48 Sia che tu preferissi dare la prevalenza alla musica strumentale (*a i mobili plettri*), sia che tu preferissi dare la preminenza al canto. Allusione al fatto che Piccinini era fautore della prevalenza del canto, Gluck della prevalenza della musica strumentale: Sacchini, insomma, sarebbe stato in grado di soddisfare il gusto di tutti.
50 *gli ostri*: letteralmente le porpore, qui sta per i ricchi costumi teatrali.
51 *I prezìosi mostri*: i cantanti evirati, pagati profumatamente.
53 *le avare sirene*: le avide cantanti.
57-60 E insegnò (soggetto: *tuo nobil estro* del verso 56) a dare nuova forma al dolore delle vergini regali o alle ire dei tiranni in tragiche situazioni. Probabilmente allusione ai protagonisti di uno dei più noti melodrammi di Sacchini, *Edipo a Colono*: Antigone e Creonte.

O ne' tragici affanni
60   Turbò di modulate ire i tiranni.

        Ma tu, del non virile
Gregge sprezzando i folli orgogli e l'oro,
Innalzasti il decoro
De la bell'arte tua, spirto gentile,
65   Di liberi diletti
Sol avido bear gli umani petti.

        Nè, se talor converse
La non cieca Fortuna a te il suo viso,
E con lieto sorriso
70   Fulgido di tesoro il lembo aperse,
Indivisi a gli amici
I doni a te di lei parver felici.

        Ahi sperava a le belle
Sue spiagge Italia rivederti alfine,
75   Coronandoti il crine
Le già cresciute a lei fresche donzelle,
Use di te le lodi
Ascoltar da le madri e i dolci modi!

        Ed ecco l'atra mano
80   Alzò colei, cui nessun pregio move;

61-62 *non virile Gregge*: la turba dei cantanti evirati e delle cantanti.
65-66 Desideroso solo di dilettare l'animo umano con nobili sentimenti.
67 *converse*: volse.
68 *non cieca Fortuna*: la fortuna non è cieca se ha accordato ricchezze a Sacchini perché il musicista meritava il successo conseguito.
71-72 I doni della fortuna non (*nè* del verso 67) ti sembrarono graditi se non li dividevi fra gli amici.
76 *Le già cresciute a lei fresche donzelle*: le fanciulle che sono cresciute durante il tuo lungo soggiorno all'estero.
78 *i dolci modi*: la dolce musica.
79 *atra*: nera.
80 *colei, cui nessun pregio move*: la morte che non si lascia commuovere dalle virtù degli uomini che deve colpire.

E te, cercante nuove
Grazie lungo il sonoro ebano in vano,
Percosse; e di famose
Lagrime oggetto in su la *Senna* pose.

85   Nè gioconde pupille
Di cara donna, nè d'amici affetto
Che tante a te nel petto
Valean di senso ad eccitar faville,
Più desteranno arguto
90   Suono dal cener tuo per sempre muto.

81-83 E ti colse (*te percosse*) mentre sul clavicembalo (*il sonoro ebano*) cercavi invano (perché non hai avuto tempo di trascriverle) nuove melodie.
83-84 *famose Lagrime*: le onoranze funebri che i parigini tributarono al maestro Sacchini restarono famose.
87-88 Che suscitavano nel tuo animo tanti sentimenti.
89 *arguto*: pieno di grazia.

Per la Marchesa
Paola Castiglioni

    Queste che il fero *Allobrogo*
Note piene d'affanni
Incise col terribile
Odiator de' tiranni
5   Pugnale, onde Melpomene
Lui fra gl'Itali spirti unico armò;

    Come oh come a quest'animo
Giungon soavi e belle,
Or che la stessa Grazia
10   A me di sua man dielle,
Dal labbro sorridendomi,
E da le luci, onde cotanto può!

Composta nel 1790 per ringraziare la marchesa Paola Castiglioni (la stessa cui è rivolta *La recita de' versi*) del dono che la gentildonna aveva fatto al poeta dell'edizione parigina delle tragedie di Alfieri. Parini aveva già composto nel 1783 per Alfieri il sonetto *Tanta già di coturni, altero ingegno*.

METRO: strofe di sei versi: dei primi cinque, settenari, il primo, il terzo, e il quinto sono sdruccioli e non rimati, il secondo e il quarto piani e rimati; gli endecasillabi tronchi finali di ciascuna strofe rimano a due a due.

1 *Allobrogo*: Alfieri definito così perché piemontese. Gli Allobrogi erano l'antica popolazione che abitava la Savoia.
2 *Note*: versi.
5 *onde Melpomene*: del quale Melpomene (musa della poesia tragica).
9 *la stessa Grazia*: Paola Castiglioni.
10 *dielle*: le diede.
12 *le luci, onde cotanto può*: gli occhi che la rendono tanto potente.

Me per l'urto e per l'impeto
De gli affetti tremendi,
15 Me per lo cieco avvolgere
De' casi, e per gli orrendi
De i gran re precipizii,
Ove il coturno camminando va,

Segue tua dolce immagine,
20 Amabil donatrice,
Grata spirando ambrosia
Su la strada infelice;
E in sen nova eccitandomi
Mista al terrore acuta voluttà:

25 O sia che a me la fervida
Mente ti mostri, quando
In divin modi, e in vario
Sermon, dissimulando,
Versi d'ingegno copia
30 E saper che lo ingegno almo nodrì:

O sia quando spontaneo
Lepor tu mesci a i detti;
E di gentile aculeo
Altrui pungi e diletti

13 *Me*: dipende da *segue tua dolce immagine* del verso 19.
14 *gli affetti tremendi*: le terribili passioni dei personaggi alfieriani.
15-16 *lo cieco avvolgere De' casi*: l'incomprensibile svolgimento del destino.
16-17 *gli orrendi De i gran re precipizii*: le tragiche catastrofi cui vanno incontro i regali personaggi delle tragedie.
18 *Ove il coturno camminando va*: la scena teatrale. Il coturno era la calzatura degli attori tragici classici.
21-22 Cospargendo di gradito profumo la lettura degli eventi tragici.
23 *nova*: sconosciuta.
25 *O sia*: sia che.
25-26 *la fervida Mente*: la fervida immaginazione.
27-28 *in vario Sermon, dissimulando*: parlando di vari argomenti e nascondendo per modestia la tua cultura.
31 *O sia*: sia che.
31-32 *spontaneo Lepor*: spirito non artefatto.
33 *gentile aculeo*: benevola punzecchiatura, gentile ironia.

35 Mal cauto da le insidie,
  Che de' tuoi vezzi la natura ordì.

   Caro dolore, e specie
  Gradevol di spavento
  È mirar finto in tavola
40 E squallido, e di lento
  Sangue rigato il giovane
  Che dal crudo cinghiale ucciso fu.

   Ma sovra lui se pendere
  La madre de gli amori,
45 Cingendol con le rosee
  Braccia si vede, i cori
  Oh quanto allor si sentono
  Da giocondo tumulto agitar più!

   Certo maggior, ma simile
50 Fra le torbide scene
  Senso in me desta il pingermi
  Tue sembianze serene;
  E all'atre idee contessere
  I bei pregi, onde sol sei pari a te.

55   Ben porteranno invidia
  A' miei novi piaceri
  Quant'altri a scorrer prendano
  I volumi severi.
  Che far, se amico genio
60 Sì amabil donatrice a lor non diè?

35 *Mal cauto*: mal difeso, esposto.
37-38 Parini intende alludere all'emozione che ci procura la rappresentazione estetica di un evento tragico.
39 *mirar finto in tavola*: contemplare dipinto in un quadro.
41 *il giovane*: Adone, giovane amato da Venere, che secondo la leggenda fu ucciso da un cinghiale.
44 *La madre de gli amori*: Venere.
50 *le torbide scene*: delle tragedie alfieriane.
51 *il pingermi*: l'immaginarmi.
53-54 E intrecciare alle tristi (*atre*, letteralmente nere) idee suscitate dalla lettura delle tragedie l'immagine della tua bellezza, nella quale nessuno è uguale a te.
59 *genio*: Genio, nume tutelare.

Per
Angelo Maria Durini
Cardinale

Parco di versi tessitor ben fia
Che me l'Italia chiami;
Ma non sarà che infami
Taccia d'ingrato la memoria mia.
5 Vieni o Cetra al mio seno;
E canto illustre al buon DURINI sciogli,
Cui di fortuna dispettosi orgogli
Duro non stringon freno;
Sì che il corso non volga ovunque ei sente

10 Non ignobil favilla arder di mente.
Me pur dall'ombra de' volgari ingegni
Tolse nel suo pensiero;
E con benigno impero
Collocò repugnante in fra i più degni.
15 Me fatto idolo a lui
Guatò la invidia con turbate ciglia;

Pubblicata nel 1791 in onore del cardinale Angelo Maria Durini, amico e protettore del poeta.
METRO: strofe di dieci endecasillabi e settenari rimasti secondo lo schema ABBACDDCEE.

1 *ben fia*: potrebbe capitare.
3 *non sarà che infami*: non avverrà che macchi.
6 *Durini*: Angelo Maria Durini (1725-1796) entrato nella carriera ecclesiastica ebbe vari incarichi diplomatici fino a quando, nel 1776, eletto cardinale, si ritirò a vivere nella nativa Lombardia dedicandosi a studi letterari.
6-10 Che l'orgoglio disdegnoso per le fortune conseguite non costringe, tanto che non si rechi ovunque senta ardere la nobile favilla dell'ingegno.
11 *volgari ingegni*: intellettuali di umile nascita.
14 *repugnante*: ritroso per modestia.

Mentre in tanto splendor gran meraviglia
A me medesmo io fui:
E sdegnoso pudore il cor mi punse,
20   Che all'alta cortesia stimoli aggiunse.

Solenne offrir d'ambizìose cene,
Onde frequente schiera
Sazia si parta e altera,
Non è il favor di che a bearmi ei viene.
25   Mortale, a cui la sorte
Cieco diede versar d'enormi censi,
Sol di tai fasti celebrar sè pensi
E la turba consorte.
Chi sovra l'alta mente il cor sublima,
30   Meglio sè stesso e i sacri ingegni estima.

Cetra il dirai; poi che a mostrarsi grato,
Fuor che fidar nell'ali
De la fama immortali,
Non altro mezzo all'impotente è dato.
35   Quei che al fianco de' regi
Tanto sparse di luce e tanto accolse
Fin che le chiome de la benda involse
Premio di fatti egregi,
A me che l'orma umìl tra il popol segno,
40   Scender dall'alto suo non ebbe a sdegno.

19 *sdegnoso*: schivo.
20 *all'alta cortesia stimoli aggiunse*: aumentò la nobile cortesia.
21 *Solenne offrir d'ambizìose cene*: solenni inviti a pranzi, ai quali ambiscono essere invitati molti.
26 *Cieco diede versar d'enormi censi*: concesse di dissipare ciecamente enormi somme di denaro.
28 *la turba consorte*: la folla dei clienti.
29 *Chi sovra l'alta mente il cor sublima*: chi innalza il sentimento al di sopra dell'alto intelletto.
31 *Cetra il dirai*: lo dirai, o poesia.
34 *Non altro mezzo all'impotente è dato*: non altro mezzo è concesso a chi è povero, a chi non è potente.
37 *la benda*: la porpora cardinalizia.
39-40 Non disdegnò di scendere dalla sua altezza fino a me che vivo tra l'umile popolo.

E spesso i Lari miei, novo stupore!
Vider l'ostro romano
Riverberar nel vano
Dell'angusta parete almo fulgore:
45 E di quell'ostro avvolti
Vider natìa bontà, clemente affetto,
Ingenui sensi nel vivace aspetto
Alteramente scolti,
E quanti alma gentil modi ha più rari,
50 Onde fortuna ad esser grande impari.

Qual nel mio petto ancor siede costante
Di quel dì rimembranza,
Quando in povera stanza
L'alta forma di lui m'apparve innante!
55 Sirio feroce ardea:
Ed io, fra l'acque in rustic' urna immerso,
E a le Naiadi belle umil converso,
Oro non già chiedea
Che a me portasser dall'alpestre vena,
60 Ma te, cara salute, al fin serena.

Ed ecco, i passi a quello dio conforme
Cui finse antico grido

41 *i Lari miei*: la mia casa.
42 *l'ostro romano*: la porpora cardinalizia.
44 *angusta parete*: piccola stanza.
47 *Ingenui sensi*: nobili sentimenti.
48 *scolti*: scolpiti.
50 *Onde fortuna ad esser grande impari*: dai quali gli uomini fortunati e ricchi imparino a essere anche nobili d'animo.
55 *Sirio*: è la stella più luminosa della Canicola, costellazione che è in congiunzione col sole dal 23 luglio al 22 agosto.
56 *fra l'acque in rustic'urna immerso*: Parini stava facendo il bagno in una vasca umile.
57 *a le Naiadi belle umil converso*: pregando umilmente le belle Naiadi, dee delle fonti e dei fiumi.
59 *alpestre vena*: sorgenti montane.
60 *cara salute*: poiché il poeta si aspetta salute dal bagno, è probabile che si trattasse di acque termali.
61 *a quello dio conforme*: simile a quel dio, Febo Apollo.
62 *Cui finse antico grido*: di cui racconta l'antica leggenda.

Verso il materno lido
Dal Xanto ritornar con splendid'orme,
65 Ei venne; e al capo mio
Vicin si assise; e da gli ardenti lumi
E da i novi spargendo atti e costumi
Sovra i miei mali oblìo,
A me di me tali degnò dir cose,
70 Che tenerle fia meglio al vulgo ascose.

Io del rapido tempo in vece a scorno
Custodirò il momento
Ch'ei con nobil portento
Ruppe lo stuol che a lui venìa dintorno;
75 E solo accorse; e ratto,
Me, nel sublime impazìente cocchio
Per la negata ohimè forza al ginocchio
Male ad ascender atto,
Con la man sopportò lucidi dardi
80 Di sacre gemme sparpagliante a i guardi.

Come la Grecia un dì gl'incliti figli
Di Tindaro credette
Agili su le vette
De le navi apparir pronti a i perigli,

63 *materno lido*: l'isola di Delo.
64 *Dal Xanto*: dal fiume Xanto, che scorreva vicino a Troia.
67 *novi*: inusitati, non comuni.
71 *del rapido tempo in vece a scorno*: a dispetto del tempo che scorre rapido.
74 *lo stuol*: il suo seguito.
76 *Me*: dipende da *con la man sopportò* (cioè sorresse con la mano) del verso 79.
76 *sublime impazìente cocchio*: l'alta carrozza i cui cavalli scalpitavano con impazienza.
79-80 *lucidi dardi Di sacre gemme sparpagliante a i guardi*: spandendo sugli sguardi dei circostanti lo sfavillio (*lucidi dardi*) delle gemme che ornano il sacro anello cardinalizio.
81-82 *gl'incliti figli Di Tindaro*: i Dioscuri, Castore e Polluce, figli di Tindaro e di Leda: i Greci credevano che i fuochi di Sant'Elmo che si posano sugli alberi delle navi quando la tempesta sta per cessare, fossero il segno dell'intervento amico e provvidenziale dei due Dioscuri.

85   E di felice raggio
       Sfavillando il bel crin biondo e le vesti,
       Curvare i rosei dorsi; e le celesti
       Porger braccia, coraggio
       Dando fra l'alte minaccianti spume
90   Al trepido nocchier caro al lor nume:

       Tale in sembianti ei parve oltra il mortale
       Uso benigni allora;
       Onde quell'atto ancora
       Di giocondo tumulto il cor m'assale:
95   Chè la man ch'io mirai
       Dianzi guidar l'amata genitrice,
       Ahi prima del morir tolta infelice
       Del sole a i vaghi rai,
       E tolta dal veder per lei dal ciglio
100   Sparger lagrime illustri il caro figlio:

       Quella man che gran tempo a lato a i troni,
       Onde frenato è il mondo,
       Di consiglio profondo
       Carte seppe notar propizie a i buoni:
105   Quella che, mentre ei presse
       De le chiare provincie i sommi seggi,
       Grate al popol donò salubri leggi;
       Quella il mio fianco resse
       Insigne aprendo a la fastosa etade
110   Spettacol di modestia e di pietade.

---

87 *celesti*: divine.

90 *caro al lor nume*: caro alla loro divinità.

96-100 Infelicemente privata prima di morire della possibilità di vedere la luce del sole (la madre di Durini era cieca) e quindi privata anche della possibilità di vedere il caro figlio piangere per lei.

104 *Carte seppe notar propizie a i buoni*: allusione all'attività diplomatica del Durini, che sarebbe sempre stata volta a salvaguardare i buoni.

105-106 *mentre ei presse De le chiare provincie i sommi seggi*: mentre premeva il seggio di governatore di famose province: allusione alle attività di governo svolte dal cardinale Durini a Malta e ad Avignone.

109 *la fastosa etade*: il secolo dedito al fasto.

Uomo, a cui la natura e il ciel diffuse
Voglie nel cor benigne,
Qualor desìo lo spigne
L'arti a seguir de le innocenti Muse,
115 Il germe in lui nativo
Con lo aggiunto vigor molce ed affina,
Pari a nobile fior, cui cittadina
Mano in tiepido clivo
Educa e nutre, e da più ricche foglie
120 Cara copia d'odori all'aria scioglie.

Costui, se poi d'intorno a sè conteste
D'onori e di fortuna
Fulgide pompe aduna,
Pregiate allor che a la virtù son veste,
125 Costui de' proprj tetti
Suo ritroso favor già non circonda;
Ma con pubblica luce esce e ridonda
Sopra gl'ingegni eletti,
Destando ardor per le lodevol' opre,
130 Che le genti e l'età di gloria copre.

Non va la mente mia lungi smarrita
Co' versi lusinghieri;
Ma per varj sentieri
Dell'inclito DURIN l'indole addita:
135 E, come falco ordisce
Larghi giri nel ciel volto a la preda;
Tal, benchè vagabondo altri lo creda,
Me il mio canto rapisce

111 *diffuse*: profuse, diede.
116 *molce*: addolcisce.
117-118 *cittadina Mano*: la mano di un giardiniere che abita in città.
121 *Costui*: l'uomo precedentemente descritto.
121 *conteste*: intrecciate, accoppiate.
124 *Pregiate allor che a la virtù son veste*: le ricchezze sono apprezzabili (*pregiate*) quando sono come la veste della virtù.
126 *circonda*: isola, apparta.
127 *ridonda*: versa con abbondanza.
137 *vagabondo*: senza meta.

A dir com'egli a me davanti egregio
140 Uditor tacque; ed al Licèo diè pregio.

Quando dall'alto disprezzando i rudi
Tempi, a cui tutto è vile,
Fuor che lucro servile;
Solo de' grandi entrar fu visto; e i nudi
145 Scanni repente cinse
De' lucidi spiegati ostri sedendo;
E al giovane drappel che a lui sorgendo
Di bel pudor si tinse,
Lene compagno ad ammirar sè diede;
150 E grande a i detti miei acquistò fede.

Onde, osai seguitar del miserando
Di Làbdaco nipote
Le terribili note,
E il duro fato e i casi atroci e il bando;
155 Quale all'Attiche genti
Già il finse di colui l'altero carme
Che la patria onorò trattando. l'arme
E le tibie piagnenti;
E de le regie dal destin converse
160 Sorti, e dell'arte inclito esempio offerse.

Simuli quei che più sè stesso ammira,

139-140 A dire come egli venne, illustre uditore, ad ascoltare le
mie lezioni e con la sua presenza onorò la scuola. Allusione all'intervento di Durini a una lezione di Parini a Brera, mentre il poeta leggeva e commentava l'*Edipo re* di Sofocle.
141 *dall'alto*: dalla sua altezza.
145 *cinse*: ricoprì.
146 *ostri*: il rosso mantello da cardinale.
147 *al giovane drappel*: alla schiera dei giovani scolari.
149 *Lene compagno ad ammirare sè diede*: si concesse alla loro
ammirazione mostrandosi affabile (*lene*) come un compagno.
152-153 Perciò osai continuare a spiegare i tragici versi che raccon-
tano le vicende dell'infelice nipote di Labdaco (Laio, padre di Edipo, era figlio di Labdaco).
157-158 *trattando l'arme e le tibie piagnenti*: adoperando le armi
(come soldato) e il triste flauto, il cui suono accompagnava la de-
clamazione tragica (come poeta).
161-164 Finga colui che ammira più di ogni altra cosa se stesso, di

Fuggir l'aura odorosa
Che da i labbri di rosa
La bellissima lode a i petti inspira;
165 Lode figlia del cielo,
Che mentre a la virtù terge i sudori,
E soave origlier spande d'allori
A la fatica e al zelo,
Nuove in alma gentil forze compone;
170 E gran premio dell' opre al meglio è sprone.

Io non per certo i sensi miei scortese
Di stoïco superbo
Manto celati serbo,
Se propizia giammai voce a me scese.
175 Nè asconderò che grata
Ei da le labbra melodìa mi porse,
Quando facil per me grazia gli scorse
Da me non lusingata;
Poi che tropp' alto al cor voto s'imprime
180 D'uom che ingegno e virtudi alzan sublime.

Pur, se lice che intero il ver si scopra,
Dirò che più mi piacque
Allor che di me tacque,
E del prisco cantor fe' plauso all' opra.
185 Sorser le giovanili
Menti da tanta autorità commosse:
Subita fiamma inusitata scosse

sfuggire l'alito profumato che esce dalle labbra di rosa della
bellissima Lode. La Lode è personificata come una bellissima fanciulla.
166 *a la virtù terge i sudori*: allevia la fatica della virtù.
172-173 *Di stoïco superbo Manto celati*: nascosti sotto un manto di
superbo stoicismo. Gli stoici ostentavano indifferenza nei confronti
delle passioni umane e quindi presumibilmente anche nei confronti
della lode.
176 *melodìa*: parole dolci come una musica.
177-178 Quando dalle sue labbra uscì spontaneamente una lode nei
miei confronti che io non avevo chiesto.
179 *tropp'alto al cor voto s'imprime*: troppo profondamente s'imprime nel cuore il giudizio.
184 *del prisco cantor*: di Sofocle.

Gli spiriti gentili,
Che con novo stupor dietro a gl'inviti
190   De la greca beltà corser rapiti.

Onde come il cultor che sopra il grembo
De' lavorati campi
Mira con fausti lampi
Stendersi repentino estivo nembo;
195   E tremolar per molta
Pioggia con fresco mormorìo le frondi;
E di novi al suo piè verdi giocondi
Rider la biada folta,
Tal io fui lieto, e nel pensier descrissi
200   Belle speranze a la mia Insubria, e dissi:

Vedrò, vedrò da le mal nate fonti
Che di zolfo e d'impura
Fiamma e di nebbia oscura
Scendon l'Italia ad infettar da i monti;
205   Vedrò la gioventude
I labbri torcer disdegnosi e schivi;
E a i limpidi tornar di Grecia rivi,
Onde natura schiude
Almo sapor, che a sè contrario il folle
210   Secol non gusta, e pur con laudi estolle.

Questi è il Genio dell'arti. Il chiaro foco
Onde tutt'arde e splende,
Irrequìeto ei stende
Simile all'alto sol di loco in loco.

---

189 *con novo stupor*: con rinnovata meraviglia.
191 *il grembo*: l'estensione.
194 *repentino estivo nembo*: improvviso temporale estivo.
200 *Insubria*: Lombardia.
201-206 Parini si augura di vedere i propri allievi e la gioventù italiana rifiutare la letteratura preromantica proveniente d'Oltralpe, letteratura che egli descrive cupa, selvaggia, amante della nebbiosa oscurità nordica.
209 *a sè contrario*: facendo torto a se stesso.
210 *e pur con laudi estolle*: anche se celebra con le lodi.
211 *Questi è il Genio dell'arti*: Durini è il nume tutelare delle arti.

215   Il Campidoglio e Roma
         Lui ancor biondo il crine ammirar vide
         I supremi del bello esempi e guide
         Che lunga età non doma;
         E il concetto fervore e i novi auspici
220   Largo versar di Pallade a gli amici.

             Nè già, benchè per rapida le penne
         Strada d'onor levasse,
         Da sè rimote o basse
         Le prime cure onde fu vago, ei tenne;
225   O se con detti armati
         D'integra fede e cor di zelo accenso
         Osò l'ardua tentar fra nuvol denso
         Mente de i re scettrati;
         O se nel popol poi con miti e pure
230   Man le date spiegò verghe e la scure.

             Però che dove o fra le reggie eccelse
         Loco all' arti divine
         O in umili officine
         O in case ignote la fortuna scelse,
235   Ivi amabil decoro
         E saggia meraviglia al merto desta
         Venne guidando, e largità modesta,
         E de le grazie il coro

216 *ancor biondo il crine*: con i capelli ancora biondi, cioè ancora giovane.
219-220 E versare con larghezza sugli amici di Pallade, cioè sui cultori delle arti, il fervido entusiasmo concepito contemplando le opere classiche e gli auspici di un rinnovamento delle arti.
221-224 Né, benché intraprendesse una rapida carriera sulla strada
dell'onore, egli allontanò mai da sé o trascurò i giovanili interessi
per le arti (*le prime cure onde fu vago*).
225 *O se*: sia quando.
227-228 Osò tentar d'interpretare le decisioni e i progetti dei re che
spesso sono oscuri come se fossero avvolti da dense nuvole.
229-230 Sia quando con mitezza e onestà esercitò il potere (le *date verghe* e la *scure* erano le insegne dei consoli romani).
231-234 Poiché dovunque la fortuna fece nascere un ingegno atto
all'attività artistica, sia in una reggia, sia in una casa modesta o
ignota...

Co' festevoli applausi ora discinti,
240 Or de' bei nodi de le Muse avvinti.

Anzi, come d'Alcide e di Tesèo
Suona che da le vive
Genti a le inferne rive
L'ardente cortesìa scender potèo,
245 Ed ei così la notte
Ruppe dove l'oblìo profondo giace;
E al lieto de la fama aere vivace
Tornò le menti dotte;
E l'opre lor, dopo molt'anni e lustri,
250 Di sue vigilie a lo splendor fe' illustri.

Tal che onorato ancor sul mobil etra
Va del suo nome il suono
Dove il chiaro Polono
Dell'arbitro vicino al fren s'arretra;
255 Dove il regal Parigi
Novi a sè fati oggi prepara, e dove
L'ombra pur anco del gran Tosco move

239-240 Con festose lodi, ora in prosa (*discinti*, liberi dal metro) ora in poesia (*de' bei nodi de le Muse avvinti*).
241 *d'Alcide e di Tesèo*: di Ercole e di Teseo, entrambi scesi all'inferno per liberare amici morti.
242 *Suona*: è fama.
244 *L'ardente cortesìa scender potèo*: l'ardente amicizia poté far scendere.
248 *Tornò le menti dotte*: fece tornare le menti dotte. Allusione alla riedizione, curata dal Durini delle opere del poeta polacco Simonide Bendoscki e del poeta italiano Sigismondo Boldoni, riedizione per mezzo della quale questi poeti dimenticati riacquistarono nuova fama.
250 *Di sue vigilie*: con le sue faticose veglie.
251 *sul mobil etra*: sulla mobile aria.
253-254 Dove il valoroso polacco cerca di sottrarsi alla potenza del pericoloso vicino (cioè della Russia). Durini era stato nunzio in Polonia.
255-256 Dove la regale Parigi prepara a se stessa nuovi destini. Allude alle vicende contemporanee della rivoluzione francese. Durini era stato a più riprese in Francia, prima a Parigi e poi ad Avignone.
257 *Tosco*: Francesco Petrarca.

Che gli antiqui vestigi
Del saper discoperse, e fèo la chiusa
260 Valle sonar di così nobil Musa.

È ver che, quali entro al lor fondo avito
I Fabrizi e i Cammilli
Tornar godean tranquilli
Pronti sempre del Tebro al sacro invito:
265 Tal di sè solo ei pago
Lungi dall'aura popolar s'invola;
E mentre il ciel più glorìosa stola
Forse d'ordirgli è vago,
Tra le ville natali e l'aere puro
270 Da i flutti or sta d'ambizìon securo.

Ma i cari studi a lui compagni annosi,
E a i popoli ed all'arti
I beneficj sparti
Son del suo corso splendidi riposi.
275 Vedi amplìarsi alterno
Di moli aspetto ed orti ed agri ameni,
Onde quei che al suo merto accesser beni
E il tesoro paterno
Versa; e dovunque divertir gli piaccia,
280 L'ozio da i campi e l'atra inopia caccia.

259-260 *fèo la chiusa Valle sonar di così nobil Musa*: fece risuonare Valchiusa della sua nobile poesia.
262 *I Fabrizi e i Cammilli*: Fabrizio e Camillo sono i due noti
personaggi della storia romana che seppero con modestia ritirarsi
a vita privata restando in attesa che la patria li chiamasse al
proprio servizio.
264 *del Tebro*: del Tevere, cioè di Roma.
267 *più glorìosa stola*: la veste pontificale.
269 *le ville natali*: le ville della campagna vicino a Monza in cui
era nato.
271 *annosi*: antichi.
274 *corso*: vita.
275-279 Vedi alternarsi l'ampia mole degli edifici e i campi e gli
orti ameni siu quali riversa i beni ereditati dal padre e quelli che
ha saputo aggiungere al patrimonio per proprio merito.
279 *divertir*: volgersi.
280 *l'atra inopia*: la nera miseria.

Vedi i portici e gli atrj ov' ei conduce
Il fervido pensiere,
E le di libri altere
Pareti che del vero apron la luce:
285 O ch'ei di sè maestro
Nell'alto de le cose ami recesso
Gir meditando, o il plettro a lui concesso
Tentar con facil estro;
E in carmi, onde la bella alma si spande,
290 Soavi all'amistà tesser ghirlande.

Ed ecco il tempio ove, negati altronde,
Qual da novo Elicona
Premj all'ingegno ei dona;
E fiamme acri d'onore altrui diffonde.
295 Ecco ne' segni sculti
Que' che del nome lor la patria ornaro,
Onde sol generoso erge all'avaro
Oblìo nobili insulti;
E quelle glorie a la città rivela,
300 Ch'ella a sè stessa ingiurìosa cela.

Dove o Cetra? Non più. Rari i discreti
Sono: e la turba è densa
Che già derider pensa

282 *Il fervido pensiere*: la mente fervidamente pensierosa.
284-288 Sia che, padrone di se stesso, si compiaccia di passeggiare riflettendo sul profondo mistero delle cose, sia che si compiaccia di comporre poesie con facile vena.
289 *onde*: nei quali.
290 *amistà*: amicizia.
291 *tempio*: la villa di Durini che il cardinale aveva trasformato in un tempio delle arti perché vi aveva collocato i busti degli uomini illustri.
292 *Elicona*: il monte delle Muse.
294 *fiamme acri d'onore altrui diffonde*: diffonde sugli altri l'ardente desiderio (*fiamme acri*) di farsi onore.
295 *ne' segni sculti*: scolpiti nei busti.
297-298 Per i quali egli solo, generosamente, combatte (*erge nobili insulti*) contro l'avido oblio.
300 *a sè stessa ingiurìosa*: offendendo se stessa.
301 *Dove o Cetra?*: Che cosa si deve dire ancora, o poesia?

I facili del labbro a uscir segreti.
305 Di lui questa all'orecchio
Parte de' sensi miei salgane occulta,
Sì che del cor che al beneficio esulta,
Troppo limpido specchio
Non sia che fiato invidìoso appanni,
310 Che me di vanti e lui d'error condanni.

Lungi o profani! Io d'importuna lode
Vile mai non apersi
Cambio; nè in blandi versi
Al giudizio volgar so tesser frode.
315 Oro nè gemme vani
Sono al mio canto: e dove splenda il merto,
Là di fiore immortal ponendo serto
Vo con libere mani:
Nè me stesso nè altrui allor lusingo
320 Che poetica luce al vero io cingo.

305-310 Questa parte dei miei sentimenti giunga discretamente (*occulta*) alle sue orecchie, così che una più vasta manifestazione dei miei affetti non sia come uno specchio troppo limpido che può essere appannato dal fiato invidioso di chi calunni me come vanitoso e lui come capace di errori.
312-313 *Vile mai non apersi Cambio*: non feci mai vile mercato.
315 *nè*: o.
319-320 Né mai stesso né gli altri lusingo allorché celebro la verità con i miei versi.

Quando novelle a chiedere
Manda l'inclita Nice
Del piè che me costringere
Suole al letto infelice,
5   Sento repente l'intimo
Petto agitarsi del bel nome al suon.

Rapido il sangue fluttua
Ne le mie vene: invade
Acre calor le trepide
10   Fibre: m'arrosso: cade
La voce; ed al rispondere
Util pensiero in van cerco e sermon.

Ride, cred'io, partendosi
Il messo. E allor soletto
15   Tutta vegg'io con l'animo
Pien di novo diletto,
Tutta di lei la immagine
Dentro a la calda fantasìa venir.

Composta nel 1793 in onore di Maria Castelbarco nata Litta, sorella di Paola Castiglioni, che aveva mandato a chiedere notizie del poeta durante l'aggravarsi delle infermità alle gambe che lo aveva tenuto costretto a letto.
METRO: lo stesso de *Il dono*.

1 *novelle*: notizie.
2 *Nice*: nome con il quale è celebrata la contessa Castelbarco.
10 *cade*: se ne va.
11-12 *ed al rispondere Util pensiero in van cerco e sermon*: e cerco invano pensieri e parole atte a rispondere.

Ed ecco ed ecco sorgere
20   Le delicate forme
        Sovra il bel fianco, e mobili
        Scender con lucid' orme,
        Che mal può la dovizia
        Dell' ondeggiante al piè veste coprir.

25   Ecco spiegarsi e l'omero
        E le braccia orgogliose,
        Cui di rugiada nudrono
        Freschi ligustri e rose,
        E il bruno sottilissimo
30   Crine che sovra lor volando va.

        E quasi molle cumulo
        Crescer di neve alpina
        La man che ne le floride
        Dita lieve declina,
35   Cara de' baci invidia
        Che riverenza contener poi sa.

        Ben puoi tu novo illepido
        Sceso tra noi costume
        Che vano ami dell'avide
40   Luci render l'acume,
        Altre involar delizie,
        Immenso intorno a lor volgendo vel;

19 *sorgere*: per opera dell'immaginazione.
22 *con lucid'orme*: chiaramente, in modo visibile.
25 *spiegarsi*: mostrarsi.
26 *orgogliose*: floride.
28 *Freschi ligustri e rose*: freschi gelsomini e rose, vuol dire che le
braccia hanno il colorito e la freschezza di questi due fiori.
35 *Cara de' baci invidia*: che suscitano intenso desiderio di baci.
37-38 *novo illepido Sceso tra noi costume*: nuova moda inelegante
(*illepido*) giunta fra noi dalla Francia. Era un velo che copriva
tutta la scollatura fino al collo.
39-40 Che ami rendere vano lo sguardo degli occhi avidi di contemplare la bellezza.
41 *involar*: rubare, nascondere.

Ma non celar la grazia
Nè il vezzo che circonda
45   Il volto affatto simile
A quel de la gioconda
Ebe che nobil premio
Al magnanimo Alcide è data in ciel:

Nè il guardo che dissimula
50   Quanto in altrui prevale,
E vòlto poi con subito
Impeto i cori assale,
Qual Parto sagittario
Che più certi, fuggendo, i colpi ottien:

55   Nè i labbri or dolce tumidi,
Or dolce in sè ristretti,
A cui gelosi temono
Gli Amori pargoletti
Non omai tutto a suggere
60   Doni Venere madre il suo bel sen;

I labbri onde il sorridere
Gratissimo balena;
Onde l'eletto e nitido
Parlar che l'alme affrena,
65   Cade come di limpide
Acque lungo il pendìo lene rumor,

Seco portando e i fulgidi
Sensi ora lieti, or gravi.

47 *Ebe*: dea della giovinezza, sposa celeste di Ercole.
48 *Alcide*: Ercole.
49-50 *che dissimula Quanto in altrui prevale*: che sa tener nascosto il potere che ha sugli altri.
53-54 *Qual Parto sagittario Che più certi, fuggendo, i colpi ottien*: come un arcere parto che riesce a colpire più pericolosamente quando finge di darsi alla fuga.
63 *Onde*: di dove.
64 *che l'alme affrena*: che avvince le anime.
66 *lene*: lieve (si riferisce a *rumor*).
67-68 i *fulgidi Sensi*: la luminosa espressione dei sentimenti.

E i genìali studii,
70   E i costumi soavi,
Onde salir può nobile
Chi ben d'ampia fortuna usa il favor.

Ahi! la vivace immagine
Tanto pareggia il vero,
75   Che del piè leso immemore,
L'opra del mio pensiero
Seguir già tento, e l'aria
Con la delusa man cercando vo.

Sciocco volgo, a che mormori?
80   A che su per le infeste
Dita, ridendo, noveri
Quante volte il celeste
A visitare arìete
Dopo il natal mio dì Febo tornò?

85   A me disse il mio Genio
Allor ch'io nacqui: L'oro
Non fia che te solleciti,
Nè l'inane decoro
De' titoli, nè il perfido
90   Desìo di superare altri in poter;

Ma di natura i liberi
Doni ed affetti, e il grato
De la beltà spettacolo
Te renderan beato,

72 *Chi ben d'ampia fortuna usa il favor*: colui che sa usare bene del favore della fortuna.
74 *Tanto pareggia il vero*: è tanto simile alla realtà.
75 *del piè leso immemore*: dimenticandomi della gamba ammalata.
80 *infeste*: maleauguranti, ostili al poeta perché enumerano i suoi troppi anni.
82-84 Quante volte il divino Apollo tornò a visitare la costellazione dell'Ariete dopo la mia nascita: cioè quanti anni ho compiuto.
85 *Genio*: nume tutelare dell'individuo.
88 *l'inane decoro*: il vano lusso.
91 *liberi*: spontanei.

95   Te di vagare indocile
            Per lungo di speranze arduo sentier.

        Inclita Nice, il secolo
            Che di te s'orna e splende,
            Arde già gli assi; l'ultimo
100   Lustro già tocca, e scende
            Ad incontrar le tenebre,
            Onde una volta giovinetto uscì:

        E già vicine a i limiti
            Del tempo, i piedi e l'ali
105   Esercitan le vergini
            Ore che a noi mortali
            Già di guidar s'apprestano
            Del secol che matura, il primo dì.

        Ei te vedrà nel nascere
110   Fresca e leggiadra ancora
            Pur di recenti grazie
            Gareggiar con l'Aurora,
            E di mirarti cupido,
            De' tuoi begli anni farà lento il vol.

115   Ma io forse già polvere
            Che senso altro non serba,
            Fuor che di te, giacendomi
            Tra le pie zolle e l'erba,
            Attenderò chi dicami:

95-96 Incapace di vagare lungo il difficile e faticoso sentiero delle speranze.

99 *Arde già gli assi*: sta per finire. Paragona la corsa del secolo a quella di un carro che, accelerando la sua velocità, provoca per la combustione alimentata dall'attrito, l'incendio degli assi delle ruote.

103-104 *a i limiti Del tempo*: i limiti che separano un secolo dall'altro.

106 *Ore*: rappresentate, secondo la mitologia classica, come fanciulle.

111 *Pur di recenti grazie*: grazie ancora giovanili.

116-117 *senso altro non serba, Fuor che di te*: non conserva più altro sentimento se non l'affetto verso di te.

120   Vale, passando, e ti sia lieve il suol.

       Deh alcun che te nell'aureo
         Cocchio trascorrer veggia
         Su la via che fra gli alberi
         Suburbana verdeggia,
125   Faccia a me intorno l'aere
         Modulato del tuo nome volar!

       Colpito allor da brivido
         Religìoso il core,
         Fermerà il passo, e attonito
130   Udrà del tuo cantore
         Le commosse reliquie
         Sotto la terra argute sibilar.

122 *Cocchio*: carrozza.
123 *la via*: il corso di Porta Orientale, dove si svolgeva il passeggio.
127-128 Con il cuore colpito da un sacro brivido.
133 *argute sibilar*: pronunciare il tuo nome con un suono leggero come un soffio.

Perché al bel petto e all'omero
  Con subita vicenda,
Perché, mia Silvia ingenua,
  Togli l'Indica benda,

5   Che intorno al petto e all'omero,
  Anzi a la gola e al mento
Sorgea pur or, qual tumida
  Vela nel mare al vento?

Forse spirar di zefiro
10   Senti la tiepid'ôra?

Scritta nell'inverno del 1795 in occasione dell'introduzione a Milano di una moda, importata da Parigi, detta *à la victime*: consisteva in un nastro rosso che girava intorno al collo per simboleggiare il segno lasciato dalla ghigliottina, girava sotto le braccia, s'incrociava dietro la schiena e veniva riannodato sul petto.
METRO: strofe di quattro settenari: il primo e il terzo sdruccioli e non rimati, il secondo e il quarto piani e rimati fra loro.

2 *subita vicenda*: improvviso cambiamento di moda.
3 *Silvia*: non sappiamo chi fosse la fanciulla alla quale si rivolge il poeta.
4 *Togli l'Indica benda*: si tratta del velo di seta indiana che secondo la precedente moda copriva tutta la scollatura (cfr. *Per l'inclita Nice*, vv. 37-42). La nuova moda prescriveva invece un'amplissima scollatura.
7-8 *qual tumida Vela nel mare al vento*: simile a una vela gonfiata dal vento del mare.
10 *tiepid'ôra*: aura tiepida.

Ma nel giocondo arìete
Non venne il sole ancora.

Ecco di neve insolita
  Bianco l'ispido verno
15 Par che, sebben decrepito,
  Voglia serbarsi eterno.

M'inganno? O il docil animo
  Già de' feminei riti
  Cede al potente imperio:
20 E l'altre belle imiti?

Qual nome o il caso o il genio
  Al nuovo culto impose,
  Che sì dannosa copia
  Svela di gigli e rose?

25 Che fia? Tu arrossi? E dubia,
  Col guardo al suol dimesso,
  Non so qual detto mormori
  Mal da le labbra espresso?

Parla. Ma intesi. Oh barbaro!
30 Oh nato da le dure
  Selci chiunque togliere
  Da scelerata scure

Osò quel nome, infamia
  Del secolo spietato;
35 E diè funesti augurii

11 *arìete*: la costellazione della primavera.
15 *sebben decrepito*: sebbene sia ormai vecchio. Evidentemente l'o-
de è stata scritta sul finire dell'inverno.
18 *feminei riti*: mode femminili.
21 *o il caso o il genio*: o il caso o il capriccio.
23-24 Che svela una quantità pericolosa (*sì dannosa*) di gigli e di
rose. Allusione all'ampia scollatura dell'abito *à la victime*.
25 *dubia*: confusa.
32 *scelerata scure*: la ghigliottina. In italiano la nuova moda fu
definita « alla ghigliottina ».
35-36 E turbò con un nome funesto gli ornamenti femminili.

Al femminile ornato;

E con le truci Eumenidi
   Le care Grazie avvinse;
   E di crudele immagine
40   La tua bellezza tinse!

Lascia, mia Silvia ingenua,
   Lascia cotanto orrore
   All'altre belle, stupide
   E di mente e di core.

45 Ahi, da lontana origine
   Che occultamente noce,
   Anco la molle giovane
   Può divenir feroce.

Sai de le donne esimie,
50   Onde sì chiara ottenne
   Gloria l'antico Tevere,
   Silvia, sai tu che avvenne;

Poi che la spola e il Frigio
   Ago e gli studj cari
55   Mal si recàro a tedio
   E i pudibondi Lari;

E con baldanza improvvida,
   Contro a gli esempi primi,
   Ad ammirar convennero
60   I saltatori e i mimi?

37 *Eumenidi*: le Furie.
40 *tinse*: confuse.
46 *noce*: nuoce.
50-51 Dalle quali ebbe gloria così famosa l'antica Roma (*Tevere*).
53-56 Dopo che disgraziatamente (*mal*) vennero loro a noia la spo-la, i lavori di cucito (*il Frigio ago*: le antiche frige erano abilissime ricamatrici), i lavori domestici e la casta casa.
57 *con baldanza improvvida*: con sventurata audacia.
60 *I saltatori e i mimi*: i ballerini e gli attori.

Pria tolleraron facili
I nomi di Terèo
E de la maga Colchica
E del nefario Atrèo.

65 Ambìto poi spettacolo
A i loro immoti cigli
Fur ne le orrende favole
I trucidati figli.

Quindi, perversa l'indole,
70 E fatto il cor più fiero,
Dal finto duol, già sazie,
Corser sfrenate al vero.

E là dove di Libia
Le belve in guerra oscena
75 Empièan d'urla e di fremito
E di sangue l'arena,

Potè all'alte patrizie,
Come a la plebe oscura
Giocoso dar solletico
80 La soffrente natura.

Che più? Baccanti e cupide
D'abbominando aspetto,
Sol dall'uman pericolo

---

61 *tolleraron facili*: sopportarono con facilità.
62 *Terèo*: personaggio mitologico che sedusse la cognata al quale la
moglie, per vendetta, imbandì le carni dei figli.
63 *la maga Colchica*: Medea, figlia del re della Colchide, uccise
suo fratello per amore di Giasone e più tardi, per gelosia, uccise i
figli.
64 *Atrèo*: fece mangiare a suo fratello Tieste le carni del figlio.
66 *immoti cigli*: occhi che non si commuovono.
67 *orrende favole*: truci tragedie che mettevano in scena le vicende mitologiche summenzionate.
71 *finto duol*: il dolore rappresentato scenicamente.
80 *La soffrente natura*: le sofferenze degli animali feroci sgozzati
nel circo.
81 *Baccanti*: sfrenate come le Baccanti.

Acuto ebber diletto:

85 E da i gradi e da i circoli
    Co' moti e con le voci,
    Di già maschili, applausero
    A i duellanti atroci:

    Creando a sè delizia
90   E de le membra sparte,
        E de gli estremi aneliti,
        E del morir con arte.

    Copri, mia Silvia ingenua,
        Copri le luci; et odi
95   Come tutti passarono
        Licenzìose i modi.

    Il gladiator, terribile
        Nel guardo e nel sembiante,
        Spesso fra i chiusi talami
100   Fu ricercato amante.

    Così, poi che da gli animi
        Ogni pudor disciolse,
        Vigor da la libidine
        La crudeltà raccolse.

105 Indi a i veleni taciti
        Si preparò la mano
        Indi le madri ardirono
        Di concepire in vano.

    Tal da lene principio

85 *da i gradi e da i circoli*: dalle gradinate dei circhi (endiadi).
87-88 *applausero A i duellanti atroci*: applaudirono ai crudeli gladiatori.
99 *fra i chiusi talami*: nel segreto delle camere da letto.
103-104 La crudeltà trasse forza dalla libidine.
105 i *veleni taciti*: i veleni nascostamente preparati.
107-108 Allusione a pratiche antifecondative o abortive.
109 *lene*: lieve, apparentemente innocuo.

110   In fatali rovine
        Cadde il valor, la gloria
        De le donne Latine.

        Fuggi, mia Silvia ingenua,
            Quel nome e quelle forme,
115   Che petulante indizio
        Son di misfatto enorme.

        Non oblìar le origini
        De la licenza antica.
        Pensaci: e serba il titolo
120   D'umana e di pudica.

114 *forme*: quel modo di vestire.
115 *petulante*: frivolo.

Te il mercadante che con ciglio asciutto
Fugge i figli e la moglie ovunque il chiama
Dura avarizia nel remoto flutto,
                              Musa, non ama.

5   Nè quei, cui l'alma ambizìosa rode
Fulgida cura, onde salir più agogna;
E la molto fra il dì temuta frode
                              Torbido sogna.

Nè giovane che pari a tauro irrompa
10   Ove a la cieca più Venere piace:

Composta nel 1795 come poetico messaggio indirizzato al
marchese Febo D'Adda. Costui che era stato scolaro ed era
divenuto amico di Parini, dopo il matrimonio con la contessa Leopoldina Kevenhüller aveva abbandonato l'attività
poetica nella quale si era esercitato con promettenti risulta-
ti. In occasione della sua prossima paternità Parini gli inviò
quest'ode per invitarlo a ritornare alla poesia.
METRO: strofe saffica formata da tre endecasillabi e da un
quinario a rime alterne.

1 *Te*: il poeta si rivolge alla Musa. Dipende da *non ama* del verso 4.
1 *con ciglio asciutto*: senza commuoversi.
3 *avarizia*: avidità.
5 *Nè*: sottinteso « ti ama ».
6 *onde salir più agogna*: per la quale desidera salire sempre più in
alto.
8 *Torbido*: ansioso.
10 *Ove a la cieca più Venere piace*: dove più piace alla Venere
cieca, cioè alle passioni sensuali.

Nè donna che d'amanti osi gran pompa
Spiegar procace.

Sai tu, vergine dea, chi la parola
Modulata da te gusta od imita;
15   Onde ingenuo piacer sgorga, e consola
L'umana vita?

Colui, cui diede il ciel placido senso
E puri affetti e semplice costume;
Che di sè pago e dell'avito censo
20   Più non presume.

Che spesso al faticoso ozio de' grandi
E all'urbano clamor s'invola, e vive
Ove spande natura influssi blandi
O in colli o in rive.

25   E in stuol d'amici numerato e casto,
Tra parco e delicato al desco asside;
E la splendida turba e il vano fasto
Lieto deride.

Che a i buoni, ovunque sia, dona favore;
30   E cerca il vero; e il bello ama innocente;
E passa l'età sua tranquilla, il core
Sano e la mente.

Dunque perchè quella sì grata un giorno
Del Giovin, cui diè nome il dio di Delo,

---

12 *Spiegar*: ostentare.
15 *ingenuo*: semplice e nobile.
17 *placido senso*: sentimenti immoderati.
19 *avito censo*: la condizione sociale degli antenati.
20 *Più non presume*: non desidera di più.
21 *faticoso ozio*: ozio dedito ai piaceri e quindi che affatica.
25 *numerato*: limitato, ristretto.
26 *Tra parco e delicato*: moderato ma raffinato nei gusti.
31-32 *il core Sano e la mente*: con il cuore e la mente sani.
33-36 Perchè dunque quella poesia (*cetra*), una volta così gradita,

35   Cetra si tace; e le fa lenta intorno
                          Polvere velo?

        Ben mi sovvien quando, modesto il ciglio,
        Ei già scendendo a me, giudice fea
        Me de' suoi carmi: e a me chiedea consiglio:
40   E lode avea.

        Ma or non più. Chi sa? Simile a rosa
        Tutta fresca e vermiglia al sol che nasce,
        Tutto forse di lui l'eletta sposa
                          L'animo pasce.

45   E di bellezza, di virtù, di raro
        Amor, di grazie, di pudor natìo
        L'occupa sì, ch'ei cede ogni già caro
                          Studio all'oblìo.

        Musa, mentr' ella il vago crine annoda,
50   A lei t'appressa; e con vezzoso dito
        A lei premi l'orecchio; e dille: e t'oda
                          Anco il marito:

        Giovinetta crudel, perchè mi togli
        Tutto il mio d'Adda, e di mie cure il pregio,
55   E la speme concetta, e i dolci orgogli
                          D'alunno egregio?

        Costui di me, de' genj miei si accese
        Pria che di te. Codeste forme infanti
        Erano ancor quando vaghezza il prese
60   De' nostri canti.

        Ei t'era ignoto ancor quando a me piacque.
        Io di mia man per l'ombra, e per la lieve

del giovane che porta il nome del *dio di Delo* (Febo) ora tace ed
è coperta di polvere?
37 *modesto il ciglio*: con sguardo modesto.
38 *scendendo*: abbassandosi, data la sua condizione aristocratica.
54-55 *e di mie cure il pregio, E la speme concetta*: e il premio del
mio impegno e la speranza concepita.
57 *de' genj miei*: delle virtù poetiche.

Aura de' lauri l'avvìai ver l'acque
                    Che al par di neve

65   Bianche le spume, scaturir dall'alto
        Fece Aganippe il bel destrier che ha l'ale:
        Onde chi beve io tra i celesti esalto
                        E fo immortale.

        Io con le nostre il volsi arti divine
70   Al decente, al gentile, al raro, al bello:
        Fin che tu stessa gli apparisti al fine
                        Caro modello.

        E, se nobil per lui fiamma fu desta
        Nel tuo petto non conscio: e s'ei nodria
75   Nobil fiamma per te, sol opra è questa
                        Del cielo e mia.

        Ecco già l'ale il nono mese or scioglie
        Da che sua fosti; e già, deh ti sia salvo,
        Te chiaramente in fra le madri accoglie
80   Il giovin alvo.

        Lascia che a me solo un momento ei torni;
        E novo entro al tuo cor sorgere affetto,
        E novo sentirai da i versi adorni
                        Piover diletto.

85   Però ch'io stessa, il gomito posando

65 *Bianche le spume*: con le spume bianche.
65-66 Fece scaturire dall'alto Aganippe (fonte delle Muse che sgorga sul monte Parnaso) il bel cavallo alato: in base alla leggenda il
fonte Aganippe sarebbe sorto dalla roccia del Parnaso percossa dagli zoccoli di Pegaso.
67 *Onde*: dalle quali.
70 *decente*: decoroso, nel senso di equilibrato ed elegante.
72 *modello*: incarnazione della bellezza celebrata dalla poesia.
74 *non conscio*: in modo non cosciente, involontariamente.
77 *il nono mese or scioglie*: son trascorsi nove mesi.
78 *ti sia salvo*: augurio riferito a *giovin alvo* del verso 80, riferito
cioè al grembo della giovane futura partoriente.

Di tua seggiola al dorso, a lui col suono
De la soave andrò tibia spirando
                              Facile tono.

Onde rapito, ei canterà che sposo
90   Già felice il rendesti, e amante amato;
E tosto il renderai dal grembo ascoso
                              Padre beato.

Scenderà in tanto dall'eterea mole
Giuno che i preghi de le incinte ascolta.
95   E vergin io de la Memoria prole
                              Nel velo avvolta

Uscirò co' bei carmi; e andrò gentile
Dono a farne al Parini, Italo cigno,
Che a i buoni amico, alto disdegna il vile
100   Volgo maligno.

87 *tibia*: flauto, qui sta per poesia.
91 *dal grembo ascoso*: dal grembo nel quale è nascosto il na-
scituro.
93 *eterea mole*: il cielo.
94 *Giuno*: Giunone, protettrice delle partorienti.
95 *de la Memoria prole*: figlia della memoria (le Muse erano figlie di Giove e Mnemosine, dea della memoria).
99 *alto disdegna*: disprezza profondamente.

III · APPENDICE

IL MATTINO (1763)
IL MEZZOGIORNO (1765)

Lungi da queste carte i cisposi occhi già da un secolo rintuzzati, lungi i fluidi nasi de' malinconici vegliardi. Qui non si tratta di gravi ministerj nella patria esercitati, non di severe leggi, non di annojante domestica economìa misero appannaggio della canuta età. A te vezzosissima Dea, che con sì dolci redine oggi temperi, e governi la nostra brillante gioventù, a te sola questo piccolo Libretto si dedica, e si consagra. Chi è che te qual sommo Nume oggimai non riverisca, ed onori, poichè in sì breve tempo se' giunta a debellar la ghiacciata Ragione, il pedante Buon Senso, e l'Ordine seccaginoso tuoi capitali nemici, ed hai sciolto dagli antichissimi lacci questo secolo avventurato? Piacciati adunque di accogliere sotto alla tua protezione, che forse non n'è indegno, questo piccolo Poemetto. Tu il reca su i pacifici altari ove le gentili Dame, e gli amabili Garzoni sagrificano a se medesimi le mattutine ore. Di questo solo egli è vago, e di questo solo andrà superbo e contento. Per esserti più caro egli ha scosso il giogo della servile rima, e se ne va libero in Versi Sciolti, sapendo, che tu di questi specialmente ora godi, e ti compiaci. Esso non aspira all'immortalità, come altri libri, troppo lusingati da' loro Autori, che tu, repentinamente sopravvenendo, hai seppelliti nell'oblìo. Siccome egli è per te nato, e consagrato a te sola, così fie pago di vivere quel solo momento, che tu ti mostri sotto un medesimo aspetto, e pensi a cangiarti, e risorgere in più graziose forme. Se a te piacerà di riguardare con placid'occhio questo Mattino forse gli succederanno il Mezzogiorno, e la Sera; e il loro Autore si studierà di comporli, ed ornarli in modo, che non men di questo abbiano ad esserti cari.

Giovin Signore, o a te scenda per lungo
Di magnanimi lombi ordine il sangue
Purissimo celeste, o in te del sangue
Emendino il difetto i compri onori
5   E le adunate in terra o in mar ricchezze
Dal genitor frugale in pochi lustri,
Me Precettor d'amabil Rito ascolta.
    Come ingannar questi nojosi e lenti
Giorni di vita, cui sì lungo tedio
10   E fastidio insoffribile accompagna
Or io t'insegnerò. Quali al Mattino,
Quai dopo il Mezzodì, quali la Sera
Esser debban tue cure apprenderai,
Se in mezzo agli ozj tuoi ozio ti resta
15   Pur di tender gli orecchi a' versi miei.
    Già l'are a Vener sacre e al giocatore
Mercurio ne le Gallie e in Albione
Devotamente hai visitate, e porti
Pur anco i segni del tuo zelo impressi:
20   Ora è tempo di posa. In vano Marte
A sè t'invita; che ben folle è quegli
Che a rischio de la vita onor si merca,
E tu naturalmente il sangue aborri.
Nè i mesti de la Dea Pallade studj
25   Ti son meno odiosi: avverso ad essi
Ti feron troppo i queruli ricinti
Ove l'arti migliori, e le scienze
Cangiate in mostri, e in vane orride larve,
Fan le capaci volte echeggiar sempre
30   Di giovanili strida. Or primamente
Odi quali il Mattino a te soavi
Cure debba guidar con facil mano.

Sorge il Mattino in compagnìa dell'Alba
Innanzi al Sol che di poi grande appare
35 Su l'estremo orizzonte a render lieti
Gli animali e le piante e i campi e l'onde.
Allora il buon villan sorge dal caro
Letto cui la fedel sposa, e i minori
Suoi figlioletti intepidìr la notte;
40 Poi sul collo recando i sacri arnesi
Che prima ritrovàr Cerere, e Pale,
Va col bue lento innanzi al campo, e scuote
Lungo il piccol sentier da' curvi rami
Il rugiadoso umor che, quasi gemma,
45 I nascenti del Sol raggi rifrange.
Allora sorge il Fabbro, e la sonante
Officina riapre, e all'opre torna
L'altro dì non perfette, o se di chiave
Ardua e ferrati ingegni all'inquieto
50 Ricco l'arche assecura, o se d'argento
E d'oro incider vuol giojelli e vasi
Per ornamento a nuove spose o a mense.
    Ma che? tu inorridisci, e mostri in capo,
Qual istrice pungente, irti i capegli
55 Al suon di mie parole? Ah non è questo,
Signore, il tuo mattin. Tu col cadente
Sol non sedesti a parca mensa, e al lume
Dell'incerto crepuscolo non gisti
Jeri a corcarti in male agiate piume,
60 Come dannato è a far l'umile vulgo.
    A voi celeste prole, a voi concilio
Di Semidei terreni altro concesse
Giove benigno: e con altr'arti e leggi
Per novo calle a me convien guidarvi.
65 Tu tra le veglie, e le canore scene,
E il patetico gioco oltre più assai
Producesti la notte; e stanco alfine
In aureo cocchio, col fragor di calde
Precipitose rote, e il calpestìo
70 Di volanti corsier, lunge agitasti
Il queto aere notturno, e le tenèbre
Con fiaccole superbe intorno apristi,

Siccome allor che il Siculo terreno
Dall'uno all'altro mar rimbombar feo
75 Pluto col carro a cui splendeano innanzi
Le tende de le Furie anguicrinite.
   Così tornasti a la magion; ma quivi
A novi studj ti attendea la mensa
Cui ricoprien pruriginosi cibi
80 E licor lieti di Francesi colli,
O d'Ispani, o di Toschi, o l'Ongarese
Bottiglia a cui di verde edera Bacco
Concedette corona; e disse: siedi
De le mense reina. Alfine il Sonno
85 Ti sprimacciò le morbide coltrici
Di propria mano, ove, te accolto, il fido
Servo calò le seriche cortine:
E a te soavemente i lumi chiuse
Il gallo che li suole aprire altrui.
90   Dritto è perciò, che a te gli stanchi sensi
Non sciolga da' papaveri tenaci
Mòrfeo prima, che già grande il giorno
Tenti di penetrar fra gli spiragli
De le dorate imposte, e la parete
95 Pingano a stento in alcun lato i raggi
Del Sol ch' eccelso a te pende sul capo.
Or qui principio le leggiadre cure
Denno aver del tuo giorno; e quinci io debbo
Sciorre il mio legno, e co' precetti miei
100 Te ad alte imprese ammaestrar cantando.
   Già i valetti gentili udìr lo squillo
Del vicino metal cui da lontano
Scosse tua man col propagato moto;
E accorser pronti a spalancar gli opposti
105 Schermi a la luce, e rigidi osservàro,
Che con tua pena non osasse Febo
Entrar diretto a saettarti i lumi.
Ergiti or tu alcun poco, e sì ti appoggia
Alli origlieri i quai lenti gradando
110 All'omero ti fan molle sostegno
Poi coll'indice destro, lieve lieve
Sopra gli occhi scorrendo, indi dilegua

Quel che riman de la Cimmeria nebbia;
E de' labbri formando un picciol arco,
115   Dolce a vedersi, tacito sbadiglia.
O, se te in sì gentile atto mirasse
Il duro Capitan qualor tra l'armi,
Sgangherando le labbra, innalza un grido
Lacerator di ben costrutti orecchi,
120   Onde a le squadre varj moti impone;
Se te mirasse allor, certo vergogna
Avria di sè più che Minerva il giorno
Che, di flauto sonando, al fonte scorse
Il turpe aspetto de le guance enfiate.
125   Ma già il ben pettinato entrar di novo
Tuo damigello i' veggo; egli a te chiede
Quale oggi più de le bevande usate
Sorbir ti piaccia in preziosa tazza:
Indiche merci son tazze e bevande;
130   Scegli qual più desii. S'oggi ti giova
Porger dolci allo stomaco fomenti,
Sì che con legge il natural calore
V'arda temprato, e al digerir ti vaglia,
Scegli 'l brun cioccolatte, onde tributo
135   Ti dà il Guatimalese e il Caribbèo
C'ha di barbare penne avvolto il crine:
Ma se nojosa ipocondrìa t'opprime,
O troppo intorno a le vezzose membra
Adipe cresce, de' tuoi labbri onora
140   La nettarea bevanda ove abbronzato
Fuma, ed arde il legume a te d'Aleppo
Giunto, e da Moca che di mille navi
Popolata mai sempre insuperbisce.
Certo fu d'uopo, che dal prisco seggio
145   Uscisse un Regno, e con ardite vele
Fra straniere procelle e novi mostri
E teme e rischi ed inumane fami
Superasse i confin, per lunga etade
Inviolati ancora: e ben fu dritto
150   Se Cortes, e Pizzarro umano sangue
Non istimàr quel ch'oltre l'Oceàno
Scorrea le umane membra, onde tonando

E fulminando, alfin spietatamente
Balzaron giù da' loro aviti troni
155 Re Messicani e generosi Incassi,
Poichè nuove così venner delizie,
O gemma degli eroi, al tuo palato.
    Cessi 'l Cielo però, che in quel momento
Che la scelta bevanda a sorbir prendi,
160 Servo indiscreto a te improvviso annunzj
Il villano sartor che, non ben pago
D'aver teco diviso i ricchi drappi,
Oso sia ancor con pòlizza infinita
A te chieder mercede: ahimè, che fatto
165 Quel salutar licore agro e indigesto
Tra le viscere tue, te allor farebbe
E in casa e fuori e nel teatro e al corso
Ruttar plebejamente il giorno intero!
    Ma non attenda già ch'altri lo annunzj
170 Gradito ognor, benchè improvviso, il dolce
Mastro che i piedi tuoi come a lui pare
Guida, e corregge. Egli all'entrar si fermi
Ritto sul limitare, indi elevando
Ambe le spalle, qual testudo il collo
175 Contragga alquanto; e ad un medesmo tempo
Inchini 'l mento, e con l'estrema falda
Del piumato cappello il labbro tocchi.
    Non meno di costui facile al letto
Del mio Signor t'accosta, o tu che addestri
180 A modular con la flessibil voce
Teneri canti, e tu che mostri altrui
Come vibrar con maestrevol arco
Sul cavo legno armoniose fila.
    Nè la squisita a terminar corona
185 D'intorno al letto tuo manchi, o Signore,
Il Precettor del tenero idioma
Che da la Senna de le Grazie madre
Or ora a sparger di celeste ambrosia
Venne all'Italia nauseata i labbri.
190 All'apparir di lui l'itale voci
Tronche cedano il campo al lor tiranno;
E a la nova ineffabile armonìa

De' soprumani accenti, odio ti nasca
Più grande in sen contro alle impure labbra
195 Ch'osan macchiarsi ancor di quel sermone
Onde in Valchiusa fu lodata e pianta
Già la bella Francese, et onde i campi
All'orecchio dei Re cantati furo
Lungo il fonte gentil de le bell'acque.
200 Misere labbra che temprar non sanno
Con le Galliche grazie il sermon nostro,
Sì che men aspro a' delicati spirti,
E men barbaro suon fieda gli orecchi!
   Or te questa, o Signor, leggiadra schiera
205 Trattenga al novo giorno; e di tue voglie
Irresolute ancora or l'uno, or l'altro
Con piacevoli detti il vano occùpi,
Mentre tu chiedi lor tra i lenti sorsi
Dell'ardente bevanda a qual cantore
210 Nel vicin verno si darà la palma
Sopra le scene; e s'egli è il ver, che rieda
L'astuta Frine che ben cento folli
Milordi rimandò nudi al Tamigi;
O se il brillante danzator Narcisso
215 Tornerà pure ad agghiacciare i petti
De' palpitanti Italici mariti.
   Poichè così gran pezzo a' primi albori
Del tuo mattin teco scherzato fia
Non senz'aver licenziato prima
220 L'ipocrita pudore, e quella schifa,
Cui le accigliate gelide matrone
Chiaman modestia, alfine o a lor talento,
O da te congedati escan costoro.
Doman si potrà poscia, o forse l'altro
225 Giorno a' precetti lor porgere orecchio,
Se meno ch'oggi a te cure dintorno
Porranno assedio. A voi divina schiatta,
Vie più che a noi mortali il ciel concesse
Domabile midollo entro al cerèbro,
230 Sì che breve lavor basta a stamparvi
Novelle idee. In oltre a voi fu dato
Tal de' sensi e de' nervi e degli spirti

Moto e struttura, che ad un tempo mille
Penetrar puote, e concepir vostr'alma
235 Cose diverse, e non però turbarle
O confonder giammai, ma scevre e chiare
Ne' loro alberghi ricovrarle in mente.
   Il vulgo intanto a cui non dessi il velo
Aprir de' venerabili misterj,
240 Fie pago assai, poi che vedrà sovente
Ire e tornar dal tuo palagio i primi
D'arte maestri, e con aperte fauci
Stupefatto berà le tue sentenze.
   Ma già vegg'io, che le oziose lane
245 Soffrir non puoi più lungamente, e in vano
Te l'ignavo tepor lusinga e molce,
Però che or te più gloriosi affanni
Aspettan l'ore a trapassar del giorno.
   Su dunque o voi del primo ordine servi
250 Che degli alti Signor ministri al fianco
Siete incontaminati, or dunque voi
Al mio divino Achille, al mio Rinaldo
L'armi apprestate. Ed ecco in un baleno
I tuoi valetti a' cenni tuoi star pronti.
255 Già ferve il gran lavoro. Altri ti veste
La serica zimarra ove disegno
Diramasi Chinese; altri, se il chiede
Più la stagione, a te le membra copre
Di stese infino al piè tiepide pelli.
260 Questi al fianco ti adatta il bianco lino
Che sciorinato poi cada, e difenda
I calzonetti; e quei, d'alto curvando
Il cristallino rostro, in su le mani
Ti versa acque odorate, e da le mani
265 In limpido bacin sotto le accoglie.
Quale il sapon del redivivo muschio
Olezzante all'intorno; e qual ti porge
Il macinato di quell'arbor frutto,
Che a Ròdope fu già vaga donzella,
270 E chiama in van sotto mutate spoglie
Demofoonte ancor Demofoonte.
L'un di soavi essenze intrisa spugna

Onde tergere i denti, e l'altro appresta
Ad imbianchir le guance util licore.
275   Assai pensasti a te medesmo; or volgi
Le tue cure per poco ad altro obbietto
Non indegno di te. Sai che compagna
Con cui divider possa il lungo peso
Di quest'inerte vita il ciel destìna
280 Al giovane Signore. Impallidisci?
No non parlo di nozze: antiquo e vieto
Dottor sarei se così folle io dessi
A te consiglio. Di tant'alte doti
Tu non orni così lo spirto, e i membri,
285 Perchè in mezzo a la tua nobil carriera
Sospender debbi 'l corso, e fuora uscendo
Di cotesto a ragion detto Bel Mondo,
In tra i severi di famiglia padri
Relegato ti giacci, a un nodo avvinto
290 Di giorno in giorno più penoso, e fatto
Stallone ignobil de la razza umana.
     D'altra parte il Marito ahi quanto spiace,
E lo stomaco move ai dilicati
Del vostr'Orbe leggiadro abitatori
295 Qualor de' semplicetti avoli nostri
Portar osa in ridicolo trionfo
La rimbambita Fè, la Pudicizia
Severi nomi! E qual non suole a forza
In que' melati seni eccitar bile
300 Quando i calcoli vili del castaldo
Le vendemmie, i ricolti, i pedagoghi
Di que' sì dolci suoi bambini altrui,
Gongolando, ricorda; e non vergogna
Di mischiar cotai fole a peregrini
305 Subbietti, a nuove del dir forme, a sciolti
Da volgar fren concetti onde s'avviva
Da' begli spirti il vostro amabil Globo.
Pera dunque chi a te nozze consiglia.
Ma non però senza compagna andrai
310 Che sia giovane dama, ed altrui sposa;
Poichè sì vuole inviolabil rito
Del Bel Mondo onde tu se' cittadino.

Tempo già fu, che il pargoletto Amore
Dato era in guardia al suo fratello Imene;
315 Poichè la madre lor temea, che il cieco
Incauto Nume perigliando gisse
Misero e solo per oblique vie,
E che bersaglio agl'indiscreti colpi
Di senza guida, e senza freno arciero,
320 Troppo immaturo al fin corresse il seme
Uman ch'è nato a dominar la terra.
Perciò la prole mal secura all'altra
In cura dato avea, sì lor dicendo:
« Ite o figli del par; tu più possente
325 Il dardo scocca, e tu più cauto il guida
A certa meta ». Così ognor compagna
Iva la dolce coppia, e in un sol regno,
E d'un nodo comun l'alme stringea.
Allora fu che il Sol mai sempre uniti
330 Vedea un pastore, ed una pastorella
Starsi al prato, a la selva, al colle, al fonte;
E la Suora di lui vedeali poi
Uniti ancor nel talamo beato
Ch'ambo gli amici Numi a piene mani
335 Gareggiando spargean di gigli e rose.
Ma che non puote anco in divino petto,
Se mai s'accende ambizion di regno?
Crebber l'ali ad Amore a poco a poco,
E la forza con esse; ed è la forza
340 Unica e sola del regnar maestra.
Perciò a poc'aere prima, indi più ardito
A vie maggior fidossi, e fiero alfin
Entrò nell'alto, e il grande arco crollando,
E il capo, risonar fece a quel moto
345 Il duro acciar che la faretra a tergo
Gli empie, e gridò: solo regnar vogl'io.
Disse, e volto a la madre « Amore adunque
Il più possente in fra gli dei, il primo
Di Citerea figliuol ricever leggi,
350 E dal minor german ricever leggi
Vile alunno, anzi servo? Or dunque Amore
Non oserà fuor ch'una unica volta

Ferire un'alma come questo schifo
Da me vorrebbe? E non potrò giammai
355 Dappoi ch'io strinsi un laccio, anco slegarlo
A mio talento, e qualor parmi un altro
Stringerne ancora? E lascerò pur ch'egli
Di suoi unguenti impeci a me i miei dardi
Perchè men velenosi e men crudeli
360 Scendano ai petti? Or via perchè non togli
A me da le mie man quest'arco, e queste
Armi da le mie spalle, e ignudo lasci
Quasi rifiuto de gli Dei Cupido?
O il bel viver che fia qualor tu solo
365 Regni in mio loco! O il bel vederti, lasso!
Studiarti a torre da le languid'alme
La stanchezza e 'l fastidio, e spander gelo
Di foco in vece! Or genitrice intendi,
Vaglio, e vo' regnar solo. A tuo piacere
370 Tra noi parti l'impero, ond'io con teco
Abbia ormai pace, e in compagnìa d'Imene
Me non trovin mai più le umane genti ».
Qui tacque Amore, e minaccioso in atto,
Parve all'Idalia Dea chieder risposta.
375 Ella tenta placarlo, e pianti e preghi
Sparge ma in vano; onde a' due figli volta
Con questo dir pose al contender fine.
« Poichè nulla tra voi pace esser puote,
Si dividano i regni. E perchè l'uno
380 Sia dall'altro germano ognor disgiunto,
Sieno tra voi diversi, e 'l tempo, e l'opra.
Tu che di strali altero a fren non cedi
L'alme ferisci, e tutto il giorno impera:
E tu che di fior placidi hai corona
385 Le salme accoppia, e coll'ardente face
Regna la notte ». Ora di qui, Signore,
Venne il rito gentil che a' freddi sposi
Le tenebre concede, e de le spose
Le caste membra: e a voi beata gente
390 Di più nobile mondo il cor di queste,
E il dominio del dì, largo destìna.
Fors'anco un dì più liberal confine

Vostri diritti avran, se Amor più forte
Qualche provincia al suo germano usurpa:
395 Così giova sperar. Tu volgi intanto
A' miei versi l'orecchio, et odi or quale
Cura al mattin tu debbi aver di lei
Che spontanea o pregata, a te donossi
Per tua Dama quel dì lieto che a fida
400 Carta, non senza testimonj furo
A vicenda commessi i patti santi,
E le condizion del caro nodo.
    Già la Dama gentil de' cui be' lacci
Godi avvinto sembrar le chiare luci
405 Col novo giorno aperse; e suo primiero
Pensier fu dove teco abbia piuttosto
A vegliar questa sera, e consultonne
Contegnosa lo sposo il qual pur dianzi
Fu la mano a baciarle in stanza ammesso.
410   Or dunque è tempo che il più fido servo
E il più accorto tra i tuoi mandi al palagio
Di lei chiedendo se tranquilli sonni
Dormìo la notte, e se d'imagin liete
Le fu Mòrfeo cortese. È ver che ieri
415 Sera tu l'ammirasti in viso tinta
Di freschissime rose; e più che mai
Vivace e lieta uscìo teco del cocchio,
E la vigile tua mano per vezzo
Ricusò sorridendo allor che l'ampie
420 Scale salì del maritale albergo:
Ma ciò non basti ad acquetarti, e mai
Non obliar sì giusti ufici. Ahi quanti
Genj malvagi tra 'l notturno orrore
Godono uscire ed empier di perigli
425 La placida quiete de' mortali!
    Potria, tolgalo il cielo, il picciol cane
Con latrati improvvisi i cari sogni
Troncare a la tua Dama, ond'ella, scossa
Da sùbito capriccio, a rannicchiarsi
430 Astretta fosse, di sudor gelato
E la fronte bagnando, e il guancial molle.
Anco potria colui che, sì de' tristi

Come de' lieti sogni è genitore,
Crearle in mente di diverse idee
435 In un congiunte orribile chimera,
Onde agitata in ansioso affanno
Gridar tentasse, e non però potesse
Aprire ai gridi tra le fauci il varco.
Sovente ancor ne la trascorsa sera
440 La perduta tra 'l gioco aurea moneta
Non men che al Cavalier, suole a la Dama
Lunga vigilia cagionar: talora
Nobile invidia de la bella amica
Vagheggiata da molti, e talor breve
445 Gelosìa n'è cagione. A questo aggiugni
Gl'importuni mariti i quali in mente
Ravvolgendosi ancor le viete usanze,
Poi che cessero ad altri il giorno, quasi
Abbian fatto gran cosa, aman d'Imene
450 Con superstizion serbare i dritti,
E dell'ombre notturne esser tiranni,
Non senz'affanno de le caste spose
Ch'indi preveggon tra poc'anni il fiore
De la fresca beltade a sè rapirsi.
455 Or dunque ammaestrato a quali e quanti
Miseri casi espor soglia il notturno
Orror le Dame, tu non esser lento,
Signore, a chieder de la tua novella.
Mentre che il fido maessaggier si attende,
460 Magnanimo Signor, tu non starai
Ozioso però. Nel dolce campo
Pur in questo momento il buon Cultore
Suda, e incallisce al vomere la mano,
Lieto, che i suoi sudori ti fruttin poi
465 Dorati cocchi, e peregrine mense.
Ora per te l'industre Artier sta fiso
Allo scarpello, all'asce, al subbio, all'ago:
Ed ora a tuo favor contende, o veglia
Il Ministro di Temi. Ecco te pure
470 Te la *toilette* attende: ivi i bei pregi
De la natura accrescerai con l'arte,
Ond'oggi uscendo, del beante aspetto

Beneficar potrai le genti, e grato
Ricompensar di sue fatiche il mondo.
475   Ma già tre volte e quattro il mio Signore
Velocemente il gabinetto scorse
Col crin disciolto e su gli omeri sparso,
Quale a Cuma solea l'orribil maga.
Quando agitata dal possente Nume
480 Vaticinar s'udìa. Così dal capo
Evaporar lasciò degli olj sparsi
Il nocivo fermento, e de le polvi
Che roder gli potrien la molle cute,
O d'atroce emicrania a lui le tempia
485 Trafigger anco. Or egli avvolto in lino
Candido siede. Avanti a lui lo specchio
Altero sembra di raccor nel seno
L'imagin diva: e stassi agli occhi suoi
Severo esplorator de la tua mano
490 O di bel crin volubile Architetto.
Mille d'intorno a lui volano odori
Che a le varie manteche ama rapire
L'auretta dolce, intorno ai vasi ugnendo
Le leggerissim' ale di farfalla.
495 Tu chiedi in prima a lui qual più gli aggrada
Sparger sul crin, se il gelsomino, o il biondo
Fior d'arancio piuttosto, o la giunchiglia,
O l'ambra preziosa agli avi nostri.
   Ma se la Sposa altrui, cara al Signore,
500 Del talamo nuzial si duole, e scosse
Pur or da lungo peso il molle lombo,
Ah fuggi allor tutti gli odori, ah fuggi;
Che micidial potresti a un sol momento
Tre vite insidiar: semplici sieno
505 I tuoi balsami allor, nè oprarli ardisci
Pria che su lor deciso abbian le nari
Del mio Signore, e tuo. Pon mano poscia
Al pettin liscio, e coll'ottuso dente
Lieve solca i capegli; indi li turba
510 Col pettine e scompiglia: ordin leggiadro
Abbiano alfine da la tua mente industre.
   Io breve a te parlai; ma non pertanto

Lunga fia l'opra tua; nè al termin giunta
Prima sarà, che da più strani eventi
Turbisi e tronchi a la tua impresa il filo.
Fisa i lumi allo speglio, e vedrai quivi
Non di rado il Signor morder le labbra
Impaziente, ed arrossir nel viso.
Sovente ancor se artificiosa meno
Fia la tua destra, del convulso piede
Udrai lo scalpitar breve e frequente,
Non senza un tronco articolar di voce
Che condanni, e minacci. Anco t'aspetta
Veder talvolta il mio Signor gentile
Furiando agitarsi, e destra e manca
Porsi nel crine; e scompigliar con l'ugna
Lo studio di molt'ore in un momento.
Che più? Se per tuo male un dì vaghezza
D'accordar ti prendesse al suo sembiante
L'edificio del capo, ed obliassi
Di prender legge da colui che giunse
Pur jer di Francia, ahi quale atroce folgore,
Meschino! allor ti penderìa sul capo?
Che il tuo Signor vedresti ergers'in piedi;
E versando per gli occhi ira e dispetto,
Mille strazj imprecarti; e scender fino
Ad usurpar le infami voci al vulgo
Per farti onta maggiore; e di bastone
Il tergo minacciarti; e violento
Rovesciare ogni cosa, al suol spargendo
Rotti cristalli e calamistri e vasi
E pettini ad un tempo. In cotal guisa,
Se del Tonante all'ara o de la Dea,
Che ricovrò dal Nilo il turpe *Phallo*,
Tauro spezzava i raddoppiati nodi
E libero fuggìa, vedeansi al suolo
Vibrar tripodi, tazze, bende, scuri,
Litui, coltelli, e d'orridi muggiti
Commosse rimbombar le arcate volte,
E d'ogni lato astanti e sacerdoti
Pallidi all'urto e all'impeto involarsi
Del feroce animal che pria sì queto

Gìa di fior cinto, e sotto la man sacra
Umiliava le dorate corna.

555 Tu non pertanto coraggioso e forte
Soffri, e ti serba a la miglior fortuna.
Quasi foco di paglia è il foco d'ira
In nobil cor. Tosto il Signor vedrai
Mansuefatto a te chieder perdono,

560 E sollevarti oltr'ogni altro mortale
Con preghi e scuse a niun altro concesse;
Onde securo sacerdote allora
L'immolerai qual vittima a *Filauzio*
Sommo Nume de' Grandi, e pria d'ognaltro

565 Larga otterrai del tuo lavor mercede.
  Or Signore, a te riedo. Ah non sia colpa
Dinanzi a te s'io travviai col verso
Breve parlando ad un mortal cui degni
Tu degli arcani tuoi. Sai, che a sua voglia

570 Questi ogni dì volge, e governa i capi
De' più felici spirti; e le matrone,
Che da' sublimi cocchi alto disdegnano
Volgere il guardo a la pedestre turba,
Non disdegnan sovente entrar con lui

575 In festevoli motti allor ch'esposti
A la sua man sono i ridenti avorj
Del bel collo e del crin l'aureo volume.
Perciò accogli ti prego i versi miei
Tuttor benigno: et odi or come possi

580 L'ore a te render graziose mentre
Dal pettin creator tua chioma acquista
Leggiadra o almen non più veduta forma.
  Picciol libro elegante a te dinanzi
Tra gli arnesi vedrai che l'arte aduna

585 Per disputare a la natura il vanto
Del renderti sì caro agli occhi altrui.
Ei ti lusingherà forse con liscia
Purpurea pelle onde fornito avrallo
O Mauritano conciatore, o Siro;

590 E d'oro fregi dilicati, e vago
Mutabile color che il collo imiti
De la colomba v'avrà posto intorno

303

Squisito legator Batavo, o Franco.
Ora il libro gentil con lenta mano
595 Togli; e non senza sbadigliare un poco
Aprilo a caso, o pur là dove il parta
Tra una pagina e l'altra indice nastro.
  O de la Francia Proteo multiforme
Voltaire troppo biasmato e troppo a torto
600 Lodato ancor che sai con novi modi
Imbandir ne' tuoi scritti eterno cibo
Ai semplici palati; e se' maestro
Di coloro che mostran di sapere,
Tu appresta al mio Signor leggiadri studj
605 Con quella tua Fanciulla agli Angli infesta
Che il grande Enrico tuo vince d'assai,
L'Enrico tuo che non peranco abbatte
L'italian Goffredo ardito scoglio
Contro a la Senna d'ogni vanto altera.
610   Tu de la Francia onor, tu in mille scritti
Celebrata *Ninon* novella Aspasia,
Taide novella ai facili sapienti
De la Gallica Atene i tuoi precetti
Pur dona al mio Signore: e a lui non meno
615 Pasci la nobil mente o tu ch'a Italia,
Poi che rapìrle i tuoi l'oro e le gemme,
Invidiasti il fedo loto ancora
Onde macchiato è il Certaldese, e l'altro
Per cui va sì famoso il pazzo Conte.
620   Questi, o Signore, i tuoi studiati autori
Fieno e mill'altri che guidàro in Francia
A novellar con le vezzose schiave
I bendati Sultani i regi Persi,
E le peregrinanti Arabe dame;
625 O che con penna liberale ai cani
Ragion donàro e ai barbari sedili,
E dier feste e conviti e liete scene
Ai polli ed a le gru d'amor maestre.
  O pascol degno d'anima sublime!
630 O chiara o nobil mente! a te ben dritto
È che si curvi riverente il vulgo,
E gli oracoli attenda. Or chi fia dunque

Sì temerario che in suo cor ti beffi
Qualor partendo da sì begli studj
635 Del tuo paese l'ignoranza accusi,
E tenti aprir col tuo felice raggio
La Gotica caligine che annosa
Siede su gli occhi a le misere genti?
Così non mai ti venga estranea cura
640 Questi a troncar sì preziosi istanti
In cui non meno de la docil chioma
Coltivi ed orni il penetrante ingegno.
    Non pertanto avverrà, che tu sospenda
Quindi a pochi momenti i cari studj,
645 E che ad altro ti volga. A te quest'ora
Condurrà il Merciajuol che in patria or torna
Pronto inventor di lusinghiere fole,
E liberal di forestieri nomi
A merci che non mai varcàro i monti.
650 Tu a lui credi ogni detto: e chi vuoi, ch'osi
Unqua mentire ad un tuo pari in faccia?
Ei fia che venda, se a te piace, o cambj
Mille fregi e giojelli a cui la moda
Di viver concedette un giorno intero
655 Tra le folte d'inezie illustri tasche:
Poi lieto sen andrà con l'una mano
Pesante di molt'oro; e in cor giojendo,
Spregerà le bestemmie imprecatrici,
E il gittato lavoro, e i vani passi
660 Del Calzolar diserto, e del Drappiere;
E dirà lor: ben degna pena avete
O troppo ancor religiosi servi
De la Necessitade, antiqua è vero
Madre e donna dell'arti, or nondimeno
665 Fatta cenciosa e vile. Al suo possente
Amabil vincitor v'era assai meglio,
O miseri, ubbidire. Il Lusso il Lusso
Oggi sol puote dal ferace corno
Versar sull'arti a lui vassalle applausi
670 E non contesi mai premj e dovizie.
    L'ora fia questa ancor che a te conduca
Il dilicato Miniator di Belle,

Ch'è de la Corte d'Amatunta e Pafo
Stipendiato Ministro atto a gli affari
675 Sollecitar dell'amorosa Dea.
Impaziente or tu l'affretta e sprona
Perchè a te porga il desiato avorio
Che de le amate forme impresso ride,
O che il pennel cortese ivi dispieghi
680 L'alme sembianze del tuo viso ond'abbia
Tacito pasco allor che te non vede
La pudica d'altrui sposa a te cara;
O che di lei medesma al vivo esprima
L'imagin vaga; o se ti piace, ancora
685 D'altra fiamma furtiva a te presenti
Con più largo confin le amiche membra.
Ma poi che al fine a le tue luci esposto
Fia il ritratto gentil, tu cauto osserva
Se bene il simulato al ver risponda,
690 Vie più rigido assai se il tuo sembiante
Esprimer denno i colorati punti
Che l'arte ivi dispose. O quante mende
Scorger tu vi saprai! Or brune troppo
A te parran le guance; or fia ch'ecceda
695 Mal frenata la bocca; or qual conviensi
Al camuso Etiòpe il naso fia.
Ti giovi ancora d'accusar sovente
Il dipintor, che non atteggi industre
L'agili membra e il dignitoso busto,
700 O che con poca legge a la tua imago
Dia contorno o la posi o la panneggi.
È ver, che tu del grande di Crotone
Non conosci la scuola; e mai tua mano
Non abbassossi a la volgar matita
705 Che fu nell'altra età cara a' tuoi pari
Cui sconosciute ancora eran più dolci
E più nobili cure a te serbate.
Ma che non puote quel d'ogni precetto
Gusto trionfator che all'ordin vostro
710 In vece di maestro il Ciel concesse,
Et onde a voi coniò le altere menti
Acciò che possan de' volgari ingegni

Oltre passar la paludosa nebbia,
E d'aere più puro abitatrici
715 Non fallibili scerre il vero e il bello?
     Perciò qual più ti par loda, riprendi
Non men fermo d'allor che a scranna siedi
Rafael giudicando, o l'altro eguale
Che del gran nome suo l'Adige onora:
720 E a le tavole ignote i noti nomi
Grave comparti di color che primi
Fur tra' Pittori. Ah s'altri è sì procace
Ch'osi rider di te, costui paventi
L'augusta maestà del tuo cospetto,
725 Si volga a la parete; e mentr'ei cerca
Por freno in van col morder de le labbra
Allo scrosciar de le importune risa
Che scoppian da' precordj, violenta
Convulsione a lui deformi il volto,
730 E lo affoghi aspra tosse; e lo punisca
Di sua temerità. Ma tu non pensa
Ch'altri ardisca di te rider giammai;
E mai sempre imperterrito decidi.
     Or l'immagin compiuta intanto serba
735 Perchè in nobile arnese un dì si chiuda
Con opposto cristallo ove tu facci
Sovente paragon di tua beltade
Con la beltà de la tua Dama; o agli occhi
Degl'invidi la tolga, e in sen l'asconda
740 Sagace tabacchiera, o a te riluca
Sul minor dito fra le gemme e l'oro;
O de le grazie del tuo viso desti
Soavi rimembranze al braccio avvolta
De la pudica altrui Sposa a te cara.
745   Ma giunta è al fin del dotto pettin l'opra.
Già il maestro elegante intorno spande
Da la man scossa un polveroso nembo
Onde a te innanzi tempo il crine imbianchi.
     D'orribil piato risonar s'udìo
750 Già la corte d'Amore. I tardi veglj
Grinzuti osàr coi giovani nipoti
Contendere di grado in faccia al soglio

Del comune Signor. Rise la fresca
Gioventude animosa, e d'agri motti
755 Libera punse la senil baldanza.
Gran tumulto nascea, se non che Amore
Ch'ogni diseguaglianza odia in sua corte
A spegner mosse i perigliosi sdegni:
E a quei che militando incanutìro
760 Suoi servi impose d'imitar con arte
I duo bei fior che in giovenile gota
Educa e nutre di sua man natura:
Indi fè cenno, e in un balen fur visti
Mille alati ministri alto volando
765 Scoter le piume, e lieve indi fiocconne
Candida polve che a posar poi venne
Su le giovani chiome; e in bianco volse
Il biondo, il nero, e l'odiato rosso.
L'occhio così nell'amorosa reggia
770 Più non distinse le due opposte etadi,
E solo vi restò giudice il Tatto.
    Or tu adunque, o Signor, tu che se' il primo
Fregio ed onor dell'amoroso regno
I sacri usi ne serba. Ecco che sparsa
775 Pria da provvida man la bianca polve
In piccolo stanzin con l'aere pugna,
E degli atomi suoi tutto riempie
Egualmente divisa. Or ti fa cuore,
E in seno a quella vorticosa nebbia
780 Animoso ti avventa. O bravo o forte!
Tale il grand'Avo tuo tra 'l fumo e 'l foco
Orribile di Marte, furiando
Gittossi allor che i palpitanti Lari
De la Patria difese, e ruppe e in fuga
785 Mise l'oste feroce. Ei non pertanto
Fuliginoso il volto, e d'atro sangue
Asperso e di sudore, e co' capegli
Stracciati ed irti da la mischia uscìo
Spettacol fero a' cittadini istessi
790 Per sua man salvi; ove tu assai più dolce
E leggiadro a vedersi, in bianca spoglia
Uscirai quindi a poco a bear gli occhi

De la cara tua Patria a cui dell'Avo
Il forte braccio, e il viso almo, celeste
795 Del Nipote dovean portar salute.
    Ella ti attende impaziente, e mille
Anni le sembra il tuo tardar poc'ore.
È tempo omai che i tuoi valetti al dorso
Con lieve man ti adattino le vesti
800 Cui la moda e 'l buon gusto in su la Senna
T'abbian tessute a gara, e qui cucite
Abbia ricco sartor che in su lo scudo
Mostri intrecciato a forbici eleganti
Il titol di *Monsieur*. Non sol dia leggi
805 A la materia la stagion diverse;
Ma sien qual si conviene al giorno e all'ora
Sempre varj il lavoro e la ricchezza.
    Fero Genio di Marte a guardar posto
De la stirpe de' Numi il caro fianco,
810 Tu al mio giovane Eroe la spada or cingi
Lieve e corta non già, ma, qual richiede
La stagion bellicosa, al suol cadente,
E di triplice taglio armata e d'elsa
Immane. Quanto esser può mai sublime
815 L'annoda pure, onde l'impugni all'uopo
La furibonda destra in un momento:
Nè disdegnar con le sanguigne dita
Di ripulire et ordinar quel nodo
Onde l'elsa è superba; industre studio
820 È di candida mano: al mio Signore
Dianzi donollo, e gliel appese al brando
La pudica d'altrui sposa a lui cara.
Tal del famoso Artù vide la corte
Le infiammate d'amor donzelle ardite
825 Ornar di piume e di purpuree fasce
I fatati guerrieri, onde più ardenti
Gisser poi questi ad incontrar periglio
In selve orrende tra i giganti e i mostri.
    Figlie de la memoria inclite Suore
830 Che invocate scendeste, e i feri nomi
De le squadre diverse e degli Eroi
Annoveraste ai grandi che cantàro

Achille, Enea, e il non minor Buglione,
Or m'è d'uopo di voi: tropp'ardua impresa,
835 E insuperabil senza vostr'aita
Fia ricordare al mio Signor di quanti
Leggiadri arnesi graverà sue vesti
Pria che di se medesmo esca a far pompa.
  Ma qual tra tanti e sì leggiadri arnesi
840 Sì felice sarà che pria d'ognaltro,
Signor, venga a formar tua nobil soma?
Tutti importan del par. Veggo l'Astuccio
Di pelle rilucente ornato e d'oro
Sdegnar la turba, e gli occhi tuoi primiero
845 Occupar di sua mole: esso a mill'uopi
Opportuno si vanta, e in grembo a lui
Atta agli orecchi, ai denti, ai peli, all'ugne
Vien forbita famiglia. A lui contende
I primi onori d'odorifer'onda
850 Colmo Cristal che a la tua vita in forse
Rechi soccorso allor che il vulgo ardisce
Troppo accosto vibrar da la vil salma
Fastidiosi effluvj a le tue nari.
Nè men pronto di quella all'uopo istesso
855 L'imitante un cuscin purpereo Drappo
Mostra turgido il sen d'erbe odorate
Che l'aprica montagna in tuo favore
Al possente meriggio educa e scalda.
Seco vien pur di cristallina rupe
860 Prezïoso Vasello onde traluce
Non volgare confetto ove agli aromi
Stimolanti s'unìo l'ambra o la terra,
Che il Giappon manda a profumar de' Grandi
L'etereo fiato; o quel che il Caramano
865 Fa gemer Latte dall'inciso capo
De' papaveri suoi perchè, qualora
Non ben felice amor l'alma t'attrista,
Lene serpendo per le membra, acqueti
A te gli spirti, e ne la mente induca
870 Lieta stupidità che mille aduni
Imagin dolci e al tuo desìo conformi.
A questi arnesi il Cannocchiale aggiugni,

E la guernita d'oro anglica Lente.
Quel notturno favor ti presti allora
875 Che in teatro t'assidi, e t'avvicini
Gli snelli piedi e le canore labbra
Da la scena rimota, o con maligno
Occhio ricerchi di qualc'alta loggia
Le abitate tenebre, o miri altrove
880 Gli ognor nascenti e moribondi amori
De le tenere Dame onde s'appresti
Per l'eloquenza tua nel dì vicino
Lunga e grave materia. A te la Lente
Nel giorno assista, e de gli sguardi tuoi
885 Economa presieda, e sì li parta,
Che il mirato da te vada superbo,
Nè i malvisti accusarti osin giammai.
La Lente ancora all'occhio tuo vicina
Irrefragabil giudice condanni
890 O approvi di *Paladio* i muri e gli archi
O di *Tizian* le tele: essa a le vesti,
Ai libri, ai volti feminili applauda
Severa o li dispregi. E chi del senso
Comun sì privo fia che opporsi unquanco
895 Osi al sentenziar de la tua Lente?
Non per questi però sdegna, o Signore,
Giunto a lo specchio, in gallico sermone
Il vezzoso Giornal; non le notate
Eburnee Tavolette a guardar preste
900 Tuoi sublimi pensier fin ch'abbian luce
Doman tra i begli spirti; e non isdegna
La piccola Guaina ove a' tuoi cenni
Mille stan pronti ognora argentei spilli.
O quante volte a cavalier sagace
905 Ho vedut'io le man render beate
Uno apprestato a tempo unico spillo!
Ma dove, ahi dove inonorato e solo
Lasci 'l Coltello a cui l'oro e l'acciaro
Donàr gemina lama, e a cui la madre
910 De la gemma più bella d'Anfitrite
Diè manico elegante ove il colore
Con dolce variar l'iride imita?

Opra sol fia di lui se ne' superbi
Convivj ognaltro avanzerai per fama
915 D'esimio Trinciatore, e se l'invidia
De' tuoi gran pari ecciterai qualora,
Pollo o fagian con la forcina in alto
Sospeso, a un colpo il priverai dell'anca
Mirabilmente. Or ti ricolmi alfine
920 D'ambo i lati la giubba, ed oleosa
Spagna e Rapè cui semplice Origuela
Chiuda, o a molti colori oro dipinto;
E cupide ad ornar tue bianche dita
Salgan le anella in fra le quali assai
925 Più caro a te dell'adamante istesso
Cerchietto inciso d'amorosi motti
Stringati alquanto, e sovvenir ti faccia
De la pudica altrui Sposa a te cara.
    Compiuto è il gran lavoro. Odi, o Signore,
930 Sonar già intorno la ferrata zampa
De' superbi corsier che irrequieti
Ne' grand'atrj sospigne arretra e volge
La disciplina dell'ardito auriga.
Sorgi, e t'appresta a render baldi e lieti
935 Del tuo nobile incarco i bruti ancora.
Ma a possente Signor scender non lice
Da le stanze superne infin che al gelo,
O al meriggio non abbia il cocchier stanco
Durato un pezzo, onde l'uom servo intenda
940 Per quanto immensa via natura il parta
Dal suo Signore. I miei precetti intanto
Io seguirò; che varie al tuo mattino
Portar dee cure il variar dei giorni.
    Tal dì ti aspetta d'eloquenti fogli
945 Serie a vergar, che al Rodano, al Lemano
All'Amstel, al Tirreno, all'Adria legga
Il Librajo che Momo, e Citerea
Colmàr di beni, o il più di lui possente
Appaltator di forestiere scene
950 Con cui per opra tua facil donzella
Sua virtù merchi, e non sperato ottenga
Guiderdone al suo canto. O di grand'alma

Primo fregio ed onor Beneficenza
Che al merto porgi, ed a virtù la mano!
955 Tu il ricco e il grande sopra il vulgo innalzi,
Ed al concilio de gli Dei lo aggiugni.
Tal giorno ancora, o d'ogni giorno forse
Den qualch'ore serbarsi al molle ferro
Che il pelo a te rigermogliante a pena
960 D'in su la guancia miete, e par che invidj,
Ch'altri fuor che lui solo esplori o scopra
Unqua il tuo sesso. Arroge a questi il giorno
Che di lavacro universal convienti
Bagnar le membra, per tua propria mano,
965 O per altrui con odorose spugne
Trascorrendo la cute. È ver che allora
D'esser mortal ti sembrerà; ma innalza
Tu allor la mente, e de' grand'avi tuoi
Le imprese ti rimembra e gli ozj illustri
970 Che insino a te per secoli cotanti
Misti scesero al chiaro altero sangue,
E l'ubbioso pensier vedrai fuggirsi
Lunge da te per l'aere rapito
Su l'ale de la Gloria alto volanti;
975 Et indi a poco sorgerai qual prima
Gran Semidèo che a sè solo somiglia.
Fama è così, che il dì quinto le Fate
Loro salma immortal vedean coprirsi
Già d'orribili scaglie, e in feda serpe
980 Volta strisciar sul suolo a sè facendo
De le inarcate spire impeto e forza;
Ma il primo sol le rivedea più belle
Far beati gli amanti, e a un volger d'occhi
Mescere a voglia lor la terra e il mare.
985 Fia d'uopo ancor, che da le lunghe cure
T'allevj alquanto, e con pietosa mano
Il teso per gran tempo arco rallenti.
Signore, al Ciel non è più cara cosa
Di tua salute: e troppo a noi mortali
990 È il viver de' tuoi pari util tesoro.
Tu adunque allor che placida mattina
Vestita riderà d'un bel sereno

Esci pedestre, e le abbattute membra
All'aura salutar snoda e rinfranca.
995 Di nobil cuojo a te la gamba calzi
Purpureo stivaletto, onde il tuo piede
Non macchino giammai la polve e 'l limo,
Che l'uom calpesta. A te s'avvolga intorno
Leggiadra veste che sul dorso sciolta
1000 Vada ondeggiando, e tue formose braccia
Leghi in manica angusta a cui vermiglio
O cilestro velluto orni gli estremi.
Del bel color che l'elitropio tigne
Sottilissima benda indi ti fasci
1005 La snella gola: E il crin... Ma il crin, Signore,
Forma non abbia ancor da la man dotta
Dell'artefice suo; che troppo fora,
Ahi! troppo grave error lasçiar tant'opra
De le licenziose aure in balìa.
1010 Non senz'arte però vada negletto
Su gli omeri a cader; ma, o che natura
A te il nodrisca, o che da ignota fronte
Il più famoso parrucchier lo tolga,
E l'adatti al tuo capo, in sul tuo capo
1015 Ripiegato l'afferri e lo sospenda
Con testugginei denti il pettin curvo.
    Poi che in tal guisa te medesmo ornato
Con artificio negligente avrai,
Esci pedestre a respirar talvolta
1020 L'aere mattutino; e ad alta canna
Appoggiando la man, quasi baleno
Le vie trascorri, e premi ed urta il volgo
Che s'oppone al tuo corso. In altra guisa
Fora colpa l'uscir, però che andrièno
1025 Mal distinti dal vulgo i primi eroi.
    Ciò ti basti per or. Già l'oriolo
A girtene ti affretta. Ohimè che vago
Arsenal minutissimo di cose
Ciondola quindi, e ripercosso insieme
1030 Molce con soavissimo tintinno!
Di costì che non pende? avvi per fino
Piccioli cocchi e piccioli destrieri

Finti in oro così, che sembran vivi.
Ma v'hai tu il meglio? ah sì, che i miei precetti
1035 Sagace prevenisti: ecco che splende
Chiuso in picciol cristallo il dolce Pegno
Di fortunato amor. Lunge o profani,
Che a voi tant'oltre penetrar non lice.
E voi dell'altro secolo feroci,
1040 Ed ispid' avi i vostri almi nipoti
Venite oggi a mirar. Co' sanguinosi
Pugnali a lato le campestri rocche
Voi godeste abitar, truci all'aspetto,
E per gran baffi rigidi la guancia
1045 Consultando gli sgherri, e sol giojendo
Di trattar l'arme che d'orribil palla
Givan notturne a traforar le porte
Del non meno di voi rivale armato.
Ma i vostri almi nipoti oggi si stanno
1050 Ad agitar fra le tranquille dita
Dell'oriolo i ciondoli vezzosi;
Ed opra è lor se all'innocenza antica
Torna pur anco, e bamboleggia il mondo.
    Or vanne, o mio Signore, e il pranzo allegra
1055 De la tua Dama: a lei dolce ministro
Dispensa i cibi, e detta al suo palato
E a la sua fame inviolabil legge.
Ma tu non obliar, che in nulla cosa
Esser mediocre a gran Signor non lice:
1060 Abbia il popol confini; a voi natura
Donò senza confini e mente, e cuore.
Dunque a la mensa, o tu schifo rifuggi
Ogni vivanda, e te medesmo rendi
Per inedia famoso, o nome acquista
1065 D'illustre voratore. Intanto addio
Degli uomini delizia, e di tua stirpe,
E de la patria tua gloria e sostegno.
Ecco che umìli in bipartita schiera
T'accolgono i tuoi servi: altri già pronto
1070 Via se ne corre ad annunciare al mondo,
Che tu vieni a bearlo; altri a le braccia
Timido ti sostien mentre il dorato

Cocchio tu sali, e tacito, e severo
Sur un canto ti sdrai. Apriti o vulgo,
1075   E cedi il passo al trono ove s'asside
Il mio Signore: ahi te meschin s'ei perde
Un sol per te de' preziosi istanti.
Temi 'l non mai da legge, o verga, o fune
Domabile cocchier, temi le rote,
1080   Che già più volte le tue membra in giro
Avvolser seco, e del tuo impuro sangue
Corser macchiate, e il suol di lunga striscia,
Spettacol miserabile! segnàro.

Ardirò ancor tra i desinari illustri
Sul Meriggio innoltrarmi umil Cantore,
Poichè troppa di te cura mi punge,
Signor, ch'io spero un dì veder maestro
5 E dittator di graziosi modi
All'alma gioventù che Italia onora.
   Tal fra le tazze e i coronati vini,
Onde all'ospite suo fe' lieta pompa
La Punica Regina, i canti alzava
10 Jopa crinito: e la Regina intanto
Da' begli occhi stranieri iva beendo
L'oblivion del misero Sichèo.
E tale allor che l'orba Itaca in vano
Chiedea a Nettun la prole di Laerte,
15 Femio s'udìa co' versi e con la cetra
La facil mensa rallegrar de' Proci
Cui dell'errante Ulisse i pingui agnelli
E i petrosi licori, e la consorte
Invitavano al pranzo. Amici or piega,
20 Giovin Signore, al mio cantar gli orecchi
Or che tra nuove Elise, e novi Proci,
E tra fedeli ancor Penelopèe,
Ti guidano a la mensa i versi miei.
   Già dal meriggio ardente il sol fuggendo
25 Verge all'occaso: e i piccioli mortali
Dominati dal tempo escon di novo
A popolar le vie ch'all'oriente
Volgon ombra già grande: a te null'altro
Dominator fuor che te stesso è dato.
30   Alfin di consigliarsi al fido speglio
La tua Dama cessò. Quante uopo è volte
Chiedette, e rimandò novelli ornati;

Quante convien de le agitate ognora
Damigelle or con vezzi or con garriti
35 Rovesciò la fortuna; a se medesma
Quante volte convien piacque e dispiacque;
E quante volte è d'uopo a sè ragione
Fece, e a' suoi lodatori. I mille intorno
Dispersi arnesi alfin raccolse in uno
40 La consapevol del suo cor ministra;
Alfin velata d'un leggier zendado
È l'ara tutelar di sua beltate;
E la seggiola sacra, un po' rimossa,
Languidetta l'accoglie. Intorno ad essa
45 Pochi giovani eroi van rimembrando
I cari lacci altrui, mentre da lungi
Ad altra intorno i cari lacci vostri
Pochi giovani eroi van rimembrando.
    Il marito gentil queto sorride
50 A le lor celie; o s'ei si cruccia alquanto,
Del tuo lungo tardar solo si cruccia.
Nulla però di lui cura te prenda
Oggi, o Signore, e s'egli a par del vulgo
Prostrò l'anima imbelle, e non sdegnosse
55 Di chiamarsi marito, a par del vulgo
Senta la fame esercitargl' in petto
Lo stimol fier degli oziosi sughi
Avidi d'esca: o s'a un marito alcuna
D'anima generosa orma rimane,
60 Ad altra mensa il piè rivolga; e d'altra
Dama al fianco s'assida il cui marito
Pranzi altrove lontan d'un'altra a lato
Ch'abbia lungi lo sposo: e così nuove
Anella intrecci a la catena immensa
65 Onde, alternando, Amor l'anime annoda.
    Ma sia che vuol, tu baldanzoso innoltra
Ne le stanze più interne: ecco precorre
Per annunciarti al gabinetto estremo
Il noto stropiccìo de' piedi tuoi.
70 Già lo Sposo t'incontra. In un baleno
Sfugge dall'altrui man l'accorta mano
De la tua Dama: e il suo bel labbro intanto

T'apparecchia un sorriso. Ognun s'arretra
Che conosce i tuoi dritti, e si conforta
75 Con le adulte speranze a te lasciando
Libero e scarco il più beato seggio.
Tal colà dove infra gelose mura
Bisanzio ed Ispaàn guardando il fiore
De la beltà che il popolato Egèo
80 Manda, e l'Armeno, e il Tartaro, e il Circasso
Per delizia d'un solo, a bear entra
L'ardente sposa il grave Munsulmano.
Tra 'l maestoso passeggiar gli ondeggiano
Le late spalle, e sopra l'alta testa
85 Le avvolte fasce: dall'arcato ciglio
Ei volge intorno imperioso il guardo;
E vede al su' apparire umil chinarsi,
E il piè ritrar l'effeminata, occhiuta
Turba, che sorridendo egli dispregia.
90   Ora imponi, o Signor, che tutte a schiera
Si dispongan tue grazie; e a la tua Dama
Quanto elegante esser più puoi ti mostra.
Tengasi al fianco la sinistra mano
Sotto il breve giubbon celata; e l'altra
95 Sul finissimo lin posi, e s'asconda
Vicino al cor: sublime alzisi 'l petto,
Sorgan gli omeri entrambi, e verso lei
Piega il duttile collo; ai lati stringi
Le labbra un poco; ver lo mezzo acute
100 Rendile alquanto, e da la bocca poi
Compendiata in guisa tal sen esca
Un non inteso mormorìo. La destra
Ella intanto ti porga: e molle caschi
Sopra i tiepidi avorj un doppio bacio.
105 Siedi tu poscia; e d'una man trascina
Più presso a lei la seggioletta. Ognuno
Tacciasi; ma tu sol curvato alquanto
Seco susurra ignoti detti a cui
Concordin vicendevoli sorrisi,
110 E sfavillar di cupidette luci
Che amor dimostri, o che lo finga almeno.
    Ma rimembra, o Signor, che troppo nuoce

319

Negli amorosi cor lunga e ostinata
Tranquillità. Su l'oceàno ancora
115 Perigliosa è la calma: oh quante volte
Dall'immobile prora il buon nocchiere
Invocò la tempesta! e sì crudele
Soccorso ancor gli fu negato; e giacque
Affamato assetato estenuato
120 Dal velenoso aere stagnante oppresso
Tra l'inutile ciurma al suol languendo.
Però ti giovi de la scorsa notte
Ricordar le vicende; e con obliqui
Motti pungerl' alquanto, o se nel volto
125 Paga più che non suole accor fu vista
Il novello straniere; e co' bei labbri
Semiaperti aspettar, quasi marina
Conca, la soavissima rugiada
De' novi accenti: o se cupida troppo
130 Col guardo accompagnò di loggia in loggia
Il seguace di Marte, idol vegliante
De' feminili voti, a la cui chioma
Col lauro trionfal s'avvolgon mille
E mille frondi dell'Idalio mirto.

135   Colpevole o innocente allor la bella
Dama improviso adombrerà la fronte
D'un nuvoletto di verace sdegno
O simulato; e la nevosa spalla
Scoterà un poco; e premerà col dente
140 L'infimo labbro: e volgeransi alfine
Gli altri a bear le sue parole estreme.
Fors'anco rintuzzar di tue querele
Saprà l'agrezza; e sovvenir faratti
Le visite furtive ai tetti, ai cocchi
145 Ed a le logge de le mogli illustri
Di ricchi cittadini a cui sovente,
Per calle che il piacer mostra, piegarsi
La maestà di cavalier non sdegna.
    Felice te, se mesta e disdegnosa
150 La conduci a la mensa; e s'ivi puoi
Solo piegarla a comportar de' cibi
La nausea universal. Sorridan pure

A le vostre dolcissime querele
I convitati; e l'un l'altro percota
155 Col gomito maligno: ah nondimeno
Come fremon lor alme; e quanta invidia
Ti portan, te veggendo unico scopo
Di sì bell'ire! Al solo Sposo è dato
Nodrir nel cor magnanima quiete,
160 Mostrar nel volto ingenuo riso, e tanto
Docil fidanza ne le innocue luci.
  O tre fiate avventurosi e quattro
Voi del nostro buon secolo mariti
Quanto diversi da 'vostr'avi! Un tempo
165 Uscìa d'Averno con viperei crini,
Con torbid'occhi irrequieti, e fredde
Tenaci branche un indomabil mostro
Che ansando e anelando intorno giva
Ai nuziali letti; e tutto empiea
170 Di sospetto e di fremito e di sangue.
Allor gli antri domestici, le selve,
L'onde, le rupi alto ulular s'udièno
Di feminili strida: allor le belle
Dame con mani incrocicchiate, e luci
175 Pavide al ciel, tremando lagrimando,
Tra la pompa feral de le lugubri
Sale vedean dal truce sposo offrirsi
Le tazze attossicate o i nudi stili.
Ahi pazza Italia! Il tuo furor medesmo
180 Oltre l'alpi, oltre 'l mar destò le risa
Presso agli emoli tuoi che di gelosa
Titol ti diero; e t'è serbato ancora
Ingiustamente. Non di cieco amore
Vicendevol desire, alterno impulso,
185 Non di costume simiglianza or guida
Gl'incauti sposi al talamo bramato;
Ma la Prudenza coi canuti padri
Siede librando il molt'oro, e i divini
Antiquissimi sangui: e allor che l'uno
190 Bene all'altro risponde, ecco Imenèo
Scoter sua face; e unirsi al freddo sposo,
Di lui non già, ma de le nozze amante

La freddissima vergine che in core
Già volge i riti del Bel Mondo; e lieta
195 L'indifferenza maritale affronta.
Così non fien de la crudel Megera
Più temuti gli sdegni. Oltre Pirene
Contenda or pur le desiate porte
Ai gravi amanti; e di feminee risse
200 Turbi Oriente: Italia oggi si ride
Di quello ond'era già derisa; tanto
Puote una sola età volger le menti.
      Ma già rimbomba d'una in altra sala
Il tuo nome, o Signor; di già l'udìro
205 L'ime officine ove al volubil tatto
Degl'ingenui palati arduo s'appresta
Solletico che molle i nervi scota,
E varia seco voluttà conduca
Fino al core dell'alma. In bianche spoglie
210 S'affrettano a compir la nobil opra
Prodi ministri: e lor sue leggi detta
Una gran mente del paese uscita
Ove Colbert, e Richelieu fur chiari.
Forse con tanta maestade in fronte
215 Presso a le navi ond'Ilio arse e cadèo,
Per gli ospiti famosi il grande Achille
Disegnava la cena: e seco intanto
Le vivande cocean sui lenti fochi
Pàtroclo fido, e il guidator di carri
220 Automedonte. O tu sagace mastro
Di lusinghe al palato udrai fra poco
Sonar le lodi tue dall'alta mensa.
Chi fia che ardisca di trovar pur macchia
Nel tuo lavoro? Il tuo Signor farassi
225 Campion de le tue glorie; e male a quanti
Cercator di conviti oseran motto
Pronunciar contro te; chè sul cocente
Meriggio andran peregrinando poi
Miseri e stanchi, e non avran cui piaccia
230 Più popolar con le lor bocche i pranzi.
      Imbandita è la mensa. In piè d'un salto
Alzati e porgi, almo Signor, la mano

322

A la tua Dama; e lei dolce cadente
Sopra di te col tuo valor sostieni,
235 E al pranzo l'accompagna. I convitati
Vengan dopo di voi; quindi 'l marito
Ultimo segua. O prole alta di numi
Non vergognate di donar voi anco
Pochi momenti al cibo: in voi non fia
240 Vil opra il pasto; a quei soltanto è vile,
Che il duro irresistibile bisogno
Stimola e caccia. All'impeto di quello
Cedan l'orso, la tigre, il falco, il nibbio,
L'orca, il delfino, e quant'altri mortali
245 Vivon quaggiù; ma voi con rosee labbra
La sola Voluttade inviti al pasto,
La sola Voluttà che le celesti
Mense imbandisce, e al nèttare convita
I viventi per sè Dei sempiterni.
250   Forse vero non è; ma un giorno è fama,
Che fur gli uomini eguali; e ignoti nomi
Fur Plebe, e Nobiltade. Al cibo, al bere,
All'accoppiarsi d'ambo i sessi, al sonno
Un istinto medesmo, un'egual forza
255 Sospingeva gli umani: e niun consiglio
Niuna scelta d'obbietti o lochi o tempi
Era lor conceduta. A un rivo stesso,
A un medesimo frutto, a una stess'ombra
Convenivano insieme i primi padri
260 Del tuo sangue, o Signore, e i primi padri
De la plebe spregiata. I medesm'antri
Il medesimo suolo offrieno loro
Il riposo, e l'albergo; e a le lor membra
I medesmi animai le irsute vesti.
265 Sol' una cura a tutti era comune
Di sfuggire il dolore, e ignota cosa
Era il desire agli uman petti ancora.
        L'uniforme degli uomini sembianza
Spiacque a' Celesti: e a variar la Terra
270 Fu spedito il Piacer. Quale già i numi
D'Ilio sui campi, tal l'amico Genio,
Lieve lieve per l'aere labendo

S'avvicina a la Terra; e questa ride
Di riso ancor non conosciuto. Ei move,
275 E l'aura estiva del cadente rivo,
E dei clivi odorosi a lui blandisce
Le vaghe membra, e lentamente sdrucciola
Sul tondeggiar dei muscoli gentile.
Gli s'aggiran d'intorno i Vezzi e i Giochi,
280 E come ambrosia, le lusinghe scorrongli
Da le fraghe del labbro: e da le luci
Socchiuse, languidette, umide fuori
Di tremulo fulgore escon scintille
Ond'arde l'aere che scendendo ei varca
285 　Alfin sul dorso tuo sentisti, o Terra,
Sua prim'orma stamparsi; e tosto un lento
Fremere soavissimo si sparse
Di cosa in cosa; e ognor crescendo, tutte
Di natura le viscere commosse:
290 Come nell'arsa state il tuono s'ode
Che di lontano mormorando viene;
E col profondo suon di monte in monte
Sorge; e la valle, e la foresta intorno
Mugon del fragoroso alto rimbombo,
295 Finchè poi cade la feconda pioggia
Che gli uomini e le fere e i fiori e l'erbe
Ravviva riconforta allegra e abbella.
　Oh beati tra gli altri, oh cari al cielo
Viventi a cui con miglior man Titano
300 Formò gli organi illustri, e meglio tese,
E di fluido agilissimo inondolli!
Voi l'ignoto solletico sentiste
Del celeste motore. In voi ben tosto
Le voglie fermentàr, nacque il desio.
305 Voi primieri scopriste il buono, il meglio;
E con foga dolcissima correste
A possederli. Allor quel de' due sessi,
Che necessario in prima era soltanto,
D'amabile, e di bello il nome ottenne.
310 Al giudizio di Paride voi deste
Il primo esempio: tra feminei volti
A distinguer s'apprese; e voi sentiste

324

Primamente le grazie. A voi tra mille
Sapor fur noti i più soavi: allora
315 Fu il vin preposto all'onda; e il vin s'elesse
Figlio de' tralci più riarsi, e posti
A più fervido sol, ne' più sublimi
Colli dove più zolfo il suolo impingua.
Così l'Uom si divise: e fu il Signore
320 Dai Volgari distinto a cui nel seno
Troppo languìr l'ebeti fibre, inette
A rimbalzar sotto i soavi colpi
De la nova cagione onde fur tocche:
E quasi bovi, al suol curvati ancora
325 Dinanzi al pungol del bisogno andàro;
E tra la servitute, e la viltade,
E 'l travaglio, e l'inopia a viver nati,
Ebber nome di Plebe. Or tu Signore
Che feltrato per mille invitte reni
330 Sangue racchiudi, poichè in altra etade
Arte, forza, o fortuna i padri tuoi
Grandi rendette, poichè il tempo alfine
Lor divisi tesori in te raccolse,
Del tuo senso gioisci, a te dai numi
335 Concessa parte: e l'umil vulgo intanto
Dell'industria donato, ora ministri
A te i piaceri tuoi nato a recarli
Su la mensa real, non a gioirne.
       Ecco la Dama tua s'asside al desco:
340 Tu la man le abbandona; e mentre il servo
La seggiola avanzando, all'agil fianco
La sottopon, sì che lontana troppo
Ella non sia, nè da vicin col petto
Prema troppo la mensa, un picciol salto
345 Spicca, e chino raccogli a lei del lembo
Il diffuso volume. A lato poscia
Di lei tu siedi: a cavalier gentile
Il fianco abbandonar de la sua Dama
Non fia lecito mai, se già non sorge
350 Strana cagione a meritar, ch'egli usi
Tanta licenza. Un Nume ebber gli antichi
Immobil sempre, e ch'allo stesso padre

Degli Dei non cedette, allor ch'ei venne
Il Campidoglio ad abitar, sebbene
355   E Giuno e Febo e Venere e Gradivo
E tutti gli altri Dei da le lor sedi
Per riverenza del Tonante uscìro.
    Indistinto ad ognaltro il loco sia
Presso al nobile desco: e s'alcun arde
360   Ambizioso di brillar fra gli altri,
Brilli altramente. Oh come i varj ingegni
La libertà del genial convito
Desta ed infiamma! Ivi il gentil Motteggio,
Maliziosetto svolazzando intorno,
365   Reca su l'ali fuggitive ed agita
Ora i raccolti da la fama errori
De le belle lontane, ora d'amante
O di marito i semplici costumi:
E gode di mirare il queto sposo
370   Rider primiero, e di crucciar con lievi
Minacce in cor de la sua fida sposa
I timidi segreti. Ivi abbracciata
Co' festivi Racconti intorno gira
L'elegante Licenza: or nuda appare
375   Come le Grazie; or con leggiadro velo
Solletica vie meglio; e s'affatica
Di richiamar de le matrone al volto
Quella rosa gentil che fu già un tempo
Onor di belle donne, all'Amor cara
380   E cara all'Onestade; ora ne' campi
Cresce solinga, e tra i selvaggi scherzi
A le rozze villane il viso adorna.
    Già s'avanza la mensa. In mille guise
E di mille sapor, di color mille
385   La variata eredità degli avi
Scherza ne' piatti; e giust'ordine serba.
Forse a la Dama di sua man le dapi
Piacerà ministrar, che novo pregio
Acquisteran da lei. Veloce il ferro
390   Che forbito ti attende al destro lato
Nudo fuor esca; e come quel di Marte,
Scintillando lampeggi: indi la punta

Fra due dita ne stringi, e chino a lei
Tu il presenta, o Signore. Or si vedranno
De la candida mano all'opra intenta
I muscoli giocar soavi e molli:
E le grazie, piegandosi dintorno,
Vestiran nuove forme, or da le dita
Fuggevoli scorrendo, ora su l'alto
De' bei nodi insensibili aleggiando,
Et or de le pozzette in sen cadendo,
Che dei nodi al confin v'impresse Amore.
Mille baci di freno impazienti
Ecco sorgon dal labbro ai convitati;
Già s'arrischian, già volano, già un guardo
Sfugge dagli occhi tuoi, che i vanni audaci
Fulmina, et arde, e tue ragion difende.
Sol de la fida sposa a cui se' caro
Il tranquillo marito immoto siede:
E nulla impression l'agita e scuote
Di brama, o di timor; però che Imene
Da capo a piè fatollo. Imene or porta
Non più serti di rose avvolti al crine,
Ma stupido papavero grondante
Di crassa onda Letèa: Imene, e il Sonno
Oggi han pari le insegne. Oh come spesso
La Dama dilicata invoca il Sonno
Che al talamo presieda, e seco invece
Trova Imenèo; e stupida rimane
Quasi al meriggio stanca villanella
Che tra l'erbe innocenti adagia il fianco
Queta e sicura; e d'improviso vede
Un serpe; e balza in piedi inorridita;
E le rigide man stende, e ritragge
Il gomito, e l'anelito sospende;
E immota e muta, e con le labbra aperte
Obliquamente il guarda! Oh come spesso
Incauto amante a la sua lunga pena
Cercò sollievo: et invocar credendo
Imene, ahi folle! invocò il Sonno; e questi
Di fredda oblivion l'alma gli asperse;
E d'invincibil noja, e di torpente

Indifferenza gli ricinse il core.
   Ma se a la Dama dispensar non piace
435 Le vivande, o non giova, allor tu stesso
Il bel lavoro imprendi. Agli occhi altrui
Più brillerà così l'enorme gemma,
Dolc'esca agli usurai, che quella osàro
A le promesse di Signor preporre
440 Villanamente: ed osservati fieno
I manichetti, la più nobil opra
Che tessesse giammai Anglica Aracne.
Invidieran tua dilicata mano
I convitati; inarcheran le ciglia
445 Sul difficil lavoro, e d'oggi in poi
Ti fia ceduto il trinciator coltello
Che al cadetto guerrier serban le mense.
   Teco son io, Signor; già intendo e veggo
Felice osservatore i detti e i motti
450 De' Semidei che coronando stanno,
E con vario costume ornan la mensa.
Or chi è quell'eroe che tanta parte
Colà ingombra di loco, e mangia e fiuta
E guata e de le altrui cure ridendo
455 Sì superba di ventre agita mole?
Oh di mente acutissima dotate
Mamme del suo palato! Oh da mortali
Invidiabil anima che siede
Tra la mirabil lor testura; e quindi
460 L'ultimo del piacer deliquio sugge!
Chi più saggio di lui penètra e intende
La natura migliore; o chi più industre
Converte a suo piacer l'aria, la terra,
E 'l ferace di mostri ondoso abisso?
465 Qualor s'accosta al desco altrui, paventano
Suo gusto inesorabile le smilze
Ombre de' padri, che per l'aria lievi
S'aggirano vegliando ancora intorno
Ai ceduti tesori: e piangon lasse
470 Le mal spese vigilie, i sobrj pasti,
Le in preda all'aquilon case, le antique
Digiune rozze, gli scommessi cocchj

Forte assordanti per stridente ferro
Le piazze e i tetti: e lamentando vanno
475 Gl'invan nudati rustici, le fami
Mal desiate, e de le sacre toghe
L'armata in vano autorità sul vulgo.
   Chi siede a lui vicin? Per certo il caso
Congiunse accorto i due leggiadri estremi
480 Perchè doppio spettacolo campeggi;
E l'un dell'altro al par più lustri e splenda.
Falcato Dio degli orti a cui la Greca
Làmsaco d'asinelli offrir solea
Vittima degna, al giovine seguace
485 Del sapiente di Samo i doni tuoi
Reca sul desco: egli ozioso siede
Dispregiando le carni; e le narici
Schifo raggrinza, in nauseanti rughe
Ripiega i labbri, e poco pane intanto
490 Rumina lentamente. Altro giammai
A la squallida fame eroe non seppe
Durar sì forte: nè lassezza il vinse
Nè deliquio giammai nè febbre ardente;
Tanto importa lo aver scarze le membra,
495 Singolare il costume, e nel bel mondo
Onor di filosofico talento.
   Qual anima è volgar la sua pietade
All'Uom riserbi; e facile ribrezzo
Dèstino in lui del suo simìle i danni,
500 I bisogni, e le piaghe. Il cor di lui
Sdegna comune affetto; e i dolci moti
A più lontano limite sospinge.
   « Pera colui che prima osò la mano
Armata alzar su l'innocente agnella,
505 E sul placido bue: nè il truculento
Cor gli piegàro i teneri belati
Nè i pietosi mugiti nè le molli
Lingue lambenti tortuosamente
La man che il loro fato, ahimè, stringea ».
510 Tal ei parla, o Signore; e sorge intanto
Al suo pietoso favellar dagli occhi
De la tua Dama dolce lagrimetta

Pari a le stille tremule, brillanti
Che a la nova stagion gemendo vanno
515 Dai palmiti di Bacco entro commossi
Al tiepido spirar de le prim'aure
Fecondatrici. Or le sovviene il giorno,
Ahi fero giorno! allor che la sua bella
Vergine cuccia de le Grazie alunna,
520 Giovenilmente vezzeggiando, il piede
Villan del servo con l'eburneo dente
Segnò di lieve nota: ed egli audace
Con sacrilego piè lanciolla: e quella
Tre volte rotolò; tre volte scosse
525 Gli scompigliati peli, e da le molli
Nari soffiò la polvere rodente.
Indi i gemiti alzando: aita aita
Parea dicesse; e da le aurate volte
A lei l'impietosita Eco rispose:
530 E dagl'infimi chiostri i mesti servi
Asceser tutti; e da le somme stanze
Le damigelle pallide tremanti
Precipitàro. Accorse ognuno; il volto
Fu spruzzato d'essenze a la tua Dama;
535 Ella rinvenne alfin: l'ira, il dolore
L'agitavano ancor; fulminei sguardi
Gettò sul servo, e con languida voce
Chiamò tre volte la sua cuccia: e questa
Al sen le corse; in suo tenor vendetta
540 Chieder sembrolle: e tu vendetta avesti
Vergine cuccia de le grazie alunna.
L'empio servo tremò; con gli occhi al suolo
Udì la sua condanna. A lui non valse
Merito quadrilustre; a lui non valse
545 Zelo d'arcani uficj: in van per lui
Fu pregato e promesso; ei nudo andonne
Dell'assisa spogliato ond'era un giorno
Venerabile al vulgo. In van novello
Signor sperò; chè le pietose dame
550 Inorridìro, e del misfatto atroce
Odiàr l'autore. Il misero si giacque
Con la squallida prole, e con la nuda

Consorte a lato su la via spargendo
Al passeggiere inutile lamento:
555 E tu vergine cuccia, idol placato
Da le vittime umane, isti superba.
Fia tua cura, o Signore, or che più ferve
La mensa, di vegliar su i cibi; e pronto
Scoprir qual d'essi a la tua Dama è caro:
560 O qual di raro augel, di stranio pesce
Parte le aggrada. Il tuo coltello Amore
Anatomico renda, Amor che tutte
Degli animali noverar le membra
Puote; e discerner sa qual abbian tutte
565 Uso, e natura. Più d'ognaltra cosa
Però ti caglia rammentar mai sempre
Qual più cibo le nuoca, o qual più giovi;
E l'un rapisci a lei, l'altro concedi
Come d'uopo ti par. Serbala, oh dio,
570 Serbala ai cari figlj. Essi dal giorno
Che le alleviàro il dilicato fianco
Non la rivider più: d'ignobil petto
Esaurirono i vasi, e la ricolma
Nitidezza serbàro al sen materno.
575 Sgridala, se a te par, ch'avida troppo
Agogni al cibo; e le ricorda i mali
Che forse avranno altra cagione, e ch'ella
Al cibo imputerà nel dì venturo.
Nè al cucinier perdona a cui non calse
580 Tanta salute. A te sui servi altrui
Ragion donossi in quel felice istante
Che la noia, o l'amor vi strinser ambo
In dolce nodo; e dier ordini e leggi.
Per te sgravato d'odioso incarco
585 Ti fia grato colui che dritto vanta
D'impor novo cognome a la tua Dama;
E pinte trascinar su gli aurei cocchi
Giunte a quelle di lei le proprie insegne:
Dritto illustre per lui, e ch'altri seco
590 Audace non tentò divider mai.
Ma non sempre, o Signor, tue cure fieno
A la Dama rivolte: anco talora

331

Ti fia lecito aver qualche riposo;
E de la quercia trionfale all'ombra
595 Te de la polve olimpica tergendo,
Al vario ragionar degli altri eroi
Porgere orecchio, e il tuo sermone ai loro
Ozioso mischiar. Già scote un d'essi
Le architettate del bel crine anella
600 Su l'orecchio ondeggianti; e ad ogni scossa,
De' convitati a le narici manda
Vezzoso nembo d'arabi profumi.
Allo spirto di lui l'alma Natura
Fu prodiga così, che più non seppe
605 Di che il volto abbellirgli; e all'Arte disse:
Compisci 'l mio lavoro; e l'Arte suda
Sollecita d'intorno all'opra illustre.
Molli tinture, preziose linfe,
Polvi, pastiglie, dilicati unguenti
610 Tutto arrischia per lui. Quanto di novo,
E mostruoso più sa tesser spola,
O bulino intagliar Francese ed Anglo
A lui primo concede. Oh lui beato,
Che primo può di non più viste forme
615 Tabacchiera mostrar! l'etica invidia
I Grandi eguali a lui lacera, e mangia;
Ed ei pago di sè, superbamente
Crudo fa loro balenar su gli occhi
L'ultima gloria onde Parigi ornollo.
620 Forse altera così d'Egitto in faccia
Vaga Prole di Semele apparisti
I giocondi rubini alto levando
Del grappolo primiero: e tal tu forse
Tessalico garzon mostrasti a Jolco
625 L'auree lane rapite al fero Drago.
    Vedi, o Signor, quanto magnanim'ira
Nell'eroe che vicino all'altro siede
A quel novo spettacolo si desta:
Vedi come s'affanna, e sembra il cibo
630 Obliar declamando. Al certo al certo
Il nemico è a le porte: ohimè i Penati
Tremano, e in forse è la civil salute.

Ah no; più grave a lui, più preziosa
Cura lo infiamma: « Oh depravati ingegni
635 Degli artefici nostri! In van si spera
Dall'inerte lor man lavoro industre,
Felice invenzion d'uom nobil degna:
Chi sa intrecciar, chi sa pulir fermaglio
A nobile calzar? chi tesser drappo
640 Soffribil tanto, che d'ornar presuma
Le membra di signor che un lustro a pena
Di feudo conti? In van s'adopra e stanca
Chi 'l genio lor bituminoso e crasso
Osa destar. Di là dall'alpi è forza
645 Ricercar l'eleganza: e chi giammai
Fuor che il Genio di Francia osato avrebbe
Su i menomi lavori i Grechi ornati
Recar felicemente? Andò romito
Il Bongusto finora spaziando
650 Su le auguste cornici, e su gli eccelsi
Timpani de le moli al Nume sacre,
E agli uomini scettrati; oggi ne scende
Vago alfin di condurre i gravi fregi
Infra le man di cavalieri e dame:
655 Tosto forse il vedrem trascinar anco
Su molli veli, e nuziali doni
Le Greche travi; e docile trastullo
Fien de la Moda le colonne, e gli archi
Ove sedeano i secoli canuti ».
660 Commercio alto gridar, gridar commercio
All'altro lato de la mensa or odi
Con fanatica voce: e tra 'l fragore
D'un peregrino d'eloquenza fiume,
Di bella novità stampate al conio
665 Le forme apprendi, onde assai meglio poi
Brillantati i pensier picchin la mente.
Tu pur grida commercio; e la tua Dama
Anco un motto ne dica. Empiono è vero
Il nostro suol di Cerere i favori,
670 Che tra i folti di biade immensi campi
Move sublime; e fuor ne mostra a pena
Tra le spighe confuso il crin dorato.

333

Bacco, e Vertunno i lieti poggi intorno
Ne coronan di poma: e Pale amica
675   Latte ne preme a larga mano, e tonde
Candidi velli, e per li prati pasce
Mille al palato uman vittime sacre:
Cresce fecondo il lin soave cura
Del verno rusticale; e d'infinita
680   Serie ne cinge le campagne il tanto
Per la morte di Tisbe arbor famoso.
Che vale or ciò? Su le natie lor balze
Rodan le capre; ruminando il bue
Lungo i prati natii vada; e la plebe
685   Non dissimile a lor, si nutra e vesta
De le fatiche sue; ma a le grand'alme
Di troppo agevol ben schife Cillenio
Il comodo presenti a cui le miglia
Pregio acquistino, e l'oro; e d'ogn'intorno:
690   Commercio risonar s'oda, commercio.
Tale dai letti de la molle rosa
Sìbari ancor gridar soleva; i lumi
Disdegnando volgea dai campi aviti,
Troppo per lei ignobil cura; e mentre
695   Cartagin dura a le fatiche, e Tiro,
Pericolando per l'immenso sale,
Con l'oro altrui le voluttà cambiava,
Sìbari si volgea sull'altro lato;
E non premute ancor rose cercando,
700   Pur di commercio novellava, e d'arti.
    Nè senza i miei precetti, e senza scorta
Inerudito andrai, Signor, qualora
Il perverso destin dal fianco amato
T'allontani a la mensa. Avvien sovente,
705   Che un Grande illustre or l'alpi, or l'oceàno
Varca, e scende in Ausonia, orribil ceffo
Per natura o per arte, a cui Ciprigna
Rose le nari; e sale impuro e crudo
Snudò i denti ineguali. Ora il distingue
710   Risibil gobba, or furiosi sguardi,
Obliqui o loschi; or rantoloso avvolge
Tra le tumide fauci ampio volume

Di voce che gorgoglia, ed esce alfine
Come da inverso fiasco onda che goccia.
715 Or d'avi or di cavalli ora di Frini
Instancabile parla, or de' Celesti
Le folgori deride. Aurei monili,
E gemme e nastri gloriose pompe
L'ingombran tutto; e gran titolo suona
720 Dinanzi a lui. Qual più tra noi risplende
Inclita stirpe, che onorar non voglia
D'un ospite sì degno i lari suoi?
Ei però sederà de la tua Dama
Al fianco ancora: e tu lontan da Giuno
725 Tra i Silvani capripedi n'andrai
Presso al marito; e pranzerai negletto
Col popol folto degli Dei minori.
      Ma negletto non già dagli occhi andrai
De la Dama gentil, che a te rivolti
730 Incontreranno i tuoi. L'aere a quell'urto
Arderà di faville: e Amor con l'ali
L'agiterà. Nel fortunato incontro
I messaggier pacifici dell'alma
Cambieran lor novelle, e alternamente
735 Spinti, rifluiranno a voi con dolce
Delizioso tremito sui cori.
Tu le ubbidisci allora, o se t'invita
Le vivande a gustar che a lei vicine
L'ordin dispose, o se a te chiede in vece
740 Quella che innanzi a te sue voglie punge
Non col soave odor, ma con le nove
Leggiadre forme onde abbellir la seppe
Dell'ammirato cucinier la mano.
Con la mente si pascono gli Dei
745 Sopra le nubi del brillante Olimpo:
E le labbra immortali irrita e move
Non la materia, ma il divin lavoro.
      Nè intento meno ad ubbidir sarai
I cenni del bel guardo allor che quella
750 Di licor peregrino ai labbri accosta
Colmo bicchiere a lo cui orlo intorno
Serpe dorata striscia; o a cui vermiglia

Cera la base impronta, e par, che dica:
Lungi o labbra profane: al labbro solo
755 De la Diva che qui soggiorna e regna
Il castissimo calice si serbi:
Nè cavalier con l'alito maschile
Osi appannarne il nitido cristallo,
Nè dama convitata unqua presuma
760 Di porvi i labbri; e sien pur casti e puri,
E quant'esser si può cari all'amore.
Nessun'altra è di lei più pura cosa;
Chi macchiarla oserà? Le Ninfe in vano
Da le arenose loro urne versando
765 Cento limpidi rivi, al candor primo
Tornar vorrièno il profanato vaso;
E degno farlo di salir di novo
A le labbra celesti, a cui non lice
Inviolate approssimarsi ai vasi
770 Che convitati cavalieri, e dame
Convitate macchiar coi labbri loro.
Tu ai cenni del bel guardo, e de la mano
Che reggendo il bicchier, sospesa ondeggia,
Affettuoso attendi. I guardi tuoi
775 Sfavillando di gioja, accolgan lieti
Il brindisi segreto; e tu ti accingi
In simil modo a tacita risposta.
Immortal come voi la nostra Musa
Brindisi grida all'uno, e all'altro amante;
780 All'altrui fida sposa a cui se' caro,
E a te, Signor, sua dolce cura e nostra.
Come annoso licor Lièo vi mesce,
Tale Amore a voi mesca eterna gioja
Non gustata al marito, e da coloro
785 Invidiata che gustata l'hanno.
Veli con l'ali sue sagace oblìo
Le alterne infedeltà che un cor dall'altro
Potrièno un giorno separar per sempre
E sole agli occhi vostri Amor discopra
790 Le alterne infedeltà che in ambo i cori
Ventilar possan le cedenti fiamme.
Un sempiterno indissolubil nodo

Àuguri ai vostri cor volgar cantore;
Nostra nobile Musa a voi desia
795   Sol fin che piace a voi durevol nodo.
Duri fin che a voi piace; e non si sciolga
Senza che Fama sopra l'ali immense
Tolga l'alta novella, e grande n'empia
Col reboàto dell'aperta tromba
800   L'ampia cittade, e dell'Enotria i monti
E le piagge sonanti, e s'esser puote,
La bianca Teti, e Guadiana, e Tule.
Il mattutino gabinetto, il corso,
Il teatro, la mensa in vario stile
805   Ne ragionin gran tempo: ognun ne chieda
Il dolente marito; ed ei dall'alto
La lamentabil favola cominci.
Tal su le scene ove agitar solea
L'ombre tinte di sangue Argo piagnente,
810   Squallido messo al palpitante coro
Narrava, come furiando Edipo
Al talamo corresse incestuoso;
Come le porte rovescionne, e come
Al subito spettacolo ristè
815   Quando vicina del nefando letto
Vide in un corpo solo e sposa e madre
Pender strozzata; e del fatale uncino
Le mani armossi; e con le proprie mani
A sè le care luci da la testa
820   Con le man proprie misero strapposse.
    Ecco volge al suo fine il pranzo illustre.
Già Como, e Dionisio al desco intorno
Rapidissimamente in danza girano
Con la libera Gioja: ella saltando,
825   Or questo or quel dei convitati lieve
Tocca col dito; e al suo toccar scoppiettano
Brillanti vivacissime scintille
Ch'altre ne destan poi. Sonan le risa;
E il clamoroso disputar s'accende.
830   La nobil vanità punge le menti;
E l'Amor di sè sol, baldo scorrendo,
Porge un scettro a ciascuno, e dice: Regna.

337

Questi i concilj di Bellona, e quegli
Penetra i tempj de la Pace. Un guida
835 I condottieri: ai consiglier consiglio
L'altro dona, e divide e capovolge
Con seste ardite il pelago e la terra.
Qual di Pallade l'arti e de le Muse
Giudica e libra: qual ne scopre acuto
840 L'alte cagioni; e i gran principj abbatte
Cui creò la natura, e che tiranni
Sopra il senso degli uomini regnàro
Gran tempo in Grecia; e ne la Tosca terra
Rinacquer poi più poderosi e forti.
845 Cotanto adunque di sapere è dato
A nobil mente? Oh letto, oh specchio, oh mensa,
Oh corso, oh scena, oh feudi, oh sangue, oh avi,
Che per voi non s'apprende? Or tu Signore,
Col volo ardito del felice ingegno
850 T'ergi sopra d'ognaltro. Il campo è questo
Ove splender più dei: nulla scienza,
Sia quant'esser si vuole arcana e grande,
Ti spaventi giammai. Se cosa udisti,
O leggesti al mattino onde tu possa
855 Gloria sperar; qual cacciator che segue
Circuendo la fera, e sì la guida
E volge di lontan, che a poco a poco
S'avvicina a le insidie, e dentro piomba;
Tal tu il sermone altrui volgi sagace
860 Finchè là cada ove spiegar ti giovi
Il tuo novo tesor. Se nova forma
Del parlare apprendesti, allor ti piaccia
Materia espor che, favellando, ammetta
La nova gemma: e poi che il punto hai colto,
865 Ratto la scopri, e sfolgorando abbaglia
Qual altra è mente che superba andasse
Di squisita eloquenza ai gran convivj.
In simil guisa il favoloso amante
Dell'animosa vergin di Dordona
870 Ai cavalier che l'assalien superbi
Usar lasciava ogni lor possa ed arte;
Poi nel miglior de la terribil pugna

Svelava il don dell'amoroso Mago:
E quei sorpresi dall'immensa luce
875 Cadeano ciechi e soggiogati a terra.
Se alcun di Zoroastro, e d'Archimede
Discepol sederà teco a la mensa,
A lui ti volgi: seco lui ragiona;
Suo linguaggio ne apprendi, e quello poi
880 Quas'innato a te fosse, alto ripeti:
Nè paventar quel che l'antica fama
Narrò de' suoi compagni. Oggi la diva
Urania il crin compose: e gl'irti alunni
Smarriti vergognosi balbettanti
885 Trasse da le lor cave ove pur dianzi
Col profondo silenzio e con la notte
Tenean consiglio: indi le serve braccia
Fornien di leve onnipotenti ond'alto
Salisser poi piramidi, obelischi
890 Ad eternar de' popoli superbi
I gravi casi: oppur con feri dicchi
Stavan contro i gran letti; o di pignone
Audace armati spaventosamente
Cozzavan con la piena, e giù a traverso
895 Spezzate, dissipate rovesciavano
Le tetre corna, decima fatica
D'Ercole invitto. Ora i selvaggi amici
Urania incivilì: baldi e leggiadri
Nel gran mondo li guida o tra 'l clamore
900 De' frequenti convivj, oppur tra i vezzi
De' gabinetti ove a la docil Dama,
E al saggio Cavalier mostran qual via
Venere tenga; e in quante forme o quali
Suo volto lucidissimo si cambj.
905   Nè del Poeta temerai, che beffi
Con satira indiscreta i detti tuoi;
Nè che a maligne risa esponer osi
Tuo talento immortal. Voi l'innalzaste
All'alta mensa: e tra la vostra luce
910 Beato l'avvolgeste; e de le Muse
A dispetto e d'Apollo, al sacro coro
L'ascriveste de' Vati. Egli 'l suo Pindo

Feo de la mensa: e guai a lui, se quinci
Le Dee sdegnate giù precipitando
915   Con le forchette il cacciano. Meschino!
Più non potria su le dolenti membra
Del suo infermo Signor chieder aita
Da la bona Salute; o con alate
Odi ringraziar, nè tesser Inni
920   Al barbato figliuol di Febo intonso:
Più del giorno natale i chiari albori
Salutar non potrebbe, e l'auree frecce
Nomi-sempiternanti all'arco imporre:
Non più gli urti festevoli, o sul naso
925   L'elegante scoccar d'illustri dita
Fora dato sperare. A lui tu dunque
Non isdegna, o Signor, volger talvolta
Tu' amabil voce: a lui declama i versi
Del dilicato cortigian d'Augusto,
930   O di quel che tra Venere, e Lièo
Pinse Trimalcion. La Moda impone,
Ch'Arbitro, o Flacco a un bello spirto ingombri
Spesso le tasche. Il vostro amico vate
T'udrà, maravigliando, il sermon prisco
935   Or sciogliere or frenar qual più ti piace:
E per la sua faretra, e per li cento
Destrier focosi che in Arcadia pasce
Ti giurerà, che di Donato al paro
Il difficil sermone intendi e gusti.
940   Cotesto ancor di rammentar fia tempo
I novi Sofi, che la Gallia, e l'Alpe
Esecrando persegue: e dir qual arse
De' volumi infelici, e andò macchiato
D'infame nota: e quale asilo appresti
945   Filosofia al morbido Aristippo
Del secol nostro; e qual ne appresti al novo
Diogene dell'auro spregiatore,
E della opinione de' mortali.
Lor volumi famosi a te verranno
950   Da le fiamme fuggendo a gran giornate
Per calle obliquo, e compri a gran tesoro
O da cortese man prestati, fièno

Lungo ornamento a lo tuo speglio innanzi.
Poichè scorsi gli avrai pochi momenti
955   Specchiandoti, e a la man garrendo indotta
Del parrucchier; poichè t'avran la sera
Conciliato il facil sonno, allora
A la *toilette* passeran di quella
Che comuni ha con te studj e licèo
960   Ove togato in cattedra elegante
Siede interprete Amor. Ma fia la mensa
Il favorevol loco ove al sol esca
De' brevi studj il glorioso frutto.
      Qui ti segnalerai co' novi Sofi
965   Schernendo il fren che i creduli maggiori
Atto solo stimàr l'impeto folle
A vincer de' mortali, a stringer forte
Nodo fra questi, e a sollevar lor speme
Con penne oltre natura alto volanti.
970   Chi por freno oserà d'almo Signore
A la mente od al cor? Paventi il vulgo
Oltre natura: il debole Prudente
Rispetti il vulgo; e quei, cui dona il vulgo
Titol di Saggio, mediti romito
975   Il Ver celato; e alfin cada adorando
La sacra nebbia che lo avvolge intorno.
Ma il mio Signor, com'aquila sublime
Dietro ai Sofi novelli il volo spieghi.
Perchè più generoso il volo sia,
980   Voli senz'ale ancor; nè degni 'l tergo
Affaticar con penne. Applauda intanto
Tutta la mensa al tuo poggiare ardito.
Te con lo sguardo, e con l'orecchio beva
La Dama dalle tue labbra rapita:
985   Con cenno approvator vezzosa il capo
Pieghi sovente: e il *calcolo*, e la *massa*,
E l'*inversa ragion* sonino ancora
Su la bocca amorosa. Or più non odia
De le scole il sermone Amor maestro;
990   Ma l'accademia e i portici passeggia
De' filosofi al fianco, e con la molle
Mano accarezza le cadenti barbe.

Ma guardati, o Signor, guardati oh dio
Dal tossico mortal che fora esala
995 Dai volumi famosi; e occulto poi
Sa, per le luci penetrato all'alma,
Gir serpendo nei cori; e con fallace
Lusinghevole stil corromper tenta
Il generoso de le stirpi orgoglio
1000 Che ti scevra dal vulgo. Udrai da quelli,
Che ciascun de' mortali all'altro è pari;
Che caro a la Natura, e caro al Cielo
È non meno di te colui che regge
I tuoi destrieri, e quei ch'ara i tuoi campi;
1005 E che la tua pietade, e il tuo rispetto
Dovrien fino a costor scender vilmente.
Folli sogni d'infermo! Intatti lascia
Così strani consiglj; e sol ne apprendi
Quel che la dolce voluttà rinfranca,
1010 Quel che scioglie i desiri, e quel che nutre
La libertà magnanima. Tu questo
Reca solo a la mensa: e sol da questo
Cerca plausi ed onor. Così dell'api
L'industrioso popolo ronzando,
1015 Gira di fiore in fiore, di prato in prato;
E i dissimili sughi raccogliendo,
Tesoreggia nell'arnie: un giorno poi
Ne van colme le pàtere dorate
Sopra l'ara de' numi; e d'ogn'intorno
1020 Ribocca la fragrante alma dolcezza.
       Or versa pur dall'odorato grembo
I tuoi doni o Pomona; e l'ampie colma
Tazze che d'oro e di color diversi
Fregiò il Sàssone industre; il fine è giunto
1025 De la mensa divina. E tu dai greggi
Rustica Pale coronata vieni
Di melissa olezzante e di ginebro;
E co' lavori tuoi di presso latte
Vergognando t'accosta a chi ti chiede,
1030 Ma deporli non osa. In su la mensa
Potrien deposti le celesti nari
Commover troppo, e con volgare olezzo

Gli stomachi agitar. Torreggin solo
Su' ripiegati lini in varie forme
1035 I latti tuoi cui di serbato verno
Rassodarono i sali, e reser atti
A dilettar con subito rigore
Di convitato cavalier le labbra.
      Tu, Signor, che farai poichè fie posto
1040 Fine a la mensa, e che lieve puntando
La tua Dama gentil fatto avrà cenno,
Che di sorger è tempo? In piè d'un salto
Balza prima di tutti; a lei t'accosta,
La seggiola rimovi, la man porgi;
1045 Guidala in altra stanza, e più non soffri,
Che lo stagnante de le dapi odore
Il cèlabro le offenda. Ivi con gli altri
Gratissimo vapor t'invita, ond'empie
L'aria il caffè che preparato fuma
1050 In tavola minor cui vela ed orna
Indica tela. Ridolente gomma
Quinci arde intanto; e va lustrando e purga
L'aere profano, e fuor caccia del cibo
Le volanti reliquie. Egri mortali
1055 Cui la miseria e la fidanza un giorno
Sul meriggio guidàro a queste porte;
Tumultuosa, ignuda, atroce folla
Di tronche membra, e di squallide facce,
E di bare e di grucce, ora da lungi
1060 Vi confortate; e per le aperte nari
Del divin pranzo il nèttare beete
Che favorevol aura a voi conduce:
Ma non osate i limitari illustri
Assediar, fastidioso offrendo
1065 Spettacolo di mali a chi ci regna.
      Or la piccola tazza a te conviene
Apprestare, o Signor, che i lenti sorsi
Ministri poi de la tua Dama ai labbri:
Or memore avvertir s'ella più goda,
1070 O sobria o liberal, temprar col dolce
La bollente bevanda; o se più forse
L'ami così, come sorbir la suole

Barbara sposa, allor che, molle assisa
Su' broccati di Persia, al suo signore
1075 Con le dita pieghevoli 'l selvoso
Mento vezzeggia, e la svelata fronte
Alzando, il guarda; e quelli sguardi han possa
Di far che a poco a poco di man cada
Al suo signore la fumante canna.
1080   Mentre il labbro, e la man v'occupa, e scalda
L'odorosa bevanda, altere cose
Macchinerà tua infaticabil mente.
Qual coppia di destrieri oggi de' il carro
Guidar de la tua Dama; o l'alte moli
1085 Che su le fredde piagge educa il Cimbro;
O quei che abbeverò la Drava, o quelli
Che a le vigili guardie un dì fuggìro
Da la stirpe Campana. Oggi qual meglio
Si convenga ornamento ai dorsi alteri:
1090 Se semplici e negletti; o se pomposi
Di ricche nappe e variate stringhe
Andran su l'alto collo i crin volando;
E sotto a cuoi vermigli e ad auree fibbie
Ondeggeranno li ritondi fianchi.
1095 Quale oggi cocchio trionfanti al corso
Vi porterà: se quel cui l'oro copre;
O quel su le cui tavole pesanti
Saggio pennello i dilicati finse
Studj dell'ago, onde si fregia il capo
1100 E il bel sen la tua Dama; e pieni vetri
Di freschissima linfa e di fior varj
Gli diede a trascinar. Cotanta mole
Di cose a un tempo sol nell'alta mente
Rivolgerai: poi col supremo auriga
1105 Arduo consiglio ne terrai, non senza
Qualche lieve garrir con la tua Dama.
Servi le leggi tue l'auriga: e intanto
Altre v'occupin cure. Il gioco puote
Ora il tempo ingannare: ed altri ancora
1110 Forse ingannar potrà. Tu il gioco eleggi
Che due soltanto a un tavoliere ammetta;
Tale Amor ti consiglia. Occulto ardea

Già di ninfa gentil misero amante
Cui null'altra eloquenza usar con lei,
1115 Fuor che quella degli occhi era concesso;
Poichè il rozzo marito ad Argo eguale
Vigilava mai sempre; e quasi biscia
Ora piegando, or allungando il collo,
Ad ogni verbo con gli orecchi acuti
1120 Era presente. Oimè, come con cenni,
O con notata tavola giammai
O con servi sedotti a la sua ninfa
Chieder pace ed aita? Ogni d'Amore
Stratagemma finissimo vinceva
1125 La gelosìa del rustico marito.
Che più lice sperare? Al tempio ei corre
Del nume accorto che le serpi intreccia
All'aurea verga, e il capo e le calcagna
D'ali fornisce. A lui si prostra umìle;
1130 E in questa guisa, lagrimando, il prega.
« O propizio agli amanti, o buon figliuolo
De la candida Maja, o tu che d'Argo
Deludesti i cent'occhi, e a lui rapisti
La guardata giovenca, i preghi accetta
1135 D'un amante infelice; e a me concedi
Se non gli occhi ingannar, gli orecchi almeno
D'un marito importuno ». Ecco si scote
Il divin simulacro, a lui si china,
Con la verga pacifica la fronte
1140 Gli percote tre volte: e il lieto amante
Sente dettarsi ne la mente un gioco
Che i mariti assordisce. A lui diresti,
Che l'ali del suo piè concesse ancora
Il supplicato Dio; cotanto ei vola
1145 Velocissimamente a la sua donna.
Là bipartita tavola prepara
Ov'ebano, ed avorio intarsiati
Regnan sul piano; e partono alternando
In dodici magioni ambe le sponde.
1150 Quindici nere d'ebano girelle
E d'avorio bianchissimo altrettante
Stan divise in due parti; e moto e norma

Da due dadi gittati attendon, pronte
Ad occupar le case, e quinci e quindi
1155 Pugnar contrarie. Oh cara a la Fortuna
Quella che corre innanzi all'altre, e seco
Ha la compagna, onde il nemico assalto
Forte sostenga! Oh giocator felice
Chi pria l'estrema casa occupa; e l'altro
1160 De le proprie magioni ordin riempie
Con doppio segno, e quindi poi, securo,
Da la falange il suo rival combatte;
E in proprio ben rivolge i colpi ostili.
Al tavolier s'assidono ambidue,
1165 L'amante cupidissimo, e la ninfa:
Quella occupa una sponda, e questi l'altra.
Il marito col gomito s'appoggia
All'un de' lati: ambi gli orecchi tende;
E sotto al tavolier di quando in quando
1170 Guata con gli occhi. Or l'agitar dei dadi
Entro ai sonanti bossoli comincia;
Ora il picchiar de' bossoli sul piano;
Ora il vibrar, lo sparpagliar, l'urtare,
Il cozzar de' due dadi; or de le mosse
1175 Pedine il martellar. Torcesi e freme
Sbalordito il geloso: a fuggir pensa,
Ma rattienlo il sospetto. Il romor cresce
Il rombazzo, il frastono, il rovinìo.
Ei più regger non puote; in piedi balza,
1180 E con ambe le man tura gli orecchi.
Tu vincesti o Mercurio: il cauto amante
Poco disse, e la bella intese assai.

Tal ne la ferrea età quando gli sposi
Folle superstizion chiamava all'armi
1185 Giocato fu. Ma poi che l'aureo fulse
Secol di novo, e che del prisco errore
Si spogliàro i mariti, al sol diletto
La Dama, e il Cavalier volsero il gioco
Che la necessità scoperto avea.
1190 Fu superfluo il romor: di molle panno
La tavola vestissi, e de' patenti
Bossoli 'l sen: lo schiamazzìo molesto

Tal rintuzzossi; e durò al gioco il nome
Che ancor l'antico strepito dinòta.
1195   Già de le fere, e degli augelli il giorno,
E de' pesci notanti, e de' fior varj,
Degli alberi, e del vulgo al suo fin corre.
Di sotto al guardo dell'immenso Febo
Sfugge l'un Mondo; e a berne i vivi raggi
1200 Cuba s'affretta, e il Messico, e l'altrice
Di molte perle California estrema.
Già da' maggiori colli, e da l'eccelse
Torri il Sol manda gli ultimi saluti
All'Italia, fuggente; e par, che brami
1205 Rivederti, o Signore, anzi che l'Alpe,
O l'Appennino, o il mar curvo ti celi
Agli occhi suoi. Altro finor non vide,
Che di falcato mietitore i fianchi
Su le campagne tue piegati e lassi,
1210 E su le armate mura or fronti or spalle
Carche di ferro, e su le aeree capre
Degli edificj tuoi man scabre e arsicce,
E villan polverosi innanzi ai carri
Gravi del tuo ricolto, e sui canali
1215 E sui fertili laghi irsute braccia
Di remigante che le alterne merci
Al tuo comodo guida ed al tuo lusso,
Tutt'ignobili oggetti. Or colui vegga,
Che da tutti servito, a nullo serve.
1220   Già di cocchi frequente il Corso splende:
E di mille che là volano rote
Rimbombano le vie. Fiero per nova
Scoperta biga il giovine leggiadro
Che cesse al carpentier gli avìti campi
1225 Là si scorge tra i primi. All'un de' lati
Sdrajasi tutto: e de le stese gambe
La snellezza dispiega. A lui nel seno
La conoscenza del suo merto abbonda;
E con gentil sorriso arde e balena
1230 Su la vetta del labbro; o da le ciglia,
Disdegnando, de' cocchi signoreggia
La turba inferior: soave intanto

Egli alza il mento, e il gomito protende;
E mollemente la man ripiegando,
1235 I merletti finissimi su l'alto
Petto si ricompon con le due dita.
Quinci vien l'altro che pur oggi al cocchio
Dai casali pervenne, e già s'ascrive
Al concilio de' numi. Egli oggi impara
1240 A conoscere il vulgo, e già da quello
Mille miglia lontan sente rapirsi
Per lo spazio de' cieli. A lui davanti
Ossequiosi cadono i cristalli
De' generosi cocchi oltrepassando;
1245 E il lusingano ancor perchè sostegno
Sia de la pompa loro. Altri ne viene
Che di compro pur or titol si vanta;
E pur s'affaccia, e pur gli orecchi porge,
E pur sembragli udir da tutti i labbri
1250 Sonar le glorie sue: Mal abbia il lungo
De le rote stridore, e il calpestìo
De' ferrati cavalli, e l'aura, e il vento
Che il bel tenor de le bramate voci
Scender non lascia a dilettargli 'l core.
1255 Di momento in momento il fragor cresce,
E la folla con esso. Ecco le vaghe
A cui gli amanti per lo dì solenne
Mendicarono i cocchi. Ecco le gravi
Matrone che gran tempo arser di zelo
1260 Contro al bel Mondo, e dell'ignoto Corso
La scelerata polvere dannàro;
Ma poi che la vivace amabil prole
Crebbe, e invitar sembrò con gli occhi Imene,
Cessero alfine; e le tornite braccia,
1265 E del sorgente petto i rugiadosi
Frutti prudentemente al guardo aprìro
Dei nipoti di Giano. Affrettan quindi
Le belle cittadine, ora è più lustri
Note a la Fama, poi che ai tetti loro
1270 Dedussero gli Dei; e sepper meglio,
E in più tragico stil da la *toilette*
Ai loro amici declamar l'istoria

De' rotti amori; ed agitar repente
Con celebrata convulsion la mensa,
1275 Il teatro, e la danza. Il lor ventaglio
Irrequieto sempre or quinci or quindi
Con variata eloquenza esce e saluta.
Convolgonsi le belle: or su l'un fianco
Or su l'altro si posano tentennano
1280 Volteggiano si rizzan, sul cuscino
Ricadono pesanti, e la lor voce
Acuta scorre d'uno in altro cocchio.
    Ma ecco alfin che le divine spose
Degl'Italici eroi vengono anch'esse.
1285 Io le conosco ai messaggier volanti
Che le annuncian da lungi, ed urtan fieri,
E rompono la folla; io le conosco
Da la turba de' servi al vomer tolti,
Perchè oziosi poi diretro pendano
1290 Al carro trionfal con alte braccia.
Male a Giuno ed a Pallade Minerva
E a Cinzia e a Citerea mischiarvi osate
Voi pettorute Naiadi e Napee
Vane di picciol fonte o d'umil selva
1295 Che agli Egipani vostri in guardia diede
Giove dall'alto. Vostr'incerti sguardi,
Vostra frequente inane maraviglia,
E l'aria alpestre ancor de' vostri moti
Vi tradiscono, ahi lasse, e rendon vana
1300 La multiplice in fronte ai palafreni
Pendente nappa, ch'usurpar tentaste,
E la divisa onde copriste il mozzo
E il cucinier che la seguace corte
Accrebber stanchi, e i miseri lascìaro
1305 Canuti padri di famiglia soli
Ne la muta magion serbati a chiave.
Troppo da voi diverse esse ne vanno
Ritte negli alti cocchi alteramente;
E a la turba volgare che si prostra
1310 Non badan punto: a voi talor si volge
Lor guardo negligente, e par, che dica:
Tu ignota mi sei; o nel mirarvi

Col compagno susurrano ridendo.
  Le giovinette madri degli eroi
1315 Tutto empierono il Corso, e tutte han seco
Un giovinetto eroe, o un giovin padre
D'altri futuri eroi, che a la *toilette*
A la mensa, al teatro, al corso, al gioco
Segnaleransi un giorno; e fien cantati,
1320 S'io scorgo l'avvenir, da tromba eguale
A quella che a me diede Apollo, e disse:
Canta gli Achilli tuoi, canta gli Augusti
Del secol tuo. Sol tu manchi, o Pupilla
Del più nobile mondo: ora ne vieni,
1325 E del rallegratore de le cose
Rallegra or tu la moribonda luce.
  Già d'untuosa polvere novella
Di propria man la tabacchiera empisti
A la tua Dama, e di novelli odori
1330 Il cristallo dorato; ed al suo crine
La bionda che svanìo polve tornasti
Con piuma dilicata; e adatto al giorno
Le scegliesti 'l ventaglio: al pronto cocchio
Di tua man la guidasti, e già con essa
1335 Precipitosamente al Corso arrivi.
Il memore cocchier serbi quel loco
Che voi dianzi sceglieste, e voi non osi
Tra le ignobili rote esporre al vulgo,
Se star fermi vi piace, od oltre scorra,
1340 Se di scorrer v'aggrada. Uscir del cocchio
Ti fia lecito ancor. T'accolgan pronti
Allo scendere i servi. Ancora un salto
Spicca; e rassetta i rincrespati panni,
E le trine sul petto: un po' t'inchina,
1345 Ed ai lievi calzàri un guardo volgi;
Ergiti, e marcia dimenando il fianco.
Il Corso misurar potrai soletto,
S'ami di passeggiare; anco potrai
Dell'altrui Dame avvicinarti al cocchio,
1350 E inerpicarti, et introdurvi 'l capo
E le spalle e le braccia, e mezzo ancora
Dentro versarti. Ivi sonar tant'alto

Fa le tue risa, che da lunge gli oda
La tua Dama, e si turbi, ed interrompa
1355 Il celiar degli eroi che accorser tosto
Tra 'l dubbio giorno a custodir la bella
Che solinga lasciasti. O sommi numi
Sospendete la Notte; e i fatti egregi
Del mio Giovin Signor splender lasciate
1360 Al chiaro giorno. Ma la Notte segue
Sue leggi inviolabili, e declina
Con tacit'ombra sopra l'emispero;
E il rugiadoso piè lenta movendo,
Rimescola i color varj infiniti;
1365 E via gli spazza con l'immenso lembo
Di cosa in cosa: e suora de la morte
Un aspetto indistinto, un solo volto
Al suolo, ai vegetanti, agli animali,
A i grandi, ed a la plebe equa permette;
1370 E i nudi insieme, ed i dipinti visi
De le belle confonde, e i cenci e l'oro.
Nè veder mi concede all'aer cieco
Qual de' cocchi si parta, o qual rimanga
Solo all'ombre segrete; e a me di mano
1375 Toglie il pennello; e il mio Signore avvolge
Per entro al tenebroso umido velo.

INDICE

Giuseppe Parini · la vita · profilo storico-critico del-
l'autore e dell'opera · guida bibliografica   v

I · IL GIORNO   I

Il Mattino   3
Il Meriggio   45
Il Vespro   89
La Notte   102

I FRAMMENTI MINORI DELLA « NOTTE »   127

APPUNTI PER IL « VESPRO » E LA « NOTTE »   149

II · IL LIBRO DELLE ODI   157

    I · L'innesto del vaiuolo   159
   II · La salubrità dell'aria   167
  III · La vita rustica   173
  IV · Il bisogno   178
   V · Il brindisi   182
  VI · La impostura   185
 VII · Il piacere e la virtù   189
VIII · La primavera   191
  IX · La educazione   193
   X · La laurea   200
  XI · La musica   208
 XII · La recita de' versi   212
XIII · La tempesta   215
XIV · Le nozze   221
 XV · La caduta   224
XVI · Il pericolo   229
XVII · Piramo e Tisbe   234

xviii · Alceste 236
xix · La magistratura 238
xx · In morte del maestro Sacchini 247
xxi · Il dono 252
xxii · La gratitudine 255
xxiii · Per l'inclita Nice 269
xxxiv · A Silvia 275
xxv · Alla Musa 281

iii · APPENDICE 287

Il Mattino (1763) 289

Il Mezzogiorno (1765) 317

Periodico settimanale ⟦129⟧ 19 agosto 1975

Direttore responsabile Gina Lagorio

Pubblicazione registrata
presso il Tribunale di Milano 141 del 17-4-1981

Finito di stampare il 12 settembre 1989
dalla Garzanti Editore s.p.a., Milano

Spedizione in abbonamento postale
Tariffa ridotta editoriale
Autorizzazione n. Z. 280961/3/VE del 9-12-1980
Direzione provinciale P.T. Milano

(USP) Associata all'Unione Stampa Periodica Italiana